어쩌다가
연년이로
환생하여

어쩌다가 연년이로 환생하여

초판 1쇄 찍은 날 | 2011년 12월 02일
초판 5쇄 펴낸 날 | 2017년 08월 29일

지은이 | 원성혜
펴낸이 | 서경석

편집책임 | 조윤희

펴낸곳 | 도서출판 청어람
등록번호 | 제1081-1-89호
등록일자 | 1999. 5. 31
어람번호 | 제5-0293호

주소 | 경기도 부천시 부일로 483번길 40 서경B/D 3F (우) 14640
전화 | 032-656-4452 팩스 | 032-656-4453
http://www.chungeoram.com
E-mail | chungeoram@chungeoram.com

Chungeoram romance novel

원성혜 장편소설

어쩌다가
연년이로
환생하여

청어람

Contents

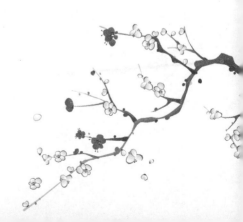

'나는 옛날에 태어났더라면 좋았을 뻔했어'라고
누군가 말한다면
그건 로코코 드레스를 입은 귀부인이라든가
갑옷 입고 말에 올라탄 기사라든가
혹 동양이라 할지라도 양귀비쯤은 생각하는 것이지
로마의 노예나 러시아의 하녀나 하물며
조선의 노비로 태어나기를 바란다는 뜻은
절대 아닐 것이다.
당신도 그렇지 않은가?

잠겨들어 가는 의식을 어떻게든 붙잡기 위해 안간힘을 썼다.

왜 이렇게 모든 게 어둡고 축축할까. 아프다. 어디가 아픈지 모르게 너무나 아프다. 아픈 건 몸인가? 아니면 마음인가? 이렇게 쓰리고 찢어지는 것 같은 아픔을 전에 느껴본 일이 있었나?

흐려지는 정신 사이로 깜빡깜빡 누군가가 보인다. 누구지, 저건. 울고 있는 여자의 얼굴……. 엄마인가. 소리 지르며 날 붙잡고 있는 젊은 남자의 얼굴…….

미안해, 난 이렇게 가나 보다. 죽고 싶었다. 아니, 죽고 싶지 않았다. 아파도 살고 싶다. 누가 날 도와줄 순 없는 걸까.

다 내 잘못이다. 미안해. 미안해. 사랑한다, 이렇게 가서 미안해. 다시는 볼 수 없겠지. 아, 아픈 건 마음이구나. 사랑했다. 하지만 후회한다, 더 많이 사랑해 주지 못한 걸.

자꾸만 정신이 없어진다. 이제 아무것도 안 보인다. 살아온 지난날이 머릿속을 스치며 명멸한다. 어린 나, 웃는 나, 엄마와 아빠, 첫사랑의 남자, 그런 것들이 보인다. 죽는 순간에는 지나간 시간이 주마등처럼 보인다더니 사실인가 보다.

사람이 이렇게도 죽을 수 있구나. 아니, 사람이 이렇게 쉽게 죽을 리가 없는데.

암흑이 찾아왔다. 눈앞도 머릿속도 암흑이다. 더 이상은 가쁜 숨도 쉬어지지 않는다.

이제 끝이구나. 천국에 가야 할 텐데.

나는 죽었다. 결국. 심장의 박동도 숨도 다 멈추고 의식은 활동을 끝냈다.

죽었다. 나는.

·
　　·
　　·

그런데.

눈을 떴다. 눈이 떠졌다.

분명히 죽었는데 여기는 어디지?

낮은 천장이 눈에 들어온다. 황토흙으로 거칠게 바른 천장. 아, 몸에 좋은 황토방인 걸 보면 천국인가 보다. 천국은 생각보다 수수한 곳이었군. 거미줄도 쳐 있네.

몸을 벌떡 일으켰다. 주위를 둘러싸고 앉은 사람들이 모두 나를 쳐다보고 있었다. 후텁지근한 공기가 폐 속으로 밀려들어 왔다. 아뿔싸, 천국이 아니었어. 지저분하고 냄새나는 걸 보니 지옥인가 봐. 근데 불길은 없네?

다 틀렸다.

그곳은 천국도 지옥도 아니었다. 거긴 그냥, 구질구질한 한옥이었다.

나, 스물다섯 살의 서인희는 죽었다가 환생한 것이었다. 어쩌다가, 운도 지지리 없게, 하필이면, 조선 시대의 노비, 언년이로.

제기랄.

제1장

"여긴 어디예요?"

인희는 자기 목소리가 이렇게도 멍청하게 들릴 수 있는가 경악했다. 매가리라고는 하나도 없는 늘어지는 음성. 아무리 아팠어도 이렇게 축 처지는 목소리를 낼 수는 없는 거다. 나름 아나운서를 꿈꾸는 그녀가 아닌가. 그 낭랑하고 아름다운 목소리는 어디 갔단 말인가?

하지만 그건 인희 혼자만의 생각인 듯, 그녀가 목소리를 내자 주위에 앉아 있던 사람들이 눈물을 뿌리며 인희를 붙들고 매달렸다.

"아이구, 이년아⋯⋯. 살아났구나. 죽는 줄 알고 얼마나 걱정을 했던지⋯⋯."

'헉, 누구보고 이년 저년 하시는 거예요? 저 아세요?'

눈을 동그랗게 뜨고 주위를 둘러봐도 아는 사람은 하나도 없었다. 알고 지내고 싶은 사람도 하나 없었다. 어쩜 이리도 다 지저분한 사람들뿐일까? 방 안에서는 냄새도 나는 것 같았다. 분명히 저 사람들한테서 나는 냄새겠지. 인희는 자기를 붙잡는 사람들의 손을 어떻게 하면 무례하지 않게 뿌리칠 수 있을지 재빨리 머리를 굴렸지만 그들의 울음이 하도 처절해서 차마 냉정하게 손을 거둬낼 수가 없었다.

"저기…… 누구신지요? 저 아시는 분인가요?"

조심스러운 그녀의 음성은 아까보다 나았지만 그녀를 붙잡고 있는 사람들은 다시 대성통곡을 하기 시작했다.

"이것이 제정신이 아니구나. 아무도 알아보지를 못하는 게야. 실성을 한 게야. 그리도 열이 심하더니 그나마도 맹하던 년이 완전히 정신을 놓은 게야……."

인희는 주변을 둘러보았다. 황토로 지은 집인 듯했지만 고급스러운 황토방과는 판연히 다른 집이다. 이건, 민속촌인가? 드라마 세트장인가? 내가 모르는 사이에 드라마에 출연을 하고 있는 건가?

눈을 아래로 내려 자기가 입은 옷을 쳐다보았다. 남루한 옷. 여기저기 검댕과 음식 찌꺼기에다가 진흙 같은 것까지 더덕더덕 묻어 있는 옷. 손톱 밑에 새카맣게 낀 때. 배역을 맡아도 이런 걸 맡았어.

가장 열렬하게 그녀에게 매달리고 있는 아줌마의 얼굴을 본다.

오, 교과서에서 본 개화기 사진 이후로 이렇게 촌스러운 얼굴은 처음 보는걸. 뻐드렁니하며, 잡티 가득한 시커먼 얼굴하며, 게다가 저 광대뼈의 윤곽이란. 이런 배우 구하기 힘들었을 텐데? 요샌 시골 아줌마들도 다 성형발이잖아.

"아줌만 누구세요?"

눈치를 살피며 묻자 아줌마가 인희를 와락 껴안으며 눈물콧물을 쏟아냈다.

"이것아……. 내가 니 젖어미 아이가. 내도 못 알아보는 기가."

갑자기 현실감이 확 들었다. 이 아줌마는 대종상을 바라보는 연기파 감초 조연이든가 아니면 진실을 말하고 있는 것이다. 인희는 자리를 박차고 벌떡 일어섰다. 갑작스런 움직임에 순간 횡 어지러웠지만, 비틀비틀, 너덜거리는 창호 문을 열고 바깥으로 걸어나갔다.

바깥은.

딱 용인 민속촌 같은 느낌이었는데, 문제는 그게 끝도 없이 이어지고 저 멀리 보이는 산과 그녀와의 사이에 단 한 채의 고층건물 내지는 현대식 건물도 보이지 않는다는 사실이었다. 공해나 스모그라고는 한 알갱이도 섞여 있지 않은 맑고 신선한 공기가 아직 쭈글거리고 있는 그녀의 폐를 쫙 펴주었다. 섬뜩하게도.

'세트장이야. 어디 시골구석에 지은 세트장.'

마른침을 삼켰다. 죽고 싶지 않다고 부르짖긴 했지만 이런 곳에서 다시 태어나고 싶은 건 아니었다. 아무래도 꿈을 꾸고 있는 게 분명하다. 어쩌면 혼수상태인지도 모른다. 긴 꿈이 될 텐데 좀 좋은 꿈을 꾸지 않고.

두 손으로 뺨을 좌악 잡아당겨 보았다. 아얏.

손으로 얼굴 윤곽을 살살 만져 보았다. 손에 와 닿는 느낌만으로는 어떻게 생긴 얼굴인지 알 수가 없었다. 거울을 보고 싶다. 거울 속에 있는 얼굴이 누구인지 확인해야만 할 것 같다. 그녀는 몸을 돌리며 거울, 이라고 큰 소리로 외쳤으나 곧 거울이 있을 리 없다는 걸 깨닫고 다시 몸을 틀었다.

'어딘가 물가로 가보자.'

집에도 우물이 있다는 생각 같은 건 인희의 머리에 들어오지 않았기에, 그녀는 분명히 가까운 곳 어디 있을 개울을 찾아야겠다는 생각 하나로 급히 사립문을 나섰다. 한 발 두 발, 내딛는 걸음마다 가슴을 옥죄어오는 답답한 풍경에 인희는 몸서리를 쳤다.

'이, 길에 개똥, 말똥 봐. 드라마 세트에는 이런 게 있을 리가 없잖아.'

머리를 힘껏 저으며 뛰기 시작했다. 길은 좁고 곁에 지나가는 사람들은 하나같이 낡은 한복 차림이었다. 짐을 든 사람도 많았는데 그 짐들은 TV에 나오는 것처럼 크기만 크고 속은 텅 빈 짐은 아닌 것 같았다. 키가 작고 후줄근하며 얼굴이 거무튀튀한 사람들이 이고 지고, 들고, 힘겹게 길을 지나고 있었다. 카메라 같은 것은 어디에도 보이지 않았다.

저쪽에서 무언가 행렬이 오고 있다. 이 지저분한 거리에 확 튀는 화려한 행차여서 인희는 그들을 붙잡고 묻고 싶었다. 이건 무슨 드라마냐고. 당신이 주연이냐고.

큰 소리로 알아들을 수 없는 말을 외치는 선두 앞으로 인희가 막 뛰어드는 순간, 뒤에서 누군가 그녀의 목덜미를 확 낚아채 잡아당겼다. 그리고 인희는 그 정체불명의 사람과 함께 땅에 머리를 조아리고 엎드려야만 했다. 커다란 손이 그녀의 머리를 꾹 눌렀다.

"너 죽으려고 환장했냐? 저기가 어디라고 뛰어들어."

중저음의 근사한 목소리에 인희가 숨을 훅 들이켰다.

살짝 고개를 돌려 옆을 보니 그도 인희를 보고 있었다. 깜짝이야.

생각보다 훨씬, 아주 많이 훨씬, 잘생긴 얼굴이었다. 그녀는 자신을 둘러싼 상황도 잊고 멍하니 남자의 얼굴만 쳐다보았다. 남자, 라고 부르기는 사실 좀 그랬다. 열여덟이나 아홉쯤 됐을까? 낮은 목소리와 어울리지 않게 소년과 남자 사이에 있는 얼굴이었다. 눈썹이 짙고 속눈썹은 더 짙고 눈빛은 그보다도 더욱 짙은, 솜털이 보송보송한 얼굴에 콧대가 반듯하고 입술이 도톰한 아름다운 젊은이였다.

추릅. 인희는 자기도 모르게 침을 닦았다.

"저렇게 안롱鞍籠 든 나졸에 권마성勸馬聲 외치는 사람까지 딸린 가마는 대감님네나 타는 거야. 그 앞에서 우리 같은 천것이 무례를 범했다가는 경을 치는 거야."

'너도 천것이니? 아무리 봐도 귀티가 좔좔 흐르는 얼굴인데?'

그는 중인中人들이 쓰는 작은 갓을 쓰고 있었다. 천것인 건 아니겠지만 대감님네 눈으로 보면 다 마찬가지인지도.

여전히 어리바리한, 아니, 헤벌쭉한 얼굴을 하고 있는 인희 곁에서 그가 일어섰다. 하도 키가 커서 하늘을 다 가린다.

"너 아프다더니 다 나은 거야? 길거리엔 왜 나왔어?"

아……. 난 개울가에 가려고 나왔지. 그녀는 젊은이의 팔에 매달리며 일어섰다.

"여기 개울이 어디 있어? 나 좀 가르쳐 줘."

순간 젊은이의 얼굴이 토마토처럼 붉어졌다. 인희의 얼굴을 한 번 보고 잡힌 팔을 한 번 본 그는 먼 산 쪽으로 고개를 돌리더니 그녀를 뿌리치지 않고 보폭을 맞춰 걷기 시작했다.

"아프면서, 흠, 아, 정신이 없어진 모양이구나? 맨날 빨래하는 냇가가 생각이 안 나?"

남자가 친절한 걸 보니 아마 내 얼굴이 이쁜 편인가 보다고 인희는 고개를 주억거렸다.

'동서고금, 남자란 다 똑같은 거지. 그나마 다행이야. 박색보단 살기 편하겠네. 어찌 됐든 이 젊은이는 나를, 아니지 걔를, 아는 모양이지.'

냇가에 도착한 그녀는 좌절했다.

물이 콸콸 흐르고 양옆으로 둔덕이 펼쳐진 산수화 같은 풍경이었음에도, 가슴이 콱 막혀왔다.

이건.

맑고 찬 물이 흐르는 냇가에서는 줄잡아 서른 명도 넘어 보이는 아낙네와 댕기머리 처녀들이 빨래를 하고 있었다. 하나같이 꾀죄죄하고 궁상스런 얼굴. 하나같이 갈라지고 터진 손. 깔깔거리며 떠드는 모습에서조차도 생활의 고단함이 더덕더덕 묻어나는 추레하고 갑갑한 장면이었다.

'이건, 드라마가 아니야. 드라마일 수가 없어.'

그렇다. 사실은 아까부터 눈치채고 있었다. 드라마이기엔 너무 우중충했고 그녀는 죽었었다.

'환생한 거지. 죽기 싫다고 떼를 썼더니 과거로 돌아가 다시 태어나게, 아니, 죽은 사람의 몸에 대신 깃들게 해준 거지. 목숨을 관장하는 그 누군가가.'

황망하고 어이없고 앞일이 막막해 다리에 힘이 풀렸다. 자기도 모르게 눈물이 주룩주룩 흘러내렸다.

어차피 과거로 올 거면 좀 좋은 신분으로라도 태어날 일이지, 이 꼴이 무언가. 이제 나도 저들과 함께 손발이 닳도록 빨래하고 물 긷고 양반님네들 시중들며 일생을 보내야 하는 건가.

도저히 받아들일 수 없지만 명백하게 현실이 된 이 상황을 그녀는 뜨거운 눈물로 인정했다. 더럽고 짧은 치마 아래 드러난 자신의 허연 종아리를 내려다보았다. 노비를 창두적각蒼頭赤脚이라 하지 않던가. 이 보수적인 조선 사회에서 다리를 드러내는 신분은 단 하나, 계집종인 것이다.

인희의 눈물에 당황한 젊은이가 어쩔 줄 몰라 하며 그녀 어깨 쪽으로 손을 들었다 내렸다 했다. 인희는 코를 훌쩍이며 걸어가 냇물 위로 고개를 숙였다. 그래도 얼굴은 봐둬야 하겠기에 그녀는 눈물을 닦아내고 그늘진 쪽을 골라 엎드렸다.

놀랍게도, 반갑고 다행스럽게도, 거기에는 너무나 익숙한 서인

희 본래의 얼굴이 있었다. 화장기가 없고 좀 더럽고 눈물범벅이
되긴 했지만 물에 비친 여자는 작은 얼굴에 이목구비 또렷한 서구
적 미인인 인희 바로 그녀였다. 물속에서 그녀가 눈을 크게 뜨고
물 밖을 보고 있다. 촌스러운 귀엣머리로도 가릴 수 없는 우아함
을 뽐내며.

'이런 얼굴로 종이었단 말이야, 이 여자는? 아님 환생하면서 내
몸을 갖고 온 건가? 하지만 다들 날 바로 알아보던데?'

갑자기 궁금해졌다.

"난 이름이 뭐지?"

젊은이가 놀란 얼굴로 그녀를 빤히 보았다.

"이름도 생각이 안 나? 너 진짜 많이 아팠나 보구나. 넌 언년이
잖아."

쳇.

그녀는 조막만 한 얼굴을 찌푸렸다.

언년이가 뭐야, 언년이가. 노비는 이름도 참 천편일률적일세.

하긴, 쪼끄만년이나 끝년이보단 나은 거 같기도 하다. 그나마
추노의 언년이가 떠오르잖아? 내가 이다해보다 못할 것도 없지.
이다해보다 좀 더럽긴 하지만.

한숨을 푹 쉬며 그녀가 다시 물었다.

"니 이름은?"

젊은이가 반듯한 콧등에 주름을 잡으며 나무랐다.

"너가 뭐냐. 민이 오라버니라고 불러야지."

그래, 니 이름은 민이. 난 너보다도 어린 십대.

젊어졌다고 기뻐해야 할 일인가. 하지만 평균 수명 24세였던 조선시대에서 난 현대로 치자면 원래 나이보다 더 늙은 셈 아닐까? 아, 유아사망률을 빼고 계산하면 45세쯤 된댔던가? 그래 봤자지만.

민이를 따라 터덜터덜 돌아가며 인희는 슬쩍 자기 가슴을 만져 보았다. 어떻게 환생하면서 예전의 몸을 다 가지고 올 수 있는지 이상하지만, 아니, 뭐 환생이란 거 자체가 몹시 이상하지, 하여튼 그녀의 얼굴과 마찬가지로 바디 사이즈도 본래 인희의 것인 듯했다. C컵. 브라 없이 출렁거리는 가슴이 얇고 더러운 한복 아래에서 거추장스럽기 짝이 없었다. 앞으로 이 몸을 하고 천것으로 살아갈 일이 암담하구나, 인희는 말똥을 피해 깡충깡충 걸으며 한숨을 쉬었다.

'그러나 내가 누구인가.'

인희는 고개를 한 번 흔든 후 하늘을 향해 빳빳이 쳐들고 주먹을 불끈 쥐었다.

'여자 혼자 몸으로 유럽은 물론 호주에 남미까지 배낭여행 다니면서 세계 각국에 친구를 만들어낸 서인희가 아닌가. 출중한 외모에 어학이면 어학, 상식이면 상식, 뭐 하나 부족함 없이 꽉 채운 일류대 졸업생, 아나운서 재수생, 아니, 지망생, 남자들의 로망이며 여자들의 친구, 그게 바로 나야. 이 세상 어디 갖다 놔도 난 살아갈 수 있어!'

그녀는 전의를 불태웠다.

서울서 살 수 있으면 세계 어디서든 끄떡없다고 인희의 엄마가 처음 그녀를 니른 세상으로 내보내며 말했었다. 똑같이 사람 사는 덴데 여기라고 뭐 그리 다르겠는가. 수용과 적응이 빠른 것이야말로 나의 가장 큰 장점이 아닌가. 이 미모와 지성으로 무언들 못한단 말인가.

슬쩍, 곁의 젊은이, 민이 오라버니를 쳐다보았다.

'음, 그래도 가까이 이런 미남자가 있으니 불행 중 다행이고. 고단한 종살이, 눈이라도 즐거워야 하지 않겠어. 내 어린 너에게 침 흘리기에 좀 민망한 나이긴 하다만 여기서는 내가 너보다 어리다니 딱히 잘못은 아니겠지?'

슬몃 웃음까지 나오는 걸 보니 아무래도 자신은 적응력이 지나치게 좋은 것 같다고 그녀는 생각했다.

'어찌 되겠지. 한 번 죽은 거 두 번 죽는다 생각하고 살면 무서울 게 뭐 있겠어. 여차하면 또 죽어버리지 뭐.'

그러나 그 전의는 화장실, 여기 말로 뒷간 문을 연 순간 순식간에 사라졌다.

우웩.

꾸엑.

냄새와…… 그, 이름을 말하고 싶지 않은 유충과…… 휴지 대신 쓰는 나무막대기와 짱돌, 그리고 지푸라기. 지붕도 없는 허술한 문짝과 무너질까 무서운 발받침.

이것이 과거에 태어난다는 것의 실체였던 것이다.

여기까진 양반 댁 아씨로 태어났어도 마찬가지였겠지만,

노비인 언년이가 깨닫고야 말았던 사실은, 뒷간을 청소하고 똥을 퍼내는 것이 바로 노비의 주요업무 중 하나라는 사실이었다. 안뒷간 바깥뒷간 구분하여, 거름으로 쓸 수 있게 조심조심, 소중하게.

인희는 그만 자리에 주저앉고 말았다.

저절로 가운뎃손가락이 들어 올려졌다.

Oh, Shit!

어쩌다가 언년이로 환생해서!

제 2 장

　노비란 농사부터 세숫물 뜨기까지 집안의 온갖 일을 하게 되어
있었지만 행세깨나 하는 집 노비는 숫자도 많고 역할도 나뉘어 있
어 한 명의 노비가 모든 일을 다 맡아 하는 것은 아니었다. 그리고
공산주의 사회가 몰락한 이유를 봐도 알 수 있듯이, 열심히 일한
다고 먹는 것이 많아지는 게 아닌 노비들은 어떻게든 꾀를 부리고
주인댁 눈을 피해 게으름 피우는 것을 당연하게 생각하고 있었다.
　일단 인희는 아직 몸이 다 낫지 않았다는 핑계를 대고 슬슬 놀
며 주변을 파악하기 시작했다.
　"니는 어짜다가 갑자기 손이 굳어졌누."
　언년이의 젖어미 억금이가 툴툴거리며 찬간과 텃밭을 오갔다.
　광대뼈 인상적인 억금이는 무식하나 순박한 사람으로 자기 자

21

식은 어려서 잃고 언년이 하나 자식 삼아 정을 쏟고 있었다. 그네
는 주로 밥하고 찬거리를 준비하는 찬모였다. 언년이는 본래 바느
질하는 침선비針線婢였다고 하는데 앓고 난 후에 갑자기, 당연히,
손이 무뎌져서 그 일은 그만둬야 했고 이제 무슨 일을 맡겨야 하
나 다른 사람들이 고민 중이었다.

'뭔가 괜찮은 일을 해야 하는데. 화장실 청소 같은 거 하면 안
되는데.'

그녀는 걱정이었지만 할 줄 아는 일이 있을 리가 없었다. 여기
서 영어 실력 같은 건 아무 소용이 없었다.

'사실은 빨래하는 거도 싫어. 여름엔 그렇다 쳐도 겨울엔 그걸
어떻게 감당하냐고.'

뭐 하나 마음에 드는 일은 없었다, 물론.

가슴을 쓰다듬었다. 이 얼굴에 이 몸매면 차라리 기생이 낫지
않았을까.

피식 웃음이 나왔다. 몸 파는 기생이 더 낫다 하는 걸 보니 나도
바닥이군.

"언년아, 니는 앓고 나디만 어째 젖퉁이가 더 커졌다냐."

억금이가 마당 한가운데 서더니 그녀를 보며 근심 서린 한숨을
쉬었다.

"몸 간수 잘해라. 종년 간통은 누운 소타기라 했니라. 내 같은
박색이야 그런 걱정은 안 했지만서도 니처럼 얼굴 반반하고 젖가
슴 큰 년은 진짜 조심해야 하는 기다."

다시 말해 종년은 일은 일대로 하고 기생처럼 몸도 함부로 굴리

게 될 거라는 뜻?

에구야……. 기생이 나았을 텐데. 어쩌다가 종년으로 환생해서.

인희는 땅이 꺼지게 한숨지었다.

"어머니, 전 왜 아직 시집을 안 갔나요?"

갑작스런 열병 탓에 기억을 다 잃은 것으로 돼 있는 인희는 궁금하던 것을 하나씩 묻고 있는 중이었다. 인희 입장에서는 천만다행이긴 했지만, 얼굴도 괜찮고 몸도 성숙한 언년이를 아직 댕기머리 처녀로 둔 이유가 무엇일까 그녀는 의아했다. 열일곱이면 이 사회에서 결코 어린 나이가 아니다. 그리고 남종은 몰라도 여종은 빨리 짝을 지어줘 자식을 많이 낳게 하는 것이 주인에게 이득일 것이었다. 종모역법從母役法이라, 종들 사이에 태어난 자식은 어미 쪽 주인의 소유가 되는 것이었으니.

"내도 모린다. 니 탐내는 놈들도 많은데 마님이 니는 안 된다 하신기라. 큰놈이가 몇 번이나 니하고 혼인하겠다 해도 대감마님이 안 된다 했다캄서 안방마님이 기다리라 하시더라꼬."

큰놈이. 큰놈이가 누구더라.

호랑이도 제 말 하면 온다더니 큰놈이가 마당에 성큼 들어섰다. 보자마자 아, 저게 큰놈이구나 바로 알 수 있었다. 키도 크고 떡대도 크고 얼굴도 큰 큰놈이가 억금이 옆에 쭈그리고 앉아 있는 언년이를 보더니 얼굴이 벌게지며 말을 더듬었다.

"언, 언년이, 이제 다 나았냐."

덩치와는 달리 다정한 목소리였다. 언년이를 마음에 두고 있었던 게 분명한, 제 여자를 챙기듯 살뜰한 품이었다.

인희는 말없이 고개만 끄덕였다. 딱히 냉대를 하고 싶진 않았지만 곁을 줄 생각도 없었다. 저런 무식쟁이 노비와 혼인하여 개돼지처럼 새끼를 낳고 주인댁 살림을 불려줄 생각은 전혀 들지 않았다.

큰놈이의 얼굴이 더 시뻘게졌다. 입술이 실룩거리는 것이 좋아 어쩔 줄 모르는 것 같았다. 아마 본래의 언년이는 훨씬 더 쌀쌀맞았던 모양이라고 인희는 생각했다.

'쯧, 가능성이 있다고 생각하게 만들면 안 되는 건데.'

그녀는 눈을 돌려 집을 한 바퀴 둘러보았다. 언년이네 주인댁은 상당한 세도가인 모양으로 외거노비, 솔거노비 합해서 대충 칠팔십 명의 노비를 거느리고 있다 하였다. 언년이와 젖어미는 주인집에 얹혀사는 솔거노비였지만 행랑채에 살지는 않고 담 바로 바깥에 가랍집을 짓고 살았다. 따로 산다지만 워낙 가까워 같이 사는 것과 진배없었다. 주인이 부르시면 바로 넵 하고 달려올 만한 거리였다.

"여긴 한양이죠?"

아무리 정신줄을 놨다지만 너무 터무니없는 질문에 억금이가 그녀를 노려봤다. 그럼, 한양이지. 도성이니 이리 휘황하고 우리 나리님 같은 높은 양반도 사시고 그러는 게지.

"지금 임금님은 누군가요?"

이번엔 큰놈이도 억금이도 어처구니없다는 표정으로 인희를 쳐다보았다.

"아프더니 좀 이상해졌구나, 언년이. 나랏님이 누구신지 우리 같은 것들이 알아서 뭐하게. 우린 그저 시키는 일만 하면 되지."

자기에게 한 말이 아닌 걸 알면서도 슬쩍 끼어들어 말이라도 한 마디 붙여보려는 큰놈이었다. 하지만 세상 다 산 노인네 같은 그의 말에 인희는 한숨을 쉬었다. 그래, 노비가 뭘 알겠어.

'누구한테 물어보면 좋을까. 대체 어느 시대인지 알아야 거기 맞게 처신을 하지. 곧 임진왜란이 일어날 건지 아님 종들한테도 출산휴가를 주었던 세종대왕 시댄지 정도는 내가 알아야 하지 않겠냐고.'

그때 그녀가 하루 종일 기다리던 사람이 뜰 안쪽으로 걸어 들어왔다. 마치 문 사이로 봄 햇살이 스며든 듯 마당이 일순 환하게 채워졌다. 인희의 얼굴에 반짝 웃음이 스쳤고 그걸 놓치지 않은 큰놈이는 인상을 잔뜩 구겼다.

초립草笠을 써도 갓 쓴 양반보다 더 폼나는 민이. 키는 크지만 아직 몸이 덜 여물어 사내답게 걷는 게 약간은 어색한, 풋풋한 미청년 민이.

'아이구, 이뻐라.'

인희는 웃음 띤 얼굴을 가리려고 얼굴 반쪽을 무릎에 묻었다.

'유승호를 닮았다지, 아마? 니가 바로 조선의 남동생이냐?'

그는 해를 등지고 찬간 쪽으로 다가오더니 인희는 쳐다보지도 않고 억금이와 몇 마디를 나누고는 도로 나가 버렸다. 큰놈이의 반응으로 봐선 아마도 언년이가 평소에 민이한테 관심을 보였던 모양인데, 처음 봤을 때 자상하게 해준 걸 보면 저도 언년이를 싫어했던 건 아닌 거 같은데, 뭐 저리 쌀쌀하담.

'아쉬워라. 얼굴도 잘 못 봤어.'

담벼락으로 쪼르르 달려가 바깥을 내다보려던 인희는 나지막한 돌담장 위로 갑자기 그의 얼굴이 나타나자 화들짝 놀랐다. 민은 더 놀란 것 같았다. 짙은 눈에 당황한 빛을 감추지 못한 채 소년 같은 얼굴 가득 홍조를 띤 그가 주춤주춤 한 발 물러섰다. 어. 저기. 어정쩡하게 몇 마디 중얼거리던 그는 휙 몸을 돌려 급히 사라졌다.

인희는 한쪽 입술을 씨익 들어 올렸다.

'어린애 맞구나. 안 그런 척 날 보러 온 거였군? 아후, 이놈의 인기는 이 세상 저 세상 가리질 않네.'

그럼 뭐하나. 쟨 중인이고 난 노빈데. 신분의 차이를 뛰어넘을 수가 없는데. 새삼스러운 자각에 웃음이 나온다. 그새 여기 적응 다 한 거야? 어차피 길게 살 데 아니잖아. 마음 비워.

"민이 놈은 대낮에 왜 여길 기웃거린대."

큰놈이가 부루퉁한 얼굴로 연장을 챙겨 어깨에 얹었다. 언년이, 아니, 인희는 큰놈이와 말 섞지 않겠다던 다짐을 잊고 그에게 말을 붙이고 말았다.

"저 오라버니는 중인인 거 아니었어요? 이놈저놈 해도 되는 거예요?"

언년이가 말을 걸어준 게 놀라운지 큰놈이는 얼굴만 뻘겋게 돼서 대답을 못했다. 질문에 답해준 건 억금이었다.

"민이 중인 아이다. 우리 같은 천출인데 대감마님이 중인처럼 키우시는 기지. 워낙 똑똑하기도 하고, 저 아가."

'흠……. 그런 거였어? 다른 노비들하고는 완전 때깔이 다른데. 나도 그렇지만. 역시 왕후장상의 씨가 따로 있는 건 아니라는 건가.'

말을 하면서도 생각을 하면서도 인희는 슬금슬금 손을 움직여 여기저기 옷 안을 긁었다. 왜 이리 가려울까. 깨끗하게 빤 새 옷으로 갈아입었는데도. 아직 모기가 있을 만한 철은 아닌 거 같은데.

아픈 애가 어딜 싸돌아다니냐는 젖어미의 고함 소리를 무시하고 그녀는 주인댁 순례길에 나섰다. 일 없을 때 하나라도 더 정보를 수집해 놔야 살기가 편할 것이다.

대체 주인 영감마님은 뭘 하는 사람인지, 곧 사화에 연루돼 멸문지화를 당할 집은 아닌지 인희는 궁금했다. 반상의 구분이 분명했던 중기 이전인지 아니면 신분질서가 흐트러졌던 후기인지도 알고 싶었다. 알아야 할 게 한두 가지가 아니었지만, 언년이가 속한 계층에서는 답을 구할 수가 없는 문제여서 답답하기 그지없었다.

'어떻게든 웃전과 인사를 터야 하는데. 이 집엔 순진하고 다루기 쉬운 어린 따님 같은 거도 없나.'

느긋하게 마당을 산책했다. 화단이며 장작무더기며 관리가 잘 돼 있군. 노비들이 아주 성실한 게야. 그녀는 고개까지 끄덕였다.

평생 도시에서만 자란 인희는 텃밭에 채소도 상추 외엔 전혀 알아볼 수 없었고 마당에 그늘을 시원하게 드리우고 있는 아름드리나무가 감나문지 대추나문지도 구분이 되지 않았다. 한 번도 그런 게 중요하다고 생각해 본 일이 없었는데. 여기선 중요하겠지. 뭐,

살다 보면 차차 알게 되겠지.

처지도 잊고 휘파람을 불며 걷던 그녀는 날카로운 목소리에 발을 멈췄다.

"어디서 방정맞은 소리를 내는 게냐, 종년이."

인희는 황급히 고개를 숙이며 겸손하기 이를 데 없는 태도로 용서를 빌었다.

"죄송합니다, 마님. 날씨가 너무 좋아 제가 그만…… 부디 용서하여 주십시오."

몸속에 흐르는 언년이의 피가 이 사람이 이 집에서 제일 무서운 마님이라고 말하고 있었다. 슬며시 눈만 올려 떠 눈앞의 얼굴을 훔쳐보니, 오호라, 주인마님은 이제 겨우 30대 후반이 되었나 싶은 미인 아줌마였다. 옛날 여자치고는 상당히 키가 크고 골격이 드셌다. 하지만 미인은 확실히 미인이었다. 피부가 살짝 검어서 그렇지 외까풀의 커다란 눈이나 날렵한 콧날이나 앵두 같은 입술이나 어디 하나 흠잡을 데 없는 미색이었다. 그런데 좀 성깔있어 보이긴 했다. 고전적인 현모양처치고는.

"너는 언년이가 아니냐. 열병으로 죽어간다 하더니 죽지는 않은 게로구나."

'음? 이것은 나의 착각? 자기 집 종이 죽기를 바라는 상전도 있단 말인가?

말없이 고개만 숙이고 있는 인희를 한 번 째려보더니 마님은 치맛자락을 획 걷으며 쌩 소리 나게 사라졌다. 인희는 지금의 이 상황이 잘 이해가 되지 않아 얼른 억금이를 찾아 찬간으로 돌아갔다. 어머니, 왜 내가 미움을 받아, 마님한테?

"글쎄……. 잘 모르겄다. 니 핏덩이 때 대감마님이 어디서 데꼬
와서 내한테 맡겼제. 혹시 대감마님 핏줄인가 의심하시는 거 같기
도 하고……. 그럴 리는 없을 낀데. 씨 도둑질은 몬한다고 니가 이
댁 핏줄이모 쪼매라도 대감마님을 닮았어야 않겠나. 민이 만캐
로."

"민이 오라버니는 대감마님 아들이에요오?"

인희는 목소리가 커지는 것을 깨닫고 입을 가렸다. 담장 밖으로
여자 목소리가 나가면 안 된다는 시절인데 하물며 종년의 목소리
따위야. 그런데 충격적이긴 했다. 어쩐지 귀티가 나더라니만.

"고마하자. 이런 얘기 하는 거 웃전들이 들으시모 영 안 좋니
라."

억금은 손사래를 치며 부엌으로 향했다.

인희는 민이의 단정한 입술선과 말끔한 자태를 떠올리며 고개
를 끄덕였다. 흠, 이 댁 대감마님이 한인물 하시는 거로군. 그리고
인물값도 하신 게로군. 나쁜 놈.

'근데 왜 자꾸 몸이 가렵지?'

그녀는 몸을 움찔움찔 움직였다. 영 불쾌하고 찜찜한 기분이었
다. 이따 해가 저물면 냇가에 몰래 나가 몸이라도 씻어봐야겠다.
이 언년이란 계집애는 위생 상태는 별로 안 좋았나 봐. 하긴 뭐,
노비가 그렇지.

남자들은 아무 데서나 등목을 해댔지만 계집종들은 그래도 마
당의 우물가에서 목욕을 할 수는 없었다. 언년이와 억금이가 나가

산다 해도 잠만 거기서 잘 뿐 밥을 해 먹거나 하진 않아서 우물이 따로 있지는 않았다. 목욕이란 걸 하기엔 너무 열악한 환경인 게 사실이었다.

옷전들이 드시고 물린 상을 받아 끼니를 때운 종들은 하루의 마무리를 하고 있었고, 남이 먹다 남긴 음식이 비위에 거슬려 식사를 거르다시피 한 인희는 억금에게 냇가로 목욕을 가겠다고 했다.

"목간을 가? 왜?"

눈을 휘둥그렇게 뜨는 억금은 대체 마지막으로 목욕을 한 게 언젤까.

"몸이 자꾸 근질거려요. 뭐가 무는 거 같기도 하고. 옷은 새로 빤 거니까 목욕을 하면 괜찮겠죠."

"이가 있으니 당연한 기지, 뭘 목간을 해."

인희는 잠시 생각했다. 이?

"이라 하심은……?"

주저하며 묻는 인희의 말에 억금은 대수롭잖게 대답했다.

"이. 빈대 사촌 이. 니는 그거도 이자뺀 모양인데, 이는 너무 열심히 잡아 없애모 안 되는 기다. 몸에 이가 다 없어지모 죽을 때가 됐다 카는 거거던."

허걱.

이. 이빨이 아닌 이. 둘이 아닌 이. 'Rice'가 아닌 'Lice'.

어쩜 좋아. 그럼 그 스멀거리던 게 다 이였단 말이지.

인희는 억금이 부르는 소리도 아랑곳하지 않고 바람처럼 내달렸다. 내 몸에 이가 있다고? DDT를 구할 방법 같은 건 없겠지?

이걸 어떻게 처리하나. 뭐, 이가 없어지면 죽어? 말이 되는 소릴. 에이, 씨.

민이와 왔던 빨래터에는 이제 아무도 없었다. 하지만 너무 길가라 거기서 목욕을 하기는 좀 그랬다. 아무리 어두워졌다 해도 좀 더 으슥한 곳을 찾아야만 했다.

인희는 짚신과 버선을 벗어 구석에 잘 두고 치맛자락을 걷어 올린 채 냇물이 굽이지는 언덕 뒤쪽을 향해 걸었다. 누가 언덕 쪽에서 내려다본다면 아주 코앞에서 보일 테지만, 어쨌든 사람들이 오가는 큰길에서는 보이지 않을 만한 각도였다.

"에이, 씨. 에이, 씨."

입에서 연신 욕이 나왔다. 그래도 차마 야외에서 벌거벗기는 좀 불안해서 그녀는 옷을 다 입은 채로 물 안에 들어갔다 나왔다 했다. 이래 갖고 어디 이가 떨어져 나가겠어. 익사하는 놈이나 몇 마리 있겠지.

머리에도 서캐가 있겠다는 생각이 번뜩 들었다. 인희는 미친 듯이 땋은 머리채를 풀었다. 달빛에 산발하고 물속에 들어 있는 자신의 모습은 생각만 해도 괴괴했지만 지금 그런 걸 따질 때가 아니었다. 푸우푸우, 머리까지 물에 잠갔다가 일어서니 봄바람에 선뜻하니 진저리가 쳐졌다.

'근데, 집엔 어떻게 가지?'

갑자기 깨달았다. 이렇게 홀딱 젖은 채로 길을 걸어 집으로 돌아간다면 그건 날 잡아 잡수 하는 것과 뭐가 다르겠는가. 속옷을 제대로 갖춰 입길 했나, 옷이 두껍고 실하길 한가. 그럼 다 마를 때까지 여기서 부들부들 떨면서 기다려야 하는 건가?

그때였다.

"너, 뭐하냐."

물속에 우두커니 서 있던 인희는 난데없이 들려온 남자의 목소리에 기함을 치며 주저앉았다.

가슴께까지 차오른 물에 저고리도 치마도 흔들흔들 흘렀다. 달빛이 물결에 함께 흔들렸다. 그녀는 경황이 없어 느끼지 못했지만 황홀하도록 아름다운 밤이었고, 그리고 그녀조차도 깨달을 수밖에 없을 정도로 기가 막히게 아름다운 남자였다.

"뭐하냐니까. 이 밤중에 물귀신처럼."

그녀가 몸을 숨긴다고 가까이 갔던 언덕 위에 은백색 도포 차림의 남자가 무릎을 구부리고 인희를 내려다보고 있었다. 쌍꺼풀 없는 큰 눈이 반달처럼 기다랗게 호를 그리고 있는 것이 눈으로 웃고 있는 모양이었다. 콧날은 단정하고 입술은 붓으로 그린 듯 어둠 속에서도 선명한 게, 김홍도의 풍속화나 윤두수 초상화 같은 데서 본 넙데데한 조선 남자의 얼굴이 결코 아니었다.

그런데 한 번 본 듯한 얼굴이었다. 최근에.

"앗, 마님이 남장을 하셨네?"

자기도 모르게 손가락질을 하며 인희가 외쳤다. 예상치 못한 반응에 잠깐 주춤했던 남자는 그녀의 말을 이해했는지 허리를 젖히며 웃어댔다. 밤을 울리는 맑고 호쾌한 웃음소리에 인희마저 기분이 좋아질 정도였다.

눈을 뗄 수 없을 정도로 미남자였다. 그리고 화려했다. 갓끈엔

영롱한 보석들이 꿰어 있었고 갓 층 꼭대기에도 값비싸 보이는 장식이 달려 있었다. 게다가, 귀고리를 하고 있었다. 귀고리. 헉, 이게 말로만 듣던 조선 선비의 귀고리구나. 인희는 넋을 잃고 진주인 것으로 추정되는 남자의 귀고리를 쳐다보았다. 폭이 넓은 도포에 흑립黑笠을 쓰고 귀고리를 한 자태는 굉장히 언밸런스했고, 그래서 무척이나 야하게 느껴졌다.

"하하, 우리 어머님하고 나하고 그렇게까지 닮았나."

거의 눈물을 흘릴 정도로 웃던 은색 옷자락의 선비는 여전히 웃음이 뚝뚝 흐르는 얼굴을 인희 앞으로 바짝 들이댔다.

"어머님을 아는 걸 보니 넌 우리 집 식솔인 모양이지? 그런데 대체 여기서 뭘 하는 게냐?"

초절정 미남을 만난 바람에 잠시 이성을 잃었던 인희는 그제야 자기 처지가 생각났다. 분위기 야릇한 달밤에 긴 머리를 물결 따라 흘리며 젖은 옷으로 C컵의 가슴을 겨우 가리고 있는 열일곱 살의 서인희가.

어마나.

그녀는 황급히 물속으로 몸을 담갔다. 차가운 계곡물에 뼛속까지 얼어붙는 것 같았지만 지금 추워요 하며 물 밖으로 나선다면 그건 뜨겁게 안아주세요 도련님 하고 말하는 것과 다름없을 거였다. 몸을 감싼 냉기가 무색하게 얼굴이 달아올랐다.

남자는 웃음기를 감추지 않은 얼굴로 짐짓 불쾌하다는 듯 목소리를 꾸며내었다.

"거 참, 나를 뭘로 보는 거냐. 내 설마 계집이 없어 너 같은 천것을 욕심낼까. 밖으로 나와도 되느니라. 날씨가 차다."

'이봐요, 방금 나 아래위로 좌악 훑어 내린 거 다 봤거든요? 내가 그런 시선 어디 한두 번 겪어본 줄 알아요?'

인희는 흐흐 모호하게 웃으며 물속에서 발을 움직여 뒷걸음질 쳤다.

'아무리 당신이 눈 돌아가게 잘생긴 남자라도 난 길동 에미가 되는 건 싫다오. 아버지를 아버지라 부르지 못하고 형을 형이라 부르지 못하는 불쌍한 길동이를 낳는 건 사절이라오.'

몇 번이나 발을 헛딛으며 점점 멀어져 가는 그녀를 남자는 즐거운 눈으로 보고 있었다. 뒤쪽으로 자그마한 폭포 같은 것을 발견한 인희는 저 뒤로 숨어야겠다 생각하고 몸을 재게 놀렸다. 쏟아지는 물이 몸의 벌러지를 떼어내는 데 도움도 될 것 같았다.

"거긴 처녀귀신이 발목 잡아끄는 곳이야아!"

남자가 손을 입에 대고 큰 소리로 외쳤지만 인희는 듣지 못했다. 작은 낙차였지만 물소리는 제법 요란했다. 빨리 가주셔. 그래야 나가서 옷을 말리고 나도 집구석이란 델 가지.

잠깐 보고 있던 남자는 일어서더니 고개를 한 번 갸웃하고는 말 잔등에 올라타 밤 그림자 속으로 천천히 사라졌다. 인희는 그제야 가슴을 쓸어내리며 몸을 일으켰다. 이가 부딪치도록 추웠고 손발에는 감각이 없었다. 어서 나가서 어디 쭈그리고 앉아 있자.

그런데.

갑자기 머리가 윙 울리더니 발이 떼어지지 않았다. 그녀는 물 밖으로 나가지 못했다. 아니, 나가지 않았다. 나가야겠다는 생각이 사라졌다.

윙 울리던 머리에서 이제 붕붕붕 소리가 나기 시작했다. 가슴이 답답하고 눈에서 열이 났다. 그리고는 눈앞이 캄캄하게 암전되었다.

'난 여기서 뭘 하는 거지. 왜 이런 꼴을 하고 있는 거지.'

조금 전까지 전혀 생각하고 있지 않던 그녀 본래 생의 행복했던 장면들이 생생하게 눈앞에 떠올랐다.

그리고 그건 가슴 따뜻하거나 그립지 않고 고통스러웠다. 자신의 처지에 참을 수 없이 화가 나고 그냥 죽어버려야겠다는 생각이 분노와 함께 치밀어 올랐다. 다른 생각은 아무것도 들지 않았다. 죽어, 죽어, 이런 꼴로 살지 말고 어서 죽어. 내가 왜 이러나 잠깐 생각했지만 곧 붕붕 소리에 묻혀 다 지워졌다.

그의 얼굴이 보였다.

생각지 않으려 잊으려 그리도 노력했던, 다정하고 따사로운 그의 얼굴이 시야를 가득 채우며 다가왔다. 인희의 마음이 무너져 내렸다.

그녀는 그를 향해 손을 뻗다가 미끄러져 물에 엎어졌다. 물은 더 이상 차갑지 않고 아늑하기까지 했다. 물속에 보이는 그를 잡으려 허우적거리던 그녀는 기운이 빠져 무릎을 꿇고 옆에 있는 바위에 상반신을 기댔다.

따뜻하고 졸음이 왔다. 이런 죽음이라면 달게 받아들일 수 있을 것 같다고 의식이 흐려지는 중에 인희는 생각했다.

잠시 후, 말에 탄 채 철벅철벅 개울로 들어온 은색 도포의 남자가 혀를 찼다.

"내 이럴 줄 알았어. 처녀귀신이 잡아끈다니깐."

날렵한 몸놀림으로 말에서 내린 그가 물에 젖은 솜처럼 늘어진 인희를 번쩍 들어 안았다. 갑자기 느껴지는 온기에 그녀가 한쪽 눈만 힘겹게 떴다.

아, 당신이네.

그리운 그 얼굴을 확인한 인희는 웃었다. 가냘프게, 애잔하게.

그러나 곧 고개를 떨어뜨리고 말았다.

뜬금없는 인희의 웃음에 남자가 미간을 좁혔다. 그리고 그녀를 안아 든 손가락에 말고삐를 걸고 걷기 시작했다.

'어디선가 좋은 냄새가 나네.'

잠결에 인희가 생각했다.

"내가 변태였구나, 이제 보니."

인희는 들고 있는 옷 무더기에 코를 파묻으며 스르르 웃었다.

연보랏빛에 청포도가 그려져 있는 화려하기 짝이 없는 두루마기에선 여자의 가슴을 휘젓는 좋은 향이 났다. 난초향, 이라고 그녀는 생각했지만 꽃향기만으로 이렇게 여심이 설렐 수는 없는 거였다. 이건 잘생긴 남자한테서 나는 유혹의 향기라 불러야 마땅할 것이다. 같은 향이라도 못생긴 남자에게서 난다면 이렇게까지 마음이 들뜨진 않을 테니.

"사실 내가 난향蘭香 따윌 어떻게 알겠어. 그냥 꽃냄새가 난다, 이거지."

자조적으로 중얼거리긴 했지만 언젠가 서산의 식물원에 갔다가 춘란향기에 크게 감명받은 기억이 아직 생생했다. 그건 인공적인 향과는 비교할 수 없는 깊고 은은하면서도 매혹적인 향이었다. 대체 어떻게 이 남자 옷에서 그런 향이 날 수 있는 건지, 인희는 고개를 갸웃거렸다. 기생의 분냄새일 수도, 또는 난주蘭酒 냄새일 수도 있었지만 이상하게도 여자향이 아니라 남자향이라는 느낌이 강하게 들었다. 그래서 난초가 사군자에 드는 걸까?

인희는 옷가지를 뭉쳐 들고 방을 나섰다. 물 긷고 빨래하는 수급비水汲婢에게 이걸 넘기고 나면 그녀의 일과는 대충 끝난다. 저 도련님은 얼굴만 잘생긴 게 아니라 도무지 손 갈 게 없는 사람이었다.

그날 밤, 물이 뚝뚝 흘러내리는 언년이를 안고 들어온 작은도련님은 손수 억금의 방에까지 그녀를 데려다가 눕혀주었다고 했다. 처녀귀신 물굽이에서 건져 왔노라 하며, 당신 옷도 흠뻑 젖었건만 불평 한마디 없이 따뜻하게 해주어라 하고는 돌아갔다고 하였다. 종들에게 모질게 군 일도 없었지만 관심을 보인 일도 없었던 둘째 도련님의 행동은 참 뜻밖이었다고 억금이가 나중에 말해주었다. 그러나 뜻밖의 행동은 거기서 그친 것이 아니었다.

다음날 오후, 도련님의 명이 내려졌다. 언년이를 몸종으로 쓰시겠노라는.

남자는 남종을 부리는 것이 당연한 이치였다. 게다가 작은도련님은 데리고 다니는 종자도 없이 혼자 밖으로만 나도는 사람이라고 했다. 새삼스럽게 몸종을, 그것도 계집종을 가까이 두겠다는 것은, 그건, 누가 생각해도 너무나 분명한 다른 목적이 있는 것 아닌가.

"아니, 이태까정 니한테 눈길 한 번 안 주시드만 와 갑자기 그라시는 긴지……."

억금은 땅이 꺼져라 한숨을 내쉬었다.

그네는 안방마님이 안 된다고 해주길 기대했다. 그렇잖아도 언년이를 마뜩잖아 하시는 마님께서는 당신 아드님이 그녀를 거느리는 걸 원치 않을 것이라 생각했다. 그러나 아드님이라면 꺼뻑죽는 마님은 별말 없이 그러려무나 하셨고, 심지어 거처도 옮겨라 작은도련님은 분부했다. 도련님 방 바깥쪽으로 쪽방을 하나 달아내는 공사가 있었다. 쪽방을 지으며 큰놈이는 집이 부서져라 도끼질을 해댔고 억금이 얼굴의 주름은 더욱 깊어졌다. 민이는 새하얘진 얼굴로 완성되어 가는 쪽방을 묵묵히 보고 있었다.

막상 당사자인 인희는, 솔직히 돌아가는 상황이 딱히 싫지 않았다. 최소한 변소 청소 담당은 면한다는 거 아냐, 그녀는 생각했다. 그리고 잠시 본 인상이었지만 그녀의 눈에 작은도련님은 자기를 강제로 겁탈할 만한 위인으로 보이지는 않았다. 그가 자신을 가까이 두고 싶은 것은 단지 예쁜 꽃을 감상하는 기분일 수도 있었고 아니면 좀 신기하다는 느낌을 받아서일 수도 있었다.

인희로서도 지척에 꽃미남이 있는 것은 결코 나쁜 기분이 아니었다. 민이를 예뻐라 하지만 남자 하나보다야 둘이 훨씬 더 즐거운 일 아니겠는가. 어차피 사귈 것도 결혼할 것도 아닌 바에야.

"몸조심해야 하능기라. 아무리 웃전이라 캐도 기냥 홀라당 몸

주모 안 된다꼬."

억금은 그녀를 볼 때마다 같은 말을 되풀이했고 인희는 걱정하지 마세요 야무지게 웃었다.

"작은도련님이 쫌 노시긴 하지만도 이제껏 식솔을 건드리신 일은 엄썼다. 그라니 니가 처신만 잘하모 괜찮을지도 모린다."

희망사항이 현실이 되길 바라며 억금은 한숨을 내쉬었다. 사실 언년이가 작은도련님의 총애를 받아 첩이라도 되면 사는 게 덜 고달플 수도 있었다. 그러나 실컷 노리개가 된 후에 버려지는 꼴도 여럿 보지 않았던가. 그네는 언년이가 신분에 맞는 사람과 짝지어져 자식 낳고 고단하나마 평온하게 살길 바랐다.

인희가 쪽방으로 이사한 날 작은도련님은 밤늦게야 집에 돌아왔다. 그는 물 한 대접을 원했을 뿐 별말 없이 잠자리에 들었다. 다음날도 또 다음날도 그는 한밤중에 돌아왔고 인희에게서 물을 받을 때마다 눈을 부드럽게 휘며 웃었고 인희는 그가 너무 아름다워 가슴을 두근거렸고 방 안엔 언제나 난향이 가득했다. 이러다 내가 덮치는 거 아냐, 그녀는 어둑한 방 안에 그를 마주하고 앉아서 이런 생각까지 했다.

주인이 하루 종일 집을 비운 몸종의 일과라곤 아침에 세숫물을 대령하고 조반을 들이고 벗어놓은 옷을 빨래터에 넘기고 그의 방을 청소하는 것뿐이어서 그녀는 별 할 일 없는 생활을 한가롭게 즐겼다. 머리를 쓰지 않는 생활도 나름 편안하고 좋은 거구나, 항상 경쟁 속에서만 살았던 인희는 인정했다.

내심 상당히 걱정했던 요강 비우기마저도 문제가 되지 않았다.

제대로 된 양반들은 몸이 아프지 않는 한 게으르게 요강 따월 쓰진 않는다고 억금이 말해주었다.

이제 그녀에게 주어진 개인 방도 있으니 방에 틀어박혀 낮잠을 잘 수도 있었다. 도련님의 명으로 방에 목욕통까지 만들어놓아서, 그녀는 여유있게 목욕도 매일 했다. 그녀를 제외한 모든 사람은 목욕통의 의미를 아주 심각하게 받아들였지만. 목욕재계하고 밤 시중들어라 이거지.

솔직히 처음엔 인희도 그런 뜻인가 생각했다. 그런데 그가 너무 아무런 관심도 보이지 않자 한편으로는 안심이 되고 또 한편으로는 조금 실망도 되었다. 이 세상 저 세상 가리지 않는 내 매력이 그에게는 발휘되지 않는 건가. 인희는 재미없었고, 심심하다 생각하기 시작했고, 그래서 자기가 먼저 말을 걸리라, 궁금했던 것을 저 남자한테 물어보리라, 대담한 생각을 하기에 이르렀다.

"저, 도련님."

계집종이 자신을 부르자 물을 마시던 작은도련님은 고개를 들었다. 원래 이렇게 웃음이 헤픈 사람인가, 아니면 내가 웃기게 생긴 걸까, 그녀는 잠시 생각했다. 눈웃음을 치면 바람둥이라지만 여자들이 흐늘흐늘 녹아나는데 바람 안 피울 수가 있겠나 싶었다.

"이름이 뭐예요?"

남자가 마시던 물을 뿜었다. 자기 입에서 튀어나간 말에 도련님보다 더 놀란 인희가 두 손으로 자기 입을 가렸다. 내가 미쳤지, 겁도 없이 상전의 이름을 물어?

콜록콜록. 사레가 들러 괴로워하던 남자는 소매를 들어 입가를 닦았다. 인희는 등이라도 두들겨 주고 싶었지만 차마 손을 뻗지 못하고 얌전히 앉아만 있었다. 혼쭐이 나도 할 말이 없는 무례한 질문을 했다.

"넌…… 아무리 법도를 모르는 천한 것이라 해도 어찌 그런 것을 물을 수 있단 말이냐. 양반의 이름은 부모가 지어준지라 평생 함부로 부르지 않는 귀한 것이야. 그래서 대신 자字나 호號를 쓰는 것이고."

그럼 자나 호라도 좀 가르쳐 줘. 혼자 침 흘리면서 생각할 때 작은도련님이라고 부르는 건 싫거든?

"네가 기억도 잃었다 하고 본시 배운 것도 없는 건 내 안다만, 그래도 그런 건 양반에게 물어서는 안 되는 것이야. 혹 다른 것이 궁금하거든 내게 물어도 된다. 아는 대로 대답해 주마."

다행히도 그는 다만 어이없어할 뿐 화를 내지는 않는 것 같았다. 인희가 제 질문에 주눅이 들어 얌전히 있자 불쌍하다 생각했는지 다독이는 말까지 덧붙여 주었다.

듣던 중 반가운 말이 아닌가. 그녀는 눈을 반짝였다. 이런 기회는 흔치 않은 거지.

"그럼, 지금이 어느 시대인지 여쭤봐도 될까요? 임금님께서는 어느 분이신지, 또는 선대왕께서는 어느 분이셨는지 알려주실 수 있습니까?"

도련님은 의외라는 듯 눈썹을 모았다. 노비가 묻기에는 너무나 이상한 질문임이 확실하다.

"왜 그런 걸 알고 싶은진 모르겠다만…… 선대왕마마의 존호는 인조대왕이시다. 금상께서 즉위하신 지는 이제 다섯 해가 되었고."

인희는 자기도 모르게 등을 펴고 똑바로 앉아 도련님을 마주 보았다. 목에 걸렸던 것이 쑥 내려가는 기분이었다.

"그럼 지금 임금님께서는 효종, 아니, 봉림대군마마시군요."

남자의 얼굴에 놀라움이 번졌다. 너는 어찌하여 평민들도 잘 모르는 그런 것을 안단 말인가. 대군께서 청나라 볼모생활을 끝내고 귀국하실 때 일반 백성들도 다 환영하러 길가에 나오기는 했지만, 그들은 그저 대군마마와 그 가솔들이시구나 하는 정도였을 뿐 구체적으로 대군의 이름을 알고 있지는 않았다.

도련님의 표정을 읽었지만 인희는 그의 의문을 풀어줄 수 없었다. 학교에서 다 배워요 하며 태정태세문단세를 읊을 수는 없는 일이었으니까.

임금을 알자 그녀의 다음 질문은 자연스럽게 결정되었다.

"도련님께서 하신 귀고리는…… 선조대왕 이후로 금지되지 않았나요, 남자가 귀고리 하는 건? 근데 어떻게 도련님은……?"

잘생긴 남자가 눈을 크게 뜨고 숨을 멈춘 채 놀라워하는 모습은 그것만으로 예술이었다. 외까풀의 눈도 저렇게 클 수 있구나. 그린 듯한 입술이 벌어지니 참으로 육감적이구나. 아, 나는 너무 미모를 밝히는구나.

"네가 어찌 그런 것을……."

인희는 진짜 궁금했다. 오랑캐 풍습이라 다 못하게 했잖아, 남자 귀고리. 왜 넌 하고 있냐니까?

그는 대답해 주지 않았다. 대답하기에는 너무 심하게 놀란 모양이었다.

내가 막가는구나. 인희도 알았다.

자신의 입에서 나오는 말은 질문이든 대답이든 하나같이 수상하기 짝이 없는 것들이었다. 버릇없다 혼찌검이 날 수도 있었고, 일은 안 하고 어디서 쓸데없는 소리나 주워들은 거냐 치도곤을 당한다 해도 할 말이 없었다. 호기심 땜에 죽는 거랬지, 고양이는.

하지만 하루를 살더라도 궁금한 건 알고 가야겠다고 그녀는 생각했다. 어차피 아무것도 무서운 게 없는 서인희 아닌가. 기껏해야 죽기밖에 더하겠는가. 죽고 다시 태어나면 설마 이보다 나쁜 곳에 태어나기야 하겠는가.

사실은 묻고 싶은 게 더 많았지만 좀 민감한 문제라 천하의 그녀도 망설일 수밖에 없었다. 민이가 니 동생이란 게 사실이야? 민이 엄만 어디 갔어? 니가 작은 도령이라며, 그럼 형은 왜 안 보이니? 그리고 니네 엄만 왜 날 미워하는데?

할아버지도 지나 먼 조상뻘이겠지만 눈앞의 도령은 분명히 인희보다 젊었다. 스물두 살 정도? 그래도 민이처럼 소년티가 나는 것은 아니고 남자란 느낌이 물씬 드는 청년이었다. 옛날 사람들은 일찍 성숙했을 것이다. 어린애라 의무와 책임으로부터 유예되는 기간이 훨씬 짧았을 테니.

사실 저 정도 나이면 장가도 갔어야 마땅한데 왜 여태껏 미혼인 걸까 인희는 그것도 궁금했다. 심지어 형도 아직 혼자인 모양이었다. 이놈의 집구석은 뭔가 예사롭지 않은 곳이다. 그리고 그 대감인가 영감인가는 도대체 어디 있냐고.

"대감마님은, 왜 댁에 안 계시죠? 어디 외지에 근무하고 계시나요?"

알고 싶은 게 이렇게 많아서 내가 먹고 싶은 것도 많은 거지. 아, 피자 먹었으면 좋겠다. 그녀는 입맛을 다셨다. 만날 잡곡밥과 남이 먹다 남긴 나물 반찬만 먹으려니 아주 몸에서 기름기가 다 빠진 것 같았다.

눈앞의 도령은 화를 내지 않았다. 그는 이제 얼굴에 웃음을 되찾았다. 세상에서 가장 재미있는 장난감을 보는 표정으로 그는 인희를 뚫어지게 쳐다보며 빙긋이 웃었다.

남자는 벽에 등을 대고 비스듬히 앉았다. 한쪽 무릎을 세워 팔을 걸치고 나태하게 기대앉은 모습이 호롱불에 비쳐 은은했다. 아직 갓도 벗지 않은 그는 목이 불편하지도 않은지 편안해 보이는 표정이었다.

"대답을, 해주마. 내가 귀고리를 하고 있는 이유는, 승하하신 소현세자께서 청국의 문물에 관대하셨기 때문이다. 오랑캐 습속이라고 반드시 내칠 일은 아니고 열린 마음으로 받아들이는 게 좋다고 생각하신 분이었다, 그분은."

그의 기다란 손가락이 귓불을 스치며 달랑거리는 흑요석 귀고리를 쓰다듬었다. 눈동자처럼 새카만 보석이 아름다웠다. 아니, 보석처럼 새카만 눈동자가 아름다웠다.

"귀고리가 뭐 굳이 따라야 할 미풍양속은 아닌지 몰라도 억지로 금해야 할 일도 아니라고 나는 생각한다. 난 아름다운 게 좋고, 그래서 귀고리를 하는 게 좋다."

대답하는 남자가 너무 진솔하여 인희는 약간 놀랐다. 계집종 따위에게 저런 말을 하는 상전은 아무도 없을 것이다. 물론 그런 질문을 하는 계집종도 절대 없을 테지만.

"그리고 아버님은."

그의 대답은 이어졌다.

"지금 귀양 중이시다. 죄목까지야 네가 알 필요 없겠지. 다만 하나 말해줄 수 있는 건 그 귀양은 상당히 형식적인 거라서 귀양 중이심에도 불구하고 우리는 녹봉도 다 받고 땅도 재산도 온전히 유지하고 있다는 거다."

대답을 듣기 전보다 더 의문투성이다. 확실히 수상쩍은 집안이다.

남자는 여전히 그녀를 보고 있었고 인희는 더 물어봐도 되는 걸까 아니면 오늘은 여기서 그쳐야 하는 걸까 궁리하고 있었다. 그때 예상을 깨고 그가 질문을 던졌다.

"나도 알고 싶은 게 있구나. 대답해 주겠니."

아, 곤란한데.

난처한 질문을 할 것이 분명해서 그녀는 살짝 입가를 실룩였다. 그러나 싫다고 할 수는 없는 일이 아닌가.

"시원이란 자는 누구냐."

물을 마시고 있지 않아 뿜을 수는 없었다. 마른 사레가 들려 컥컥거리며 인희는 가슴을 두들겼다.

"어떻게 그 사람을……."

놀란 눈으로 쳐다보자 남자가 고개를 천천히 끄덕이며 말해주었다.

"귀신한테 홀렸던 날. 정신 잃었던 네가 찾았다, 그 남자를. 남자가 맞는 게지?"

그의 입가에 웃음이 옅어진 듯도 했다.

'내가 물에 빠졌던 날 저 사람 앞에서 시원 씨 이름을 불렀어?'

그를 생각하니 가슴 한 귀퉁이가 싸하게 식어왔다. 하지만 그런 감정에 빠져들기에는 지금의 상황이 너무 난감하다. 뭐라고 말해야 하지. 죽기 전에 사귀던 남자라고 말할 수는 없잖아. 그리고 본명이 시원인 건 아니고 슈퍼주니어의 최시원이랑 너무 닮아서 내가 그냥 그렇게 부르는 거라고는 더더욱 말할 수 없잖아.

"……정인입니다."

남자의 얼굴이 있는 대로 찌푸려졌다. 잔뜩 찡그린 얼굴도, 그러나 멋있었다. 정인이 있는 여자의 눈에도 미남은 여전히 미남으로 보이는 것이다.

"정인이라니, 그럼 이 동네 어디 사는 머슴이나 천민이란 말이냐. 아니면 남몰래 정을 통하고 있는 양가댁 자제라도 있단 말이냐?"

"그 사람은 아주 멀리 살고 다시는 만날 수 없는 사람입니다. 도련님께서는 전혀 모르시는 사람이구요. 그저 마음속에 품고 사는 정인일 뿐입니다."

한껏 비극적인 분위기를 풍기며 그녀는 눈을 내리깔고 서글픈 표정을 지었다. 불쌍하고 뭔가 있어 보이지? 그러니까 그만 물어 봐.

남자는 무릎에 걸친 손의 손가락을 마주쳐 딱, 딱 소리를 반복 해 냈다. 뭔가 생각하는 눈치였지만 별다른 말은 하지 않았다.

인희는 뭘 더 물어봐도 될까 아님 이제 주무세요 하고 일어서야 하나 갈등했다. 갈등을 풀어준 것은 남자였다.

"더 묻고 싶은 게 있으면 물어라. 나도 하나 더 물어보고 싶구 나."

굳이 일대일 대응을 하지 않아도 되련만 참 페어플레이 정신이 강한 도령이라고 인희는 생각했다. 보기 좋은 떡이 먹기도 좋다더 니, 잘생기고 손 안 가는데다가 솔직하고 공정하기까지 해.

마지막 기회. 그녀는 망설였다. 뭘 물을까. 뭐가 개중 덜 위험할 까. 아니, 뭐가 제일 궁금한가, 난.

그녀는 결국 민이에 대한 질문을 하기로 했다. 어째서 그 젊은 이가 이렇게 마음이 쓰이는지는 모르겠지만 민이에 대해 더 알고 싶다고 생각했다. 가장 수위가 높은 질문이란 걸 알면서도 그녀는 묻고 말았다.

"민이 어머니는, 어떻게 된 건가요."

고개를 숙이고 있었음에도 방 안 공기가 확 바뀐 것이 느껴졌 다. 아차, 잘못했구나 싶기도 했지만 엎질러진 물이니 어쩌랴. 지 가 알고 싶은 게 있다니 그걸 들으려면 대답을 해줄 수밖에 없겠 지.

그러나 대답이 나올 때까지는 한참의 시간이 걸렸다.

"재민이 어미는."

그녀는 비로소 알았다. 민이가 풀네임은 아니라는 걸. 재민이였구나. 아마도 '재' 자 항렬인가 보구나. 형이라 부를 수 없는 형들과 같은 글자를 쓴다는 걸 감추기 위해 그저 민이라 하는 거구나. 마음이 짠했다.

"아버님이 팔아버렸다."

인희는 깜짝 놀라 고개를 들었다. 두 사람의 눈이 마주쳤다. 남자의 눈은 흑요석보다 더 캄캄한 밤 빛깔이었고 그녀는 가슴이 서늘해지는 걸 느꼈다. 그는 민이를 재민이라 불렀고 그건 재민을 동생으로 인정한다는 뜻이다. 동생을 낳은 여자를 팔아버린 비정한 아버지에게 아들은 과연 어떤 감정을 품고 있을 것인가. 이 사회에서, 반드시 아버지를 존경해야만 하는 이 조선 사회에서.

그녀는 후회했다. 공연한 질문을 했구나. 선을 넘었구나. 미안하다고 말하고 싶었지만 그것도 주제넘는 것 같아 인희는 조용히 눈을 내렸다. 아버지의 손에 어머니를 잃어야 했던 재민에 대한 연민이 가슴에 넘쳤고 그 못지않게 이런 말을 입에 담아야만 했던 눈앞 남자의 심정이 손에 잡히는 듯 사무쳤다.

남자는 가라앉은 음성으로 그가 하고 싶었다던 마지막 질문을 던졌다.

"너는 어찌 생각하느냐. 내가 옆방에 불러들인 너를 강제로 겁박하여 범할 상전인 것 같으냐, 아니더냐?"

약간 고개를 숙이고 올려다보듯 눈을 치뜬 그의 표정은 읽기 어려웠다. 원래 묻고 싶었던 게 그것이었는지 아니면 그녀의 물음에 마음이 다쳐 하는 질문인지도 알 수 없었다. 그는 화가 난 듯도, 유혹하는 듯도, 놀리는 듯도, 그리고 갈망하는 듯도 했다. 어쩌면 아무것도 아닐 수도 있었다. 확실한 건, 이 남자는 어떤 표정을 지어도 어떤 동작을 해도, 관능적이었다.

"아닙니다."

솔직한 대답이었다. 지난번 달밤 물가 이후로 한 번도 그런 생각은 들지 않았다. 뜬금없이 몸종이 되라 했어도 무섭거나 걱정되지 않았다. 이 남자가 무슨 생각을 하고 있는지 전혀 알 수 없음에도 불구하고 두려워해야 할 대상이라거나 적이라고 생각되지 않았다. 그리고 지금, 제집 종을 건드려 자식을 낳게 해놓고는 팔아버린 사내의 아들은, 그 아비와는 다른 사람이라는 확신이 들었다.

그가 어떤 얼굴을 했는지 인희는 알 수 없었다. 그녀는 그저 다소곳이 고개를 숙이곤 자리에서 일어섰다. 더 이상 그의 마음을 쑤셔대고 싶지는 않았다.

조용히 방문을 여닫는 그녀의 뒤에서, 작은도련님의 낮은 목소리가 그녀를 붙잡았다.

"재준이다."

인희가 고개를 돌렸다. 그와 눈이 마주쳤다.

"내 이름은 재준이다. 재준 도련님이라고 불러도 된다. 다른 사람이 같이 있지 않을 때에는."

그녀는 방문을 붙잡은 채 모로 서서 가만히 재준을 내려다보았다. 호롱불빛이 여전히 아늑한 그림자를 드리우는 조선의 사랑채 어느 방문 앞에 서서 죽은 지 수백 년은 되었을 남자의 이름을 고백처럼 듣는 것은 정말로 야릇한 기분이었다. 제 이름은 인희예요라고 말하고 싶은 것을 눌러 참으며 그녀는 잠자코 고개만 끄덕이고 방문을 닫았다.

왜 이렇게 마음이 아픈지 모르겠다.

제 3 장

현대인들이 조선 시대에 대해 가장 잘못 알고 있는 것 중에 하나는 사람들이 죄다 걸어다녔다고 생각하는 부분이다. 그것이야말로 전적으로 드라마의 책임으로, 충분한 수의 말들을 조달할 수 없어 걷는 장면으로 대체할 수밖에 없었던 것이 분명하다.

실제로는 남녀를 불문하고 말을 타고 다녔다. 다만 승마용의 크고 멋진 말 같은 것은 군용으로만 쓰였기에 양반들이 보통 타는 말은 자그마하나 뚝심있는 조랑말이었다. 조랑말은 먹는 양이 적으면서 힘은 세어 어지간한 집에서도 건사하기가 수월하였다.

그런데 이 잘난 대감님댁의 미남 도련님들은 무관도 아니면서 큰 말을 탔다. 인희의 상전인 재준 도련님이 기생집에 놀러갈 때도 잘빠진 서러브레드를 탔고, 얼굴이나 한번 봤으면 하며 궁금해

하던 그의 형이 드디어 집에 돌아오던 날도 미끈한 준마를 타고 왔다. 뭔가 특혜의 냄새가 났지만, 잘난 남자들에겐 역시 조랑말보다 큰 말이 어울리긴 했다. 겉멋이란 나름 중요한 것이다.

민이가 말고삐를 잡고 마구간 쪽으로 향하는 것을 보았다. 인희는 억금이를 도와 반찬을 준비하는 중이었다. 지난번 그의 생모에 대한 이야기를 들은 이후 인희는 재민을 볼 때마다 가슴이 시렸다. 어쩌면 저렇게 맑고 구김없는 얼굴을 하고 있는 걸까, 그녀는 도저히 이해할 수가 없었다. 자신이었다면 이미 오래전에 대감마님과 맞짱 뜨고 뒤집어엎었을 것이다.

'너야말로 진짜 길동이인 거지. 그런데 넌 활빈당을 만들기는커녕 배다른 형들을 도우며 그리도 순하게 살고 있는 거냐. 누나 맘 아프게.'

그가 모시고 온, 그녀로서는 이름을 알 기회가 없는 큰도련님은 재준과 마루를 사이에 둔 큰방에 기거하는 모양이었다. 바로 건너쪽방에 살고 있는 인희는 그의 방에 손님들이 많이 드나든다는 것을 곧 알 수 있었다. 손님들은 하나같이 눈빛 번쩍거리는 범상치 않은 선비들로 방에서 무슨 대화를 나누는지 바깥까지 목소리가 들리는 법이 없었다. 그들은 가벼운 다과상만 받았을 뿐 술을 마시지도 않았다.

재준의 형은 동생과는 사뭇 다른 라이프스타일로 사는 듯했다. 또한 그의 귀가와 더불어 재민의 역할은 큰도련님 보좌로 바뀐 것이 확실했다. 뭘 하는 건지 알 길은 없었지만.

"오라버니, 큰도련님하고 어딜 그렇게 다녀요?"

지나가는 말처럼 슬쩍 물어보았다. 민이는 별일 아니라고 대답하고 어깨를 으쓱할 뿐이었다. 형이 언년이를 건드리지 않은 것을 알았는지 요사이 다시 표정이 밝아졌고 그녀와 얼굴을 마주 대할 때도 처음처럼 자연스러웠다. 그렇게 햇볕을 받으며 바깥에서만 생활하는데도 그의 얼굴은 언제나 뽀얗고 윤기가 났다. 확 깨물어 주고 싶다.

"재, 아니, 작은도련님은 큰도련님 돌아오신 후로 아예 집에 들어오질 않으시는데, 두 분이 사이가 나쁜가요?"

그랬다. 밤늦게 들어오긴 했지만 그래도 언년이가 수발들기 시작한 후론 꼬박꼬박 집에서 잤는데, 억금의 말로는 그런 일이 잘 없었다고 했지만, 어쨌든 한동안 매일 들어왔었는데, 큰도련님이 돌아온 이후로는 한 번도 얼굴을 본 일이 없었다.

'둘은 왜 또 사이가 안 좋아. 걔네들도 배다른 형제인 건 아니겠지, 설마. 아니, 이 집 아저씨가 얼굴값 했으면 그럴 수도 있겠지.'

과거로 돌아와 보니 이 시대에 다들 정숙하고 점잖기만 했다는 교육은 죄 뻥이었다. 정절을 강요당한 것은 양반 부녀뿐이고 상민만 해도 자유분방했으며 천민은 거의 정조개념을 포기하다시피 하고 살았다. 가장 가관인 것은 양반 사내들로, 전 계급을 망라하며 여자들을 섭렵했다. 그러니 천민 여자들은 물론 제 계집을 수시로 뺏겨야만 하는 사내들도 육체적 순결에 의미를 둘 수가 없었다.

재민은 형들에 대해 별다른 대답을 해주지 않았다. 그저 작은도련님이 밖으로 나돌 땐 언제 돌아오실지 아무도 모른다고만 했다.

인희는 그가 보고 싶었다. 해사한 얼굴로 그녀를 바라보고 있는 예쁜 길동이도 좋았지만 눈웃음 흘리는 바람둥이 작은도련님도 며칠 못 보니 아쉬웠다. 어차피 어느 누구에게도 깊은 정을 줄 생각은 없었기에, 그녀는 가벼운 마음으로 그들의 매력만을 즐기고 있었다.

'인생이란 놀이공원 같은 거야.'

한 번 죽었다 살아난 사람답게 달관한 인생관이었다.

'즐거울 때도 있고 피곤할 때도 있지만 다 하루의 꿈일 뿐, 이게 진짜는 아닌 거지. 얽매일 것도 의미를 둘 것도 없어. 하루 롤러코스터 타고 올라갔다 내려갔다 한다고 생각하면 그만이야.'

그런 의미에서 그녀는 결코 자신의 것이 될 리 없는 큰도련님의 얼굴 또한 매우 궁금했다. 먼발치에서 본 뒷모습으로는 형제들과 마찬가지로 키가 크다는 것밖에 확인할 수 없었다. 그는 재준처럼 화려한 도포나 장식적인 갓을 즐기는 사람은 아닌 듯, 모든 것이 그저 심플하기만 한 전형적인 선비의 실루엣을 보여주었다. 저런 남자는 또 나름대로 단아한 매력이 있으리라, 인희는 침을 삼키며 생각했다.

"언년아, 이거 큰도련님 방에 갖다 드리고 온나."

밤늦게까지 숙덕공론을 벌이고 있는 방에 야식도 주안상도 아닌 하얀 무명천이 배달되었다. 곱게 접은 천을 들고 방문 앞에 도착한 인희가 조심스럽게 아뢰었다.

"도련님, 분부하신 무명천 가지고 왔습니다."

목소리가, 드디어 문밖으로 나왔다.

"문 앞에 두고 가거라."

'아후. 민이랑 어찌 저리 닮은 거야, 중저음의 멋진 목소리. 얼굴하고 목소리가 쫌 매치가 되겠지, 그대는?'

얼굴 볼 기회가 사라진 데 대한 아쉬움으로 그녀는 천을 문 앞에 놓고서도 물러나지 않고 서성였다. 방문이 스륵 열리더니 문에 가장 가까이 앉았던 객 하나가 팔을 내어 천을 가지고 들어갔다. 그것으로 끝이었다.

'정말 비싸구만. 같은 집에 살면서 이리도 얼굴을 안 보여준단 말인가?'

입이 반 발은 나온 인희는 댓돌 아래쪽으로 쭈그리고 앉았다. 목소리라도 더 들어야지. 밤이라 그런지 소리 죽인 그들의 음성이 조금씩은 바깥으로 흘러나오고 있었다. 안에 있는 사람은 모두 셋인 듯. 물론 큰도련님의 목소리가 그중 가장 멋졌다.

처음에는 목소리만 듣고 있었다. 그런데 점차 내용이 들리기 시작했다. 하긴, 저렇게 비밀리에 나누는 대화니 얼마나 은밀하고 재미있는 내용이겠어. 흠…… 북벌 얘기가 나오고……. 그렇지, 효종하면 북벌이지. 아버지가 청나라 장수한테 무릎 꿇는 꼴을 보아야 했던 아들이 임금이 됐는데 피가 끓지 않겠어. 본인도 끌려가서 몇 년이나 볼모 노릇을 하다 왔고. 그러고 보면 그런 일을 다 겪으면서도 청나라에서 배울 건 배워야 한다고 주장했던 소현세자는 정말 대인배였던 거야…….

너무 재미있었다. 북벌을 향한 지존의 꿈. 그를 받드는 신하들의 기개. 청나라의 눈을 속이기 위한 작전. 몰래 군대를 양성하기 위한 지략. 이런 것들이 조각조각 조금씩 새어 나오고 있었다. 그냥 들어서는 무슨 말인지 하나도 모를 테지만 이미 먼 미래에서 결말을 다 알고 온 인희로서야 한마디만 들어도 척, 내용이 이해가 되었다.

그녀는 좀 더 잘 듣고 싶었다. 그래서 슬그머니 댓돌 아래에서 위로, 결국은 마루 위로 몸을 끌어올리고 말았다. 납작. 바닥에 엎드려 이야기를 듣고 있으니 시원하고 행복했다. 아, 얼굴만 보여주면 더 바랄 게 없을 텐데.

얼굴을 보게 됐다. 그녀의 바람대로. 그녀가 바랐던 형태가 아닌 스타일로.

쾅당. 휙. 털썩.

아주 짧은 순간이었다. 눈 깜짝할 사이에 문이 열리고 그녀가 깃털처럼 가볍게 들어 올려지고 쌀자루처럼 둔하게 나뒹굴었다. 그리고 목에 차가운 감촉이, 눈에 싸늘한 빛이, 꽂혔다.

"누구냐, 넌."

그녀를 가마꾼들에게서 구해주었던 다정한 재민의 목소리와 똑같은 음성이 얼음가루를 바른 양 서늘하게 그녀를 추궁했다. 눈앞에 있는 건 큰도련님의 얼굴일 것이었다. 그리고 목에 닿은 것은 칼이 분명했다. 인희는 전율했다.

교통사고나 범죄에 늘 노출되어 있음에도 막상 생명에 위협을 느끼는 순간은 일생에 한 번도 경험하지 못하는, 무미건조하고 지루한 현대인의 삶. 그래서 사람들은 자극적인 영화를 돈 주고 보러 가는 것 아니겠는가. 그래서 클럽에 가 춤을 추고 번지점프를 하며, 남편 몰래 외도를 즐기는 것이 아니겠는가. 지금의 이 짜릿한 느낌을 조금이라도 맛보려고.

그녀는 머리부터 발끝까지 오싹하는 이 공포감이 너무나 좋았다. 그건, 절정의 느낌과도 유사했다. 그건, 살아 있다는 실감이 몸을 꿰뚫는 것 같은 기분이었다.

"대답해라. 누구냐니까."

그녀가 아무 말 없이 얼굴만 쳐다보고 있자 그가 다그쳤다. 생긴 거완 달리 머리가 나쁜 모양이네. 내 꼬라지를 봐, 니네 집 비복 중 하나인 게 당연하잖아?

생긴 거.

아, 생긴 건 정말.

이놈의 집안 남자들은 어찌 다 이렇게 생겨먹은 거야.

큰도련님 얼굴을 보고 싶어 얼쩡댔던 그녀의 노력은 결코 헛수고가 아니었다. 이건 진정, 이렇게 범죄자 취급을 당하는 게 조금도 억울하지 않은 보람찬 외모였다.

조선 남자를 보고 그리스 신상神像을 떠올린다는 건 분명 어불성설이겠지만 인희는 큰도련님을 보며 새하얀 조각상을 떠올렸다. 법률과 도덕의 신 아폴론을, 미의 상징인 나르키소스를, 영웅 페르세우스를, 그밖에도 멋지고 잘생긴 건 죄다.

큰도련님은 재준 도련님보다는 민이 쪽을 더 많이 닮아 있었다. 일단 눈처럼 흰 얼굴이 그랬고, 도톰한 입술이 그랬다. 재준은 어머니를 닮아 피부가 가무잡잡한 편이었고 입술 선이 좀 더 완만하면서도 육감적인 모양이었다. 반면 큰도련님과 재민의 입술은 어딘지 꽃봉오리를 연상케 했다.

그러나, 민이와 달리, 이 남자의 얼굴 윤곽에는 소년같이 부드러운 느낌은 하나도 남아 있지 않았다. 날카로운 얼굴선과 콧날이 남자답게 진하고도 깎은 듯 수려했다.

세 사람이 모두 형제라는 걸 알 수 있는 건 눈이었다. 쌍꺼풀이 없는 크고 아름다운 눈. 기다란 속눈썹에 감추어진 검고 깊은 눈.

하지만 이 남자는 절대 눈웃음을 치지 않을 거라고 인희는 생각했다. 아니, 웃는 일이 있기나 한지 모르겠다고 생각했다. 눈빛으로 사람을 얼려 죽일 수 있다면 아마 나는 벌써 냉동인간이 되었으리라, 그녀는 몸을 부르르 떨었다.

그녀가 작품을 감상하는 동안 남자는 답을 기다리고 있었다. 말로 해서 소용이 없자 칼끝을 살짝 밀었다. 피 냄새가 훅 끼쳤다. 짜릿한 느낌이 배가倍加되었다. 내가 변태인 게 확실하구나.

"저는 계집종인 언년이입니다. 제 얼굴을 모르시나요."

의도했던 것보다 당돌한 말이 나왔다. 에잇, 이놈의 성질머리.

남자가 양미간을 찌푸렸다. 칼이 목에서 떨어져 나가는 것이 느껴졌다. 그는 몸을 똑바로 세우며 여전히 의심이 가득한 눈으로 인희를 노려보았다.

'형이구나.'

가장 나이도 연륜도 많은 맏형이라는 걸 듣지 않아도 알 수 있을 만큼, 집안을 책임질 성숙한 남자의 오라가 묵직하게 풍겨 나왔다.

그건 여자에게는 곧 섹시함의 다른 이름일 수도 있었다.

"종년이 어찌하여 문밖에서 선비들 말씀을 엿듣는단 말이냐. 누구의 사주를 받았거든 지금 당장 토설하라."

코앞에서 윽박지르는 미장부美丈夫의 얼굴을 빤히 보면서 그녀는 몸을 일으켰다.

"사주를 받다니요. 전 그저 말씀이 흥미로워 잠시 듣고 있었을 뿐이랍니다."

안 들었다고 발뺌할 일은 아니었다. 그냥 멍하니 앉아 있었다고 거짓말을 할 수도 없었다. 그럼 어쩌랴. 진실을 말할 밖에.

그러나 진실이라 받아들이긴 좀 어렵겠지.

"흥미로워?"

남자의 미끈한 콧등에 주름이 잡혔다. 민이가 짓는 것과 똑같은 표정이다. 재민의 사랑스런 느낌과는 전혀 다른, 차가워 오히려 유혹하고 싶은 그런 얼굴에서, 같은 표정이 만들어지는 걸 보는 건 가슴 두근거리는 일이었다.

"무슨 말인지 알기나 하느냐? 무엇이 흥미롭단 말인가?"

인희는 그의 얼굴을 보고 있을 뿐이었지만 그는 여전히 그녀와 대화하고 있었다. 이 계집종이 위험한 존재인지, 무시해도 되는 것인지, 아니면 뭔가 다른 것인지, 큰도련님은 갈피를 잡지 못하였기에.

"전하께서 북벌을 계획하시는 뜻이 웅대하여 감명 깊었습니다. 선대왕의 수모를 갚기 위해 애쓰시는 모습이 눈물겹고, 제가 모시는 도련님이 그런 일에 헌신하시는 것이 자랑스러웠습니다. 제가 천것이고 계집이어서 그 위대한 사업에 동참하지 못하는 것이 안타까울 뿐입니다."

언제나 그랬듯이 이번에도 정면승부. 까짓거 한 번 죽지 두 번 죽겠어.

모 아니면 도인 거야.

남자가 숨을 흑 들이켰다. 자기도 모르는 사이에 반 발짝 정도의 거리를 뒤로 물러앉았다. 말없이 듣기만 하던 두 사람의 객도 눈을 부릅뜨며 몸을 반쯤 일으켰다. 인희는 물론 그들의 경악을 이해하였다. 지금 당장 저 칼, 그녀더러 갖고 오라고 한 무명천으로 윤을 내고 있던 퍼렇게 번쩍이는 칼로 목을 뎅겅 베인다 해도 할 말이 없었다.

"너는. 대체. 누구냐."

아름답고 깊은 눈에 의문과 두려움, 그리고 경탄을 담아 그가 물었다. 인희는 그의 눈 속에 살기가 없음을 보았다. 가장 선명하게 보이는 것은 놀랍게도 경탄이었다. 아마 그녀는 오늘 죽진 않을 모양이었다.

"핏덩이 때부터 도련님 댁에서 자란 언년이입니다. 눈여겨보신 일은 없으셨겠습니다만."

말투도 따박따박 떨어지는 인희의 대답에 남자의 입술이 약간 기울어져 올라갔다. 어쩌면 웃고 있는 것 같기도 했다.

"다른, 또 다른 이야기를 들었더냐."

그녀는 이 대목에서 잠시 망설였다. 그리고 한 번 더 그의 얼굴을 마주 보았다. 신기한 장난감을 보듯 하는 재준의 표정과는 조금 다른, 이상하지만 재미있는 책을 발견한 것 같은 그런 얼굴이었다. 어쩌면 약간 더 즐거움을 주는 것도 괜찮을 것 같았다.

"하멜의 이야기를 들었습니다."

정정이다. 즐거운 건 그녀였다. 자신의 말에 스르르 벌어지는 분홍빛 입술을 보는 것이 미치도록 즐거웠다. 지금 당장 죽는다해도 아깝지 않을 희열이 그녀를 가득 채웠다.

"하멜이, 누군가."

곁에 앉았던 턱이 네모진 선비가 육중한 목소리로 물었다. 그들의 대화에서 하멜이라는 이름은 한 번도 등장하지 않았었다. 그저 남만인南蠻人이라고 했을 뿐이다. 표류해 온 자들이라는 표현을 쓴일은 있었다. 그러나 이름은 언급하지 않았었다. 그런데 이 천한계집이 이름을 아는 것이다.

"제주로 표류해 온 양인이지요."

눈빛도 흔들리지 않는 어린 계집의 당찬 대답에 덩치 큰 사내셋이 할 말을 잊었다.

"너는, 어찌하여 그런 것을 아는 게냐."

다른 한 명의 남자가 송충이 같은 눈썹을 꿈틀거리며 물었다. 첩자냐 묻고 싶었지만 첩자라면 대체 어디서 보냈다는 것이며 이댁에서 줄곧 자란 종이라는데 첩자일 수는 없는 일이었다. 그러니그저 어떻게 아냐 물을 수밖에. 큰도련님도 각진 턱의 선비도 그녀의 답을 기다렸고 인희는 후회했다. 젠장, 뭐라 둘러댈지 아무생각도 안 하고 질러 버렸으니 어쩐담.

"제가."

그녀는 이전 삶에서 거의 실패해 본 일이 없는 사랑스러운 미소를 얼굴에 떠올렸다. 보조개가 쏙 들어가면서 볼이 동그랗게 올라가는 애교 만점의 웃음이었다. 그녀가 그렇게 웃으면 아무리 화가났던 남자도 표정을 풀곤 했는데, 여기서는…… 잘 안 된 것 같았다. 한숨을 푸욱 쉬며 인희가 말을 이었다.

"예지력이 좀 있어 그렇습니다."

혐오감이 분명한 표정이 세 사람의 얼굴에 떠올랐다. 인희는 잘 생긴 큰도련님이 그녀를 무당 따위로 생각할 것에 아차 싶어 얼른 덧붙였다.

"아니, 뭐 그렇다고 신내림을 받은 건 아니구요, 가끔 남들은 못 보는 걸 본다고 할까…… 하하."

잠시 네 사람은 서로 마주 보며 침묵했다. 남자들의 얼굴은 찌 푸려져 있었고 인희는 기운 빠진 애교를 거두지 못한 채 그들의 눈치를 살폈다. 먹힐 만한 변명이라곤 생각되지 않으니 당당한 얼 굴을 할 수가 없었다.

"가거라. 후에 다시 이야기하자."

칼을 거둬내며 큰도련님이 차갑게 뱉었다. 다시 천을 들어 칼날 에 묻은 선홍색 핏방울을 닦아내는 그의 얼굴에서 조금 전에 지나 갔던 다양한 표정들은 그림자도 남기지 않고 사라진 후였다. 은빛 쇠붙이에 그의 새하얀 얼굴이 비쳤고 인희는 그와 재민이 전혀 닮 지 않았다는 걸 깨달았다. 재민의 얼굴이 따스한 우윳빛이라면 이 남자의 얼굴은 얼음물마냥 냉정한 빛깔이다.

그녀는 자기도 모르게 목을 감싸 쥐었다. 손에 뜨뜻하게 느껴지 는 것은 피겠지. 이 남자가 손 하나 대지 않고 빨아먹은 피.

바깥 공기가 푹했다. 피가 제법 많이 흐른 것인지 약간 어질했 고 빈방으로 향하는 발도 조금 흔들렸다. 여전히 이름을 알 수 없 는 나무들 사이로, 거무죽죽한 밤하늘이 보였다.

피를 흘려선지 긴장이 풀려선지는 확실하지 않았다. 겨우 자기 방 앞까지 돌아온 그녀는 쪽방 문을 잡고 쓰러졌다.

'남자 하나 새로 만날 때마다 까무러쳐서야 어디 배겨날 수가 있겠나.'

그러나 그녀는 정신을 잃고 말았다.

지나치게 짜릿한, 제2의 인생이었다.

＊

조선의 아침은 이르다. 해가 이제 막 뜨는 둥 마는 둥 하는데도 종들은 아침상을 들이느라 바빴다. 대감마님이 계셨다면 새벽녘에 초조반初早飯을 잡숫고 조정에 드셨겠지만 안 계신 지 오래라 그나마 이 댁은 덜 바쁜 편이라고 할 수 있었다.

오래간만에 집에 돌아오신 작은도련님 조반상을 올려야 하는데 언년이가 보이지 않는다며 억금이 종종걸음으로 찾으러 다녔다.

"언년이가 몸이 아픈 듯해 내가 쉬라 했으니 신경 쓰지 말아라. 그리고 나는 오늘 아침 생각이 없구나."

작은도련님이 문을 조금 열고 바깥으로 목소리만 내보냈다. 억금은 언년이가 아프다는 말에 걱정이 되었으나 들여다보기에는 너무 분주한 시간이었다.

재준은 문을 닫고 방 안으로 시선을 향했다.

거기, 언년이가 그의 비단 이불을 덮고 잠들어 있었다.

—웬 피냐.

—아, 그게, 큰도련님이……. 하하…… 큰도련님은 좀 무서우시 더라구요…….

핏기가 바랜 얼굴 아래쪽으로 자신의 손수건이 감겨 있는 것을 그는 물끄러미 보았다.

처녀귀신에게 홀려 혼절한 그녀를 데려왔던 밤엔 젖어미에게 넘겼었다.

어젯밤엔, 그러고 싶지 않았다.

피를 흘리고 정신을 잃어가면서도 입가에 웃음을 놓지 않는 이 암팡지고 신기한 계집아이를 밤새 들여다보고 싶었다.

무슨 짓을 했다고 이 어린 계집한테 칼을 대셨단 말인가, 나의 냉정하신 형님은.

'예쁜 아이다.'

정말 그런가?

잘 모르겠다. 흔히 보아오던 미인상과 많이 다르다.

일단 얼굴이 너무 작았다. 재준 자신이 정말 듣기 싫어하는 말 이건만, 작은 얼굴이 사내답지 않다 여겨져 그리도 싫었건만, 계 집이라 그런가 그녀의 조그만 얼굴은 사랑스럽고 귀여웠다.

'그리고 몸매가 너무……. 음…… 쿨럭.'

펑퍼짐한 낡은 한복 아래 몸매가 보일 리 없건만 물에 젖었던 그녀의 풍만한 몸이 떠올라 그는 슬쩍 얼굴을 붉혔다. 그날 밤은 좀 힘들었다. 달빛은 요사스럽고 주위엔 아무도 없고 찰싹 달라붙 은 얇은 옷 아래 다 드러난 여자의 몸은 너무 자극적이었다.

'내가 진정한 선비인 게지.'

그는 붉어진 얼굴을 만지며 멋쩍게 웃었다.

'지난밤은 오히려 견디기 수월했다고 하면 누가 믿어주려나.'

물론 젊고 건강한 남자가 색색 여자 숨소리를 들으며 밤을 보내는 것이 아무렇지도 않을 수는 없었다. 당연히 잠을 이루지 못했고 눈은 새빨갛게 충혈되었다.

그러나 흔들리지 않았다. 언년이는 아팠고, 재준은 그녀를 보살피는 데 마음을 다 쏟았다.

언년이가 그를 믿는다 했던 눈동자를 기억했다. 그가 아버지와는 다른 사내라고, 여자를 억지로 탐할 무뢰한은 아니라고, 그렇게 말해주던 그녀의 눈동자에는 한 점 망설임이 없었다.

아마 그 때문이었을 것이다, 결국 자기 이름을 알려주고 말았던 건.

생각해 보면 처음부터 한결같았다. 물속에서 허둥거리고 있을 때조차도 그녀의 눈은 항상 똑바로 자신을 보고 있었다. 그런 눈을 본 기억이 있었던가? 그토록 빛나고 주저함없는 강한 눈을?

양가집 규수는 눈을 마주치지 않는다. 천한 신분의 여인들은 그렇게 당당한 눈빛을 하고 있지 않다. 기생들의 눈이야 속마음은 한 조각도 보이지 않는 불투명한 것이다.

언년이의 눈은, 깨끗하며 솔직한 그 아이의 시선은, 뭔가 다르고 특별하다.

그래서 이렇게 마음이 쓰이는 것이리라.

바깥에서 아침상 물리는 소리가 들렸다. 재준 자신이 아침을 먹었어야 그 상을 언년이에게 물려 먹이는 거였는데, 자고 있는 그녀를 깨워 억금에게 보내서라도 밥을 먹여야 하는 거 아닌가 그는 잠깐 생각했다. 그런데 바깥에서 기침 소리가 들렸다.

"재준이 방에 있니. 들어간다."

저런.

인희는 세상모르고 자다가 남자들 목소리에 화닥닥 놀라 일어났고.

동생 방에서 자고 있는 어젯밤의 괴상한 계집종을 본 큰도련님은 네가 왜 여기 경악하며 인희와 재준을 번갈아 노려보았고.

졸지에 종년 겁간했다 오해받게 된 재준은 형님 저 아이가 무슨 죽을죄를 지었기에 칼을 대셨소 했고.

수세에 몰리게 된 큰도련님이 다시 네가 수상쩍은 계집이라 그렇지 아니하냐 인희에게 일갈하였고.

인희는 내가 뭘? 시치미를 떼며 딴 데를 쳐다보았지만 두 남자는 이미 공감대를 형성한 후였다.

큰도령은 그녀를 보러 들어온 것은 물론 아니었다. 그러나 그는 인희에게도 볼일이 있었다.

"너는 나와 함께 가야겠다. 제주에 표류해 온 양인을 만나러."

입이 딱 벌어질 얘기였다. 뭐시라?

이미 조선에 들어온 지 1년이 넘은 서양인들은 한양에 살고 있다고 했다.

임금의 호위군사로 행렬에서 꽃 노릇이나 하고 있는 금발의 남만인들에게, 지존至尊은 내심 뭔가 다른 것을 기대하고 있었다. 벨테브레를 통해 몇 번이나 그들의 능력과 가진 것을 확인해 보아도 그들은 그저 뱃사람일 뿐 무기를 제조하는 기술도 군사를 다루는 수완도 아무것도 없다 하였다. 일행은 나가사키로 가는 길이었으니 가던 길 가게 해달라며 애원할 뿐이었다. 그러나 임금은 단념하지 못했다. 그들을 통해 서양의 힘을 빌어서 청국에 대항할 수 있지 않을까, 하다못해 신식무기라도 몇 점 보유하게 될 순 없을까, 북벌에 인생을 건 임금은 꿈꾸었다.

"그러니 네가 같이 가서 그들이 진심을 말하고 있는지 그렇지 않은지 좀 확인해 주어야겠다. 너의. 그. 예지력. 이란 것으로."

또박또박 힘주어 말하는 큰도련님의 입가가 다시 약간 기울어져 올라갔다. 인희는 이제 확실히 알았다. 저게 웃는 거야, 저게.

말하는 분위기로 보아 남자는 그녀가 예지력 운운한 것을 전혀 믿고 있지 않았다. 그런데 왜 그녀를 걸고 들어가는 걸까. 어쩌자고 임금의 밀명을 받아 외국인을 만나는 중차대한 자리에 언년이 따윌 데려가겠다는 걸까. 인희는 황당했지만 거절할 구실도 이유도 없었다. 심심한데 잘됐지 뭐.

"시키시는 대로 하긴 하겠는데요……. 부탁 하나만 들어주시면?"

네가 감히 조건을 걸어? 그는 한쪽 눈썹을 올리며 언짢은 표정을 했으나 말해보라 하였다.

"도련님은 이름이 뭐예요?"

재준이 푸하하 배를 잡고 나뒹굴며 웃었다. 선비들은 저렇게 경망스럽게 웃으면 안 되는 거 아닌가 인희는 생각했지만 그는 눈물을 흘리며 웃어대고 있었다. 반면 큰도련님은 양쪽에서 모욕을 당한 듯 냉정하던 얼굴을 붉은 빛으로 물들이며 눈에 노여움을 가득 담았다.

"아니, 아니, 형님, 노여워하지 마세요."

쿡쿡거리며 재준이 손을 흔들었다.

"저 아이의 특기입니다, 양반 이름 묻기. 저도 하는 수 없이 이름을 가르쳐 주었지 뭡니까. 그래도 남들 있을 때는 안 부른답니다. 큭큭."

큰도련님은 노기를 풀지 않았다. 오후에 남복을 한 벌 보낼 터이니 갈아입고 기다려라, 재민이와 함께 간다, 건조하게 지시사항만을 내뱉은 뒤 그는 인희더러 나가라 했다. 쳇, 여러 가지로 비싸게 구는 사람이야.

바깥으로 나온 인희에게 안쪽의 목소리가 새어 나와 들렸다.

"대체 넌 왜 집에 붙어 있질 않는 거냐. 이번에 아버님을 뵈러 갈 때는 같이 가지 않으련."

"하하…… 형님, 제가 원체 여인네들을 좋아하는지라, 그렇게 오래 한양을 떠나 있으면 기방에서 곡소리가 들린답니다……."

'흥. 사이좋네, 뭐. 근데 재준 도련님은 왜 형님을 피해 다닌 거지? 어쨌건 당신한텐 두 번이나 신세를 졌네. 아무한테나 웃음을 흘리는 바람둥이 도련님아, 고마우이.'

하멜이라.

하멜 표류기를 쓴 네덜란드인 하멜. 결국 조선 땅을 떠났으니까 고국에서 책을 쓴 거지?

그녀는 역사의 한 페이지 속으로 걸어 들어가려는 자신이 신기하고 믿어지지 않았다. 훗날 아무도 언년이 따위가 그 속에 있었다는 걸 알아주진 않겠지만, 그래도 설레는 일이었다. 종년으로 태어나도 세도가에 속하니까 재밌는 일이 일어나기도 하는 걸?

남장을 하는 것도 괜찮은 일이었다. 중인의 짧은 갓이 제법 어울린다고, 키가 커서 소년으로 보일 만도 하다고, 민이가 흐뭇하게 웃으며 옷을 여며주었다.

큰도련님은 말을 타고 재민은 고삐를 잡고 인희는 그 옆에서 함께 걷기로 했다. 오늘은 하루 집에서 쉬시려는지 작은도련님이 갓도 안 쓰고 삐딱하게 서서 웃으면서 그들을 배웅했다.

출발 직전, 재준 도련님이 큰 키를 구부리고 인희의 귀에 입술을 갖다 대며 따뜻한 숨결과 그녀가 듣고 싶었던 말을 함께 흘려 넣었다.

"재연이야."

인희는 눈썹을 파드득 깜빡였다. 두 사람의 눈이 마주쳤고 그들은 의미심장하게 씩 웃었다. 도련님이 최고예요, 엄지손가락을 치켜들며 입술로 말하자 재준이 파안대소했다. 무슨 대화가 오가는 건지 알지 못하는 큰도련님은 말 위에서 흰 얼굴을 찡그렸지만 말을 섞지는 않았다. 흥, 비싸게 굴어도 소용없다, 재연 도련님아.

한양 안에서 움직이는 거였지만 걸어가는 길은 제법 멀었다. 그리고 내딛는 걸음걸음마다 인희는 실감했다. 그녀가 살고 있는 곳은 사백 년 전 조선이라고, 수도 한양이라고. 이제는 체념했건만 그래도 청계천엔 인공하천이 흐르고 타버린 남대문 옆에 삼성본

관이 있을 것 같은 착각에 그녀는 자꾸만 주위를 둘러보았다.

과거를 그리워하는 사람은 많아도 미래를 그리워하는 사람 따 윈 내가 처음이겠지. 감상에 젖지 않으려 해도 그녀의 가슴속에서 조금씩 찬바람 소리를 내며 무언가가 바스락거렸다. 다들 잘 있을 까. 엄마는, 아빠는, 그리고 시원 씨는. 참, 시원 씨가 아니지. 근 데 본명이 쫌 촌스러워서⋯⋯. 미안해요, 내 사랑. 이제 와 아무 소용도 없는 부스러진 감정들이겠지만.

조선 사람들이 남만인이라고 부르는 네덜란드인들은 두세 명씩 한 팀이 되어 집을 구입해 살고 있다고 하였다. 구입자금은 난파 선에 실려 있던 사슴가죽이며 뿔 같은 것을 팔아서 마련했다고 함 께 걷는 민이가 말해주었다. 그는 큰형님을 따라다니며 이것저것 주워들은 것이 많은 듯했다.

도란도란 걸으며 재민은 자기 얘기를 많이 했다. 청나라 말을 배 우고 있다고. 역관을 하다가 장사수완을 익혀 나중엔 청국을 오가 며 큰돈을 벌고 싶다고. 신분이 비천해도 재물을 마련해 양반 못지 않은 세력을 떨치는 사람들이 많이 생겼으니 그는 미래를 비관하 지 않는다고. 시절은 변하고 자신은 앞서 가는 남자가 될 거라고.

여자 앞에서 꿈꾸는 얼굴로 앞날을 설계하는 젊은 재민은 빛을 품은 듯 눈부셨다. 인희는, 그에게 아무런 도움도 준 일이 없지만 막연하게 자랑스러운 기분이 들었다.

그들이 간 곳은 대장인 하멜이 사는 곳이었다. 한양 변두리 초 라한 동네의 초라한 집에서 네 명의 서양 사람이 한복을 입고 그 들을 맞이하였다.

"이 사람은 박연이라고 오래전에 조선 땅에 들어와 귀화한 사람이다. 저들과 같은 나라에서 왔으니 통역이 돼줄 거다."

박연. 벨테브레.

무인들이 입는 관복을 입고 의젓하게 서 있는 살진 중년의 사내는 이미 조선에 흘러 들어온 지 20년이나 된 소위 코레시안이었다. 은빛이 섞인 금발에 푸른 눈이었다, 하멜 일행과 마찬가지로. 그러나 연륜이 말해주듯 이름이 말해주듯 박연은 한복이 더 이상 어색하지 않았다. 인희의 눈에도 그는 결코 네덜란드인이 아니었다. 그저 얼굴 흰 조선인이었다.

나머지 젊은 백인들에겐, 한복은 정말 어울리지 않았다. 고궁에서 기념촬영할 때 입는 것 같은 화려한 옷이 아니라 평민들의 허연 바지저고리라 더 그랬을 것이다. 옷고름 맨 것도 어색하고 짚신은 항공모함 같은 발에 걸돌기만 했다. 그러나 무엇보다 그들을 기름처럼 둥둥 뜨게 하는 것은 표정이었다. 조선 땅에 들어온 지 1년이 되었다 하건만 그들은 아직도 불안한 눈을 하고 눈치를 살피고 있었다. 어떻게 아니 그럴 수 있으랴. 무엇 하나 누구 하나 믿을 수 없는 적들에게 둘러싸인 이 타국에서.

이야기는 이미 한 번 오간 내용이 반복되는 것에 불과했다. 재연이 질문하면 박연이 통역하고 남만인이 대답하면 다시 통역이 말을 전했다. 자신들은 상인이며 낭가삭기(나가사키)에 무역을 위해 가다가 풍랑을 만났을 뿐이다, 일행 중 무기를 제작할 줄 아는 사람이 있었으나 목숨을 잃었다, 남은 이들은 아무런 기술도 없다, 왜국으로 보내주길 바란다, 등.

"왜국으로 보내지면 너희들은 목숨을 잃는 것이다. 그곳에서는 최근 기리시단(크리스천)이라 하면 죄다 목을 베고 있느니라. 너희들을 이곳에 살게 하시는 것은 주상전하의 은혜이심을 알고 그저 감사하도록 하라."

재연은 표정없이 박연에게 통역을 명했다.

어리석은 양인洋人들은 저희들이 어떤 처지인지도 모르는 것이다. 시마바라의 난 이후 왜국에서는 기리시단들을 엄격하게 처단하고 있었다. 설령 조선에 표류하는 양인들이라도 자신들이 처분하겠노라 할 정도였다. 낭가삭기 바깥쪽 해상에 양인들이 머무는 특구가 있다 하지만, 조선에서는 반드시 대마도를 통해서만 왜와 교류가 가능했다. 그리고 이들은 대마도 땅을 밟는 순간 사형에 처해질 것이다.

그뿐인가. 조선 내부에서도 청국에 의심의 빌미가 될 양인들을 죽여 없애자는 주청이 심심찮게 올라오고 있었다. 지금 그들은 훈련도감에 속해 녹을 받으며 살고 있었는데 아무짝에도 쓸모없는 그들에게 재정을 낭비할 이유가 없다는 의견도 설득력이 있었다.

'그럼에도 불구하고 너희들이 목숨을 부지하며 이곳에 사는 것은 어디까지나 주상전하의 동정심에서 비롯된 것임을 모르고.'

형인 소현세자와 더불어 청나라에서 7년이나 볼모생활을 했던 임금께서는 같은 처지라 할 수도 있는 이 낯선 외모의 이국인들에게 연민을 품으셨다. 그리하여 그들에게 직업을 주고 조선에 맘붙여 살라 배려하시는 것이다.

재연은 그러한 임금이기에 더욱 흠모하고 존경하였다. 성정이

급하시고 무인을 우대하는 진보적인 임금께서 실은 마음이 여린 분이라는 것은 많은 이들이 알고 있는 것은 아니었다.

풀 죽은 양인들에게서 재연은 언년이 쪽으로 시선을 돌렸다. 재민과 나란히 서서 말없이 양인들을 쳐다보고 있는 그녀의 눈은 반짝이고 있었다. 넌, 무슨 생각을 하고 있는 거냐, 이 수상하고 잔망스런 계집아?

"묻거나 해주고 싶은 이야기가 있으면 박연을 통해 하도록 해라."

자신을 향해 한 말이라는 걸 알아들은 인희가 재연을 쳐다보았다. 그는, 그녀가 파악한 표정으로 추정하건대, 다시 웃고 있었다. 제길. 그래, 내가 질 줄 알고. 기대에 부응해 주겠다고.

백인들을 향해 눈길을 옮긴 인희는 침을 한 번 꿀꺽 삼키고는, 입을 열었다.

"Does anybody speak English?"

아, 미쳐, 미쳐.

내가 원래 이렇게까지 과시욕이 심한 사람이었나?

아니야. 당신이 나를 이렇게 몰아붙였다고. 이 차가운 한양 남자야.

사람들의 눈이 그녀를 향했다. 인희는 하멜만을 보고 있었지만 하멜뿐 아니라 모든 이들의 눈이 쟁반만큼 커졌다는 걸 곁눈으로도 충분히 알 수 있었다. 바로 곁에 선 재민이 숨을 헉 들이마시는 소리도 들었다. 아마 그 잘난 척하는 재연 도령도 쫌 놀랐을 거야, 흥.

[내가 영어를 할 줄 안다. 너는 어떻게⋯⋯?]

다행히도 혼자 쌩쇼 하다가 창피만 당하는 꼴은 면했다. 하멜이 영어를 하는구나. 후유. 살짝 부담스러운 도박이긴 했다지.

[무역 일을 하면서 외국어가 많이 필요한 모양이지?]

인희는 그의 물음에 답하지 않고 질문으로 대화를 이었다.

[그렇다. 우리는 네덜란드 동인도회사 소속인데 그쪽에는 영국 회사들이 많이 있다. 그리고 실은 지금 우리나라가 영국과 전쟁 중이라, 전쟁 전부터 상선을 타고 다니며 정보를 수집해 팔곤 했다. 아, 그렇다고 이 나라에 정보를 얻으러 온 건 절대 아니다. 우린 정말 배가 난파돼서 우연히 온 것뿐이다.]

아하. 영국이랑 네덜란드가 전쟁하는구나. 아마 이 이후로 해상의 패권이 네덜란드에서 영국으로 넘어가는 거였지? 오호호, 난 정말 박식해. 야나운서 시험 준비하느라 고생한 보람이 있어.

[너희들이 기술이 있다면 솔직히 말해라. 훨씬 좋은 대우를 받을 것이다. 가진 게 없다고 본국으로 돌려보내지는 것도 아니다.]

[나야말로 안타깝다. 우리에게 잘해주신 젊은 왕께 도움을 줄 수 있었으면 좋겠다. 미안하다. 그런데 대체 너는 어떻게 영어를 하는 것이냐. 이 나라에 영국인이 온 일은 없었지 않나.]

자꾸 골치 아프게 캐묻지 마.

[가족이 그립겠다.]

그저 화제를 바꿀 요량이었다. 그런데 따뜻한 표정으로 던진 그 한마디에 이국인의 얼굴이 풀어졌다.

이곳에 온 이후로 누구에게나 의심만 받고 신기한 볼거리로 취급당했을 뿐, 아무도 그의 마음을 알아주거나 어루만져 주지 않았다. 그들에게도 감정이 있고 더운 피가 흐른다는 것을 헤아려 주지 않았다. 이 홍안紅顔의 소년이 처음이었다. 그들에게 목적이 없는 말을 건네준 것은.

하멜의 파란 눈에 눈물이 일렁였다.

인희는, 온통 적인 그들 앞에서 눈가를 적시는 스물세 살 하멜을 보며 문득 자신이 하나 나을 것 없는 처지라는 걸 깨닫고 말았다. 이역만리 돌아갈 길 없는 곳에서 가족을 그리워하는 하멜이나, 같은 나라 같은 땅이지만 저 먼 세월에 사랑하는 사람들을 두고 떠나와 다시는 돌아갈 수 없는 자신이나, 뭐가 다르랴. 아니, 최소한 저 남자는 언젠가 고국으로 돌아간다. 역사가 바뀌지 않는다면 그럴 것이다. 그녀 자신은, 영원히 여기서 노비로 살다가 뼈를 묻게 될 것이다.

그녀는 발돋움을 하고 손을 뻗어 하멜의 어깨를 툭툭 쳤다. 그녀의 눈에 비친 물방울을 본 그가 자기 덩치의 반밖에 되지 않는 인희를 부둥켜안고 눈물을 삼켰다. 인희는 그런 그를 꼬옥 안아주었다. 두 사람 사이에 짧은 순간이나마 다른 누구도 끼어들어 올 수 없는 깊은 공감대가 형성되었다. 정말 짧은 순간이었지만. 민이가 확 그녀를 잡아채 하멜로부터 떼어놓을 때까지.

그곳에 있는 사람들의 얼굴이 각기 다른 색깔의 놀라움으로 무지갯빛을 띠고 있었다. 자기들도 모르는 언어로 대화하는 두 사람에게 경탄하고 있는 하멜의 일행과 벨테브레. 너는 아무리 남복을 하고 있다지만 계집애가 저런 괴물 같은 사내를 겁도 없이 껴안아? 너무 기가 막혀 화를 내지도 못하고 있는 재민. 그리고 두 가지를 섞어놓은 데에다가 불신의 꺼풀을 하나 뿌옇게 씌운 재연.

'아, 음. 내가 좀 많이 갔구나.'

인희는 씨익 웃으며 뒷머리를 긁적였다.

"정말로 아무것도 모른다고 하네요. 그리고 고향이 많이 그립답니다. 그것뿐이에요."

어리둥절해 있는 백인들을 남겨두고 그들이 귀갓길에 올랐다. 하멜은 마지막 순간에 언젠가 꼭 다시 만나 얘기를 나누자며 그녀의 손을 잡았고 그 손도 다시 재민에 의해 휙 낚아채졌다. 민이의 손이 하도 뜨거워 인희는 살짝 가슴이 두근거렸다. 그의 소년같이 아름다운 옆모습은 화가 나니 오히려 더 남자답고 멋졌다. 역시 이 시대의 사람들은 일찍 성숙하는 모양이다. 현대 같으면 수능 준비한다고 부모에게 온갖 패악을 떨어댈 중닭 청소년이 아닌가.

꽃잎 같은 분홍빛 입술을 질끈 깨물고 말없이 걷던 재민은 한참만에야 화가 풀렸는지 그녀에게 말을 걸기 시작했다. 아마 너무 궁금해서 오래 화를 낼 수도 없었을 터였다.

"대체 그런 외국말은 어디서 익힌 거야? 넌 집 밖이라곤 빨래터밖에 나간 일이 없잖아."

참으로 곤란한 질문이다. 대답은 생각해 두지 않고 일만 저지르니 뒷수습이 상당히 난처하다. 예지력으로 외국어를 한다고 할 수도 없고, 거참. 인희는 답을 기다리는 재민의 크고 상냥한 눈을 마주 보며 위쪽에서 뒤통수에 찌르듯 박혀오는 날카로운 시선을 느꼈다. 아, 어디 타조처럼 머리를 묻고 숨어버렸으면.

어물쩍 웃음으로 때워볼까 하던 그녀는 아얏, 하고 비명을 지르며 주저앉았다.

"왜 그래? 어디 다쳤니?"

일행은 잠시 걸음을 멈추었고 민이가 그녀의 발을 살폈다. 인희는 짚신을 신고 먼 길을 걷는 데에 익숙하지 않았으니 발이 남아날 리가 없었다. 버선 위로 새빨갛게 피가 배어 나왔다. 그녀가 버선을 잡아당겨 벗었더니 여자의 벗은 발 같은 것에 전혀 익숙하지 않은 두 숫된 조선 청년은 화끈거리는 얼굴을 돌렸다. 발바닥엔 돌에 치이고 쓸린 자국이 가득했다.

젠장. 이런 발로 어떻게 걸어 돌아가지. 그녀는 혀를 쯧 찼다. 저 못된 남자가 말을 양보해 줄 턱도 없고.

그러나 일행엔 착하고 부드러운 남자도 하나 있었던 것이었다.

"그 발론 더 못 걷겠구나. 나한테 업혀."

일말의 망설임도 없이 등을 돌려대는 재민에게 인희는 진심으로 감명받았다. 잘생긴 데다가 구김살없고 미래도 스스로 개척하는 이 훌륭한 젊은이는 기사도 정신까지 지녔단 말인가? 말위에 저 양반입네 하는 목이 굳은 냉혈한과 진실로 형제란 말인가? 웃음 헤픈 바람둥이 작은도령과도 닮은 데라곤 하나도 없지?

그녀는 행복했다. 어린애라고 생각했건만 그의 등은 넓고 편안했다. 키가 워낙 커서 등에서 떨어지면 목이 부러지지 않을까 말도 안 되는 걱정이 조금 들 뿐, 포근하고 널찍한 남자에게 업힌 기분은 더없는 호사를 누리는 양 뿌듯했다. 그의 형의 야한 향기와는 달리, 재민에게서는 마른 풀처럼 평화로운 냄새가 났다.

재민은 목을 감고 폭 기대오는 그녀의 감촉에 조금 떨었다. 여자란 건 참 말랑말랑 폭신폭신한 거구나. 좋은 향도 나는구나. 그는 자꾸만 입가가 말려 올라가는 것을 들키지 않으려고 고개를 숙였다. 아무리 어린 여자라도 사람 하나를 업고 걷는 발걸음이 무거워질 수밖에 없으련만, 그는 혹시라도 언년이가 내리겠다 할까봐 노심초사하며 하나도 안 힘든 척 걸었다. 이 예쁘고 보들보들한 계집애는, 외국말까지 할 줄 아는 이 놀라운 계집애는, 혹시 내 거가 돼줄까?

"너, 진짜 신기해."

재민은 그녀가 듣는지 못 듣는지 알지 못했지만 혼잣말처럼 중얼거렸다.

"넌 애기 때부터 봤으니까 사실 나한텐 동생이나 다름없었는데. 근데 원래 이런 애 아니었잖아? 기억을 잃더니 갑자기 다른 사람이 됐어. 너무 낯설고, 너무 다르고, 음, 근데."

잠깐 주저하던 그는 좀 더 목소리를 낮췄다.

"싫지 않아. 너, 좋아해. 넌? 옛날엔 너 나 좋아한다고 생각했어. 근데 지금은 솔직히 잘 모르겠어. 넌?"

언년이는 대답하지 않았다. 그의 등에 닿은 그녀의 가슴이 고르게 오르내리고 있었다. 귀 가까이에 새근새근 숨소리가 들려오는 것이, 잠이 든 것도 같았다. 아니면 잠든 척하는 것일지도 몰랐다.

재민은 조금 씁쓸하게 웃었다. 언년이가 오라버니 오라버니 하고 볼을 붉히며 따라다닐 때 귀찮다고 생각했던 적도 있었다. 아마 그 벌을 받는 모양이다. 이제야 그녀가 사랑스럽다고 가슴을 태우건만 언년이가 자신을 보는 눈이 예전 같지 않다는 것은 그도 알고 있었다. 지금의 그녀는 훨씬 강렬하고 많은 것을 한꺼번에 보고 있었고 재민은 그런 언년이가 탐이 났다. 그가 꿈꾸는 미래에 언년이가 함께했으면 좋겠다고 생각했다.

숨길 수 없는 가슴의 흔들림을 한숨으로 흘려내는 배다른 동생을 내려다보며, 재연은 눈을 가늘게 떴다.

대체 저 계집의 정체는 무엇인가. 우리 집에서 핏덩이 때부터 자랐다는데, 어떻게 그런 능력을 보이는 것인가. 저런 아이가 이제껏 내 눈에 띄지 않았던 까닭은 무언가.

그리고 놀라운 재원이 나의 식솔로 내 손에 들어왔는데 기쁘기만 하지 않고 찜찜한 기분이 드는 것은 왜일까.

그는 보았다. 언년이가 잠들지 않은 것을. 재민의 고백을 들으며 가볍게 미소 짓고 있는 것을. 그럼에도 불구하고 재민의 것은 아님이 분명한 눈빛을 하고 있는 것을.

재연은 저만치 보이기 시작하는 집 쪽으로 눈길을 돌렸다. 아무것도 확실치 않으나 그의 머리에 선명하게 떠오르는 한 가지가 있었다.

"아버님을 뵈러 평양에 갈 때 그 아이도 데리고 간다."

재민이 눈을 크게 뜨고 형을 올려다보았다.

제 4 장

일행은 모두 넷이었다.

닮지 않은 듯 닮은 세 명의 키 큰 남자와 어린애 같은 남장여자
가 하나.

널따란 흑립을 쓴 선비 둘과 작은 갓의 중인 둘.

살갗이 새하얀 사람 셋과 가무스름한 피부 하나.

단정하고 수수한 복장 셋과 호화롭고 눈에 띄는 복색이 하나.

'흠. 결전을 치르러 떠나는 삼총사 같네. 아토스, 포르토스, 아
라미스, 그리고 나 달타냥.'

인희는 좌우를 둘러보며 생각했다. 멋지다. 하지만 뭔가 모자랐
다. 삼총사의 칙칙한 느낌으로는 오늘의 꽃미남 부대를 묘사하기
미흡하였다.

'좀 더 그럴듯한 게 없을까? 음…… 꽃보다 남자는 어떨까? 금 잔디랑 F4?'

더 예쁜 그림이긴 했지만 그것도 썩 마음에 들지 않았다. 일단 여자가 궁상스러운 게 싫거니와 남자의 숫자도 맞지 않는다.

분명히 이거다 싶은 뭔가가 있었던 것 같은데? 인희는 눈알을 도르르 굴렸다.

'아, 고미남과 에이엔젤이다!'

그녀는 사랑스런 고미남. 못돼 처먹은 황태경은 김재연. 우유처 럼 부드러운 강신우가 김재준. 그리고 맑고 투명한 제르미에 김재 민.

인희는 흡족하게 웃으며 두 손을 비볐다. 딱 떨어지는 그림이었 다.

물론 드라마 속에서는 세 사람의 남자가 모두 고미남을 좋아했 고 고미남도 마음에 둔 사람이 있었지만, 현실과 픽션의 괴리는 어쩔 수 없는 것 아닌가. 우리야 아무런 감정 섞이지 않은 산뜻한 사이지.

언년이를 하멜과 대면하게 한 것도 의외였지만 평양으로 아버 지를 만나러 가면서 그녀를 데려가겠다는 재연의 결정은 참으로 뜻밖인 것이었다.

언년이의 젖어미 억금이는 울며불며 큰도련님의 바지자락을 붙 잡고 애원했다. 그 먼 길을 저 어린 계집애를 데려가셨다가 뭔 일 일어나면 어쩌냐고. 비적이라도 만나는 날엔 귀하신 도련님들이야 무사하실지도 모르지만 계집애인 저 애는 무슨 꼴을 당하겠냐고.

울며 매달릴 자격 같은 건 전혀 가지고 있지 않은 큰놈이는 탁주 두 병에 언년이에 대한 마음을 접었다. 돌아올 때면 두 가지 중에 하나로 결론날 거라고 그는 확신했다. 두 분 도련님 중 하나의 비첩婢妾이 되어 있든지 아니면 민이와 짝지어져 돌아오든지.

재민은, 좋아서 입을 다물지 못할 지경이었다.

이거야말로 하늘이 내려주신 기회가 아닌가. 귀하신 형님들이야 아랫것들과 깊이 섞이지 않으실 거고 언년이의 곁을 지키는 것은 주로 자신이 될 터였다. 그녀는 깨닫게 될 것이다. 그가 얼마나 믿음직스러운 남자인지. 평생을 의지할 만한 든든한 사내라는 것을.

큰도련님이 언년이를 데려가기로 결정하신 것은 그녀의 재능을 보아서일 것이다. 결코 언년이를 계집으로 생각하고 곁에 두려는 건 아닐 것이다.

마음에 걸리는 것은, 재준 도련님이었다. 그렇게 큰도련님이 함께 가자 강권해도 웃음으로 눙치기만 하던 작은도련님이 아니던가. 갑자기 마음을 바꿔 아버님을 뵈러 가겠다 한 것은 정말 예상 밖이었다. 심지어 안방마님조차도 네가 그 불편한 길을 어찌 가냐며 만류하셨건만 재준 도련님은 어머님께 예의 아름다운 미소를 한 번 흘리고는 떠날 채비를 하셨다. 민이는 자꾸만 그게 언년이 때문인가 생각되어, 들뜬 중에도 마음 한구석이 하릴없이 무거웠다.

그들은 말을 탔다. 먼 길이기에 네 사람 모두 말을 타야만 했다.

언년이를 데려가기로 하고 가장 고민이 되었던 부분은 누가 그녀를 데리고 타느냐였다.

그러나 그건 그들이 아직도 인희를 잘 몰라서 한 쓸데없는 고민이었다.

"저 말 잘 타요."

인희는 눈을 반짝이며 말 잔등에 올라탔다.

그렇다. 그녀는 말을 잘 탔다. 50시간은 타야 말 탄다는 소릴 할 수 있는 거라고 교관들이 얘기했었다. 인희는 승마교습을 50시간 받았고 날씨 좋은 날이면 동호회 회원들과 함께 바닷가로 산으로 외승外乘을 다니곤 했다. 그녀가 탔던 말은 키가 크고 함치르르 털이 고운 외래종 말이었다. 아무리 준마라 해도 조선말은 사이즈 면에서 그런 말들과 비교가 되지 않았다. 발받침도 필요없었고 높질 않으니 무섭지도 않았다.

그녀가 말에 올라 즐겁게 노니는 모습을 세 남자는 묵묵히 지켜보았다. 입을 쩍 벌리거나 눈을 휘둥그렇게 뜨기에는 이젠 언년이가 놀래키는 데 너무 익숙해져 있었다. 저 아이는, 혹시 여우가 둔갑이라도 한 걸까?

날씨가 좋았다. 하늘은 새파랬고 아직 장마가 시작되지 않아 훈훈한 공기가 몸에 닿아오는 느낌이 부드러웠다. 공해도 없고 교통 체증은 더더욱 없는 포근한 흙길이 끝도 없이 이어졌다. 비록 몇백 년 전의 풍광일망정 고국의 산천은 같은 것이라, 인희에겐 모든 것이 정겹고 아늑하게 느껴졌다.

"아후, 그새 먼지 탄 것 봐. 옷을 좀 더 가지고 왔어야 하는데."

잠깐 새 땀이 배고 더러워진 도포를 손으로 털며 재준이 투덜거렸다.

일행이 많았다면 재준의 짐을 이고 지고 따를 종자들도 많았겠지만, 단출하게 떠나다 보니 그가 옷을 더 가져오면 재민이나 언년이가 지고 가야만 하는 상황이었다. 큰도련님은 갈아입을 최소한의 옷과 신발 여벌, 그리고 비 올 경우를 대비한 도롱이 정도만 준비하라 모두에게 일렀다.

불평을 하면서도 재준은 돌아가겠다 하지 않았고, 재연은 달라진 아우를 말없이 지켜보았다.

"우리 오늘 어디서 자요?"

제아무리 발랄한 인희라 해도 말을 타고 하루 종일 움직이는 것은 체력소모가 큰 일이었다. 여름이라 하루 세 끼를 먹기는 하지만, 겨울엔 하루에 두 끼만 먹는다는 사실에 그녀는 깜짝 놀랐다. 고칼로리 영양식을 섭취하는 건 아니라 금방도 배가 꺼지는 것이었다. 저녁시간이 가까워 오니 그녀는 어서 밥 먹고 발 뻗고 잤으면 좋겠다는 생각이 굴뚝같았다.

숙박은 그때그때 사정에 따라 정하기로 하였다. 이미 여러 차례 평양을 오간 일이 있는 재연과 재민은 단골이라 부를 만한 주막집도 몇 군데 두고 있었고, 정치색이 같은 지방 유지의 집에서 묵는 경우도 있다고 했다. 첫날은, 주막에서 묵게 되었다. 청나라로 장삿길을 떠나는 사람들이 많아 주막은 붐볐다. 그들은 방을 하나밖에 잡지 못했다.

"오호. 엠티 온 거 같아."

인희는 방긋 웃으며 즐거운 표정을 지었다. 어쩌랴, 방이 하나밖에 없다는데. 홍일점인 그녀가 쿨하게 행동해야 남자들도 불편하지 않겠지.

"엠티가 뭐냐?"

재준이 물었다. 그녀는 그냥 보조개를 화사하게 띄우는 것으로 대답을 대신했다. 남녀가 떼거지로 몰려가서 술 퍼먹고 놀다가 웩웩 토하고는 쓰러져서 같이 자는 거예요 라고 말해줄 순 없잖아?

식사가 끝나고 나자, 어떤 배열로 잠자리를 정할 것인가를 두고 세 남자의 신경전이 방 안 공기를 갈랐다.

재연은 생각했다. 그래도 내가 제일 안전하지 않나.

재준은 생각했다. 나야말로 검증된 선비인데 내가 옆에 있는 게 낫지.

재민은 생각했다. 두 분 형님들은 편히 주무시죠, 언년이는 제가 지킬 테니.

인희는 아무 생각이 없었다. 엠티에서 누가 옆에 자느냐 같은 건 전혀 중요하지 않은 거다.

그녀는 너무나 피곤했다. 겨우 얼굴과 발만 씻고 와서는 방구석에 누워 바로 곯아떨어져 버렸다.

새근새근. 가릉가릉.

동그랗게 몸을 말고 벽을 보며 잠에 빠진 여자의 하얗고 작은 발이 예뻤다.

좁은 방에 네 사람이나 모여 있으니 방 안 공기가 후끈하구나, 그들은 문이라도 열고 싶었지만 지나던 사람들이 그녀의 발을 볼까 두려워 셋 중 누구도 문 열자 소릴 하지 못했다.

'잠이 오지 않을 거 같네.'

세 남자는 갓을 벗고 삼면의 벽에 각자 기대앉아 서로를 찬찬히 쳐다보았다. 그들도 피곤했다. 그런데도 정신은 점점 맑게 살아나는 것 같았다.

"이렇게 우리 삼 형제가 한 방에서 자는 건 처음이구나."

평소 같지 않게 녹진해진 재연의 목소리에 민이가 작게 몸서리를 쳤다. 삼 형제.

"저 아이가 온 이후로는 새로운 일이 많이 일어났지요."

재준이 흐뭇하게 웃으며 인희 쪽을 보고 고개를 끄덕였다.

언년이가 어디서 온 건 아닌데, 두 남자는 생각했지만 어쩐지 재준의 표현이 정확하다는 생각이 들기도 했다.

잠시 침묵이 흘렀다. 세 남자가 모두 언년이를 바라보고 있었다. 한동안.

그리고 재준이 형에게 물었다.

"저 아이는 어찌하여 데리고 오신 것인지요."

벽에 느긋하게 기댄 재연은 무심한 목소리로 대답했다.

"아버님이 데려오신 아이였다고 들었다. 궁금하더구나. 무슨 생각으로 핏덩이를 들이신 거였는지. 그리고 저 아이의 비범한 능력에 대해 혹 아시는지."

그런 거였으면 그냥 우리끼리 가서 물어봐도 되는 거였잖아요?

재민도 재준도 형님의 답에 만족하지 않았다.

"그리고 아버님이 저 아이의 재주를 쓰실 데가 있으실까 여쭤 보아야 할 듯도 했고."

그렇다면 언년이를 평양에 두고 올 수도 있단 말인가요. 민이는 가슴이 철렁하여 형님의 얼굴을 응시했다.

"아버님은, 평양에서 뭘 하고 계시는 겁니까."

한 번도 아버님의 일에 관심을 보이지 않던 재준의 물음에 재연이 눈을 들어 그를 보았다.

검고 짙은 눈, 아름다운 눈. 이제야 그 눈이 아버님을 향하는 것이냐. 그렇게도 싫다 하더니 마음을 바꿔 따라나선 이유는 무엇인가. 이젠 그 눈으로 아버님 하시는 일을 보고 거들 것이냐.

재연은 표정을 바꾸고 자세를 고쳐 앉았다.

"북벌을 위해 군사를 기르고 계신다. 그 정도는 알고 있을 거라 생각했는데."

형의 대답에 재준이 눈을 깊게 감았다가 떴다.

"그게 전부가 아니라는 것도 알고 있지요."

민이도 보이는 게 전부가 아니라는 것은 알고 있었다. 하지만 구체적으로 무엇을 하시는지는 들은 바 없었다. 그는, 아무것도 듣지 않는 척 고개를 숙이며 귀를 기울였다.

"전하께서는."

재연의 목소리는 낮고 어두웠다.

"형님 세자저하의 죽음으로부터 자유로워지질 못하신다."

재준은 눈을 잠깐 크게 떴으나 움직임 없이 형의 다음 말을 기다렸다.

"소현세자께오서는 귀국한 지 70일 만에 학질에 걸려 침을 맞다가 돌아가셨다. 우리 모두 그렇게 알고 있지."

재연은 말을 끊고 망설였다. 동생들의 얼굴을 한 번씩 쳐다보며 갈등했다. 위험한 이야기. 아우들에게 하는 것이 과연 옳은 일일까?

"그런데, 그렇게 믿지 않는 사람들이 있다. 세자저하께서 청국의 문물에 심취하신 것을 못마땅히 여기신 선대왕께서, 이런 말을 하는 것이 참으로 망극하다만, 아드님이신 저하를 독살하셨다는 풍문이 있구나."

재준은 고개를 끄덕였다.

"저도 그런 이야기를 기방에서 얼핏 들은 일이 있습니다. 그게 진실이란 말입니까?"

형님이신 재연 도련님을 몇 해째 따라다니며 주워들은 이야기가 제법 많았지만 신분이 천한 재민으로서는 이렇게 깊은 궁궐 속의 이야기를 들을 기회는 갖지 못했다. 그는 긴장으로 턱을 굳게 닫고 눈을 아래로 내리깐 채 형님의 이야기가 계속되기를 기다렸다.

"세자저하께서 돌아가시자 아드님인 원손이 계셨음에도 선대왕전하께서는 동생이신 봉림대군마마를 세자로 책봉하셨다. 그거야말로 선왕께서 저하를 얼마나 못마땅하게 생각하셨는지 극명하게 보여주는 행동이었지. 그뿐이 아니다. 저하의 죽음에 책임이 있는 어의는 당연히 국문을 거쳐 귀양에 올라야 함에도 아무런 책

임추궁을 당하지 않았다. 세자저하의 시신을 본 자가 전한 말로
는, 온몸이 새까맣게 변하고 몸의 아홉 구멍에서 피가 흘렀다고
하는구나. 독살의 증거라 할 만한 거지."

점점 더 가라앉는 재연의 목소리에 방 안 공기도 무겁게 내려앉
았다. 재준도 재민도 함부로 입을 열지 못하고 형님의 이야기만
경청하고 있었다.

인희는 깨어 있었다. 몹시 피곤했음에도 남자들의 낮은 목소리
에 오히려 의식이 또렷해졌다.

소현세자 독살설. 그녀는 알고 있었다. 청이 소현세자를 옹립할
것을 두려워한 아비 인조가 그를 죽이고 처자식까지 목을 졸라댄
비정한 사건. 진위는 미궁에 빠졌지만 현대의 많은 사학자들이 소
현의 죽음에 인조가 책임이 있다고 믿고 있다.

현 임금인 효종은 그 사건의 최대 수혜자라 할 것이다. 그런데
왜, 임금이 그걸 문제 삼아. 그냥 덮어두면 되지.

재준과 재민도 같은 생각을 하고 있었다. 주상께서는 어찌하여
그것을 괘념하신단 말인가.

"세자빈이셨던 강빈마마께서는 선왕께 반발하다가 결국 역모
혐의로 사사당하시고, 친정은 멸문당하고, 그 아드님 세 분은 제
주에서 귀양 중에 두 분이 풍토병으로 세상을 떠나셨다. 이제 겨
우 한 분 어린 조카님만 남으신 거야, 전하께는."

어린 조카.

인희는 드디어 임금의 마음을 알 것 같았다.

긴 세월 함께 이국땅에서 설움을 참아냈던 형님, 형수님, 그리

고 어린 조카들.

자신의 의지와 무관하게 그들의 죽음으로 왕관을 쓰게 된 젊은 임금은, 한시라도 마음이 편했을까.

"전하께서는 그렇다면 강빈마마의 신원伸冤을 하고자 하심입니까."

재준의 목소리였다. 표정은 볼 수 없었지만 그의 얼굴에 웃음기라곤 하나도 없음을 인희는 읽을 수 있었다. 책 한 자 보지 않고 노상 기생집에나 드나들지만 저 남자도 아무 생각 없는 한량은 아니었던 거구나, 인희는 그의 건조한 목소리를 들으며 생각했다.

"그럴 수는 없지."

평소 물기 없던 재연의 목소리가 오늘은 오히려 습했다.

"강빈마마가 신원이 된다는 건 역모가 조작이었다는 의미고, 그렇게 되면 소현세자저하의 죽음도 다시 규명해야 한다는 목소리가 높아질 것이 자명하다. 두 분의 죽음은 씨실과 날실같이 얽여 있는 것이라 한 올을 잡아 빼면 전체가 풀려 버리는 것이거든. 그렇잖아도 얼마 전에 황해감사 김홍욱이 강빈마마의 신원을 상소하여 조정이 시끄러운 터다. 전하께서는, 그리는 하실 수 없으시지."

뭐야, 그 임금이란 작자는. 그래서 뭐 어쩌겠다는 건데.

인희는 짜증이 나서 양미간에 힘을 팍 주었다.

"북벌을 꿈꾸시는 전하께서는 이제 와 왕권을 흔들 만한 일을 하실 수는 없다. 반석으로 다지어 후에 세자저하께 물려주셔야 하지 않겠니. 왕은, 사사로운 감정만으로 움직일 수는 없는 것이다."

"그렇다면……?"

끼어들지 않기로 한 다짐을 잊고 재민이 얼굴을 들어 묻고 말았다.

형님은 나무라지 않았다.

"전하께서는 한 분 남은 피붙이, 조카님을 구명하고자 하신다. 귀양에서 풀어줄 뿐 아니라 잃은 것을 되찾게 해주고 제대로 보듬고자 하신다. 다만, 그건 그른 것을 바로잡는 형태가 아니라 본인의 업적에 의해 상을 받는 모양이 되어야만 하는 거지. 그러기 위해 전하는 조카님을 북벌의 선봉에 세우고자 하시는 거야. 그리하여 조카님께서 전과를 올리고 이름을 날리시면, 그 공을 높이 사 관직도 주고 어머님이신 강빈마마를 복권시켜 드리고 그 친정도 구제하고자 하시는 거다."

재연의 입술이 한쪽으로 아주 조금 올라갔다. 재준도 재민도 그것이 형님이 웃는 모양이란 걸 알고 있었다.

"그러려면, 전하께서 완전히 신뢰할 수 있는 사람이 조카님 곁에 있어야 하는 게지. 북벌에 성과를 이뤄낼 만한 능력있는 자, 조카님이 행여 다른 마음을 먹지 않도록 다독일 수 있게 용인술에 능한 자, 그리고 결코 전하를 배신할 리 없다고 전하께서 확신하실 수 있는 자."

그게 바로 이 세 남자의 아버지인 김정국 대감이란 말이지.

인희는 눈을 감고 그 대단한 남자의 모습을 그려보려 애썼다.

임금으로부터 완벽한 신뢰를 받고 있는 남자. 능력과 덕을 고루 갖춘 것으로 평가되고 있는 남자. 귀양의 형태로 먼 북방에 와 군

사를 기르며 임금이 조카를 자신에게 보내도록 기다리고 있는 남
자.

그리고 호색한好色漢.

그녀가 본 바, 재연은 현 안방마님의 자식은 아니었다. 두 사람
이 서로를 대하는 태도는 예의 바르기 그지없는 남남 사이의 정중
함이었다. 마님은 정처다. 재연도 재준도 적자다. 그렇다면 재연
의 친모께서는 돌아가신 모양이다. 이유가 어찌 됐든 부인을 갈아
치워 가며 헌헌장부 아들 둘을 낳은 그 남자는 여종에게까지 손을
대어 꽃 같은 아들 하나를 더 본 것이다. 그것도 능력이다, 어떤
의미에서는.

"아버님은, 그렇다면 언제쯤 집으로 돌아오실지 알 수 없는 것
이로군요."

세 남자는 제각기 다른 생각을 품고 같은 아버지의 핏줄인 그들
의 형제를 지그시 바라보았다.

'넌 어찌하여 아버님을 그리 기탄忌憚하는 것이냐.'

누구보다 아름다운 동생이 그 아름다움으로 타고난 총명함을
가리고 그저 허랑방탕한 양 남들의 눈을 속이고 있는 것이, 재연
은 안타깝기 짝이 없었다. 어려서부터 사람을 잘 따르고 사랑스러
운 아이였지만 지금처럼 웃음으로 가면을 만들어 속마음을 숨기
지는 않았었다. 마치 일부러 그러는 듯 아버님의 사랑으로부터 멀
어져 가는 아우. 왜일까. 아버님이 널 깊이 아끼셨음을 모른단 말
인가.

'도련님은, 아니, 형님은, 무엇이 그토록 두려운 것입니까.'

얼음처럼 빛나고 차갑고 단단한 형님은 혹시라도 얼음이 녹을
까 주변에 한기를 모아들이느라 안간힘을 쓰고 있었다. 무엇 하나
빠짐없이 가지고 있는 사람. 신분과, 장자로서의 위치와, 아버님
의 절대적인 신뢰. 빼어난 용모와 재능. 침착함. 지략. 그런데 어
째서 항상 초조해 보이는 걸까. 재민은 형과 함께 다니는 몇 해 동
안, 아주 가끔, 얼음이 녹은 사이로 방울방울 맺힌 맑고 투명한 물
방울을 보았다. 그건 왜 절대로 보여주지 않으려 하는 것일까.

'너는 어떻게 그렇게도 맑을 수 있는가.'

고귀한 피를 이어받았음에도 감수해야 하는 비천한 신분. 호부
호형할 수 없는 억울한 처지. 어미를 빼앗긴 서러움. 그런 것이 분
하지 않은 걸까. 어쩌면 저렇게 밝고 긍정적인 태도로 항상 빛을
뿜어낼 수 있는 걸까. 화려한 도포를 입지 않아도, 권위의 큰 갓을
쓰지 않아도, 재민에게서는 언제나 사람을 사로잡는 깨끗한 기운
이 흘러나왔다. 그런 건 대체 어디서 나오는 건가.

인희는 눈을 감은 채로 임금을 생각했다.

천하를 호령하는 위치에 있지만 볼모 출신의 멍에를 메고 대국
의 눈치나 봐야 하는 초라한 임금.

형의 죽음으로 차지한 왕 자리를 빼앗기지 않을까 전전긍긍해
야 하는 불안한 지존.

단 하나 남은 피붙이의 목숨을 구해주고 싶다 솔직하게 털어놓
지도 못하는 무거운 영혼.

상처가 많은 사람이구나, 임금은.

누구에게나 상처가 있다. 나에게도. 그래서 죽은 거지.

인희는 눈을 번쩍 떴다.

'나는 왜 죽었지?'

기억나지 않았다. 왜 죽었는지. 사고였던가? 병이었던가? 죽기 직전 그녀를 안타깝게 부르던 사람들의 얼굴은 떠오른다. 자라온 과정과 행복하게 살던 날들이 다 기억난다. 그런데 왜 죽었는지는 생각나지 않고 굉장히 가슴이 아팠던 것만 생생하다. 뭐였지?

그녀는 벌떡 일어나 앉았다. 언년이가 자고 있다 믿었던 남자들이 그녀에게 눈길을 돌렸다.

차가워진 가슴에 손을 얹은 채 인희는 우열을 가릴 수 없을 만큼 아름다운 세 남자를 마주 쳐다보았다.

'아, 여긴 아직 놀이공원이었어.'

인희는 머리를 흔들어 떠오르려고 하는 무엇인가를 떨어냈다.

그리고 생긋 웃었다.

"윷놀이해요, 우리."

그녀는 아무것도 기억해 내지 않았다.

놀이공원에서는, 놀면 되는 거니까.

제 5 장

즐겁고도 유쾌한 여행이었다.

사실은 인희보다, 세 남자에게 더 그랬다.

'시커먼 남자들끼리 무슨 재미로⋯⋯.'

흔히 쓰는 표현은 언제나 진리인 것이다. 결코 시커멓지는 않았지만 사내들끼리 다니던 것과는 비교할 수 없는 쏠쏠한 잔재미가 있었다.

언년이는 해면처럼 모든 것을 빨아들였다. 맑은 하늘도, 편백나무 향기도, 지나는 사람들의 옷차림도, 주막의 국밥 숟가락도, 심상하기 짝이 없는 일상이 그녀를 한 번 거쳐 나오면 세상에 다시없이 신기하고 새로운 것이 되었다. 그녀는 언제나 눈을 동그랗게 뜨고 주변을 보았다. 뺨은 발그레하고 입술은 살짝 벌어져, 절대 남자로는 보이지 않았지만, 그래서 너무 예뻤다.

솔직하게 마음을 드러내도 거리낄 것이 없는 민이는 시종 함박웃음으로 그녀를 지켜보았다. 갖고 싶다, 저 아이를 갖고 싶어. 그의 눈은 좋아하는 여자를 손에 넣고 싶다는 순수한 열망으로 가득했다. 언년이와 함께 하는 소박한 일상을 누리고 싶었다. 같이 미래를 계획하고 같이 노력해서 재산을 불리고, 핍박받고 무시당하는 천한 인생일망정 남한테 손 벌리지 않고 다정하게 원앙처럼 살고 싶었다. 저렇게 무엇에든 쉽게 감동하는 여자와 함께 한다면 척박한 인생도 윤기 흐르는 아름다운 것일 듯싶었다.

재연과 재준은 그런 동생의 눈빛을 읽었다. 그들은 언년이가 재민의 짝으로, 아니, 아마 누구의 짝으로도 과한 여인이라는 생각을 했지만 입 밖으로 내어 말하지는 않았다. 이 시대에 여인의 재능이 넘치는 것은 재앙이 될 수도 있으리라.

그들은 매일 밤 윷놀이를 했다. 김 대감 댁에서 고단한 하루가 끝나면 종들끼리 모여 윷을 던지며 놀곤 했는데 인희가 그걸 챙겨 갖고 나왔다. 생각 같아선 고스톱을 한 판 뜨는 게 제일 좋을 것 같았지만, 화투가 없던 시절이니 어쩌랴.

고매한 선비들과 어울려 승부욕에 몸을 불사르는 건 아주 신나는 일이었다. 평소 곁에 가기 꺼려질 만큼 써늘하던 재연 큰도련님조차도 승부사의 뜨거운 기질을 숨기지 못했고, 좋은 게 좋은 거지 매사에 초연하던 재준 작은도련님도 윷 한 판에 피를 튀기며 덤벼들었다. 신분의 차이도 잊은 재민은 상전인 형님들을 향해 겁 없이 눈을 부라리며 이건 틀렸네 저건 편법이네 언성을 높였다.

'아, 솔직하고 진실한 게임의 세계.'

인희는 눈썹을 흘끗흘끗 올리며 사내들의 승부근성을 즐겼다. 이래서 남자들은 어린애라 한다니까.

낮에는 산천을 즐기고 밤에는 게임과 술 한잔에 피곤을 풀고. 그들은 평양이 날로 가까워지는 것이 아쉬울 지경이었다.

그러던 어느 오후, 말발굽의 규칙적인 소리 사이로 민이의 낮은 목소리가 그들에게 속삭였다.

"아시죠? 며칠 전부터 누가 우리 뒤를 밟고 있는 거."

인희는 몰랐다. 정말? 그녀는 좌우를 두리번거렸으나 그저 오가는 사람들의 무리뿐, 특별하게 익숙한 얼굴 같은 건 보이지 않았다.

"알고 있다. 지난번의 그 아낙네인 듯한데. 어젯밤도 같은 주막에 묵었지. 평양길에 두 번이나 겹치는 것을 그저 우연이라 하기는 어렵겠구나. 서툴지만 몸을 숨기는 기척이 너무 역력하고."

몸을 숨긴다. 인희는 머리끝이 쭈뼛하는 기분이 들었다. 대로에서 대낮에 중년 아낙네로부터 해코지를 입지야 않겠지만 누군가로부터 노림을 당한다는 건 불쾌한 일이다.

"내버려 두어라. 접근해 온다면 의심치 않는 척 허락하고. 가까이 두어야 정체를 알 수 있겠지."

재연이 인희를 보며 말했다. 그렇구나. 접근해 온다면 나한테겠지.

그 밤, 그들은 모처럼 방 2개를 구할 수 있었다. 주막 주인이 이상하게 생각했지만 선비 둘과 중인 하나가 한 방을 쓰고 얼굴을 숨기듯 숙이던 다른 중인은 독방을 썼다.

인희는 마침 낭패를 겪는 중이었다.

그녀가 길을 떠날 때 억금이가 가장 염려했던 것은, 여자들만의 속사정에 관한 것이었다.

"평양까지 갔다 올라 하모 한 달은 걸릴 낀데 사내들 틈에서 달거리는 우째 처리할라고."

억금이는 가슴을 치며 답답해했었다.

인희도 난감하긴 했다. 여긴 일회용품이라곤 한 개도 없는 불편한 시대가 아닌가.

사내들 틈은 고사하고 과거로 돌아온 후에 아직 생리가 없었던 그녀는 대체 어떻게 뒤처리를 하는 건지 아무런 지식이 없었다. 기억을 잃었다고 어떻게 그런 것까지 잊어버리는가 그녀의 젖어미는 기막혀 했지만 모른다는데 어쩔 것인가.

이 시대의 여인들은 면이나 삼베로 만든 개짐이라는 생리대를 쓰는데 언년이는 종이다 보니 품질이 좋은 천을 확보할 수 없었다. 그나마 하루 종일 한 개의 개짐으로 버텼다가 밤에 몰래 빨아서 아무도 못 볼 만한 곳에 널어 말려야 한다고 했다.

이건 남자들과 함께 여행하면서 도무지 가능하지 않은 일이 아닌가. 아무리 얼굴이 두껍고 긍정적인 인희라 해도 선뜻 자신있다 말하긴 어려웠다.

그런데 드디어 생리가 터졌다.

"나이가 어려 그런가. 양은 또 왜 이렇게 많아."

불편하고 찝찝했다. 움직임도 굼떠졌다. 개짐을 고정하기 위해

다리속곳이라는 꽉 끼는 속옷을 입었는데 이건 무지하게 거북한 옷이었다. 여자로 산다는 건 정말 힘든 일이라고 인희는 투덜거렸다. 그나마 마침 오늘 독방을 써서 얼마나 다행인지 모르겠다.

그녀는 한밤중에 우물가에 쭈그리고 앉아 빨래를 했다. 노독에 지친 다른 객들이 요행히도 일찍 잠자리에 들어 주막은 한가했다. 한 번도 자기 손으로 생리대를 빨아본 일이 없는 그녀는 빨아도 빨아도 깨끗해지지 않는 천을 들여다보며 땅이 꺼져라 한숨을 내쉬었다.

"도와줄까요?"

조심스럽지만 친절한 목소리가 머리 위에서 들려왔다. 중년의 얼굴이 하얀 아낙네였다. 바로 알았다, 이 사람이 아까 언급되었던 그 사람, 그들의 뒤를 밟는다는 여인이라는 걸.

다음 순간 인희는 당황했다. 남복을 하고 피빨래를 하는 모습은 누가 보아도 이상하리라.

"괜찮아요. 남자가 아니란 거 알아요. 아직 어려서 익숙하지 않은 모양인데 소금물에 빨면 잘 지워져요. 그래도 안 되면 무즙으로 문지르면 되고. 내가 찬간에 가서 좀 얻어올게요."

구세주같이 나타난 여인 덕분에 그녀는 새하얗고 깨끗한 새 천을 건져 내는 데 성공했다. 이제 이불 밑에 깔고 자면 방바닥의 열기로 보송보송하게 마른다고 여인은 상냥하게 말해주었다. 인희는, 이 여인이 왜 자신들을 따라다니는지 알 수 없었지만 일단 좋은 사람이라고 생각하기로 했다. 굉장히 곤란한 상황에서 그녀를 구해준 셈이 되었으니까.

여인은 그들을 따라오는 것이 분명했다. 낮에는 일정한 거리를 두고 걸었고 밤에는 꼭 같은 숙소에 묵었다. 일행은 그녀가 신경 쓰였지만 성가신 일은 벌이지 않았기에 그냥 내버려 두기로 하였다. 인희로서는 억금에게 하듯 이것저것 물어볼 상대가 생겨 반가운 일이었다. 도련님들은 그녀와 미지의 여인이 웃으며 얘기 나누는 것을 방 안에서 무표정하게 바라보곤 했다.

"아. 계곡이다!"

일행이 지나는 길에 맑은 물이 흐르는 골짜기가 나타났다. 굽어 흐르는 물은 언덕 사이에서 시원한 색깔로 먼지와 더위에 찌든 그들을 유혹했다. 해가 쨍쨍하고 바람은 없고 그간 제대로 씻지 못했던 젊은이들은 물속으로 풍덩 뛰어들고 싶은 간절한 욕망을 느꼈다. 겨우 생리가 끝나 아직도 몸이 꿉꿉한 인희야 말할 것도 없었다.

"저기, 저는 언덕 뒤에 가서 씻을 테니 혹시 누가 그쪽으로 지나가거든 좀 알려주세요."

그녀는 남자들에게 부탁하고 물 모퉁이 뒤로 부리나케 사라졌다.

겁도 없이 또 저런 짓을. 재준이 눈살을 찌푸렸고 민이는 무엇을 상상하는지 얼굴을 붉혔다.

형제라고 해도 한 번도 벗은 몸을 서로 본 일은 없었다. 환한 대낮에 선비가 옷을 벗는 것은 법도가 아닌 것 같았다. 하여, 그들은 두루마기와 버선만 벗고 어정쩡하게 옷을 입은 채로 물에 들어갔다. 재민은 선비가 아니었지만 형님들이 다 옷을 입었는데 혼자 훌러덩 벗을 수가 없어 하는 수 없이 형들을 따라 했다.

그래도 충분히 개운하고 좋았다. 계곡물은 몸에서 쩡 소리가 나도록 차가웠고 상투를 풀어 머리를 감자니 묵은 여독이 싹 빠지는 것 같았다. 지나는 사람도 없는 한갓진 길이라 그들은 살짝살짝 물장구마저 칠 수 있었다. 매일 계속된 윷놀이로 그들에겐 장난이 새로운 일이 아니었다. 심지어 큰형님에게조차.

그러나 언제나 문제는 언년이였던 것이다.

"꺄악!"

단말마의 비명이 물굽이 뒤에서 들려왔다. 몸을 말리려 바위에 앉아 있던 세 남자가 고개를 돌렸다.

"아야, 아야. 어떡해."

징징거리는 언년이의 목소리. 어딜 다친 듯, 목소리에 아픔이 뚝뚝 묻어났다.

재민이 급히 자리에서 일어났다. 작은형이 팔을 들어 그를 막았다.

"언년이 뒤치다꺼린 내가 전문이야."

그는 재민을 향해 싱긋 웃고는 성큼성큼 걷기 시작했다. 양손을 입에 대고 큰 소리로 외치며.

"괜찮냐, 언년아? 내가 그리로 간다."

모퉁이 하나 돌아 야트막한 개울 바닥에 인희가 주저앉아 있었다. 하늘도 물도 온통 시푸른 사이로 선홍색의 핏줄기가 떠다니고 있는 중이었다. 저런. 처음엔 물이고 두 번짼 피더니 이번엔 물과

피의 합작품이냐. 재준은 얼굴을 찡그리며 물속으로 걸어 들어갔다.

어쩌다 이랬니. 바닥에 날카로운 돌이 있었나 봐요. 어디 보자. 아야!

상처가 깊었다. 얼음처럼 차가운 물로 금방 지혈이 되긴 했지만 베인 깊이로 봐서 당분간 걷기는 어려울 듯했다. 끌끌. 한심하다는 듯 바라보는 재준의 표정에 인희가 시무룩하게 고개를 숙였다.

"죄송해요. 민폐네요, 전 진짜."

양반인 내가 종년인 널 꼭 이렇게 안고 다녀야 되겠냐? 부러 툴툴거리며 다가와 인희를 들어 안으려던 재준은 피에 정신이 팔려 의식하지 못했던 그녀의 몸을 보고 멈칫했다. 그날처럼, 젖은 옷이 인희의 몸에 휘감겨 있었다. 남자 옷이어서, 그리고 달밤이 아니어서, 그 밤처럼 요기가 흐른다 할 만큼 유혹적이지는 않았다. 그렇지만 형님과 재민이는 절대로 보아서는 아니 되는, 사내의 마음을 휘저어놓기 충분한 몸이었다.

재준은 잠시 그녀를 쳐다보며 머뭇거렸다. 인희도 그제야 자신의 꼴을 깨닫고 두 팔로 몸을 가리며 움츠렸다. 가슴은 감춰졌지만 어깨와 등의 윤곽이 더 선명하게 드러나며 그녀의 가녀린 뒤태가 부각되었다. 숨이 턱 막힐 정도로 여성적인 선이었다. 그는, 시선을 돌려야 한다고 생각했지만, 쉽지 않았다.

한참 만에야 겨우 인희로부터 눈을 떼는 데 성공한 재준이 저고리를 벗기 시작했다. 헉, 인희가 소스라치게 놀라는 소리를 내자 다시 그녀로 눈을 돌린 그는 조금 상처받은 얼굴을 하고 있었다.

"이거라도 걸쳐라. 그 꼴을 하고 저리로 돌아갈 수는 없지 않니."

아……. 그런 거였구나.

얼굴이 붉어진다. 미안한 마음에 뭐라 말이 나오질 않았다. 이틀 밤이나 겪어놓고서도 나는 저 남자를 완전히 믿고 있지 못했구나.

그의 저고리를 덮고 그의 팔에 안겨 들어 올려졌다. 세 남자 중에서 재준의 키가 제일 컸다. 말 탄 것보다 훨씬 높이 그녀의 몸이 놓였다. 그래서였을 것이다, 가슴이 떨린 것은. 무서워서.

'그렇게 땀에 절었는데, 비누도 없이 그저 찬물에 씻었을 뿐인데, 어째서 이렇게 좋은 냄새가 나는 거지, 이 남자한테선?'

변함없이 난향이었다. 그의 벗은 가슴에서는 마치 몸 안쪽에서 살갗을 뚫고 나오는 것처럼 향기가 배어 나왔다.

'피부 밑에 방향제 이식이라도 했나, 원.'

말도 안 되는 생각을 해보아도 숨 막히는 향기는 옅어지지 않았다.

정신 사나운 건 그것뿐이 아니었다. 그녀의 얼굴 바로 옆에 있는 그의 가슴은 짙은 갈색의 근육으로 단단하고 매끄러웠다. 남자는 배려로 옷을 벗었지만 어쩌면 그건 배려가 아니라 도발이었을지도 모르는 일이다. 눈을 조금만 들면 힘줄 두드러진 굵은 목이, 정면을 향하면 직선으로 깊게 뻗은 쇄골이, 그리고 살짝 내리깔면 널따란 대흉근과 그 사이 선명한 가슴골이, 인희의 인내심을 시험하고 있었다. 노상 기방으로 다니는 척 뻥끼치며 실은 헬스라도 하는 걸까?

'애고. 언젠가 내가 이 남자를 덮치고야 말지, 내가.'

인희는 속으로 하나, 둘, 숫자를 세며 눈을 질끈 감았다. 차마 팔을 들어 목에 감진 못하고 어정쩡하게 두 주먹을 가슴에 모은 채 몸에서 긴장을 빼려고 노력했다.

남자가 문득 발걸음을 멈추었다. 인희는 눈을 떴지만 아직 큰도련님과 재민이 있는 곳에 도착한 것은 아니었다. 고개를 들어보니 거기에 하늘과 남자의 얼굴이 보인다. 굉장히 먼 하늘과, 굉장히 가까운 얼굴이었다.

재준은 제자리에 우뚝 서 인희를 내려다보고 있었다. 이제 보니 머리를 풀어헤치고 있었네. 그녀는 물에 젖어 어깨에 드리운 새카맣고 구불구불한 긴 머리카락을 만져 보고 싶다고 순간 생각했다. 머리 위 하얀 구름과 그의 칠흑 같은 머리칼이 선명한 대조를 이루며 아름다운 선을 그려내고 있었다. 저 머리에서도 향기가 나겠지.

시선이 그의 얼굴로 옮겨진다. 짙은 눈썹. 머리카락보다 더 검은 눈. 언제나 걸려 있던 웃음이 사라진, 낯선 눈동자. 그녀를 내려다보고 있는, 그지없이 아름다운 눈동자. 그 아래에 단정하게 뻗은 콧날. 그리고 완벽한 입술. 육감적인 입술. 건드려 보고 싶은, 조금 벌어지기 시작한 입술.

'키스, 하려는 거야?'

그녀의 심장이 정신없이 두근거리기 시작했다.

키스하려는 걸까? 정말? 그럼 어떡해야 하지? 받아들여야 하나?

아니, 나한텐 시원 씨가 있어. 그러면 안 돼.

다신 만나지 못하잖아, 그 남잔. 여기 이 멋진 남자랑 그냥 키스해.

안 돼, 이 남자는 내 거가 되기엔 너무 문제가 많은 사람이야. 지금은 21세기가 아니라고. 즐기기만 하고 끝날 순 없는 거야. 여자는 몸 함부로 굴리면 끝장인 곳이야, 여긴.

그래도 키스하고 싶잖아.

그래, 그건 사실이야. 그렇다고 사랑하는 건 아냐. 이젠 아무도 사랑하지 않아, 난.

'아무도 사랑하지 않아. 이젠.'

발의 베인 자국보다 훨씬 진한 고통이 가슴 한가운데를 길게 베었다. 뭘까, 이건. 인희는 갑작스런 자각에 당황했다.

시원…… 이라 부르는 그 남자를 사랑했다. 지금도 사랑한다. 그렇지 않은가? 죽던 날, 그를 더 사랑해 주지 못한 것이 가슴 미어지도록 후회되지 않았던가? 지금이라도 다시 돌아갈 수만 있다면 그의 품에 안겨 미치도록 사랑해 줄 것 아닌가, 나는?

인희의 얼굴이 굳어지자 그녀와 눈을 맞추던 재준이 고개를 돌렸다. 울대뼈가 아래위로 움직이는 소리가 들리는 것 같았다. 그는 다시 걷기 시작했고 인희를 안고 있는 팔에 힘이 들어가는 것을 그녀는 느꼈다. 그녀의 주먹 쥔 손에서는 기운이 빠졌다. 난, 혹시 실망한 건가?

두 사람이 다가오는 것을 멀리서 보는 재연의 얼굴은 밝지 않았다.

긴 머리를 늘어뜨리고 상반신을 드러낸 채 흠뻑 젖은 여자를 품에 안고 오는 남자의 모습은, 무척이나 아름다웠다. 무엇 하나 감하거나 더할 것 없이 완벽한 장면이었다. 그건, 곤란하다. 저런건, 마음에 들지 않는다. 게다가 그의 동생은, 평소답지 않게, 전혀 웃고 있지 않았다.

"도련님 옷을 벗어주셨나 보네요."

재민이 중얼거리는 소리에 번민이 가득했다. 옷을 벗어주다니. 사내가 계집에게 자기 옷을 입히다니. 같은 옷에 두 사람의 살이 닿고 체취가 섞이다니. 그리고 저렇게 맨살을 맞대다시피 하고 있다니.

그의 가슴속에 이름 붙이기 두려운 뜨거운 감정이 치밀어 올랐다.

형제들 있는 곳까지 다 와서야 재준은 웃음을 머금었다. 언년이는 정말 칠칠치 못해. 내가 져나른 게 몇 번짼지 몰라. 그의 과장된 넋두리에 다들 겉으로만 웃었다. 인희는 구석에 숨어 여벌 옷으로 갈아입었고, 그들은 다시 말에 올랐다. 일행은 조용히 다가닥다가닥 큰길을 향해 움직였다. 아무도 아무 말도 하지 않았다.

마을에 들어선 그들은 김정국 대감의 정치적 동지라 할 수 있는 이 대감 댁으로 향했다. 대감이야 한양에서 임금을 보필하고 있었지만 가솔들은 고향에 남아 있었고 재연들이 이 지역을 지날 때면 간혹 그 댁에 들러 문안을 여쭙고 신세를 진다고 했다.

모처럼 식사다운 식사를 대접받은 데다 인희 발의 상처도 제대로 치료할 수 있었다. 이건 잘못 덧나면 큰일 나는 거예요, 그녀의 발을 봐준 그 댁 침모가 어쩜 이리 여자 발 같담 하면서 붕대를 감아주었다. 사내 셋이 계집종 하나를 데리고 다니는 모양새가 좋지 않다는 중론으로 인희는 여전히 남장을 하고 있는 터였다.

후텁지근한 밤이었지만 제대로 된 집에서 머무니 피곤이 몰려왔다. 식후에 과일까지 대접받은 인희는 모처럼 느긋하고 편안한 기분이 들어 평상에 기대앉았다. 철 이른 모기들이 왱왱거리는 소리마저 성가시기보다 친근했다.

도련님들은 방 안에서 이 댁 아드님들과 환담 중이었다. 민이만이 그녀의 곁에 앉아 작은도련님에 대해 물어봐야 하나 말아야 하나 쭈뼛거리고 있었다. 어쩌지. 뭐라고 물어본담. 긁어 부스럼을 만들고 싶지는 않았지만 신경이 온통 아까 그 일에만 쏠려 다른 말을 할 수가 없었다.

그때 청지기인 듯한 중년의 남자가 와서 그들에게 웃전의 말씀을 전했다.

"도련님들 잠자리는 저희가 사랑채에 따로 봐드릴 거요. 두 분은 행랑채에 방 하나를 비웠으니 거기서 함께 묵으시구려."

인희도, 재민도, 눈을 치뜨고 그를 쳐다보았다. 그리고 다음 순간 서로를 마주 보았다.

우리 둘이 자?

잠이 오지 않는다.

전전반측이란 이럴 때 쓰는 표현이지. 輾轉反側. 또 비슷한 말이 있는데. 그래, 전전불매. 輾轉不寐.

이쪽으로 뒹굴, 저쪽으로 뒹굴. 일어나서 자리끼를 들이켜고 다시 천장을 보고 누웠다가 소리없이 한숨.

곁에선 형님이 미동도 없이 잠들어 있다. 재준이 움직일 때마다 비단이불이 사각거리는 소리가 났지만 재연은 깨지 않았다.

바깥에서는 아무 소리도 들리지 않는다. 깊은 밤, 주인댁 식구들도 일하는 비복들도 기르는 계돈들도 다 깊이 잠든 모양이었다. 풀벌레 소리가 들릴 계절은 당연 아니었고 모기도 파리도 움직이지 않았다. 물론, 남녀가 끌어안고 어르는 소리 같은 건 결코 들려오지 않았다. 그럼에도.

젠장.

또다시 입이 바싹 말라 물을 마신 재준은 조용히 이불을 걷고 대청마루로 나갔다. 달은 없고 별들만 표표漂漂하였다.

'이 불쾌한 기분은 뭐지. 더러운 걸레를 가슴속에서 쥐어짜는 것 같은, 축축하고 비틀린 이 기분은.'

살냄새가 아직도 코끝에 생생하다. 피 향과 물비린내가 뒤섞인, 계집의 냄새.

'아깐 대체 무슨 짓을 하려고 했던 걸까. 그리고 지금 난 왜 이러고 나앉은 건가.'

시원한 밤공기도 그의 마음을 식혀주지 못했다.

기척도 없이 그의 곁에 사람 그림자가 앉았다.

"형님. 주무시는 줄 알았더니."

재연은 방금 잠에서 깬 농몽朧朧한 얼굴을 하고 있지는 않았다.

"그렇게 신경 쓰이니."

다사한 목소리에 재준은 눈길을 돌렸다. 피붙이라 해도 들키고 싶지 않은 감정이다. 아니, 자신에게도 알게 하고 싶지 않은 마음이다.

"재민이한테."

형님은 언제나 그렇듯 담담한 억양으로 말을 이었다.

"좋은 짝이라고 나는 생각하는데. 아무것도 누리지 못하고 살아온 그 애가, 가져도 되는 거 아닐까. 마음에 품은 여자 하나 정도는."

동생의 눈에 어둠이 짙어졌다. 그는 등을 곧추세우며 정면을 쳐다보았다.

"저는 종은 건드리지 않습니다."

딱 부러진 대답에 형의 눈이 그를 향했다.

그러니.

그렇구나.

그래서였군…….

"그렇다면 되었다. 나는 이번 여행길이 우리 형제들 사이에 유대를 깊게 해주었으면 싶구나. 행여라도 골이 깊어지는 일은 없었으면 지레 우려했을 뿐이니 마음 쓰지 말아라."

……우려가 된다, 라.

재연은, 어째서 이렇게 신경 쓰이는지 자문한다. 저 계집애는 뭔가 이질적이고 거북한 존재감을 가지고 있다. 단지 신비한 재능의 문제만이 아닌, 무시할 수 없는 묘한 덩어리감. 마음을 불안하게 하는 이물감. 객관적인 사실에 의한 불편함이라기보다 감정적인 난편難便함.

나는 진심으로 그 아이가 재민이의 짝이 되기를 바라는가? 그는 다시 스스로에게 묻는다.

고민 끝에 나온 답은 그다지 긍정적이지 않았다. 어째서인가.

저만치 저벅저벅 사람이 걸어오는 것이 두 사람의 눈에 보였다. 키가 크고 마른 윤곽은, 민이가 맞을 것이었다. 웃는 듯 웃지 않는 듯 재연의 입가가 끌어올려졌다.

"저기 진정으로 잠 못 드는 자가 있구나."

형님들을 본 재민이 발걸음을 빨리 했다. 다행이다, 혼자 이 괴로운 밤을 지새우지 않아도 돼서. 그는 후유, 안도의 숨을 내쉬었다. 그 모습에 재준마저도 웃지 않을 수 없었다.

"언년이는, 정말 대단한 여자예요."

구시렁거리는 소리가 절로 나온다.

"어떻게 그렇게 속이 편한지 모르겠습니다. 전 남자로 보이지도 않는 걸까요. 아니면 너무 어려서 사내를 몰라 그러는 걸까요. 베개에 머리가 닿자마자 코를 골며 자는데, 솔직히 좀 자존심이 상했습니다."

그사이에 형님들이 편해졌는지 민이의 입에서는 가족에게 응석을 부리듯 볼멘소리가 나왔다.

"그 아이가 좀 별다르긴 하잖니. 설마 너같이 준수한 장부를 사내로 안 보기야 하겠냐."

큰형님은 속으로 웃었다. 눈앞에 보이는 듯했다, 널브러져 무방비하게 잠든 언년이와 그 옆에서 이불을 부여안고 괴로워하는 막내의 모습이. 여인이란 잔인한 것이야.

재준은 미간에 주름을 잡았다. 사내를 모른다고. 글쎄.

아까 자신의 눈길을 받아내던 언년이의 긴장한 표정은 절대 어린아이의 무지한 그것은 아니었다.

고작 열일곱인데. 집 밖으론 나가본 일도 없는 아인데. 정인도 있다고 했다. 아, 그래. 그런 말을 했지.

가슴속의 걸레가 뱃속까지 휘저어대는 기분이었다.

"이제 많이 왔다. 며칠만 더 가면 아버님께 도착할 수 있을 거야. 평양은 색향色鄕이니 너도 눈은 즐거울 테고. 아버님이 기방 출입을 좋아하진 않으시겠다만."

'평안감사도 제 싫으면 그만' 이라는 말은, 평양이 워낙 기생으로 유명하기 때문에 나온 말이다. 감사가 부임하는 날이면 이백 명이 넘는 기생들이 연도에 나와 그를 영접한다 하였다. 평양에 기생이 많아진 이유는 버들이 흐드러져서라고 했다. 소나무 많은 개성이 수절하는 과부로 이름 높듯이.

재준은, 그러나 평양기생이 궁금하지 않았다. 형님이 믿어주지는 않겠지만.

자신조차도 믿어지지 않았지만.

뭐에 쓸 거지.

재민이 도망치듯 나온 방에는 인희가 혼자 누워 옆자리의 빈 이

불을 쳐다보고 있었다. 그런 식으로 나가게 하고 싶지 않아 더 잠든 척했건만, 아무래도 피 끓는 십대 청년에게 여자와의 혼숙은 무리였던 모양이다.

'쳇, 귀엽고 순진한 것. 그냥 미친 척 한 번 덤벼보지. 헉, 내가 지금 무슨 생각을.'

그녀는 무지하지 않았다. 이 생애에서 언년이인 그녀는 여리고 어린 열일곱 처녀지만, 본래의 생에서 인희는 스물다섯이었고 최시원을 꼭 닮은 섹시한 남친이 있었고 두 사람은 그냥 플라토닉하기만 한 관계는 아니었다. 그래서, 아까는 좀 위험했던 거였다. 아까. 낮에.

'지나치게 섹시해. 저 바람둥이 남자는.'

민이에게는 정말 미안하지만, 그는 대개의 경우 남자로는 느껴지지 않았다. 헌칠하고 씩씩하고 아름다운 데다가 그녀를 향해 뜨겁기 그지없는 눈길을 보내는데도, 재민은 사랑스러운 동생으로만 생각되었다. 꼭 연하여서만은 아닐 것이다. 그건 그가 지닌 맑고 깨끗함이 인희에게 부담스러워서일지도 모른다.

'아, 아깐 정말 큰일 날 뻔했어.'

쫓아내듯 재민을 밀어내고 그의 형을 생각하고 있는 자신이 민망하지만 그녀는 어둡고 깊은 눈으로 자신을 내려다보던 재준을 떠올리고 있었다.

매혹적인 남자라는 건 처음부터 알고 있었다. 섹시하다고 침 흘린 날도 오래되었다. 하지만 그가 눈웃음을 뿌려댈 때는 안전했다. 마음의 방호벽이 견고해서 염려할 게 없었다.

그런데 그만. 웃음기 가신 시선은 체온을 훅 높여 버리는 거였다. 살과 살이 맞닿자 이성이 확 날아가 버리는 거였다.

그가 키스해 왔더라면 거절할 수 있었을까? 인희는 자신있게 대답할 수 없었다.

머리를 비우기 위해 이번엔 재연을 떠올린다.

'흥. 놀라운 능력이야. 생각하는 것만으로도 마음이 싸늘하게 식어.'

거울같이 차고도 견고한 남자. 다른 사람들의 더러움을 그대로 비춰내는 냉랭한 눈빛. 그러나 거울 속의 실체는 아무도 들여다볼 수 없고 그 위의 이미지는 결코 정을 줄 수 없는 객체에 불과하다.

그럼에도 그녀는 재연이 싫지 않았다. 대하기 어려운 사람이었지만, 사실 재수없다 말할 수도 있지만, 그가 만들어내는 거리감에서 기인한 묘한 편안함 같은 것이 분명 있었다. 매이고 싶지 않은 이 생에서 감정소모 없이 그저 자극적인 소일거리만을 던져 주는 재연은 아마도 바람직한 주인이라 할 것이다.

'그냥 잘생겨 안 싫은 건지도 모르지……'

인희는 피식 웃으며 돌아누웠다. 난 정말 미남을 밝히는구나. 하지만 뭐 어때. 무표정한 얼굴에 금욕적인 느낌의 남자는 몸을 부딪쳐 오는 관능적인 남자랑은 다른 매력을 갖고 있는 게 사실이라고.

그들을 따라오다가 사라져 버린 얼굴 하얀 여인이 이어 떠올랐다. 친절하고 의지가 되는 사람이었지만 의심쩍은 건 맞았다. 계곡으로 접어들 때부터 뒤처진 그네는 이후 보이지 않았다. 그들이 이 대감 댁에 머물고 있으니 당연한 것일 수도 있겠지만. 그런데 왜 쫓아오는 걸까. 숨기려는 기색조차도 이제 걷어버리고.

'혹시…… 그분이 재민이 엄마인 건 아닐까?'

퍼뜩 떠오른 생각에 인희가 무릎을 쳤다. 그럴 수도 있지 않나. 노비처럼 보이진 않았지만 그사이 면천이 되었을 수도 있다. 강제로 떼어진 아들을 보고 싶어 수소문 끝에 찾아온 거였을 수 있다. 하얀 얼굴은 닮은 듯도 하다.

아, 재민인 조금도 그런 생각을 하지 않는 걸까? 내가 아주머니한테 슬쩍 운을 떼어볼까?

'제길. 쓸데없이 끼어들 생각 하지 마. 정 주고 정 받을 거 없이 쿨하게 살다 가자고.'

그녀는 이불을 뒤집어썼다. 도시의 소음이 완벽하게 배제된 조선의 밤은 마음속의 소리를 키운다. 싫어. 시끄러운 게 좋아. 정신없는 게 좋아. 그녀는 양 한 마리 양 두 마리를 외우며 잠을 청했다. 이젠 곁에 누가 함께 자는 게 익숙해졌나 조금 기가 막힌 생각도 들었다.

평양은 아름다운 고장이었다.

편평扁平한 땅이 넓게 펼쳐지고 대동강이 유려한 곡선을 그리며 흐르는 풍요로운 건땅이었다.

태어나서 처음으로 말로만 듣던 평양에 발을 들이민 인희는 나름 감개무량하였다.

"와……. 여기가 평양이구나. 고구려가 도읍으로 삼았을 만한 곳이네."

산이 많은 한양과는 다른 탁 트인 지형에 재준도 감탄했다. 그
들은 인희가 고구려 역사를 어떻게 아는지는 물어보지도 않았다.

처음 평양 땅을 밟는 재준과 인희를 위해 재연은 천천히 성안을
한 바퀴 돌아 목적지로 향했다. 명목상 귀양 온 것으로 되어 있는 그
들의 아버지는 번화한 거리의 대궐 같은 집에 살고 있지는 않았다.

평양에 대한 감상적인 감격은 잠시, 인희는 그 잘났다는 김정국
대감을 볼 일이 은근히 가슴 설레었다. 얼굴이야 당연 멋질 것이
고 카리스마도 장난 아니리라. 그리고 그녀는 살짝 무섭기도 했
다. 이 젊은이들은 인희를 신기하게 생각하며 데리고 다니지만 그
아버지는 위험하다 생각할 수도 있었다. 어떻게 그런 능력을 가졌
느냐 족칠 수도 있었다. 죽는 건 두렵지 않았지만, 고문은 당하고
싶지 않았다.

기와집이긴 했지만 초가와 크게 다르지 않은 소박한 집이었다.
그래도 도성에서 오는 아들이나 손님들을 배려했는지 방은 3개였
다. 재민과 인희에겐 잠시 기다리라 하고 두 분 도련님이 먼저 인
사하러 방에 들어갔다. 넌 언제나 이렇게 뒷전인 거니, 그녀는 당
연하게 차례를 기다리는 민이를 볼을 찡그리며 슬쩍 보았다.

"오라버닌, 괜찮아요?"

그동안 아는 척하지 않았지만 그녀가 아는 걸 그도 안다. 굳이
어렵게 빙빙 돌릴 거야 없지 않나.

재민이 그녀를 내려다보며 부드럽게 미소 지었다.

"응. 난 괜찮아. 넌 잘 이해 안 되겠지만."

이해 안 돼.

그녀의 의문을 읽은 그가 목소리를 죽여 덧붙였다.

"나는 오히려 도련님들이 신경 쓰여. 대감마님이 나한테 마음 너무 많이 쓰시면 두 분이 언짢으실 수도 있거든. 난, 사랑받고 있다는 걸 알아. 그래서 하나도 힘들지 않아."

인희의 얼굴이 더 찡그려졌다. 그래? 사랑받아? 그럼 다행이구.

형들이 기분 나쁠까 배려할 정도면 상당한 자신감이다. 아버지를 자주 뵈어서일까? 이렇게 뒷전으로 밀려났는데도 그만한 자신감을 갖게 된 건. 그럼 아버지 얼굴 가물에 콩 나듯 보는 둘째 도령이 오히려 위축돼 있는 걸까?

"들어오너라. 둘."

재연의 목소리가 들리며 방문이 열렸다. 두 사람이 들어가 절을 올렸다. 인희도 남복을 한 채라 재민과 똑같은 남자 절을 했다. 어차피 여자 절은 어떻게 하는지도 잘 모른다, 그녀는.

고개를 들어도 되나?

얼굴이 궁금해 턱이 근질거렸지만 인희는 참았다. 그렇잖아도 무슨 꼴을 당할지 모르는 판국이다. 최소한 오늘은 좀 몸을 사려야 한다고 그녀는 속으로 뇌고 되뇌었다.

"재민이는 잠깐 사이에 키가 더 컸구나."

허걱. 저런 다정한 음성이라니!

슬쩍 곁눈질로 민이를 보니 뺨에 발그레 미소를 올린 게 아주 좋아 죽는다. 그래, 아버지가 저렇게 예뻐하면 자신감 충만할 만하겠다. 신분이 대수냐.

"청국 말은 배울 만하더냐."

흠…… 그렇지. 재연 도련님이랑 재민이가 목소리가 똑같으니 그건 아버지 목소리겠지? 아, 좋아. 중저음. 둘째 재준인 나긋나긋 부드러운 톤이지. 음, 그것도 좋긴 해. 뭐, 미남이면 다 용서된다는.

부자간의 대화 따위엔 관심없었다. 두 사람은 서로 안부를 묻고 살가운 말을 나누었지만 그녀는 눈을 내리깐 채 귓가를 간질이는 미남들의 멋진 목소리에 마음을 뺏겼다. 오호호…… 귀가 호사하는 날일세.

"네가 언년이구나."

그녀는 대답없이 고개를 더 아래로 숙였다. 조신한 체하기는 쉽지 않았다.

"얼굴을 한번 보자. 이제 열일곱이면 다 컸겠구나."

인희가 마지못한 척 고개를 들었다.

김정국 대감과, 눈이 마주쳤다.

아.

멋지다.

길들여진 척 안으로 숨어든 야생의 눈빛. 약육강식의 세상에서 살아남은 강한 자의 다부진 턱. 성숙한 남자의 각진 얼굴선. 그리고 전혀 어울리지 않는 도톰한 분홍빛 입술.

마흔다섯쯤 됐을 거 같았다. 나는 남자다 라고 외치는 듯한 얼굴에 세월이 만들어낸 지성과 품격, 지혜 같은 것이 켜켜이 쌓여 있었다.

현대 사회에서는 절대 볼 수 없는 얼굴이었다. 연예인도 정치가도 기업가도 저렇게 많은 것을 동시에 담은 얼굴을 할 수는 없다.

이건 오로지, 한 사람이 만능이어야 하는 전근대적인 사회에서나 간혹 발견할 수 있는 유형이다.

그녀는 호색한이라 속으로 욕하던 것도 다 잊고 그의 카리스마에 온통 매료되고 말았다.

임금이 특별히 신뢰할 만도 하다. 임금의 입장에서 이런 남자는 신뢰하거나 쳐내거나 둘 중의 하나밖에 선택할 수 없는 거겠지.

저만한 남자니 저렇게 잘난 아들을 셋이나 쑥 뽑아낸 거지.

서로를 뚫어지게 쳐다보는 아버지와 인희를 보며 세 아들은 각기 다른 생각으로 인상을 찌푸렸다.

'아버님이 설마 언년이까지 건드리시는 건 아니겠지.'

불신을 떨치지 못하는 둘째.

'언년이도 혹시 아버님 핏줄인가?'

갑자기 떠오른 의혹에 가슴이 철렁 내려앉은 막내.

'아버님은 애당초 저 아이를 왜 거두셨던 걸까?'

저 계집애와 우리 사이의 인연은 무엇인가 묻는 맏이.

그리고 또 한 사람.

'아, 난 역시 연상 취향이야. 성인 남자란 정말 섹시해.'

저 좋다는 남자의 아버지란 사실을 잠깐 잊어버린, 대책없는 여자 인희.

김정국 대감의 표정은, 쉽게 읽히지 않았다.

제 6 장

마음에 들지 않는다.

저 아이가 마음에 들지 않아.

칼날이 오후의 햇빛을 받으며 순식간에 은빛 선을 그었다. 기다란 속눈썹 그늘 아래 깊은 눈동자에도 같은 빛깔 섬광이 스쳤다.

머리에 띠를 두르거나 토시로 너른 소매통을 여미지도 않은 채 그저 평소처럼 흰 두루마기를 입은 재연은 숨소리 하나 내지 않고 몸을 돌리고 발을 내디뎠다. 한 치의 오차도 없이 청려淸麗한 그의 움직임을 따라 돌담 바깥쪽에서 자지러지는 탄식 소리가 낭자하다. 한두 명이 아닌 듯 여인들의 웃음소리와 손뼉 치는 소리까지 골목이 소란하였다.

늘 있는 일임에도 새삼 저런 소리가 귀에 들어온다는 건…… 정신이 산란하다는 증거다.

재연은 칼을 내렸다.

호흡도 흐트러지지 않았고 땀방울이 맺힌 것도 아니건만, 오랜 수련으로 굳게 다져진 어깨의 근육이 불유쾌한 긴장으로 경직되었다.

몹시, 마음에 들지 않는다. 그 아이도. 이런 기분도.

전하의 의중과 조정의 상황을 아버님께 전달하는 것이 이번 걸음의 일차 목적이었다. 전하와 아버님 사이의 전갈은 극비라 할 만한 것이어서, 번거로워도 언제나 재연이 직접 움직이곤 했다.

황해감사의 상소로 조정이 번잡하여 당분간은 전하의 뜻대로 움직이시기 쉽지 않다는 말씀을 전해야 했다. 강빈마마를 신원하라는 요구를 묵살하면서 그 아드님을 귀양에서 풀어줄 수는 없는 일이었으니까.

그리고 언년이를 어떻게 쓰실 방도는 없는지 여쭈었다. 그 아이의 괴이한 행적과 비범한 능력에 대해 말씀드리자 아버님은 크게 놀라셨다. 아버님이라고 뭔가 알고 계시리라곤 기대하지 않았지만, 그래도 혹시나 하는 마음을 품었던 게 솔직한 심정이었다. 언년이의 비밀은 여전히 미궁에 빠져 있었다.

재연이 마음에 들지 않았던 것은 그다음부터였다.

어째서. 아버님이 그 아이를 그리 다정한 눈으로 보신단 말인가?

당신이 데리고 오신 핏덩이였다. 누구의 핏줄이냐 여쭙자 아버님의 귀한 벗이 천첩에게서 낳은 자식이라 하셨다. 민이와 같은 처지라 했다. 그 벗이 아이를 부탁하셨노라고, 부모가 모두 언년이를 거둘 수 없는 처지였다고, 그리 말씀하셨다.

"민이의 짝으로 생각하고 키웠다. 억지로 짝짓고 싶진 않아 자라는 모양을 지켜보았다만 다행히 둘 다 잘 자라주었구나. 이제 어느 정도 나이들이 찼으니 연을 맺었으면 싶은데, 언년이가 재능이 많아 재연이의 일에 도움이 많이 된다고 하니 조금 더 미루는 게 좋을 듯도 하고. 너희들 생각은 어떠냐."

아버님의 말씀에 재민이가 격앙된 감정을 숨기지 못하고 엎드렸다.

"저는, 언년이와 혼인하고 싶습니다. 도련님을 돕는 일이라면 혼인 후에 둘이 함께 해도 되지 않을는지요. 부디 허락해 주십시오."

드러내 놓고 자식이라 부르지 못함에도 사랑하는 아들이었다. 그런 아들이 좋아하는 여자라 하니 흐뭇하고 사랑스러우신 거겠지. 그런데.

"저, 저는 조금 더 시간을 갖고 싶은데요."

당돌하고도 맹랑한 언년이가 일을 틀었다. 민이가 상처 입은 얼굴을 했고 언년이는 황급히 손사래를 쳤다.

"아니, 오라버니가 싫어서 그런 게 아니라, 기억을 잃고 다시 적응하는 중이라 아직 마음의 준비도 안 돼 있구요, 또 아무래도 혼인하고 나면 바깥으로 나돌기는 쉽지 않고……. 아이라도 들어서면 더구나……."

그리고는 그 여우 같은 계집이 어찌나 애교스럽게 방긋방긋 웃는지 민이가 흐물흐물 녹아 흐르는 것이 눈에 보일 정도였다.

그런데 그 눈웃음에 넘어간 것은 재민이만이 아니었다. 그야말로 안광眼光으로 지紙를 철徹하실 아버님께서 눈에 힘을 다 풀고 허허 웃으시는 것이 아닌가.

그래도 거기까진 이해할 수 있었다. 미래의 남편과 시아버지가 언년이를 괴는 것은 자연스러울 뿐 아니라 다행스럽다고도 할 수 있는 일이었다.

재준이는 어쩌다가 저 아이에게 마음을 온통 빼앗기고 말았단 말인가?

종은 건드리지 않습니다 라고 했지.

아버님처럼 배다른 자식들을 낳아 설움 겪게 하지 않겠노라 너의 각오가 가상하다만.

그러면 마음이야말로 절대 주어서는 안 되는 거 아니냐. 이게 뭐냐, 계집종 하나 사이에 놓고 형제끼리.

그때 재준이의 표정이란 차마 안쓰러워 눈뜨고 볼 수 없을 지경이었다. 본인은 아마 몰랐을 것이다. 두 손을 부르쥐고 이를 악문 채 두 사람을 보고 있었다는 걸.

'아. 계집이 끼면 사달이야.'

재연은 이마를 있는 대로 찌푸리고 고개를 흔들었다.

복스럽게 생긴 것도 아니고 사납다 할 만큼 이목구비 선명한데다가 눈빛에 소곳함이라곤 찾아볼 수 없는 드센 계집애가 아닌가.

어째서 그 어린 계집애 하나가, 그것도 십여 년을 있는 듯 없는 듯 지내던 계집 하나가, 갑작스레 이리도 사람들을 죄 쥐고 흔든

단 말인가.

문가에서 귀에 익은 목소리가 들려왔다. 그는 칼을 정돈하고 실
망에 찬 골목의 한숨 소리를 무시한 채 대문 쪽으로 나갔다. 재민
이의 어머니인 개성댁이 돌아와 아들과 재회하는 모습이었다.

"오셨습니까."

천민이지만 아버님과 함께 사는 여인이고 아우의 어머니기에
그는 꼬박꼬박 존대를 했다. 개성댁은 몸을 굽혀 도련님 먼 길에
애쓰셨습니다 하고 인사했다. 민이는 어머니에게 언년이를 인사
시켜 드리려 그녀를 불렀고 방에 있던 재준이 무슨 일인가 바깥으
로 나왔다. 개성댁을 본 그의 눈이 등잔만큼 커졌다.

"아, 작은도련님이시로군요. 오래간만에 뵙습니다. 어렸을 적
그대로 참으로 준수하십니다."

개성댁의 인사는 친근하면서도 예의 발랐다. 재준은 말을 잇지
못했다.

이 사람이 재민이의 어머니라고? 그런데 왜 아버지와 함께 있
는 거지?

언년이를 끌고 민이가 돌아왔다. 그는 혼인하기로 되어 있는 여
자라며 상기된 얼굴로 그녀를 어머니에게 소개했다. 인희는 좀 난
처했지만 아닌데요 할 수는 없어 상냥하게 인사를 드렸다. 재민의
어머니는, 천한 신분에도 불구하고 대단히 고상하고 아름다운 여
인이었다.

하지만 저기요, 어떻게 여기에?

재준과 인희의 눈이 마주쳤다. 어떻게 된 거죠? 나도 몰라. 말

없는 대화가 짧게 오갔다.

개성댁이 아버님 방으로 들어가고 민이가 언년이와 함께 자리를 떠나자 둘째가 형님께 낮게 물었다.

"형님. 재민이 어머니가 어떻게 여기 있는 겁니까."

"아. 너는 모르고 있었겠구나. 아버님이 이미 오래전부터 따로 살림 내어주셨다. 평양으로 오시고서는 아예 두 분이 합치신 거지. 한양에 계신 어머님께는 송구한 일이나 그리되었다."

담담하게 답하는 재연의 얼굴에선 어떤 감정도 묻어나지 않았다. 재준은 차마, 아버님께서 팔아버리신 게 아니었구요? 라고는 묻지 못했다.

그리 말해준 사람이 누구더라.

이미 너무 오래전 일이라 잘 생각나지 않지만 비복들끼리 모여 통탄하며 원망하는 말을 들었던 것 같다. 아무리 비정한 게 사내라지만 어찌 자기 자식 낳은 여자를 남의 집에 팔아넘길 수가 있냐며 그들이 울었다.

어린 마음에 놀라 어머님께 여쭤보았던 것도 기억난다. 어머님, 민이 어미가 팔려갔다는 게 사실인가요. 고아하신 어머님이 얼굴에 싫은 빛을 떠올리며 그런 것은 너 알 바 아니다 말을 끊으셨다.

재준은 형님처럼 감정없는 얼굴을 하기 어려워 조용히 등을 돌렸다. 어둑하게 땅거미가 지기 시작할 무렵이라 사물이 다 무디게 보였다. 그는 천천히 걸었다. 오는 길에 연못을 하나 보았지, 거기 가서 잠깐 생각을 정리해야겠다, 혼란한 정신이 그를 물가로 이끌었다.

연못은 고인 물이라 탁하고 비렸다. 그의 마음처럼.

아버님께 인정받고 사랑받으려 안간힘을 썼던 때가 있었다.

미움받으면 나도 팔아버리실지 몰라, 막연한 두려움에 악몽을 꾸곤 했다.

그러다가 열다섯쯤 되어 철이 나기 시작하자, 아버님이 미워졌다. 저런 잔혹한 아버지에게서 난 내가 제대로 된 인간일 수 있을까 의심했다. 엇나가고 싶었다. 아버님이 바라는 모습으로 성장해 드리고 싶지 않았다. 바깥으로 나돌며 어머님을 속 썩였다. 기방에 출입하고 며칠씩 집에 들어가지 않으며 소극적인 반항을 일삼았다.

금이 가버린 섬세한 영혼을 겉웃음으로 가리며, 그는 그렇게 살아왔다.

그런데, 아버님은 그 여인을 빼돌려 두셨던 거였다.

이렇게 아예 작은댁으로 따로 살림을 차리고 오붓하게 두 분이 사시는 거였다.

"하."

그는 고개를 뒤로 젖히고 두 손으로 마른세수를 했다.

"재민이가 불쌍하다 했다니, 무슨 분수도 모르는 소릴. 재민인 부모님 금슬 좋게 사시는 걸 보며 얼마나 행복했겠나. 그러니 저렇게 티없이 밝기만 한 거지."

헛웃음이 나왔다. 불쌍한 건 자신이었다. 그리고 어머님이었다.

후처로 들어와 전처소생 맏아들과 당신 아들 늘 비교하며 전전긍긍하셨던 어머님. 서방이 종년 건드려 아들까지 낳자 맘고생으로 표독스러워진 어머님.

그래서 재민 어머니를 팔았다 거짓말하고 따로 숨기신 거였겠지, 아버님은.

아무것도 모르는 어머님은 자기에게 돌아오지 않는 낭군 마음을 원망하며 긴 세월 말라비틀어지고 계셨지.

아무것도 모른 나는 먹히지도 않을 유치한 반항을 계속하며 인생을 낭비한 거지.

억울하고 분했다. 아버님이 비정한 사내가 아니란 걸 알아 다행스러웠지만 불평하며 보낸 시간이 아까웠다. 재민이를 위해 진심으로 기뻤지만 어머님이 가련했다. 이렇게 어리석은 자신이 한심스럽기만 했다. 잃어버린 아버님의 신뢰와 사랑이 아쉬웠다.

'아버님이 아직도 나를 사랑하셨으면, 그럼 언년이를 재민이가 아닌 나에게 주셨을까.'

문득 떠오른 생각이 그의 가슴을 더 모질게 찢었다.

그럴 리는 없었다. 천민인 언년이를 자신의 배필로 정하셨을 리는 만무했다. 상황이 어찌 돌아갔든, 그가 무슨 짓을 했든, 아버님은 처음부터 그녀를 재민이의 짝으로 생각하고 데려오신 거였다. 그가 끼어들 자리는 없고 그가 이런 마음을 먹는 것이 나쁜 거다.

그런데.

"재준 도련님."

인기척도 없이 다가온 언년이의 목소리에 재준이 뒤를 돌아보았다. 그녀는 옷을 갈아입어 다시 여인의 복색을 하고 있었다. 평범한 처녀들처럼 긴치마를 입은 언년이의 모습이, 예뻤다.

예뻤다.

인희가 재준을 찾아온 것은 함께 기뻐해 주고 싶어서였다. 오해로 닫았던 마음을 이제 열어도 된다고 축하해 주고 싶어서였다.

재민의 어머니는 아주 오래전부터 아버님과 함께했다고 한다. 김정국 대감은 비록 천한 여인일망정 그네를 진심으로 아끼신다고 했다. 재민은 어머님이 행복한 것을 늘 보아왔고 그래서 자기도 행복할 자신이 있다고 말했다. 자신은 신분에 맞는 여인을 사랑하여 그녀만 바라보며 살겠다고 어릴 적부터 굳게 마음먹었다고 하였다.

그리고 그게 너였으면 좋겠다고, 눈을 반짝이며, 분홍빛 입술에 미소를 머금고, 재민은 인희의 손을 꼭 잡았다. 당황스럽게도.

불분명한 미소와 고갯짓으로 재민을 대충 안심시켜 놓고 그녀는 재준을 찾아 나선 거였다. 참 다행이라고, 모두 행복하다고, 말해주고 싶어서.

댐. Damn.

난 바보 아냐.

"괜찮아요?"

조심스러운 목소리가 나왔다. 단지 그의 얼굴빛만을 보고서도 마음속이 다 읽어지는 것 같으니 이상하다.

재준이 인희를 보고 웃었다. 여자의 마음을 사로잡는 바람둥이의 눈웃음은 아니었다. 괜찮지 않아, 그러나 어쩌겠어, 걱정해 줘서 고마워, 그런 웃음이었다.

그녀의 마음이 저릿, 아팠다.

쭈그리고 옆에 앉은 인희는 말을 걸기가 어려워 연못만 바라보았다. 그래도 누군가 함께 있어주는 편이 나을 거라고 생각했다.

친구가 실연했을 때, 이렇게 옆에 앉아서 몇 시간을 같이 보내주었다. 또 다른 친구가 부모님이 이혼했다며 술을 마실 때, 술을 따라주면서 말없이 함께 앉아 있어주었다.

아마 이 작은도련님도 내 진심은 알지 않을까, 그녀는 생각했다.

"그래도, 이젠 바깥으로만 떠돌진 않아도 되는 거잖아요."

언년이가 조그맣게 속삭인 말에 재준의 가슴이 뭉클 요동쳤다. 넌 어째서 다 아는 거지?

아버님도 형님도, 심지어 어머님도 열지 못하던 마음을 저 여자는 아무렇지도 않게 쓱 열어버렸다. 그리곤 쓰다듬어 주는구나. 니 맘 알아. 힘들어 그러지? 난 널 믿어.

나무에 기대앉아 한쪽 무릎을 세운 재준은 곁에 그림처럼 앉아 있는 인희를 오래도록 바라보았다.

항상 남들과 다른 곳을 보고 있는 총명한 눈의 여자.

무얼 기대하든 이쪽의 예상을 언제나 간단히 뒤집어 버리는 신기한 여자.

저리도 예쁜 여자.

조만간 동생의 배필이 되고 말, 사랑스러운 여자를.

"재민이와 혼인할 거니."

이런 말을 물어 무엇하겠다는 걸까.

언년이가 눈만 돌려 그를 보았다. 눈썹이 살짝 처지는 것이 맥없는 표정이었다.

"저야 이 댁에 속한 물건인데 대감마님이 혼인하라 하시면 해야 하는 거 아닌가요."

하고 싶지 않은 거니? 넌 재빈이와 혼인하고 싶지 않은 거야?

그의 가슴이 대책없이 두근거렸다.

"너의 마음을, 묻는 거라면······? 네가 선택할 수 있는 거라면?"

연못에서 물고기 한 마리가 퉁 튀어 오르는 소리가 났다. 달은 물론이고 별도 없는 밤이 깔리기 시작하고 있었다. 막막한 어둠 속에서 한 조각 붙들 것을 찾아 재준의 마음이 바깥으로 비어져 나왔다. 그녀의 대답을 듣고 싶었다. 아니, 듣고 싶지 않았다. 안다 해도 아무것도 달라질 수 없는데. 그런데 난.

인희는 마지막 남은 석양빛이 재준의 검은 눈에 빨려 들어가는 것을 보고 있었다. 심장의 박동이 점점 빨라지고 있다. 아, 견디기 힘들도록 섹시한 남자. 그런 눈으로 날 보지 마. 난 당신을 사랑하지 않아. 그러니 제발 날 유혹하지 말아줘.

조금씩, 아주아주 천천히, 그의 몸이 인희 쪽으로 기울어왔다. 무릎에 얹었던 팔이 들려 땅을 짚었고 연못을 보던 상체가 방향을 틀어 그녀를 향했다. 그녀는 움직이지 못했다. 인희의 머리 위로 재준의 갓이 그림자를 드리웠다. 검은 눈동자, 호를 그리지 않아 크고도 깊은 눈동자가 승낙을 바라듯 안타깝게 그녀를 바라본다. 연못의 물이끼냄새도, 풀냄새도, 다 지워 버릴 만큼 지독한 난향이 인희를 미치게 했다.

아무것도 생각하고 싶지 않다. 그냥 몸이 원하는 대로 이 자극적인 남자의 품에 안기고 싶다. 이 남자의 입술은 어떤 촉감인지, 이 사람은 어떤 손길로 나를 만져 주는지, 나를 안을 때도 이렇게 다정한지, 그저 그것만 느끼고 싶다.

재준의 눈길이 인희의 눈에서 입술로 내려갔다. 그녀가 거부하지 않자 그의 입술이 용기를 내어 다가왔다. 여전히 조심스럽게. 조금씩.

안 돼. 정신 차려.

꼼짝도 하지 못한 채 그가 가까이 오는 것을 보기만 하며 인희가 절규했다.

안 돼, 서인희, 제발, 이건 아니잖아!

마지막 순간, 인희는 생각해 내는 데 성공했다. 자기가 21세기 여자, 자궁심 강한 서인희라는 것을.

'아냐, 난 절대로 누군가의 첩으로 살진 않을 거야.'

겨우 이성을 되찾은 그녀는 힘겹게 손가락을 들어 두 사람의 입술 사이를 가로막을 수 있었다.

입술은 닿지 못하고 눈길은 서로에게 닿았다.

재준은, 빛이 다 꺼져 버린 어두운 눈동자로 인희를 보았다.

인희는 알 수 없었다. 자신의 눈에 어떤 표정이 담겨 있을지.

멀리서 어둠 속에 두 남녀의 그림자를 지켜본 사람에겐, 그들의 입술이 닿지 않았다는 건 보이지 않았다. 여자가 남자의 뺨을 감싸 안고 뜨겁게 입맞춤을 받아들이는 모습으로 보였을 뿐이었다.

'나는, 저 아이가 정말 마음에 들지 않아.'

굳게 다문 입술 속으로 이를 악물며 재연이 생각했다.

"대체 무슨 조화인지."

김정국 대감은 언년이와 독대하고 있었다.

아무리 캐물어도 이 어린 계집은 그저 모르겠다, 어느 날 갑자기 머릿속에 모르던 것들이 들어왔다, 이런 대답으로 일관할 뿐이었다. 앓고 나서 머리가 맑아졌다든가 신기神氣가 내렸다면 이해하겠지만, 외국어를 하게 되었다든지 듣도 보도 못한 궁궐 일을 안다든지 하는 건 아무리 세상에 이런 일이 하고 넘어가려 해도 납득이 되지 않는다.

하지만, 이 아이가 뭔가를 숨긴다고 생각하기엔, 언년이가 살아온 인생이 너무 투명하지 않은가.

"그래서, 네가 할 줄 아는 외국어란 그 영국이란 나라 말 하나라는 게지."

"네, 그렇습니다."

실망스러운 일이다. 영국이란 어디 붙어 있는 나라인지도 모른
다. 청나라 말이나 왜(倭) 말, 하다못해 로서아(러시아)나 아란타(네덜
란드) 말도 아닌 듣도 보도 못한 나라 말이라니. 쓰일 일이 없지 않
은가.

임금의 존호나 조선의 옛 역사에 대해 아는 것도 신기하긴 하지
만 딱히 활용할 만한 데는 생각해 낼 수 없었다. 미래라면 모를까
다 아는 과거가 무슨 소용이겠는가.

미래?

김정국 대감은 턱을 문질렀다. 날카로운 그의 눈이 언년이를 찌
르듯이 살폈다.

……미래라.

"그럼, 주상전하의 묘호가 어찌 되는지는 아느냐."

무심한 듯 던진 말에 인희가 아무 생각 없이 대답했다.

"그야, 효종……."

아차.

임금은 살아 있을 때는 묘호를 받지 않는다. 그저 전하나 주상
전하일 뿐, 죽은 후에 그 업적에 따라 세종이니 영조니 하는 이름
이 붙는 것이다. 종은 덕이 많은 임금, 조는 치적이 많은 임금, 뭐
이렇게.

인희는 말을 중간에 씹고 우물거렸다. 하지만 이미 늦었다. 다
들켰다.

그녀가 미래를 안다는 사실을 확인한 김 대감의 낯빛이 달라졌다.

'미래를 보는 계집이라.'

전하께 이 아이의 능력에 대해 고하여야 하는 것이 아닐까. 미래를 알 수 있다면 시행착오를 줄이는 것이 가능하리라. 불필요한 낭비를 막고 힘을 집중할 수 있으리라. 유용하게 쓰실 것이다, 전하께서, 언년이의 힘을.

하지만.

혹시 절망스러운 미래라면? 그걸 아는 것이 오히려 독이 되지 않을까? 만에 하나 절대 북벌에 성공할 수 없다는 말을 듣게 된다면? 조선이 머지않아 멸망이라도 한다는 말을 혹 듣는다면?

김정국 대감은 보이지 않게 진저리를 쳤다.

앞에 앉은 언년이는 고개를 숙인 채 손가락을 꼬물꼬물 움직이고 있었다.

전하께서는 합리적인 군주이시다. 예지력 따위 삿된 능력에 현혹되지 않으실 것이다. 그렇다면 이 아이는 군주를 기만하였다 죄를 받을지도 모르는 일이다. 애틋한 막내아들 재민이가 혼인하고 싶어하는 이 여자가, 임금의 영으로 목숨을 잃을지도 알 수 없는 일이다.

'잠시만 더 살펴보기로 하자.'

임금이 결정한다면 신하인 그는 따를 것이다. 허나 아직 분명치 않은 일을 임금께 아뢰고 위험을 감수할 필요는 없지 않나. 조금 더 지켜보고 결론을 얻은 후에 왕께 이야기하겠다고, 재민의 아버지는 스스로를 납득시켰다.

결국 수확은 아무것도 없었다.

대감으로부터 풀려난 인희는 마루로 나갔다. 민이가 그를 기다리고 있었다. 별말씀 없으셨어? 아, 그냥 몇 가지 하문만 하셨어요. 생긋.

두 사람은 천천히 산책길을 걸으며 초여름의 평양을 만끽했다.

이렇게 느긋한 시간도 얼마 안 남았다. 그들은 여독이 풀리는 대로 다시 한양으로 돌아갈 것이다. 장마가 곧 시작될 텐데 언제까지 여기서 평양 구경이나 하고 있을 수는 없었다.

그 밤 이후 재준은 조금도 어색하지 않게 인희를 대했다. 역시 바람둥이였어라는 심증이 굳어지긴 했지만 껄끄러운 관계가 되는 것보다야 물론 백배 나았다.

이상하리만큼 칼바람을 뿜어대는 것은 의외로 재연 큰도련님이었다.

대체 내가 무슨 잘못을 했을까, 아무리 생각해 보아도 딱히 떠오르는 것이 없었다. 재민이와 혼인한다는 게 마음에 안 들어 그럴까? 언년이를 별로 좋아하지 않는다는 거쯤이야 알고 있었지만. 당돌하기만 한 수상쩍은 종년이 뭐 그리 호감 가진 않겠지. 그래도 저랑 결혼하라는 것도 아니고 호형呼兄하지도 못하는 천한 동생인데 뭘 그렇게까지 쌍심지를 켠담.

재민은 행복해 보였다. 행복했다. 유예되었을 뿐, 혼인은 기정사실이나 다름없었다. 어머니와 언년이도 원만한 것 같고, 아버님께서 귀경하시고 나면 청국과 거간할 자리를 주선해 주신다 약속하셨고, 이젠 언년이와 함께 차곡차곡 미래를 채워 나갈 일만 남았다.

마음에 걸렸던 작은형님도 아버님의 결정에 이러쿵저러쿵하지는 못할 것이니 누구에게든 그녀를 빼앗길 걱정은 하지 않아도 될 것이다. 언년이의 마음이 자기에게 있는지 꼭 확신할 수가 없어 조금 불안하긴 했지만, 그녀의 입장에서 재민보다 나은 선택은 아마 없으리라 그는 자신했다.

"근데 형님들 제치고 먼저 혼인해도 되나?"

인희가 은근히 기대를 갖고 물었지만 소용없었다. 공식적으로 재민은 그들의 동생이 아니기 때문에 아무 상관 없다는 거였다.

"이 댁 도련님들은 왜 이렇게 혼인이 늦어요? 보통 스물 전에 다 장가가는 거 아니었나요?"

정말로 궁금해서 그녀가 물었다. 두 남자에게 무슨 결격사유 같은 게 있어 보이지도 않고 아버지가 귀양 중이라지만 눈 가리고 아웅이지 알 만한 사람은 진짜 벌을 받고 있는 게 아니라는 걸 다 알 터였다.

"아, 그건, 큰형님, 아니, 도련님이 자꾸 미루셔서 그래."

재민은 비밀 이야기를 하듯 목소리를 죽이고 형의 이야기를 들려주었다.

스물여섯 살인 재연에게는 약혼한 지 3년이나 된 규수가 있다고 했다. 사주단자가 오간 것은 아니지만 부모들끼리 구두로 약속한 사이라고 했다. 그 집안도 상당한 세도가인 데다가 정치적 색깔도 같아 아들들끼리 교분도 두텁다고 하였다. 그런데 재연이 자꾸만 핑계를 대며 혼인을 미룬다는 것이다.

"못생겼나, 아가씨가?"

재민이 웃었다.

"양반 아가씬 얼굴 보고 데려오는 거 아냐. 근데 그 아가씨 얼굴은 우리 모두 한 번 보긴 했어. 대감마님이랑 도련님이랑 나랑 그 댁에 갔었는데 우연히 마주쳤거든. 실수였는지 일부러 그랬는지 장옷을 쓱 흘리더라구. 진짜 미인이던데. 아주 조신하게 생긴 고운 아가씨였지."

'흠. 남자가 뭉그적거리니까 내 얼굴 보고 맘 잡아 하는 거였나 보네. 은근 대담한걸.'

인희는 웃음이 나왔다. 부덕婦德이네 여도女道네 누르고 밟아도 사람의 본성은 쉽게 꺾이지 않는 법인 거다. 약혼자인 도령을 먼 발치서 보고 애태웠을 여자의 마음이 손에 잡히는 듯했다. 멀리서만 보면 얼마나 멋진가. 차갑기가 영하 20도 급속냉동실인 저 뱀파이어 같은 인간이.

"그럼 왜 혼인 안 하시지? 대감마님은 어째서 그냥 냅두시고?"

"글쎄…… 큰도련님 속이야 누가 알겠어. 대감마님은, 아마, 당신이 혼인 문제로 마음고생 심하셨던 터라 아드님은 편하게 두고 싶으신 모양이야. 어쨌든 큰도련님이 저러고 계시니 작은도련님은 장가갈 수가 없는 거고."

인희는 눈을 동그랗게 떴다. 대감마님이 마음고생이 심해? 혼인 문제로? 바람같이 신나는 청춘을 보내신 게 아니고?

제 식구라 생각하는지 재민은 더 이상 그녀에게 숨기는 것이 없었다. 조금 미안한 기색을 띠긴 했지만, 조곤조곤 언년이가 궁금해하는 것을 말해주었다.

대감마님이 정식으로 혼례를 치른 것은 열아홉, 재민의 나이였다. 안방마님께서는 아름답고 온화하며 인정이 많으신 분이었다고 전해 들었다. 두 분은 금슬이 좋았지만 아이가 생기질 않았고, 어른들의 성화에 견디지 못한 안방마님이 강력히 권하여 결국 첩을 들이게 되었다. 그게 둘째 재준의 어머니다.

'헉. 정처가 아니셨어?'

처음엔 첩이었다. 그런데 거기서도 아이는 금방 생기질 않았고 오히려 정실부인이신 마님께서 뒤늦게 수태를 하시어 재연 도련님을 낳으셨다. 그러나 행복도 잠시, 마님은 신병身病을 얻어 시름시름 앓다가 세상을 떠나시고 말았다. 어른들께서는 좋은 가문의 영양에게 새장가를 보내려 했지만 김정국 대감께서는 생전 처음 부모님의 뜻을 거역하며 첩이었던 지금의 마님을 정실로 맞이했다. 그리고는 재준 도련님이 태어난 것이다.

"뭐야, 그럼 마님도 사랑하긴 하셨나 보네?"

다소 어이없어하는 인희의 표정에 재민이 어깨를 으쓱했다.

"대감마님 속이야 정말로 아무도 알 수 없는 거지. 그런데 사랑이라기보다는 더 이상 번잡스럽게 꼬이는 걸 원치 않으셨던 거 같아. 새장가를 드시면 거기서도 반드시 자식을 보셔야 하고, 그럼 재연 도련님의 위치가 불안하니까. 결국 작은도련님이 태어나시긴 했지만, 지금의 마님은 대단치 않은 가문에서 오신 분이었고 또 본래 첩이셨으니까 큰도련님한테 언제나 한 수 접고 들어가시거든."

'쳇. 그렇게 이거저거 다 재던 남자가 결국 종한테서 자식을 낳아?'

민은 아마 언년이의 마음을 읽은 모양이었다. 조금 열없게 웃으며 머리를 긁적였다.

"아버님이 우리 어머니를 대하시는 걸 보면, 마님과 깊은 정은 없으셨을 거라고 생각해. 마님이 좀 드센 분이시기도 하고. 애정을 못 받아 그리되신 걸 수도 있지만. 어쩌면…… 마님을 사랑할 수 없으셨기 때문에 정실 자리라도 주고 싶으셨던 건 아닐까, 그런 생각도 해보긴 했어."

그래. 대감마님이 니네 엄마를 진정으로 사랑하신다고 믿자고. 그 마음이 너무 진실해서 다른 사람들이 다칠 걸 알면서도 어쩔 수 없었다고 생각해 주자고. 무슨 신파야, 이게.

그건 그렇고, 트와일라잇의 에드워드 컬린보다 더 뱀파이어 같은 김재연님은 뭔 생각을 하길래 동생 혼삿길까지 가로막으며 독신으로 지내는 걸까. 임금을 돕는 일이 너무 중요해서? 뭐, 처자식 두고 전쟁에 나가는 것도 아닌데 그럴 리야 없겠지. 여자가 싫어서? 헐, 혹시 게인가? 옛날에도 그런 사람들 있었다던데? 별의별 상상이 꼬리를 물었다. 설마 저렇게 잘난 척하는 얼굴을 하곤 고자는 아니겠지. 픽.

마음속으로 하는 복수는 비열하고 짜릿했다. 새어머니를 향해 이루지 못할 마음을 품고 있다든가, 실은 임금을 사모하고 있다든가, 제 아버지가 그런 것처럼 사랑한 노비가 있었는데 알고 보니 배다른 동생이었다든가, 상상할 수 있는 온갖 불건전한 것들을 떠올리며 그녀는 심술궂게 웃었다. 흥, 니가 갑자기 온도를 20도나 낮추지만 않았으면 나도 너랑 잘 지냈을 거라고.

혹시 모르지, 길에서 우연히 만난 고승이 너의 인연은 먼 미래로부터 올 것이니 기다리라 했는지도. 허걱. 미쳤구나.

"아, 그건 그렇고, 우리를 따라다니던 그 아주머니는 대체 정체가 뭘까요?"

인희가 재민의 의견을 물었다. 혹시 그의 생모가 아닐까 했던 그녀의 추측이 틀린 것으로 확인된 지금, 그 여인의 정체는 오리무중이다.

"그 사람, 중간에 나타나서 계곡 들어서기 전에 사라졌지? 지난번에도 딱 그랬어."

재민이 곰곰 기억을 더듬으며 말했다. 아마 그 근처 어디 사는 모양이라고. 우리가 지날 때면 잠깐 따라오다가 돌아가는 모양이라고.

왜?

청나라 스파이일 리도 없고, 북벌을 반대하는 정적들의 끄나풀처럼 생기지도 않았고, 자객일 리는 만무하고. 언년이의 친엄만가? 하지만 그렇다면 지난번 평양길부터 모습을 드러내진 않았겠지. 김 대감의 다른 여잔가? 그럼 대감 주변을 떠돌아야지 왜 이 사람들 근처에 맴돌아.

"돌아가는 길에도 모습을 나타낼지 모르겠네요. 붙잡고 확 단도직입적으로 물어볼까, 누구세요 하고?"

재민이 웃으며 인희의 머리칼을 흩트렸다. 홍안의 청년이 귀여워 죽겠다는 표정으로 바라봐 주는 건 나쁜 기분은 아니었다. 하지만 그녀는 결코 잊지 않았다. 자신이 재민보다 여섯 살이나 많은 큰누나의 정신세계를 가졌다는 걸.

휴우.

한숨이 나온다. 진짜 얘랑 결혼하게 되나? 아, 얘가 싫은 건 절대 아니야. 지금은 어린애 같아도 몇 년 지나면 멋진 남자가 되겠지. 좋은 남편이 될 테고 성실한 가장이 되겠지.

하지만 그러면 모든 게 현실이 돼. 놀다 떠날 수가 없어. 집으로 돌아갈 순 없단 걸 알지만 여기 눌러앉아야 한다는 건 인정하고 싶지 않은 일이야. 난, 무책임하고 싶은걸.

평양을 떠난 날은 흐렸다.

곧 다시 올 걸 알면서도 재민의 어머니는 눈가를 훔쳤고 아버지는 모처럼 한데 모인 삼 형제를 떠나보내기 아쉬운 듯했다. 재준아, 또 오려무나. 예, 아버님.

맏아들 재연을 대하는 김 대감의 태도는 아버지라기보다는 깊은 신뢰를 쌓은 동지의 모습 같았다. 내 너 없이 어찌 큰일을 도모하랴. 송구합니다, 저는 그저 수족일 뿐입니다. 등등.

한양을 출발할 때보다 한결 인간관계가 깊어진 그들이었다. 그래서 오히려 더 불편하고 눈치가 보였다. 차갑게 다문 입술을 한 번도 열지 않는 재연. 상냥한 눈웃음이 마음 찜찜한 재준. 이미 제

색시라 생각하는지 불면 날아갈까 쥐면 꺼질까 인희를 싸고도는 재민. 형제간의 대화는 범상했고 윷놀이할 때의 친밀감은 더 이상 보이지 않았다. 그저, 인희의 기분인지도 모르지만.

계곡을 지났다. 그리고서 얼마 더 가자, 예상했던 대로 얼굴이 하얀 중년 여인이 그들과 섞였다.

"어머, 아주머니. 어디 가셨더랬어요? 볼일이 이 근처셨던 모양 이네."

그네는 흰 얼굴에 살짝 웃음을 띠며 고개를 끄덕였다. 의심의 여지없이 그들을 기다리고 있었던 거였지만, 모두들 모르는 척했 다. 이렇게 가다가 한양 근교 어디서쯤 또 사라질 것이다. 그전에 누군지 알았으면 좋겠는데.

아주머니의 눈이 누구를 주로 향하는지 인희는 안 보는 척 신경 썼다. 잘 알 수 없었다. 그네는 아주 조심스러웠고 인희 이외에 누 구에게도 말은 걸지 않았다. 어쩌면 김정국 대감 댁에 은혜를 입 은 사람일 수도 있었다. 물론 원한이 있는 사람일 수도 있겠고.

그날 밤도 방은 한 개밖에 구하지 못했다. 분위기 가라앉은 네 사람이 한방을 쓰려니 마음이 갑갑해 인희는 마루에 앉아 한숨을 쉬었다.

"저기, 나랑 같이 자겠어요? 아무리 그래도 아가씨가 사내들 사 이에서 자는 건 보기 안됐네."

아주머니가 인희에게 물어왔다. 아, 감사합니다. 그렇잖아도 요 새 좀 불편하거든요.

각기 다른 체취를 마구 뿌려대는 남자들과 한방에 묵지 않는 건 조금 허전한 듯 마음 편했다. 아이구, 간만에 다리 쫙 뻗고 불량하게 큰대大자로 자야겠다.

인희는 잘 준비를 하는 아주머니를 찬찬히 살폈다. 목선이 곱고 움직임이 나긋하다. 일을 많이 한 손이지만 함부로 산 사람 같지도 않았다. 그러고 보니 손이 좀 희한하게 생겼구나. 검지가 약지보다 더 긴, 독특한 모양이었다.

"손가락이 특이하시네요."

인희가 말을 걸자 아주머니가 반사적으로 손을 가렸다.

"아, 조금 창피하네. 어려서부터 놀림을 받아서……."

"놀림을 받아요? 별걸 다. 그런 손이 멋지던데요, 전. 손이 더 길어 보이고 섬세한 느낌이라서요."

아주머니는 고맙다는 듯 웃어 보였다. 어쩐지 평생 남의 눈치만 보며 주눅 들어 살아온 인생처럼 느껴져 인희는 마음이 좋지 않았다. 이 시대의 여자들에겐 한이 너무 많아.

두 여인의 동숙은 한동안 계속되었다. 재민이 '지난번엔 여기쯤에서 없어졌던 거 같은데'라고 말한 때부터도 며칠은 더 이어졌다. 인희는 아예 솔직히 물어보는 게 정말 나은 거 아닌가 밤마다 고민했다. 아주머니야말로 날이 갈수록 표정이 어두워지고 초조한 기색이 역력한 게, 누군가 물어봐 주길 기다리는 거 아닐까 하는 생각까지 들었다.

'지난 여행에선 목적을 이루지 못하고 헤어지고 만 건가 보지. 그래서 이번엔 어떻게든 끝을 맺으려고 하는데 잘 안 되는 거지.

도와줄 수 있었으면 좋겠네. 아니, 목적이 뭔질 모르잖아. 도련님들을 살해하려고 하거나 뭐 그런 거면 어떡해.'

그럴 가능성은 하나도 없다고 믿었지만 그래도 사람 일은 모르는 거라 인희는 경계를 완전히 늦추지는 않았다.

내일은 정말로 물어봐야지 생각하던 인희가 겨우 잠든 밤이었다. 잠 못 이루고 뒤척이던 아주머니가 새벽에 조용히 방을 나섰다. 이제 겨우 동이 틀까 말까 하는 이른 시각이었다. 인희는 더 자고 싶은 욕망과 따라나서고 싶은 호기심 사이에서 비몽사몽간에 갈등했다. 나서서 뭐하랴. 내가 알아 뭐하랴. 에라, 남의 일에 끼고 싶지 않아.

그런데 번뜩 잠이 깨었다. 이 시간에 돌아다닐 사람이라면 한 명뿐인데?

그녀는 몸을 일으켜 앉았다.

'도련님을 따라 나간 거야?'

새벽이슬로 길이 축축하고 차가웠다. 멀리서 붉은 기운이 슬쩍 번져 오기만 할 뿐 아직 사위四圍는 어두웠다. 하얀 치마저고리를 입은 아주머니의 모습을 인희는 바람만바람만 뒤따라갔다.

'잘하는 짓인지 모르겠네.'

아주머니가 정말로 도련님을 찾아 나선 거라면 묵은 용무를 해결하도록 내버려 두면 그만이다. 내 알 바? 하며 쿨하게 다시 잤어야 했다. 그런데, 만에 하나 뒤에서 칼이라도 꽂으려는 거 아냐 생각이 떠오르자 잠들 수가 없었다. 젠장, 걱정도 팔자지, 저 아주머니가 어떻게 180도 훌쩍 넘는 재연 도련님을 해칠 수가 있단 말이야. 그러면서도 계속 따라갔다. 따라가서 뭘 어쩌려는 건지.

조금씩 희끄무레하게 밝아오는 시야에 아주머니 앞쪽으로 재연의 뒷모습이 보였다. 하얀 두루마기와 넓은 갓이 새벽빛에 유난히 단정하고 기품있게 돋보였다. 그가 언제나 동이 트기 전에 일어나 산책한다는 걸 인희는 알고 있었다. 아주머니도 알고 계셨던 거다.

들켜서는 안 되겠기에 너무 가까이 가지는 않았다. 다행히 나무와 풀이 무성한 산책로에는 숨을 곳이 많았고 인희는 부스럭 소리를 내지 않으려고 적당한 거리에서 발을 멈춰 자리에 쭈그리고 앉았다.

뒷짐 지고 동쪽 하늘을 보고 있던 재연이 인기척에 뒤를 돌아보더니 생각지도 않았던 여인을 발견하고 미간을 모았다. 여인은 고개 숙여 도련님에게 목례를 하고는 가만히 서서 그를 올려다보았다. 두 손을 가지런히 모으고서 말없이 재연의 얼굴을 보고 있었다.

인희는 그네의 눈 아래 작게 경련이 일어나는 것을 보았다. 이건 대체, 무슨 상황인 걸까.

"옛날에, 가진 것도 배운 것도 없는 어린 여자가 있었습니다."

뜬금없는 그네의 말에 재연의 단아한 얼굴에서 한쪽 눈썹이 올라갔다.

"그 여자가 살던 고장에 대갓집이 있었는데, 남부러울 것 없는 그 댁에는 그만 자손이 없었지요."

속삭이듯 희미한 여인의 목소리는 어렵사리 이어지고 인희의 눈은 점점 커졌다.

"젊은 주인께서는 부인을 아끼셨으나 자식을 못 낳는 것은 칠거지악이라, 부인의 강권에 첩을 들이셨습니다."

이건 뭐야. 저 집 얘기잖아. 허걱.

"그러나…… 서자로 집안을 이을 수는 없다고, 정실로부터 자식을 낳아야 한다고, 부모님이 강경하셨던 모양입니다. 결국 젊은 주인님은…… 부모님의 뜻을 거역하지 못하여…… 사람들의 눈을 속이고……."

"그만하세요."

재연의 거친 목소리가 여인의 말을 잘랐다.

인희가 있는 위치에서 재연의 얼굴은 보이지 않았다. 그럼에도 불구하고 그녀는 그가 긴장으로 숨을 멈추고 있다는 걸 느낄 수 있었다. 어지간해서 당황하지 않는 재연임에도, 이 상황은 몹시 충격적인 것 같았다.

여인은 시키는 대로 말을 멈췄다. 눈은 재연의 얼굴에 고정한 채였다. 그 눈에 눈물이 고였고, 앞으로 모은 두 손이 바르르 떨렸다.

"알고…… 계셨군요."

두 사람이 상대를 뚫을 듯이 쳐다보며 석상처럼 서 있었다. 긴장감에 공기가 다 말라붙는 것 같았다. 재연은 여전히 숨을 쉬지 않는 것처럼 보였다.

여인의 눈에서 눈물이 흘러내리기 시작했다. 여인은 손을 몇 번이나 앞으로 내밀려다가 멈칫거렸다. 그네의 얼굴은 간절한 염원과 그걸 거부당할지도 모른다는 두려움으로 일그러져 있었다.

"손을…… 한 번만…… 잡아보게 해주신다면, 그러면 다시는 눈앞에 나타나지 않겠습니다……."

눈물로 얼룩졌지만 진정을 다 담은 간곡한 목소리였다. 아무 관계도 없는 인희마저 눈물이 핑 돌 정도로 절실한 음성이었다.

재연의 각진 어깨에 부서질 만큼 힘이 들어가 있는 것을 인희는 보았다.

해가 제법 올라와서, 양쪽으로 주먹을 움켜쥐고 있던 그가 손을 펴는 것이 보였다.

손가락.

손가락이 눈에 띄었다. 검지가 약지보다 더 긴, 흔치 않은 모양의 손이었다.

아.

상황을 마침내 이해한 인희가 소리를 낼 뻔한 입을 손으로 막았다.

세상에. 그럼. 설마.

멈칫거리며 손을 들어주고 있다. 그 차갑고 딱딱한 남자가, 여인의 손만큼 손을 떨며 내밀고 있었다.

인희는 눈에 보이는 광경을 믿을 수가 없었다. 그럼 오만하고 냉랭하기 짝이 없는 김정국 대감의 맏아들은 돌아가신 본부인의 아들이 아니란 말이야? 눈앞에 저 푸슬거리며 부서져 내리는 여인의 아들이란 거야? 돈에 팔려 비밀리에 대갓집 씨받이를 해야 했던 가여운 여인이 못내 보고파 찾아온 애틋한 자식이라고?

두 사람이 손을 맞잡았다.

여인은 재연의 손등을 쓰다듬으며 눈물을 떨구었다.

태어나자마자 강제로 빼앗기고 단 한 번도 만져 보지 못한 자식이다. 앞으로도 죽을 때까지 다시는 못 볼 아들이다.

그네는 하염없이 눈물을 흘리면서 재연의 얼굴을 바라보았다. 늠름하게 잘 자란 귀한 집 도련님, 그네가 열 달 배불러 낳은 소중한 핏줄.

그들이 손을 붙잡고 있는 시간은 마치 영원같이 길며 찰나처럼 짧았다. 여인이 살아온 인생마냥.

여인이 손을 놓았다. 그리고는 한 번 더 아들을 쳐다보곤, 허리를 깊이 숙여 인사를 했다.

재연은 말리지도 같이 허리를 숙이지도 못하고 그저 장승처럼 서 있기만 했다.

그리고 여인은 몸을 돌려 떠났다. 뛰지 않고 돌아보지도 않고 오던 걸음 그대로 소리없이 멀어져 갔다. 안개같이 뿌연 아침 햇빛 속으로.

인희는 눈물이 나 견딜 수가 없었다.

모든 걸 다 알면서 꼿꼿하게 허리를 세우고 살아야만 했던 저 남자는 얼마나 힘들었을까. 자식과 생이별당하고 아마도 누군가의 후처 따위로 들어가 구박받으며 살고 있을지도 모르는 저 여인의 인생은 얼마나 서러울까. 양반이 뭐라고, 가문이 뭐라고, 야만적인 짓을 강요당한 김정국이란 사람인들 고통스럽지 않았을까.

눈물이 뚝 떨어졌고 인희는 코를 훌쩍였다. 그리고 그 소리에, 재연이 돌아보았다.

아뿔싸.

그녀는 몸을 웅크렸지만 이미 늦었다.

재연의 눈이 새파랗게 불을 뿜었다.

이럴 수가. 믿을 수가 없다.

"또, 너냐."

이를 갈 듯 거친 음성이 짐승의 으르렁거리는 소리처럼 그녀를 위협했다.

왜, 너 따위가. 왜.

칼이 있었다면 베었을 것이다. 달려들어 목을 조르지 않기 위해 어깨를 뒤로 당기며 몸에 힘을 주어야만 했다. 진심이다. 미움으로 심장이 끓어오르는 것 같다. 분노로 머리가 터질 것 같다.

인희가 천천히 일어섰다.

눈앞의 남자가 누군가 싶다. 얼굴빛 하나 변하지 않고 주변의 모든 것을 얼리던 남자가 활활 타오르며 입술을 새하얗게 깨물고 있다. 결코 보이고 싶지 않은 진실을 들켜 버린 수치심에 치를 떨고 있다. 너 따위에게 멸시받고 싶지 않다고, 너 같은 계집에게 동정받는 건 더 싫다고, 그가 온몸으로 부르르 인희에게 말하고 있었다.

그런 게 아닌데.

뭐라고 말해도 전해지지 않겠지. 그저 지금 이 순간 내 얼굴을 보고 싶지 않겠지. 내가 자기를 보는 게 싫겠지. 그렇다면.

어쩌면 목숨을 건 일일지도 몰랐다. 그녀는 그러나 깊이 생각하지 않았다. 빠른 걸음으로 걸어나간 인희는 잠깐 멈칫하는 재연을 꽉 껴안았다. 팔을 둘러 등을 보듬고, 자기 얼굴을 그의 가슴에 묻고, 온 힘을 다해 그를 부둥켜안았다.

그는 전혀 예상하지 못했던 계집종의 행동에 굳어버렸다.

인희에게 가둬진 팔을 빼려고 재연이 움직였다. 그러나 그녀는 두른 팔에 더 힘을 주었다. 그는 인희로부터 벗어나지 못했다. 힘이 모자라서 그런 것은, 물론 아니었다.

해가 제대로 뜨고 있었다. 해를 등진 재연의 어깨에 더운 볕이 내려앉았다. 자신의 그림자에 숨은 여자의 얼굴이 젖어 있었는지 가슴 언저리가 습해지는 게 느껴졌다. 더 이상 여자는 그를 쳐다보지 못하고, 그래서 그는 얼굴을 일그러뜨릴 수 있었다. 뺨이 떨려도 참지 않아도 되었다. 가슴이 오르내리는 격한 움직임은 여자에게 전해지겠지만, 이 여자는 모르는 척해줄 모양이었다. 온몸의 뼈가 다 부서지도록 힘이 들어가 있지만, 여자는 더 힘주어 그를 안고 있었다.

생모의 존재에 대해 알게 된 것은 재민이가 태어나고 채 한 해가 지나기 전, 그가 겨우 아홉 살이 되던 때였다.

말해준 사람은 지금의 어머님이었다.

"아드님. 우리 재준이보다 혈통도 더 고귀하시고 더 총명하시고, 이 집안의 자랑이자 희망이신 큰아드님. 그런데 어쩌나. 그거 아세요? 아드님의 생모 되시는 분은 돌아가신 마님이 아니랍니다."

너무나 아름다운 얼굴에 눈을 무섭게 번뜩이며, 어머님은 고개를 숙이고 비밀 이야기를 해주었다.

"돌아가신 마님은 자식을 낳으실 수 없는 분이었어요. 첩실 소생으로 대를 이을 수 없다고 할아버님이 펄펄 뛰셔서, 저한테 자식을 기대할 수도 없었죠. 그래서, 그런 말 아시는지 모르겠는데, 씨받이를 들이신 거랍니다. 아버님이."

처음 들어보는 말이었다. 씨받이라니. 어감도 비속한 그 말은 대체 무슨 뜻이었던가.

"가난한 집 천한 계집을 들여다가 아버님과 하룻밤 합방을 시킨 거죠. 그 계집은 몰래 숨어서 아무도 모르게 열 달을 지낸 후에 아들을 낳았지요. 그동안 마님은 옷 속에 베개를 넣고 수태하신 양 거짓을 꾸미셨던 거구요. 그 아들은 태어나자마자 마님의 자식으로 모든 이를 속였답니다. 생모야 돈 몇 푼에 입 다물고 사라져주었구요. 아무도 모르는 일이지요. 어른들께서 세상 떠나셨으니 아는 건 아버님과 저뿐이네요. 아, 그 계집이 어디선가 비밀을 품은 채 살고 있겠구요. 그리고 이제 아드님이 아셨으니 한 명 더 늘긴 했네요."

어머님은 즐거운 듯이 하얀 이를 드러내며 웃고 있었다.

그날의 충격과 경악을 잊을 수가 있을까.

장자라는 긍지 하나로 외로운 어린 날을 버텨왔다. 어머니께 어리광부리는 재준이가 부러웠지만 참을 수 있었다. 재민이에게 향한 아버님의 애정이 그리웠지만 어린애처럼 굴면 안 된다고 마음을 다스리곤 했다. 그런데, 그는 재준이는 물론 재민이보다도 더 부끄러운 존재였다. 아무에게도 드러낼 수 없는 치욕스런 비밀을 가진 가문의 치부였다. 잘난 척하며 살 수 없는 역겨운 인생이었다.

돌이켜 생각해 보면, 그때 어머님이 그런 말씀을 하신 건 그분도 힘들어서였을 것이다.

마음속에 넘쳐 나는 독을 어딘가로 흘려 내보내야 했기 때문이었을 거다.

그러나 독에 오염된 어린 영혼은 그걸 내보낼 데가 없었다.

그건 고스란히 아이와 함께 자라며 아이의 인생에서 온기를 다 빼앗았다.

"넌. 어째서."

품 안의 여자는 젖은 옷자락을 통해 그와 체온을 공유하고 있었다. 두려움을 모르는가, 이 계집애는. 어떻게 이 순간에 몸을 던져 올 수 있단 말인가.

낯선 여인이었다. 손가락이 닮았다고 해서 갑자기 어머니 목 놓아 부르며 울 수는 없는 일이었다. 살아 있었고 그를 그리워하고 있었다. 그것으로 끝이다. 태를 빌려 세상에 나온 것일 뿐 더 이상의 인연은 바라서는 안 되는 사이였다.

그런데 그를 감히 안고 있는 이 계집애는 온몸으로 말한다. 넌 지금 마음이 아픈 거라고. 수치스러운 게 아니라, 화가 나는 게 아니라, 슬픈 거라고. 그리고 그건 절대 부끄러운 일이 아니라고.

조금씩 근육에서 긴장이 풀어지기 시작했다.

솟아올랐던 어깨가 내려앉고 주먹도 다시 펴졌다.

재연은 울지 않았다. 언년이를 안지도 않았다. 그는 그저 그렇게 해가 완전히 세상을 밝힐 때까지 서 있었다.

햇볕은 따사로웠고 여자는 더 따뜻했다.

이럴 것이 두려웠던 건가, 난.

이 조그마한 계집애가 민이와 재준이를 흔든 것처럼 나도 들쑤셔 놓고 말 것을 예감했던 건가.

그래서 그렇게 이 애가 꺼려졌던 건가. 그래서 필사적으로 평소보다 더 추운 사람으로 행세했던 건가.

아니면, 혹시, 이 아이가 얼음을 녹여주러 다가오길 바라고 있었던 걸까.

데리고 다녔던 건 실은 그런 이유였던가.

확실한 것은, 두려워했던 일은 모두 일어나고 말았다는 것이다.

이젠 돌이킬 수 없게 돼버렸다.

어쩌면 좋단 말일까.

제 8 장

　재준은 느낄 수 있었다. 뭔가가 일어났다는 걸.

　형님의 분위기가 묘하게 변해 있었다.

　어제까지 그리도 차갑던 분이 냉기를 누그러뜨렸는데, 이상하게 일행과 서먹해 보였다.

　그런데 그건 자신이나 재민이와의 관계가 아닌 것 같았다.

　'언년이와 무슨 일이 있으셨던 걸까.'

　그녀를 거슬려 하시는 건 알고 있었다. 왜인지는 잘 알 수 없었지만 아마 수상하다 생각하여 그러시는 거라 믿었다.

　그런데 지금의 느낌은 조금 다르다. 형님도 언년이도, 애써 서로 쳐다보지 않으려 하는 것 같다.

　명확히 설명하기 어려운 불안한 기분이 재준의 가슴속에 번져 나갔다. 본능적인 불안이었다.

"장마가 코앞인데 지금처럼 가다가는 매일 비에 젖을 형편이다. 지름길로 가는 것이 옳을 듯하다."

말없이 일행을 이끌던 형님이 던진 말에 민이가 약간 주저하는 태도를 보였다.

"하지만 지름길은 좀 인적이 뜸하지 않습니까. 산적이라도 만나는 날이면……."

재연은 콧잔등에 주름을 잡으며 생각에 잠겼다.

장마가 시작되기 전에 꼭 돌아가고 싶은 것은, 비에 젖으면 언년이가 결코 사내로 보이지 않을 것이기 때문이다. 그건 산적과 마주치는 것보다 더 위험한 일일지도 모른다. 재민이가 목을 매는 저 애는, 재준이가 웃음기 하나 없이 바라보던 저 계집은, 결국은 자신까지 죄 뒤흔들어놓은 저 언년이는, 어린애인 주제에 여자냄새를 너무 많이 풍긴다. 절대 흠뻑 젖은 옷을 입고 말을 탄 채 시가지를 돌아다니게 할 수는 없다.

"요새는 산적 이야기가 뜸했다. 서둘러 지나면 괜찮을 듯싶구나."

일행은 형님의 말을 따랐다. 산적이란 말에 소름이 돋았지만, 장정이 셋이나 있고 재연 도련님은 칼도 가졌는데 괜찮겠지 인희는 맘 편하게 생각하기로 했다.

"하하하. 우리 윷놀이한 지 오래됐는데 오늘 밤엔 한판 놀죠."

어색한 분위기를 바꿔보려고 그녀가 호탕하게 한마디 했다. 재민이가 사랑이 가득한 눈으로 그녀를 보며 그러자 했고 재준도 흔쾌히 고개를 끄덕였다. 그리고 재연이 대답했다.

"그러자꾸나. 한참 안 했더니 생각이 나는구나."

'흠. 급속냉동실이 해동됐네.'

인희는 진심으로 마음을 놓았다. 충동적인 자신의 행동이 재연의 심기를 더 어지럽혔을까 그녀는 내심 걱정했었다. 다행이다. 진정을 알아준 모양이다.

'내가 저 인간을 정말로 싫어했던 건 아닌 거지.'

안심한 것과는 별개로 떨떠름한 기분이었다. 적당한 거리를 유지할 수 있어 가장 바람직한 인간관계라고 생각했는데, 그 거리를 성큼 좁혀 버린 건 자신이었다. 공연히 남의 사생활을 엿보는 바람에 그만 중대한 비밀을 공유한 엄청나게 친밀하면서도 불편한 관계가 돼버렸다. 젠장. 오지랖은 넓어가지고. 그녀는 자신이 감당이 안 돼 고개를 흔들어야 했다.

산으로 접어들자 길은 현저하게 험준했다.

"지난번에 왔을 때만 해도 이렇게까지 숲이 우거지진 않았었는데요."

민이가 하늘을 가릴 만큼 무성한 나무들을 올려다보며 불안하게 중얼거렸다.

계산착오였다. 여름이 되며 순식간에 자라 버린 숲은 시야를 가로막았고 네 사람의 무력한 일행은 어디 누가 숨어 있을지 몰라 마음을 졸였다. 그들은 값진 물건을 가지고 있진 않았지만 좋은 옷을 입고 있어서 표적이 될 가능성이 높았다.

산적, 비적, 화적, 적비, 녹림.

모두 같은 뜻이다. 떼를 지어 다니며 재물을 빼앗는 사람들의 무리.

세상이 불안할수록 이들의 숫자도 늘어나는 법. 본래 양민이었던 자도 화적이 될 수밖에 없게 하는 것이 생활고였다.

조선이 두 차례의 호란을 겪은 지 이제 15년 남짓 지났다. 정묘, 병자호란은 나라를 쑥대밭으로 만들었고 거듭되는 조공 요구에 전후 그렇잖아도 궁핍한 백성들의 생활은 더욱 쪼들렸다. 선왕인 인조는 용렬한 아비였을 뿐 아니라 선정을 베푸는 훌륭한 왕도 못되었다.

'효종 다음에 현종, 그다음에 숙종. 음, 그래. 그래도 숙종, 영조, 정조 이렇게 세 임금 때는 백성들은 좀 살 만했다지. 조정엔 피바람이 불었지만.'

인희는 기억을 더듬어보았다. 그녀가 알고 있는 바, 현 임금과 다음 임금까지는 목숨을 건 당쟁이나 사화는 없었다. 인희가 원하지 않았지만 조금씩 정을 붙이게 되고 만 그녀의 주인들은, 최소한 억울하게 세상을 떠나는 비극은 맞지 않을 것이다.

'인정하지 않을 수가 없어. 좋은 사람들이긴 하다고.'

종들의 인생이란 복불복이다. 주인으로 누굴 만나느냐에 따라 삶의 질이 완전히 달라지는 것이다. 인희가 억금을 살살 꼬셔서 들은 수많은 이야기는, 정말 웃기지도 않았다. 환갑도 넘은 늙은 주인이 꽃다운 열다섯 종년을 겁탈하려다가 계집애가 휘두른 칼에 얼굴을 다쳤다고 계집종을 사형에 처하느니 마니 시끄러운 일이 있었다고 했다. 물론 주인의 도덕성 같은 건 누구도 문제 삼지 않았다. 또, 한 번 불렀는데 대답하지 않았다고 활을 쏘아 여종을 죽여 버린 주인도 있었다고 하였다. 그래도 사노비는 관비보다 처지가 낫다니 더 기가 막힌 일이다. 관비들은 온갖 궂은일을 맡아 함은 물론이거니와 기생이 모자라면 양반들 수청 드는 방비房婢 노릇도 해야 한다는 것이다.

'그런 사람들에 비하면 언년이가 살고 있는 이 댁 사람들은 얼마나 인간적인가.'

김정국 대감은 종을 사랑하여 결국 부부의 연을 맺고 해로하고 있는 셈이다.

그 막내아들은 비록 자신도 비천한 신분이긴 하지만 진심이 무엇인지 신의가 뭔지 아는 곧은 청년이다.

둘째 아들은 귀한 사람임에도 언년이를 막 대하지 않고 소중하게 인격체로 존중해 주고 있다.

심지어 쌀쌀맞은 큰아들조차도 그녀의 재능을 높이 사 유용하게 쓸 방도를 모색하고 있다.

안방마님은 썩 정이 안 가는 사람이었지만, 언년이를 좋아하지 않음에도 특별히 괴롭히지는 않았다.

"그래. 노비로 태어난 것치고는 꽤 운이 좋은 셈이야."

자기도 모르게 입 밖으로 말이 나오는 바람에 가까이 있던 민이가 고개를 돌려 그녀를 보았다.

아니지. 어쩌면 양갓집 규수로 태어난 것보다 더 나았을 수도 있어. 집 안에 갇혀 자라다가 얼굴도 모르는 남자한테 시집가 평생 남편 오입질하는 거 보면서 사는 인생보단, 지금이 나아.

결국 여자의 인생 자체가 복불복이었던 건가, 이 시대엔. 아니, 현대도 사실은 그런가?

인희는 자신을 향해 웃고 있는 재민의 얼굴을 보며, 이 젊은이와 결혼하여 김정국 대감의 사랑받는 며느리로 살아가는 인생이 결코 나쁘지 않으리란 걸 절감했다. 21세기 서울이라고 이보다 아름답고 성실하며 순수한 남자를 만나겠는가. 어차피 그 시대로는 돌아가지 못하고 비교해도 아무 소용 없지만, 냉정하게 비교한다 해도 남자 자체로는 결코 품질이 뒤떨어지지 않는 것이다.

그런 생각과 함께 재준 쪽을 힐끔 보았다.

저 남자야 명품이지. 루이비통도 샤넬도 넘어 에르메스 급이지.

하지만 안 되는 일이야. 아무리 명품이라도 남하고 나눠 쓸 순 없어. 기생으로는 살아도 첩으로는 살지 않을 거야, 난.

재연의 뒷모습도 한 번 쳐다보지 않을 수는 없다. 이미 다른 사람이 예약해 두었다는 주문제작 한정품 같은 남자.

인희는 자기 생각이 우스워 슬쩍 웃었다. 최고급 소재를 써서 커스텀메이드 했기에 딱 그 주인이 아니면 어울리지 않는 까다로운 물건이 아마 저런 느낌이겠지.

힘주어 허리를 펴며, 인희는 하늘을 올려다보았다. 구름이 걷혔는지 눈앞에 펼쳐진 컴컴한 숲 사이로 흐린 햇살이 쏟아져 들어왔다.

그리고 그 회색의 햇살 속에, 느닷없이 시커먼 인영人影 여러 개가 나타났다.

"뒤로 숨어라."

이 사이로 비어져 나오는 재연의 낮은 목소리에 모두 그늘로 몸을 감췄다. 살기라 부를 만한 힘궂은 기운이 숲 전체에 일순 퍼져 나갔다.

칼집에 손을 댄 채로 맨 앞에서 적을 마주하는 재연의 뒷모습엔 숨길 수 없는 긴장이 배어 있었다. 일행은 인희를 가운데 두고 둘러싸는 형태로 대열을 바꾸었다.

"누구냐."

낮지만 결코 작지 않은 외침에 상대가 좀 더 가까이 다가오며 모습을 드러냈다.

덩치가 커다랗고 힘상궂게 생긴 사내가 일여덟도 넘어 보였다. 하나같이 나는 산적이요 하고 말하는 듯했다. 텁수룩하니 삐죽삐죽한 수염, 일 년은 씻지 않은 듯한 얼굴, 짐승가죽으로 대충 걸친 의복, 그리고 커다랗고 무거워 보이는 칼.

"원하는 게 무언가."

고고한 재연의 목소리가 무뢰배 일당을 압도했다. 분명히 주눅 들어야 할 사람들은 이쪽이었지만 상대가 움찔하는 것이 느껴졌다. 그들이 흔히 보는 상대는 아니었던 것 같다.

"가진 걸 다 내노쇼. 양반님네들아."

그중 행동대장쯤 돼 보이는 얼굴 검은 사내가 걸걸한 목소리로 답했다.

재연은 오 초 정도 생각하는 모습을 보이더니 목소리를 높여 재민에게 명령했다.

"짐을 저쪽으로 던져라."

민이가 재빠르게 말 잔등에 묶어두었던 봇짐을 산적들 쪽으로 던졌다. 짐은 풀썩 소리를 냈고 일당 중 두 명이 달려들어 보따리를 풀었다.

"우리는 그저 여행하는 나그네일 뿐이라 값진 것은 가지고 있지 않다. 다만 그 짐 속의 벼루 하나만은 명나라 물건이라 제대로 가격을 받으면 괜찮을 터이니 그것으로 만족하라."

강도에게 물건을 뺏기는 사람들이 아니라 거지에게 적선하는 듯한 태도였다. 말 아래로 산적들을 내려다보는 재연의 눈빛은 경멸과 혐오로 가득했다. 평소 같으면 결코 이렇게 맥없이 당하진 않으련만, 역시 언년이가 신경이 쓰였다.

짐을 확인한 그들은 썩 만족하지는 않는 듯 보였다. 벼루가 정말 돈이 되는 물건인지야 까막눈인 그들로서는 알 길이 없고, 금붙이도 패물도 비단도 아무것도 들어 있지 않았으니 공친 셈이다. 그렇다고 저 양반들을 일없이 도륙하는 것은 무의미한데다 공연히 뒷감당만 힘들어질 뿐이다. 죄 사내들이니 잡아다가 어디다 팔 수도 없는 노릇이었다.

흠?

죄 사내들이 아닌가?

"저기, 저 가운데 있는 건 에미나이가 아이가?"

개중 체격이 왜소한 한 사내가 인희를 칼끝으로 가리키며 소리질렀다.

아.

인희는 고개를 수그렸다. 재준과 민이의 말이 그녀 앞을 막아섰다.

옳지 못한 행동이었다. 그건 모두 그자의 심증을 굳혀준 결과를 낳았다. 그의 눈이 희열로 빛나고 구저분한 입술이 양옆으로 길게 벌어졌다. 입술 사이로 침이 번들거렸다.

"그렇네? 저건 분명히 에미나인데? 양반나리가 데리고 놀던 기생첩 한양으로 데꼬 가시는가 보오? 남복하고 양반 따라가는 기생년 여럿 보았지비."

다른 사내들도 하나같이 희색이 만면했다. 일행에게는 불행하게도, 그들은 처자식 데리고 산속에 숨어 살며 어쩔 수 없이 행인의 푼돈을 뺏는 생계형 도둑들이 아니었다. 그들은 제대로 된 산적, 인면수심人面獸心의 무뢰지당無賴之黨이었다.

"기생년이라니. 거 참, 생각만 해도 군침이 넘어가는구먼."

혀로 입술을 핥는 소리에 인희의 온몸에서 털이란 털은 다 일어섰다. 그래서는 안 된다고 생각했지만 얼떨결에 눈을 들고 말았다. 그녀와 눈이 마주친 사내가 자지러지는 소리를 냈다.

"아이구, 저년 얼굴 좀 보라지. 아주 색기가 흐르는 눈이네, 그려!"

온몸이 부들부들 떨렸다. 세포 하나하나가 공포로 짓이겨지는 것 같았다. 재연의 칼이 목에 닿았을 때와는 비교도 할 수 없는, 나락으로 추락하는 것 같은 엄청난 두려움에 인희는 말에서 떨어질 것 같았다.

'교만하기 짝이 없었어. 뭐, 생명의 위험을 느끼는 게 자극적이야? 아, 이 고비만 넘기게 해주시면 다신 그따위 말도 안 되는 소리를 지껄이지 않을게요. 누구든, 절 환생하게 해주신 분, 누군지 모르지만 한 번만 더 도와주세요!'

사내는 아예 바지춤에 손을 집어넣고 있었다. 재준의 말고삐 잡은 손에 힘줄이 우드득 솟았다. 재민은 하얗게 질린 얼굴로 인희 앞을 막아섰다. 사내가 한 발자국 다가왔다.

"물러서라."

차가운 재연의 목소리가 일당의 시선을 다시 모았다.

"사정이 있어 남복을 했을 뿐 기생이 아니다. 너희들이 해를 끼쳤다간 후환이 극심할 것이니 재물에 만족하고 돌아들 가라."

그러나 이미 색심이 동할 대로 동한 사내들에게 그런 위협이 먹힐 턱이 없었다.

"귀한 집 아가씨면 사실 우린 더 좋다오. 우리 같은 놈들은 처녀를 따먹을 기회가 없거든. 한 몇 달 데리고 살면서 사내 맛을 알게 한 후에 팔면 되지."

인희의 눈앞이 하얘졌다.

억금이가 옳았다. 따라나서서는 안 되는 거였다. 세상 무서운 걸 몰랐다. 이 시대가 얼마나 야만적인지 몰랐다. 철부지 어리광쟁이였던 거다.

'싫어. 죽는 건 무섭지 않지만 저따위 돼지 같은 새끼들한테 윤간당하고 유곽에 팔리는 건 싫어.'

자부심 드높은 서인희가 숨을 가쁘게 들이마시며 고개를 치켜들었다.

'니놈들 따위한테 당하느니 혀를 깨물고 죽어버리겠어.'

흐흐 웃으며 사내들이 포위망을 좁혀왔다.

그들과 언년이네 사이로 재연의 말이 들어섰다.

"재준아."

그는 뒤를 돌아보지 않았다. 일행만 들리게 속삭이듯 그가 아우를 불렀다.

"내가 신호를 하면 아이들을 데리고 달려라. 조금만 더 가면 벼랑이 나오니 조심해 건너가라. 일단 물만 건너가면 말이 없는 저들은 따라잡기 어려울 것이다."

재준의 걱정스런 목소리가 역시 속삭였다.

"형님은, 어쩌시려구요."

재연은 마치 나는 차 한 잔 마시고 갈게 하듯 침착한 목소리로 동생에게 대답했다.

"내가 시간을 벌어보마. 무예는 저들보다 내가 나을 것이다. 마상馬上이니 유리하고. 너희들이 충분히 안전하다고 생각되면 바로 뒤를 따를 터이니 너는 나를 믿고 아이들을 지켜라."

재준이 입술을 깨물었다. 재민이 두 형님을 번갈아 보았다. 인희는 재연의 말이 믿어지지 않아 눈을 치뜨고 그의 뒷모습을 보았다.

"저를, 버리면 간단한 거 아닌가요?"

물론 버려지길 원하진 않았지만 그렇게 물었다. 이해가 되지 않았기에.

그들이 원하는 건 언년이 하나뿐이다. 아무리 아버님이 데려와

키웠다고 해도 노비에 불과하다. 아무리 민이가 좋아하는 여자라고 해도 재연이 목숨 걸 상대가 아니다.

'그렇게까지 칼솜씨가 좋은 거야? 나만 넘겨주고 훌훌 떠나면 될 걸 굳이 한판 붙을 정도로 자신있는 거야?'

재연이 어깨 너머로 그녀를 돌아보았다. 의문을 가득 담은 인희의 시선과 마주치자, 놀랍게도, 그가 웃었다. 그저 입가를 삐뚜름하게 찡그리는 것이 아니라 입술을 부드럽게 말아 올리며 미소를 지었다. 인희는 공포의 한가운데에서 한순간 모든 것을 잊고 멍하니 그 웃음을 보았다.

"추운 게 싫어져서."

뜻 모를 말을 던지고는 그가 다시 정면을 향했다.

"가라, 재준아."

말들이 내닫기 시작했다. 말은 한 마리가 달리면 다 따라 뛰는 동물이다. 재준의 채찍질에 그의 말이 달리고 인희의 말도 재민의 말도 있는 힘껏 달리기 시작했다.

목적이 오로지 인희 하나인 산적 일당은 칼을 휘두르며 말들을 쫓았다. 그러나 재연의 칼날이 그들을 막아섰다.

인희는 달리면서 계속 뒤를 돌아보았다.

"앞만 봐! 형님은 괜찮으실 거야!"

재준이 말 잔등에 바싹 엎드린 채로 그녀의 말 곁으로 붙어 달렸다.

길을 잘 아는 민이가 앞장서 그들을 인도했다.

"걱정하지 마! 도련님은 천하제일이야! 절대 저런 놈들한테 지지 않으셔!"

재민의 목소리가 바람을 타고 인희에게 들렸다.

'거짓말하지 마. 니들 목소리가 떨려. 제아무리 무예에 능해도 상대는 아홉이야. 아무리 말을 탔대도 말 다리만 베면 바로 고꾸라지는 거 나도 알아. 니들은 왜 이러는 거야? 나는 남이야. 저 사람은 니들 형이야. 그만큼 형을 믿는 거니? 왜 나 따위한테 이러는 건데. 난 너희들한테 정 안 준다니까. 너희들도 나한테 정 같은 거 줘선 안 되는 거야. 이러지 마. 제발 날 미치게 하지 마. 내가 니들한테 너무 미안해서 눈을 뜰 수가 없다니까?'

눈을 뜨지 못하겠다. 눈물이 비 오듯 흘러내렸다. 그 눈물의 의미를 알 수도 없다.

'무서운가 보다. 저놈들한테 잡혀서 더러운 꼴 당할 일이. 아냐, 무섭긴 한데 지금은 그게 아니야. 저 사람이 죽으면 어떡하지? 제대로 웃지도 못하던 남자가 나한테 그런 미소 한 번 던져 주고 죽어버리면 난 미안해서 어떻게 살지? 무서워 미치겠어. 죽으면 안 돼. 제발.'

한 번 더 뒤를 돌아보았다.

그들은 이제 숲을 벗어났고 어두컴컴한 숲 속 어디에선가 은빛 칼날이 위에서 아래로 번쩍였다. 누구의 칼인지 알 길은 없었다.

그리고 말의 모습이 보였다. 말 등에 엎드린 채 전속력으로 달려오는 사람은, 희디흰 도포자락을 휘날리고 있었다.

아.

인희의 눈에 눈물이 더 차올랐다. 흐려진 시야에 멀리서도, 한

줄기 새빨간 피가 바람에 흘러가는 것이 보였다. 다쳤구나. 저렇게 피가 많이 나. 바보. 선비가 뭔데. 도리가 뭔데. 그냥 나 하나 던져 주고 돌아설 일이지, 꼬장꼬장하게 잘난 척하긴.

한 손을 들어 눈을 훔치며 말의 고삐를 잡아당겼다. 속도를 늦춰도 될 것 같아서였다. 따라오는 사람과 보조를 맞추겠다는 생각을 해서였다.

그런데 고삐를 너무 심하게 당겼나 보다.

50시간 승마교습이 충분하지 않았던 건가 보다.

말이 앞발을 들며 일어섰다. 무리하게 달린 탓에 약이 오를 대로 오른 상태였다. 바싹 당긴 고삐가 예민한 짐승의 비위에 거슬렸던 모양이었다. 입에 거품을 문 말 등에서 인희가 미끄러져 떨어졌다.

벼랑 아래로.

끝없이.

"언년아!"

누군가가 그녀를 향해 외치는 소리가 돌과 자갈이 우드드 떨어져 내리는 소리와 함께 인희의 귀를 가득 채웠다. 머리부터 아래로 내리박히며 그녀는 정신없이 팔다리를 휘저었다. 눈에 들어오는 것은 그녀로부터 멀어져 가는 시퍼런 하늘뿐이었다. 절대로 투신자살 같은 건 하지 말아야겠다, 떨어지는 이 시간이 너무 긴데, 이 경황에 그런 생각을 하는 자신이 너무 웃겨서 인희는 물속으로 처박히며 피식 웃었다.

뿌글뿌글……

무자맥질을 했다. 수영을 할 줄 알긴 했지만 이렇게 급류가 흐르는 냇물 같은 데선 해본 일이 없다. 물 밑엔 도처에 바윗돌이 있었고 몸이 원하는 방향으로 움직여 주지 않았다. 겨우 바깥으로 머리를 내어보았지만 굽이치며 흘러가는 물살에 다시 안으로 곤두박질쳤다. 이거 장난 아닌데, 이러다가 또 죽어.

죽어.

'죽을까, 그냥.'

머리에 떠오른 생각에 몸이 축 늘어졌다.

'이제 집에 갈까. 그만 놀고.'

저쪽에서 팔을 크게 저으며 누군가가 그녀 쪽으로 헤엄쳐 온다. 와, 미끈한 몸매. 화려한 비단 옷자락. 아, 또 당신이구나. 이번에도 날 건져 주러 왔네. 그냥 둬도 괜찮은데. 집에 갈 생각이었는데. 쫌 더 놀자고?

인희는 재준을 향해 손을 내밀었지만 닿지 않았다.

피로가 엄습해 왔다.

숨이 막히고 가슴이 답답하다.

'죽는 건 괜찮은데 과정은 역시 힘들어. 하.'

눈을 감았다.

누군가가 그녀를 마구 흔들고 있다. 이봐, 그렇게 억세게 잡으면 좀 아프거든.

남자 목소리가 들린다. 정신 차려, 정신 차려.

아…… 그냥 자게 내비두지.

"인희야!"

그녀는 눈을 번쩍 떴다.

남자의 얼굴이 보였다.

잘생긴 남자.

눈앞에, 최시원의 얼굴이 있었다.

제 9 장

"눈을, 눈을 뜨질 않아."

다급한 목소리로 이름을 불러봐도 언년이는 축 늘어져 있을 뿐 대답이 없었다.

그녀 위로 물을 뚝뚝 떨어뜨리면서 재준은 언년이가 먹은 물을 토하게 하느라 이렇게도 해보고 저렇게도 해보며 정신이 없었다. 하지만 물을 먹은 게 문제가 아닌 것 같았다. 숨도 제대로 쉬고 있고 혈색도 돌아와 있었다. 다만, 의식을 되찾질 못했다.

"왜 이런 거지? 어째서 돌아오질 않지?"

하얗게 질린 얼굴로 민이가 그녀의 손발을 열심히 문질렀다. 별로 차갑지도 않았다. 물에 빠져 있었던 시간이 그리 긴 것도 아니었다. 이해할 수가 없었다.

"일단은 떠나야 한다. 아까 그자들이 쫓아올 가능성을 배제할 수는 없구나."

피가 흐르는 왼팔을 오른손으로 잡고 재연이 언년이의 얼굴을 들여다보며 말했다.

그 말이 옳았다.

"제가, 제가 언년이를 태우고 가겠습니다."

손을 내미는 민이에게 작은도련님이 고개를 저었다.

"너는 형님 상처를 우선 봐드려라. 그리고 언년이의 말을 끌고 가야지. 이 애는 내가 데리고 가마."

선뜻 그러겠다 하지 못하는 재민의 눈을 피하며 재준이 말을 맺었다.

"걱정하지 마라. 네 정혼녀는 내가 잘 건사할 테니. 아직은 너와 혼인하지 않았으니 내 몸종이고 나한테 속한 사람이다."

말에 가시를 느낀 민이가 당황했다. 재준은, 지나쳤다는 걸 알았지만 어쩔 수 없었다. 제정신이 아니라 감정을 다스릴 수가 없다.

그는 언년이를 앞에 태우고 한 손으로는 그녀를, 한 손으로는 고삐를 잡았다. 두 사람 다 물에 흠뻑 젖어 형편없는 모습이었다. 그들을 바라보며 재연도 말에 올랐다. 갓이 다 찌그러지고 두루마기는 피로 얼룩져, 그의 모습도 그리 멋지지는 않았다. 그러나 상처 같은 것은 대수가 아닌 것이다. 어서 이곳을 빠져나가야 한다. 재민도 겨우 정신을 차리고 말에 올라 언년이의 말고삐까지 함께 움켜쥐었다.

무거운 침묵 속에 말을 달렸다. 아직 한양까지 가려면 최고속도로 가도 이틀은 더 필요했다.

"대로로만 갈 테니 밤에도 계속 움직이는 게 어떠냐."

형의 말이 고마워 재준이 목례를 했다. 차마 그러자 부탁할 수 없었던 재민이야 말할 필요도 없었다. 세 사람의 남자는 혼수상태인 여자 하나를 붙안은 채 하루 반을 꼬박 쉬지 않고 달렸다. 식사도 하는 둥 마는 둥 하며 오로지 이 여자를 집에 데려다 눕혀야 한다는 생각 하나만으로 강행군을 계속했다.

억금이가 절규했다. 딸이 죽은 양 통곡하는 그네를 보고 재연은 마음이 무거웠다. 그리도 데려가지 마시라 했건만 억지로 끌고 가 결국 이 꼴을 만들었으니 언년이의 젖어미를 볼 면목이 없었다.

"내 방에 눕혀라. 내가 돌보마."

재준 작은도련님의 말에 억금이가 도리질을 했다. 안 된다고, 꼭 자기가 돌봐야 한다고, 상전도 무섭지 않은지 그네가 뿌득뿌득 우겨댔다.

"억금이 말이 맞다. 언년이가 깨어났을 때 우리 얼굴을 못 보게 하고 싶으냐? 여인의 수발은 여인이 들어야 하느니라."

피는 오래전에 멎었지만 제대로 먹지도 않고 먼 길을 달려온 재연의 얼굴은 평소보다 더 해쓱했다.

의원이 불려오고 사내종들은 도련님들을 위해 목욕물을 준비했다. 계집종들은 식사를 마련했다. 뒤늦게 달려나오신 안방마님은 고뿔 기운이 있는 재준을 껴안으며 눈물지었고 비적을 만났다는 소리에 거의 혼절하셨다.

재연을 진맥하고 상처를 치료한 의원은 언년이도 잠시 보았다. 도대체 무슨 문제가 있는지 알 수가 없다고 했다. 맥도 정상이고 눈동자도 맑다고 했다. 그저 의식만 없는 거라고 하였다.

언년이는, 평화롭게 누워만 있을 뿐 그들에게 돌아와 주지 않았다.

다치지도 않고 고뿔에도 걸리지 않은 재민은 자기 자신을 용서할 수가 없었다.

큰형님이 목숨을 걸고 산적과 싸워 언년이를 지켰다. 작은형님은 조금도 망설이지 않고 벼랑으로 몸을 던져 그녀를 건져 냈다. 제일 젊고 그녀의 정혼자라 이름 붙여진 재민은 고작 언년이의 말을 끌고 온 것 이외에는 아무것도 한 게 없었다. 무능력하고 무기력한 자신이 증오스러워 견딜 수 없었다. 눈을 뜨지 않는 언년이는 그를 원망하고 있는 것 같았다. 형님들을 볼 면목도 없었다.

'난, 그저 저 애를 갖는 것밖에 생각하지 않았어. 저 애를 위해 내가 얼마만큼 할 수 있을지 같은 건 생각해 본 일도 없었어. 나는 선비가 아니라 그런 걸까? 사랑을 하기에 너무나 미숙한 걸까?'

열아홉 젊은 영혼은 통곡했다.

억금이와 함께 언년이의 곁을 지켰다, 재준은.

옷을 갈아입힌다든가, 씻겨야 한다든가, 억금이 나가시라 할 때만 그녀의 방을 나왔다. 숨 쉬고 있다는 걸 매 순간 확인하지 않고

서는 견딜 수가 없었다.

'이렇게까지, 마음이 매인 거였나.'

이마를 짚으며 그는 탄식했다.

길지 않은 시간이었다. 깊지 않은 인연이었다. 남과 여로 만난 것도 아니고 상전과 종으로 이어졌을 뿐이었는데, 특이하다고 생각했다가 고맙다고 느꼈다가 사랑스럽다고 인정하고 말았다. 하지만 가질 수 없는 여자이기에 단념하겠노라 결심하고 있었다. 가지려고 손을 내밀어선 안 된다는 걸 누구보다도 잘 알고 있었기에.

후회한다. 잡아끌지 않은 것을. 이렇게 한 치 앞을 알 수 없는 세상에서 마음 가는 대로 사랑해 주지 않은 것을. 깨어나 주기만 한다면, 그땐, 기필코.

깨어나 주기만 한다면.

재연은 표정없이 그가 해야 할 일들을 했다. 임금을 만나고 동지들과 회의하고 상처를 치료하고 집안을 건사했다. 하루에 두 번, 언년이를 들여다보았다.

'춥다.'

그는 방 안에 앉아 있을 수가 없었다. 허파를 메우는 불안한 공기를 따라 혈관까지 얼어붙는 것 같았다.

추운 줄 모르고 살아왔다. 따뜻한 게 뭔지 몰랐으니 추운 것도 알 수 없었다.

언년이를 원망한다. 제멋대로 인생에 끼어들어 온통 헤집어놓고 저렇게 훌쩍 숨어버리면 어떻게 하란 말인가.

'너로 인해 따뜻함을 알아버렸건만 너는 나를 떨치고 가려는가.'

그의 창백한 얼굴에 핏기도 온기도 표정도 돌아오지 않았다.

날짜가 지나며 사람들은 더 초조해졌다.

오래 걸리면 죽는다. 아무것도 먹지 못하고 살 수 있는 날은 길지 않다.

언년이의 뺨은 푹 꺼지고 손목은 새다리 같아졌다. 당연히 맥도 약해졌다.

"도대체 계집종 하나 두고 이게 무슨 짓들이냐?"

노비들은 물론이거니와 아들들까지 죄 제정신이 아닌 것을 보고 안방마님은 혀를 찼다. 그래도 죽어가는 언년이가 좀 안됐는지 의원은 여러 번 불러주었다.

"언년이는 왜 마님한테 미움을 받는 걸까요."

민이가 억금에게 물었다. 억금은 한숨을 내쉬었다.

"잘은 모리지만…… 대감마님이 니 짝으로 생각하시는 게 싫으셨지 싶다. 니하고 관계된 기모 다 맘 불편해하셨거든, 마님은."

좋아하는 여자한테 도움은 못 되고 폐만 끼쳤구나, 난.

마음이 약해진 재민은 이성적으로 생각할 수가 없었다. 자괴감으로 갈가리 찢어지는 것 같았다.

✽

같은 공간에.

357년이 흐른 후에.

인희는 거기 있었다.

"또 인터넷 검색이야?"

시원이 인희의 어깨에 다정하게 손을 얹었다. 시간이 날 때마다 인터넷으로 조선사를 뒤지고 있는 여자친구가 조금은 걱정되는 듯했다. 인희는 그에게 미소를 지으며 자리에서 일어섰다. 다 했어.

두 사람이 커피를 마시러 소파로 가고 혼자 켜져 있는 모니터엔, 검색결과가 나와 있었다.

효종. 재위(在位):1649∼1659. 생몰(生沒):1619∼1659

휘(諱):호(淏). 자:정연(靜淵). 호:죽오(竹梧). 시호:명의(明義)

효종의 재위기간은 그녀가 기억하고 있던 것보다 더 짧았다. 고작 10년. 그녀가 갔을 때 임금은 즉위한 지 이미 5년이 지난 후였다. 다시 말해 남은 기간도 5년이란 얘기다. 재연 부자가 그토록 충성을 바치던 왕은 북벌의 꿈을 펴보지도 못하고 젊은 나이에 세상을 떠났다.

김재연이나 재준이란 이름은 아무리 인물검색을 해도 나오지 않았다. 그들은 별다른 벼슬도 못한 채 역사 속으로 사라져 버린 거였을까? 그렇게 잘난 남자들이? 아님 병이나 사고로 요절해서 이름을 떨칠 기회가 없었던 걸까?

그나마 비극적인 최후를 맞은 인물로 기록돼 있지 않은 걸 다행이라 해야 하려나. 어쩌면 그 시대엔 이름을 남기지 않은 쪽이 행복한 인생이었던 걸지도.

인희는 시원이 주는 머그를 받아 들며 널찍한 소파에 몸을 묻었다.

처음 눈을 뜨고 주변을 둘러보았을 때, 그리고 모든 것이 서인희에게 익숙한 모습 그대로란 걸 발견했을 때, 그녀는 조선에서의 일이 다 꿈이었다고 생각했다. 잠들어 있는 동안 활극 같은 꿈을 꾼 거였나 보다 했다.

그런데 그건 아니었던 모양이다. 인희는 혼수상태였던 게 아니라 버젓이 눈뜨고 걸어다녔다고 한다. 다만 자기 이름이 언년이라 주장하며 아무것도 기억하지 못하고 마치 어린 아기처럼 모든 것에 무지했다는 것이다.

쓴웃음이 나왔다.

그래, 내가 거기 가 있는 동안 진짜는 여기 와 있었던 거구나.

과거에 대한 지식이 조금이나마 있었던 나완 달랐겠지. 생판 처음 보는 미래세계로 온 갠 정말 황당했겠지. 게다가 배운 것도 없고 천대받으며 자랐던 언년이는 사람들의 태도도 낯설기만 했겠지.

'이제 모든 것이 제자리를 찾은 건가.'

그녀가 물에 빠져 의식을 잃었을 때 이곳의 인희도 갑자기 쓰러졌다고 한다, 아무 이유도 없이.

그리곤 잠시 후 기억과 함께 깨어난 것이다. 또렷하고 맑은 눈을 크게 뜨며. 시원 씨? 라고 그를 부르며.

그러니 언년이는 돌아갔을 것이다. 그 물속으로. 살았는지 죽었는지는, 알 길이 없지만.

'그 사람들은 그때 무사했을까? 재연 도련님은 많이 다쳤을까?'

인희는 입술을 지그시 깨물었다.

'무슨 소용일까. 어차피 지금은 다 죽은 사람들인데.'

그녀는 조용히 커피를 마셨다.

시원이 옆에 앉아 그녀의 어깨를 감쌌다.

"사랑해."

그가 부드럽게 속삭이며 뺨에 입을 맞추었다.

인희는 눈을 내리깔고 가볍게 웃음을 띠었다.

조심조심. 두 사람은 조심스럽다.

현대로 돌아오며 인희는 다 기억해 내었다. 그녀가 왜 죽었는지, 어째서 그렇게 마음이 아팠는지.

시원이 그녀를 버렸었다.

똑똑하고 개성 독특하고 무얼 해도 잘하는 네가 부담스럽다고, 나한테 버거운 여자라고, 그가 말했다.

그런 면에 매혹됐지만, 변함없이 매력적이지만, 너를 평생 감당할 자신은 없다고 그는 물러섰다.

그러면서 다른 여자를 만났다. 그림자같이 은은한 여자를. 기꺼이 그에게 맞춰주는 포근한 여자를.

인희는 존재 전체를 부정당한 것 같았다.

잘나서 싫다니. 달라서 힘들다니.

그런 건 고칠 수 있는 문제도 아니었다. 노력해서 극복할 일이 아니었다.

허접한 남자도 아니고 시원 정도로 잘나가는 남자마저 그런 생각을 한다면, 자신은 대체 누구를 붙들 수 있단 말인가.

'당신은 알고 있었는데. 사실은 내가 상처받기 쉬운 무른 영혼이라는 걸. 강해지려고 발버둥치고 있을 뿐 실은 연약하다는 걸. 그런데도 날 내쳤어.'

마음속에서 지워지지는 않았다. 그저 괜찮은 척하고 웃을 뿐. 그런 건 절대 사라지지 않는 상처인 것이다. 인희 왼쪽 손목의 칼자국처럼.

아마 정말 죽으려고 했던 건 아니었을 것이다. 친구를 불러내 술을 잔뜩 먹고 홧김에 저지른 일이었다. 내가 죽으면 넌 어디 행복할 수 있나 보자 앙심 같은 거였을 수도 있다. 어떻게 다른 사람도 아닌 니가 날 배신해, 자존감에 치명적인 손상을 입고 이성을 날려 버렸던 거기도 했다.

죽어가는 순간에, 아니, 사실은 죽어간다 믿으며 의식을 잃던 순간에, 이따위 일로 죽는 게 엄마 아빠께 너무 죄송했다. 후회되었다. 그리고 시원에게도 미안했다. 이렇게 죽어버리면 그에게는 평생 벗어날 수 없는 죄책감을 남기는 게 될 테니까. 그런 걸 진짜 원한 것은 아니었다.

'그래서 아무도 사랑할 수 없었던 거지. 목숨을 버릴 만큼 다쳤던 마음은 다시 열리지 못했던 거야. 무의식적으로 마음을 꼭꼭

닳아버리고 난 떠날 사람이니 정 주지 말라고 외쳐 댔던 거지.'

"사랑해."

그의 목소리는 깊고 진실했다. 인희를 잃을 뻔한 후에 시원은 절실하게 깨달았다고 한다. 얼마나 그녀를 사랑하는지. 잘못했다고, 내가 어리석었다고, 그는 몇 번이나 몇 번이나 사과했다. 진심일 거라고 인희는 믿었다. 이 남자는 거짓말을 할 만큼 약지 못하다.

하지만 한 번 어긋난 사람의 마음은 다시 맞춰지기 어려운 거다.

엄마가 말씀하셨다. 니가 다른 사람처럼 굴 때, 언년이라 우기며 이상한 행동을 할 때, 그가 얼마나 잘했는지 모른다고. 인희에게 지친 그는 언년이를 사랑하게 된 걸지도. 열일곱 살의 맑은 영혼은 신선했을 것이다. 그 애는 양보와 순종이 몸에 밴 여자였을 거고, 시원의 매너있는 행동에 매번 감동해 주었을 것이다.

어쩌면 인희는, 돌아오지 말았어야 하는 건지도 모른다.

시원의 입술이 다시 그녀의 뺨에 닿았고 천천히 움직여 입술로 다가왔다.

익숙한 향기, 익숙한 촉감.

그러나 더 이상은 두근거리지 않는 가슴.

인희가 몸을 빼내었다. 그는 굳어져 그녀를 쳐다보았다.

미안. 하지만 더 이상은 안 되겠어.

"형남 씨."

형남이란 시원의 진짜 이름이다. 이름이 촌스럽다고 인희는 그를 최시원이라 불렀다. 닮았으니까, 슈퍼주니어의 미남 최시원과. 그는 내 이름이 뭐 어때서 불평했지만 그래도 웃어넘기곤 했다. 두 사람 사이의 작은 비밀 같은 거였다.

그녀가 형남 씨라고 불렀다는 건, 더 이상은 그가 인희의 최시원이 아니라는 뜻이다.

"여행을 다니면 있잖아, 유난히 기억에 남는 장소가 있게 마련이야. 그건 명승고적도 아니고 경치 좋은 곳도 아니더라. 나처럼 혼자 돌아다니는 사람에겐, 누굴 만나서 함께 지냈느냐에 따라 그곳의 추억이 결정되는 거지. 그래서 프랑스가 좋았어. 거기서 사귄 독일 여자애가 정말 좋았고, 우연히 첫사랑의 남자와 마주치게 돼서 너무 특별했어."

갑자기 왜 그런 이야기를 꺼내는 건지 이해할 수 없는 형남은 가만히 그녀의 말을 듣고 있었다.

"내 말을 믿긴 어렵겠지만."

인희의 말을 누가 믿을 수 있으랴.

"내가 언년이라고 주장하는 동안 여기 있었던 건 진짜 언년이가 맞아."

형남이 눈썹을 모았다. 얼굴에 걱정스런 빛이 떠올랐다.

"나는, 지난 두 달 동안 조선에 가서 언년이란 여자애로 살다 왔어."

인희는 앞에 앉은 그녀의 남자친구가 난처한 표정으로 커피잔만 만지작거리는 것을 지켜보았다. 믿어줄 거라고는 기대하지 않았다. 그래도 말하는 것이 옳다고 생각했을 뿐이다.

"무슨 초자연적인 현상이었는지는 알 수가 없어. 마지막 순간에 죽고 싶지 않다고 생각했던 걸 누군가가 들었던 모양이지. 아님 현실에서 도망치고 싶다 생각했던 날 도망가게 해준 건지도. 하여간 난 조선, 정확히 얘기하면 효종 시대의 언년이란 여자애 몸속으로 들어갔고 거기서 전혀 새로운 경험을 하다가 온 거야."

그녀는 더 이상 형남의 얼굴을 보지 않았다. 그저 독백처럼 얘기하고 싶었다.

"노비였기 때문에 사는 게 쉽진 않았어. 거긴 모든 게 불편하고 불합리한 곳이었고. 없이 사는 고단한 인생들이라 눈물 많은 사람들 사이에서, 나 혼자 희희낙락 겉돌며 지냈지. 한 번 죽은 거 두 번 못 죽겠냐, 죽으면 다시 환생하면 되지, 뭐 이런 생각이었달까."

형남은 귀 기울여 그녀의 이야기를 듣고 있었다.

"그런데, 나는 재능이 있었어. 역사도 알고 외국어도 아는 나는, 그곳 사람들 보기에 정말 신기한 존재였거든. 그래서 눈길도 끌고 사랑도 받고, 그랬나 봐."

사랑받았어.

인희의 가슴이 찌르르 울려왔다.

"그 시대의 시대정신이었을까? 아님 선비정신이라 불러줘야 할까? 마지막 순간에 나는 날 위해 목숨 거는 사람들을 봤어. 그건 정말 어처구니없는, 일이더라."

그녀의 눈길이 형남을 향했다. 그는 인희를 보고 있었다.

"난 당신한테 화나지 않았어. 나한테 미안해할 것 없어. 하지만, 아무래도 더 이상 당신을 사랑하진 않나 봐. 그건 당신의 문제가 아니라 내 문제야. 짧은 외유 동안 난 너무 많이 변했어. 다시는 이전의 서인희로 돌아갈 순 없을 거야."

외국에 살다 온 사람들은 태평양 한가운데에 사는 것 같은 기분으로 남은 인생을 보낸다고 한다. 거기선 여기가 그립고, 여기선 다시 거기가 그립고. 한국 사람이기도 하고 그곳 사람이기도 한 어정쩡한 상태로 어느 곳에도 확실히 소속되지 못하고 지낸다고들 한다.

인희도 그런 모양이다.

그녀의 눈에 아스라한 빛이 번졌다.

"돌아가지 못한다는 걸 알지만 마음속에서 지울 순 없을 거야. 그건 사람들을 만났기 때문이지. 짧은 여행이었지만 내 인생에 지울 수 없는 흔적을 남긴 사람들을 만났어. 그래서 난 이제 이전의 내가 아니야. 당신을 사랑하고 당신 때문에 죽으려고 했던 여자가 아니야. 그러니 우리 헤어져."

형남의 손이 미세하게 흔들렸다.

그는 얼마만큼 그녀의 말을 믿어야 할지 알 수 없었다. 하지만 헤어지자는 말만은 확실하게 알아들었다.

"난 지금도 너를 사랑해. 네가, 이전의 너와 다른 사람이라고 해도."

인희의 입가에 따뜻한 미소가 어렸다.

"당신은 좋은 사람이니까. 설령 내가 돌아오지 않고 언년이가 계속 머물렀다고 해도 당신은 헌신적으로 그 애를 돌보고 책임졌겠지. 하지만 그럴 필요는 없어."

그녀는 진심으로 이 남자를 아꼈다. 그래서, 두 사람은 헤어지는 편이 나은 것이다.

"만에 하나, 절대 그런 일은 없을 거라고 생각하지만, 어느 날 내가 다시 언년이라고 주장하는 일이 일어나거든 그냥 무시해도 괜찮아. 그건 정말로 내가 아니니까 당신과는 아무런 상관도 없는 사람이야. 걔를 위해서 이리 도로 끌려오는 일 같은 건 일어나선 안 되는 거겠지만, 정말 혹시나 해서 미리 해두는 말이야. 물론, 당신이 그 언년이를 사랑하게 된다면, 그건 전혀 다른 얘기겠지만."

"널 위해선? 넌 그리로 가고 싶은 거야?"

그는 나를 믿어주는 건가? 인희는 놀라움에 잠시 그의 얼굴을 응시했다.

"잘 모르겠어."

솔직한 대답이었다.

"그립고 보고 싶어. 벌써 죽어버린 사람들이라고 생각하면 가슴이 먹먹해. 하지만 거기서의 내 인생이란 아무 비전도 없는 거니까, 가선 안 되는 거겠지. 설령 가능하다고 해도. 물론, 불가능한 일이지만."

"남자가 있니, 거기?"

어떻게 이런 순간에 그런 생각이 떠오르냐, 당신은.

인간에게 있어 가장 강력한 감정은 결국 질투란 건가?

"아, 물론 남자가 많았어. 알잖아, 나 어디 갖다 놔도 인기 만발인 거. 나 좋다고 목맨 꽃미남이 셋이나 있었다고."

조금 뻥이긴 하지. 확실히 좋다 말한 남자가 하나, 슬쩍 분위기만 풍긴 남자가 하나, 거의 원수처럼 지내다가 막판에 감동을 준 남자가 하나 있는 거지, 실은. 하지만 뭐 확인할 길은 없잖아?

그녀가 과장되게 웃자 형남도 쓸쓸하게 웃었다. 인희는 장난처럼 얘기하지만 그녀는 어디서나 빛을 뿜어대는 여자였다. 설령 꽉 막힌 조선 사회였다 해도 존재만으로 사람들을 사로잡았을 것이 분명하다. 그가 인희를 손에 넣었다고 모두들 얼마나 부러워했던가.

"결국 돌이킬 수 없는 일이 되고 말았구나."

누구를 향해 하는지 알 수 없는 중얼거림이 그의 입에서 흘러나왔다.

인희는 자리에서 일어섰다. 가볍게 그의 이마에 키스하고 그녀는 가방을 들었다.

마음이 후련하다. 아닌 건 아닌 것. 운명이 인간을 이상한 방향으로 이끌었다면 그걸 이상하지 않게 만드는 것이 인간의 몫.

인희는 형남을 돌아보지 않았다.

'나는 별 볼일 없는 여자였어.'

그녀는 시동을 켜며 쓰게 웃었다.

'거기 사람들이 알고 있는 언년이는 과장된 포장이야. 난 사실 쿨하지 않아. 버림받았다고 손목이나 긋는 그런 여자였던 거야. 그래서 기억해 내고 싶지 않았던 거야. 그래서 더 잘난 척한 거였어.'

이제 놀이공원에서 돌아와 현실을 살아야 하는 인희는 직장이나 결혼같이 평범한 인생사를 걱정해야 하는 보통의 생활인일 뿐이다. 비범한 능력이나 예지력 따위는 갖고 있지 않다. 돌아오리라 기대하지 못했던 만큼 더 성실하게 감사하며 살아야 하련만, 실은 그것도 잘되지 않았다.

'보고 싶어.'

핸들에 엎드려, 인희는 눈을 감고 마음을 가다듬으려 애썼다.

밤이면 꿈을 꾸었다.

물속에서 그녀에게 힘껏 뻗던 재준의 손이 보였다. 언년아 하고 비명 지르던 재민의 얼굴이 보였다. 피를 뿌리며 말달리던 재연의 하얀 옷자락이 눈부신 미소와 함께 스쳐 사라졌다.

잠에서 깨면 눈이 젖어 있었다.

생각지 못했다. 그들이 이렇게 보고 싶을 줄은.

그 사람들은, 내가 이렇게 자기들을 그리워하는 걸 알까.

그녀는 묻고 싶었다.

오래도록 같이 있었더라면 그들도 내가 버겁다고 생각했을까?

아님, 사실은 약한 여자란 걸 알고 시시하다 버렸을까?

혹시 그들의 정은 우리 현대인의 것보다 더 깊은 거였을까?

밤길을 운전하는 데는 익숙했다.

그런데 이상하게 졸렸다.

깜빡깜빡 의식이 흐려지기 시작했다.

"저기요."

누구세요? 인희는 화들짝 놀라 옆자리를 보았다. 여자가 있다. 인희와 닮은, 어린 여자애가.

"넌, 넌 누구니?"

엉겁결에 물었지만 누군지 알 것 같았다. 니가 언년이구나!

그 애는 인희의 옷을 입고 있었다. 약간 반투명하긴 했지만 귀신같은 느낌은 아니었다. 수줍고도 밝은 얼굴을 하고 있었다.

"저기, 그냥 저 대신 그리로 가주시면 안 돼요?"

뭐라고?

"전 거기가 너무 힘들었거든요. 언니는 거기서도 잘 지내셨잖아요. 저 여기 머물게 해주시면 열심히 노력하고 잘살게요. 언니 이름에 먹칠하지 않도록 조심할게요. 배운 게 없어서 그렇지 저도 아주 바보는 아니거든요. 거기 계신 분들이 너무 간절하게 언니를 기다려서, 제가 차마 돌아갈 수가 없네요. 우리 어차피 한 번 바뀌었던 거 그냥 바꾸면 안 될까요?"

어이가 없어 인희는 언년이를 넋 놓고 쳐다보았다.

그러다가 아마 핸들을 놓친 모양이다.

아니면 브레이크를 밟아야 할 때 밟지 못한 모양이다.

차가 쑤욱 미끄러지면서 가드레일을 받았다. 충격이 왔다. 그렇다고 아, 죽는구나 싶을 만큼 대단한 사고는 아닌 것 같았다.

그런데 언년이가 웃으면서 손을 흔드는 것이 느껴졌다.

허걱. 이거 아닌데, 이게 아닌데?

이봐, 이봐.

나도 여기가 더 낫거든? 그 사람들이 보고 싶긴 하지만, 미안하기도 하지만, 그래도 여기가 우리 집인데? 나도 거기 가면 너처럼 노빈데? 잠깐만, 언년아, 아니, 할머니, 조상님!

그녀는 어딘가로 쭈욱 빨려가고 있었다.

젠장. 이제 겨우 맘 잡아가는 중인데!

이게 결국 내 운명이었던 거야?

이보세요, 가서 정리하고 오라고 잠깐 보내주신 거였어요?

이보세요오오오!

언년이가 눈을 반짝 떴다.

억금이는 자리를 비우고 재준이 그녀를 지키고 있었다.

"언년아, 정신이 났어?"

반색을 하며 그가 언년이에게로 다가앉았다.

그녀는 몸을 일으켜 앉았다. 수척하고 파리했지만 눈빛이 형형했다. 잠시 난감한 표정이, 이어서 체념의 표정이 그녀의 얼굴을 스쳤으나 다시 맑은 눈으로 인희는 재준을 보았다.

마른 목소리가 힘겹게, 그러나 또렷하게 흘러나왔다.

"내 이름은, 인희예요."

재준의 입이 벌어졌다.

제10장

모두 모였다.

일단 억금이 호들갑을 떨며 미음을 먹이고 얼굴을 씻기고 한 후
였다.

인희는 재준에게 재연 도련님과 재민과 모두 함께 오셨으면 좋
겠다고 했다. 드릴 말씀이 있다고. 그녀가 깨어났다는 소식에 다
들 만사를 제치고 달려왔다.

야윈 얼굴에 말라 갈라진 입술. 그녀의 몰골은 말이 아니었다.
그래도 살아나서 너무 다행이라고, 그들은 안도의 한숨을 내쉬며
긴장했던 얼굴을 폈다. 정말 딱 죽는 줄만 알았으니.

"제 말을 믿어주실 수 있을까요."

첫, 바로 조금 전에 형남 씨한테 했던 말을 또 해야 하는구나.

"저는 언년이가 아닙니다. 지난번 앓고 난 후에, 언년이와 저의 영혼이 뒤바뀌었지요. 저는 지금으로부터 400년쯤 후에 살고 있던 서인희라고 합니다. 그동안 속여서 죄송합니다."

단도직입적으로 내뱉었다. 더 이상은 언년이 노릇을 하고 싶지 않다는 오기였을까. 어쨌든 진실한 모습으로 부딪치고 싶다고 인희는 생각했다. 이들은 그녀에게 솔직했고, 그녀는 그렇지 못했다. 많이 후회했었다.

모두 망부석처럼 인희만 보고 앉아 있었다. 그녀가 놀래키는 덴어지간히 익숙한 그들이었지만, 이건 좀 차원을 달리하는 문제가 아닌가.

인희는 난처했다.

뭐라고 말이라도 해야 내가 이야기를 이어갈 텐데?

"아, 음…… 뭐 굳이 증거를 대라 하신다면…… 지난번에 제가 했던 외국어는 제가 살던 시대에 교류가 많은 나라의 언어인 거구요, 말 타는 거도 거기서 배웠고, 당연히 조선의 역사를 배우니까 임금님에 대한 것도 알고……. 참, 거기선 여자들도 똑같이 교육을 받거든요. 그리고……."

중언부언하는 것 같지만 뭔가 증명을 해야 할 거 같아 그녀는 생각나는 대로 주워섬겼다.

"믿어."

부드러운 재준의 음성이 그녀의 말을 끊었다. 인희는 그와 눈을 마주쳤다.

"정말 믿기 어려운 말이지만, 그리고 잘 이해가 안 되지만, 너를 믿는다. 그러니 애쓰진 않아도 돼."

상냥한 목소리였다. 위로가 되는 말이었다. 인희는 언제나처럼 다정한 그가 반가워 조금 수줍게 웃었다. 그러고 보니 오랜만이라고 반갑다고 아무한테도 인사를 못했네.

한 사람씩 얼굴을 보았다. 믿어준다고 말한 재준은 웃고 있었다. 재민은 어리둥절한 얼굴이었지만 어쨌든 살아와 줘서 고맙다며 눈물을 머금고 있었다. 재연의 얼굴은 의문으로 가득했으나 차가운 기색은 없었다.

"그럼, 이번에 의식을 잃고 있었던 동안은, 본래 네가 있었던 곳으로 다녀오기라도 한 거냐?"

예리한 질문. 인희는 고개를 끄덕였다.

"죽을 고비를 넘기면서 원래의 제 생으로 돌아갔었어요. 그런데 거기 있던 진짜 언년이가 이리로 돌아오지 않겠다고 해서……. 다들 너무 절 기다리시기 때문에 차마 자기가 오질 못하겠다고……."

남자들이 하나같이 딴 데를 쳐다보며 헛기침을 했다. 언년이의 말은 사실인 모양이었다.

고백의 긴장된 순간이었음에도 그녀는 웃음이 나왔다.

"넌 오고 싶지 않았겠지?"

민이의 질문이었다. 여자들도 교육을 받는 곳이라니 강상의 법도란 것도 신분차별도 없는 시대인 모양이다. 그렇다면 이리로 끌려오고 싶지 않았을 것이다. 언년이가 아니라 '서인희'라는 이 여자는, 당연히.

인희는 그저 웃음을 끌며 대답을 대신했다. 꼭 오기 싫었다고 하긴 좀 그랬다. 오는 것이 두려웠다 하는 편이 옳을 것이다.

놀랍게도 그들은 그녀의 말을 믿는 모양이었다. 믿고 있는 자신의 모습에 실은 남자들이 더 놀라고 있었다. 말도 안 된다 할 이야기였지만, 믿어졌다. 모든 의문을 설명해 주는 유일한 답이었기에 믿지 않을 방법이 없었다. 갑자기 성격이 달라진 언년이. 자기 이름도 기억하지 못하면서 봉림대군도 선조도 아는 종년. 괴이한 능력. 달리 어떻게 그런 이상한 일들을 해명할 것인가?

그러나 미래의 여자라 소개하는 그녀는, 좀 낯설었다. 널 이제 언년이라고 부르면 안 되는 걸까.

"넌 거기서 몇 살이야?"

민이가 다시 물었다. 아, 그건, 스물…… 다섯 살. 우물거리는 인희의 답에 그가 살짝 입가를 찡그렸다. 심지어 재준도 거북한 얼굴을 했다.

물론 여기서의 나이는 예전과 마찬가지고 언년이가 노비란 사실에도 변함이 없지만, 그녀가 미래에서 왔다는 걸 인정하는 이상 사실 노비 취급을 하긴 좀 미안한 일이다. 그런데 나이까지 많단다.

"어째서, 그동안 아무 말도 하지 않다가 갑자기 사실을 털어놓는 거냐."

그녀에게 하대하는 것이 찔리지 않는 유일한 사람인 재연이 또 다시 날카로운 질문을 던졌다.

"도련님들은, 재민 오라버니도, 저한테 참 솔직하셨습니다. 천한 신분인 제게 마음을 열어주시고 절 위해 위험도 무릅쓰셨죠. 거기 있는 동안 생각했습니다. 사실대로 다 말씀드릴 걸 그랬다고. 거짓으로 위장하지 말 걸 그랬다고."

그녀는 재연을 보며 조심스럽게 덧붙였다.

"다치셨지요. 괜찮으세요?"

재연이 긴 손가락을 들어 갓을 매만졌다. 불필요한 동작이었다. 아마 겸연쩍어 그러는 모양이다. 의외로 귀여운 면도 있는 남자였구나.

"네가 다시 이리로 와버려서 거기 남겨진 가족들은 또다시 널 잃게 됐구나. 우리가 미안한 기분이다. 너에겐. 정인도. 있는데."

일부러 정인을 힘주어 언급하는 재준의 말에 재연도 민이도 그와 인희를 번갈아 보았다.

저 남자는 눈치가 빠른 데다 기억력도 좋다. 어쩐지 조금 곤란한 상황인 거 같지만, 뭐 잘못한 것도 없는데 쫄 일은 아니겠지.

"네. 그리운 사람들이 거기 있습니다."

구태여 정인과는 헤어졌네요 말할 필요는 없지 않겠는가.

"그곳에서는 여자들도 자유롭습니다. 남녀는 서로 좋아하면 연애하고 결혼, 아니, 혼인하지요. 어른들이 정해줘서 싫은 사람과 가정을 꾸리진 않는답니다. 첩 같은 건 없고 모두 일부일처로 해로하죠. 여자도 바깥일을 하고 남자도 집안일을 돕습니다. 아이를 키우는 것도 함께 하구요. 신분의 차별도 없어 모두 평등합니다."

남자들의 얼굴에 놀라움이 번졌다.

파격적인 사회로구나, 거긴. 혹시 문란한가? 재준이 물었다.

만날 기생집 드나드는 여기 남자들보다 더 문란할 것도 없거든, 인희는 생각했지만 그저 아니라고만 했다. 마음이 먼저고 몸은 나중에 따라가는 것이라 정조개념이 나름 있는 거라고, 다만 손목 한 번 잡혔다고 혼인하는 건 아니라고, 친절하게 대답해 주었다.

"지금으로부터 400년이면, 그때도 이 나라는 조선인가?"

재연이 물었다. 물론 당신의 관심사는 나라겠지.

"아뇨. 조선은 다른 나라로 이름이 바뀌었습니다. 하지만 세계에서 손꼽는 대국이 되어 있습니다. 청나라도 우리의 눈치를 볼 정도죠. 물자가 풍부하고 백성들의 교육수준도 아주 높답니다."

그의 얼굴에 안도와 희망의 빛이 떠올랐다. 그래. 그사이에 왜국에 잡혀 먹히고 전쟁이 나고 나라가 반 토막이 되었다는 말 같은 건 굳이 해줄 필요가 없겠지.

대충 기본적인 건 얘기해 줬으니 이제 좀 쉬어도 되지 않을까?

인희는 몹시 피로했다. 워낙 먹질 못해서 몸이 버텨내질 못하고 있었다.

체념했지만 역시 돌아왔다는 건 충격적인 일이었고 엄마 아빠에 대한 그리움도 새삼 엄습해 왔다.

이제 어떻게 살면 될까 앞일이 막막하지만 그런 궁리를 하기에도 아직은 너무 피곤했다.

남자들이 자리를 비켜주었다.

'살아나서 정말 다행이다.'

'죽어버리면 어떡하나 얼마나 걱정을 했는지.'

'당돌한 건 이유가 있었던 거다.'

'미래에서 왔다니 거, 참.'

'그런데 어쩌면 그 말이 이렇게 금방 믿어지는 것인가, 당황스럽게.'

그들은 머릿속으로 같은 생각을 했다.

'그럼, 이젠 어쩐다?'

일단 기다려야 했다. 인희가 건강을 회복하도록.

그…… 다음은?

가장 유리한 위치에 있는 사람은 재준이었다. 제일 발 빠르게 움직인 것도 시간 여유가 많은 그였다.

인희에게 비단옷이 지어졌다. 홍목당혜紅目唐鞋도 도착했다. 식사시간이면 그의 방에 불러들여 좋은 것만 골라 먹였고 탕약도 보는 앞에서 꼭 먹게 챙겼다. 물론 집안일 같은 건 하나도 시키지 않았다.

귀밑머리 올리지도 않고선 애첩 대하듯 끼고 도는 모습에 억금을 비롯한 종들은 죄 어안이 벙벙했다.

그뿐이 아니었다. 그는 인희에게 미래의 남자들은 어찌 연애하느냐 물어가며, 열심히 흉내를 냈다.

장마 중이었지만 어쩌다 해가 나는 날이면 자기 말에 같이 태우곤 도성 바깥으로 나들이를 다녔다. 꽃을 보면 꺾어서 머리에 꽂아주었고 방물장수가 들르면 노리개를 사서 안겼다. 한문에 익숙지 않은 그녀가 심심하지 않도록 언문소설을 구했다. 종로의 육의전六矢廛에 데리고 나가 시전 구경을 하며 가락지나 향주머니 같은 것을 사주기도 했다.

뒷말을 할지언정 아무도 대놓고 그러지 마시라 할 수는 없었다. 데리고 있는 몸종에게 무얼 사주든 뭘 먹이든 주인 맘이었다. 꽃놀이에 데려가든 사당패 놀이를 구경 가든 남들이 이러니저러니 할 일이 아니었다.

단 한 사람, 그에게 제동을 걸 수도 있을 안방마님은 전혀 그러시지 않았다. 의외였다.

"마님이 언년이 먹으라고 고기를 내리셨다는 게 사실이에요?"

찬간 옆을 지나던 민이가 고개를 들이밀고 억금이에게 물었다. 끄덕. 분주한 그네는 고갯짓만 했다.

"안 좋아하시는 줄 알았더니……."

뿌옇게 올라오는 고기 누린내를 맡으며 그가 머리를 갸웃하자 억금이가 국물 젓던 손을 멈추고 안됐다는 듯 재민을 쳐다보았다.

"당신 아드님이 예뻐하신다 카니 기꺼바 보이시는 모양이제. 마님이 작은도련님을 오죽 아끼시나."

아.

재민의 얼굴에 어두운 빛이 내려앉았다.

내 짝이라 생각하실 땐 그리도 쌀쌀맞게 대하시던 마님이 작은형님이 아끼는 여자라 하자 바로 태도를 바꾸셨단 말인가.

그가 줄 수 없는 것들뿐이었다. 작은형님이 언년이에게, 아니, 인희에게 베풀고 있는 것들은. 고운 옷도 귀한 패물도 산해진미도 값비싼 약재도. 웃전의 총애까지도. 심지어 자신은 그녀의 목숨을 구하지도 못했다.

"이제 물 건너갔지 싶으다. 니도 마음 접어라. 작은도련님이 누구한테 저리 마음 쓰시는 거 본 일이 있드나."

기생집에 드나든다 말은 들었어도 총애하는 기녀가 있단 얘긴 없었다. 무엇에나 누구에게나 그저 눈웃음으로 선을 긋고 언제나 한 발 뽑은 듯 주변만 맴돌던 작은도련님이었다. 저토록 열렬하게 뭔가에 매달리시는 모습을 본 사람은 아무도 없었다.

억금은 이제 현실을 받아들이기로 했다. 언년이가 버려질까 하는 걱정도 접기로 했다. 그네의 눈으로 봐도 작은도련님은 진정이 분명했다.

"하지만, 대감마님이 제 짝으로 키우셨다고, 혼인시켜 주신다고 했는데요······."

재민은 중얼거려 보았다. 그런데 아버님은 멀리 계신다. 이 집 안의 제일 어른인 안방마님은 그의 편이 아니다. 형님은, 도련님은, 상전이다. 그는 무력하였다.

"도련님이 확 자빠뜨리삐면 그거로 끝이제. 그랬다고 대감마님이 아드님 내쫓기야 하시겠나. 언년이 뺏아갖고 니한테 주시지도 않겠제. 우야겠노. 다 도련님 맴인기라."

형님이 나한테 그러실 수가 있을까. 우리 삼 형제 윷놀이하며 물장구치며 그리도 즐겁게 지냈건만. 아버님이 그 아이 내게 주신다고 하는 말씀 다 들으셔 놓고.

하지만 형님이 그 길을 따라가신 건 당초에 언년이 때문이었다. 나는 곁다리였다. 셋이서 우애있게 지낸 것도 다 언년이가 가운데 끼어 있었기 때문에 가능했다.

동생이 아니라 아랫것이라 눈감아 버리실 수도 있는 일이 맞았다.

깊은 한숨이 나왔다. 뭔가 대책을 강구해야 하는데, 어떻게 해야 할지 알 수 없어 그의 시름은 깊었다.

인희는, 재준의 태도가 놀라웠지만 일단 동요하지 않고 받아들였다.

'피할 수 없으면 즐겨야지.'

그녀는 깊이 고민하지 않고 주어지는 것들을 즐기기로 했다.

예쁜 옷이나 보석이 싫을 수는 없었고 맛난 음식은 거친 산나물보다 좋았다. 집 안에 갇혀 청소나 하는 것보다는 미남자의 말에 올라 쇼핑 다니는 것이 즐거운 일이었다. 좋은 약을 먹어선지 몸도 나날이 건강해지고 있었다. 고맙고 감사한 일이다. 까다롭게 굴며 내치고 싶지 않았다. 어차피 내칠 신분도 주제도 아니었지만.

'기왕 다시 끌려온 놀이공원이라면 솜사탕도 사 먹고 고양이 귀 달린 머리띠도 하지 뭐. 뱅글뱅글 돌아가는 장난감 선글라스도 재밌고.'

그렇다고 성상납을 요구당하는 것도 아니었다. 재준이 그녀에게 주는 것은 그저 애정과 배려뿐이었다. 따뜻한 말과 그윽한 눈길, 가슴이 저릿하도록 달콤한 미소뿐이었다.

'내가 무슨 복이람.'

그와 함께 있으면 온몸의 감각이 곤두서는 건 부정할 수 없는 사실이었다. 말 잔등에서 기댄 재준의 가슴은 단단했고 바람결에 흘러오는 숨결은 향기로웠다. 이렇게도 관능적인 남자가 자신에게 올인하고 있는 모양은 결코 기분 나쁠 수가 없었다.

'민이한테 미안해서 그렇지.'

가끔 보았다. 두 사람이 함께 나갈 때 재민이 고통스러운 표정으로 그들을 쳐다보고 있는 걸.

이제 다른 종들과 함께 일하지 않고 노상 재준의 곁에 붙어 다니는 인희는 그와 이야기할 기회도 없었다.

"오늘은 기방에 함께 가보자."

의외의 말에 그녀가 눈을 둥그렇게 뜨자 재준은 걱정하지 말라는 듯이 웃음 띤 얼굴을 그녀의 코앞에 들이밀었다.

"집에서는 먹기 어려운 맛있는 음식을 먹을 수가 있단다, 거기선. 거문고 연주를 듣는 것도 마음을 편하게 해주고. 그리고 거길 같이 가보면, 내가 사실은 오입쟁이가 아니란 걸 네가 알 수 있을 것이다."

기방.

기생들을 해어화解語花라 부른다고 했다. 말을 알아듣는 꽃.

그건 그녀들이 그만큼 아름다웠다는 뜻이기도 했지만, 사람이 아닌 사물로 취급되었다는 의미이기도 했다. 감정없이 어느 남자에게나 웃음을 파는 여인들. 본인의 속은 썩어가더라도 춤과 노래로 남자들을 즐겁게 해줘야 하는 무희들. 정숙하기만 한 본처가 시들한 양반 사내들에게 황홀한 밤을 선사하는 요부들. 그들은 연예인인 동시에 접대부였고 창녀였다.

황진이처럼 콧대 높은 기생이나 임금에게 총애를 받은 가희아 같은 기녀는 가물에 콩 나듯 드물었고 대개의 경우 잔칫집에서 주는 팁인 전두纏頭나 옷 벗기는 값이란 뜻의 해웃값으로 살아가는 비참한 처지였다. 설령 잘나가는 기생이고 고관대작의 첩으로 들어가더라도 나이 들면 버려지기 일쑤였다고 했다.

노류장화路柳牆花. 아무나 꺾고 시들면 버려지는 것이 기생의 운명인 것이었다.

'나라고 딱히 미래가 보장된 건 아니지 뭐……'

놀이공원의 신기루 같은 즐거움 뒤엔 현실이 기다리고 있다. 이제 돌이킬 수도 죽어버릴 수도 없게 돼버린 인희로선 이 생이 그녀의 삶이란 걸 받아들일 수밖에 없었다.

여자들이 자기 손으로 운명을 개척할 수 없는 곳이다, 여긴. 어떤 남자를 만나느냐에 인생이 달린 곳이다. 인희가 딴 여자들과 다른 점이라곤 단 하나. '전 싫은데요'라고 말이라도 해볼 수 있고 어쩌면 그녀를 꺾고 싶어하는 남자가 그 말을 존중해 줄지도 모른다는 것뿐이다.

재준이 출입하는 기방은 고급스러운 곳이었다. 기녀들의 옷차림도 천박하지 않았고 교육도 잘 받은 듯했다. 양갓집 규수는 발걸음할 수 없는 곳이었지만 몸종인 인희야 도련님 따라 들어가면 그만이었다.

특별하고 맛있는 것이 한 상 가득 차려져 나왔다. 기녀들이 발 뒤에서 뜯는 거문고 소리는 국악에 문외한인 인희조차도 멋지다 느낄 만큼 훌륭한 것이었다. 그리고 그녀는 기녀들이 자신을 부러움이 가득한 눈으로 숨어 보는 것을 알았다. 속삭이는 소리도 들었다. 좋겠다, 저 여인네는.

"나는 아버지처럼 배다른 아이들을 여럿 낳고 싶지 않아. 알고 있지. 그래서 절대 여자들과 깊은 관계를 맺지 않았다. 기방에 오는 것은 이곳이 즐겁고 기녀들이 아름다워서 보고 있으면 행복하기 때문이야. 무책임하게 여인을 품은 일은 한 번도 없었다. 다른 사람들은 뭐라 생각하든 상관없지만, 너만은 오해하지 말았으면 싶구나."

지나가는 말처럼 그는 인희에게 자신의 진심을 전했다. 이거 먹어봐 정말 맛나단다 그녀의 숟가락에 맛있는 반찬을 얹어주며.

그녀는 가슴이 뽀드득 죄어와 밥이 넘어가지 않았다.

'그건 반칙이야, 도련님. 그런 말을 하면 내가 당신을 뿌리칠 수가 없잖아. 언젠가 꼭 해야 하는 전 싫은데요가 안 나올지도 모르잖아.'

재준은 너무나 이상적인 남자였다. 아름답고 섹시하고 다정하고, 알고 보니 순결하기까지 한.

그래서 가끔 결심이 흔들릴 수밖에 없었다. 절대로 첩은 되지 않겠노라 굳게 맹세한 마음이 동요할 때가 있었다. 그냥 이대로 저 사람의 품에 안겨 쉬운 길을 가버릴까, 그녀는 유혹에 이끌리는 가슴을 부여안고 마음을 다잡기 위해 도리질을 쳤다.

'나는, 민이를 선택할 거야.'

인희는 꼭꼭 다짐한다.

그건 약속이라든가 신의의 문제가 아니었다. 비틀리지 않은 온

전한 삶을 살기 위한 최선의 답이었다. 종의 신분이지만 그에게는 본처, 유일한 아내가 될 것이었다. 대감마님이 종국에는 둘을 면천시켜 줄 것이다. 그들은, 그녀는, 떳떳한 인생을 살 수 있을 거다. 담벼락에 붙어 올라가는 화려한 덩굴장미보다 들판에서 홀씨 날릴 수 있는 민들레가 되고 싶었다.

단 하나의 문제는, 그녀가 재민을 사랑하는 건 아니라는 사실이었다. 재준을 사랑하냐 묻는다면 그렇다고 대답하긴 어려웠지만, 그래도 이건 최소한 남녀 간의 이끌림인 건 확실했다. 민이는 여전히…… 동생 같았다.

인희는 한숨을 내쉬었다.

"입맛이 없어?"

재준이 그녀의 안색을 살폈다. 상냥하기도 하지. 이 남잔 시원 씨, 아니, 형남 씨 뺨친다니까.

"도련님은 제가 살던 시대에 태어났으면 진짜 잘 어울렸을 뻔했어요. 여자들한테 인기 엄청 많았을 거야."

인희가 엄지손가락을 치켜들며 공치사를 하자 재준이 기분 좋게 웃었다.

"그래? 그럼 네가 이리 올 게 아니라 내가 그리 갈 걸 그랬구나. 나도 너한테 들은 그 세상이 마음에 들던데."

재준은 그곳의 소소한 일상생활을 즐겁게 묻곤 했다. 뭘 먹는지 무슨 음악을 듣는지 어떤 옷을 입는지, 거기 사람들은 어떻게 사랑하는지.

재연이 가끔 그녀를 불러 묻는 화폐제도나 무역형태, 외교관계

같은 것과는 전혀 다른 주제였다.

형제면서 어쩜 저렇게 다를까 인희는 매번 생각했다.

재연의 얼굴을 보기는 어려웠다. 그는 주로 바깥으로만 나돌았고 집에서도 미래에 대한 질문을 할 때가 아니면 그녀를 찾지 않았다. 건강은 괜찮으냐 가끔 형식적인 안부를 물을 뿐이었다.

'어째서 북벌이 성공하는지 자신이 이름을 떨치는지 같은 건 묻지 않는 걸까.'

김정국 대감에게는 소식이 갔으려나?

그녀는 속을 알 수 없는 김재연이란 사람을 생각하면 가슴속에 서늘하게 바람이 부는 것 같아 곧 떨쳐 버리곤 했다. 그날 보았던 그 화사한 미소는 어쩜 꿈이었을까?

"아직도 여위어 보이는구나. 식사는 잘한다고 들었다만."

이건 재연이 그녀를 불러 미래에 대해 묻던 어느 저녁나절의 기억이다.

그는 인희를 방으로 들이지 않았다. 모깃불 타는 냄새가 주변을 매캐하게 달구는 후원 정자에서 두 사람은 어색하게 마주 앉았다.

"네. 잘 지내고 있어요. 걱정해 주셔서 고맙습니다."

아무렇지도 않은 듯 대답하면서 인희는 어쩐지 긴장되고 거북한 느낌에 그를 똑바로 쳐다보기가 어려웠다.

비밀을 공유한 탓일까. 혹은 재연이 그녀를 위해 목숨을 걸어준 일 때문일까. 아니면 서울에 갔다 돌아온 후에 이전과는 같은 입장일 수 없어서 그런 걸까. 인희는 재연에게서 전 같은 적당한 거리감과 그로 인한 편안함을 느낄 수 없었다. 가까워졌어야 마땅한 거리는 더 멀어진 듯도 하고, 마주 앉은 자리는 버성겼다.

재연은 오랫동안 아무런 말도 하지 않았다. 흐트러짐없는 얼굴에서 입술이 한두 번 열릴 뻔하다가 도로 닫혔을 뿐, 그는 그녀와 시선을 마주치지 않았다.

긴 시간이 지난 후 겨우 입을 연 그가 꺼낸 주제는 그저 미래의 시스템에 관한 것뿐이었다. 질문. 그리고 대답. 다시 질문. 또 대답. 명랑한 목소리로 그의 물음에 답했지만 인희는 가슴속이 퍼석거리는 것 같은 기분이 들었다.

비껴난 시선. 조금도 살갑지 않은 대화. 공식적인 대면. 오픈된 장소에서의 독대.

나를 기다렸다고 한 사람들 중에 이 남자는 속하지 않았던 건가. 친구라고 부를 수는 없겠지만 그래도 각별한 무엇인가를 공유했다고 생각했건만, 순전히 혼자만의 착각이며 오해였던 걸까.

인희는 어이없게도 서운한 마음이 드는 것을 부정할 수 없었다.

'내 목숨 구했다고 공치사를 할 사람이야 아니겠지. 살려줘서 고맙다고 말해야 하는 건 내 쪽이겠지. 그래, 인정할게. 내 입에서도 그 말 안 나온다고. 그치만 댁도 너무 무심한 거 아냐? 죽다 살아온 사람한테 걱정했다든가 돌아와 줘 고맙다든가…… 뭐 그런 다정한 말을 하진 못하더라도, 어렵겠지만 잘 지내봐라 이런 인사치레는 해줘도 되잖아?'

하지만 그녀가 어떤 마음이든 그에게는 아무 상관 없는 일일 거였다.

그것이 마지막이었다. 단정하고 무표정한 얼굴로 그녀를 물린 재연을 본 게 마지막. 거의 몇 주나 지난 일이었다. 그 후로는 재연과 스쳐 지난 일도 없었다.

"인희야?"

재준이 그녀의 내리깐 시선에 눈을 맞추며 인희를 불렀다.

아.

떠돌다가 제자리로 돌아온 그녀가 미소를 지어 보였다. 속에서는 실소가 나온다. 다정한 사람은 하나로 충분하지 않아? 그 한 사람의 문제만으로도 버거운 게 현실 아녔어? 이 남자 일이나 걱정하라고.

기녀들의 부러움 가득한 눈을 뒤로하고 재준은 그녀를 모시다시피 말에 태워 집으로 돌아왔다. 여름밤의 꽃향기에 자기를 아껴주는 매력적인 남자의 배려에 마음이 풀어진 인희는 평소처럼 혼자 내리지 않고 재준의 팔에 안겨 말에서 내렸다. 그의 얼굴에 만족스런 웃음이 퍼졌다.

말고삐를 넘기는 재준을 쳐다보며 서 있던 인희는, 별안간, 장마가 끝나 덥고 습한 밤이었음에도 한기가 느껴져 몸을 바르르 떨었다. 뭐지, 이건?

"형님 오셨습니까."

재연이 그들을 지나쳐 방으로 들어가고 있었다. 그는 아우의 인사에 대답하지 않았고 인희 쪽은 아예 쳐다보지도 않았다.

'냉동실 재가동이네.'

그녀는 서늘한 바람 정도가 아니라 북풍한설이 몰아치는 가슴속이 추워 자기도 모르게 저고리를 여몄다. 지난번에 보았을 때만 해도 비록 서먹했지만 저렇게까지 선명한 거부의 느낌은 아니었는데, 그사이에 무엇이 그를 거스른 것일까.

'뭘 잘못한 걸까, 이번엔. 막내와 결혼하기로 해놓고 둘째와 시시덕대는 내가 꼴 보기 싫어 그러는 걸까. 그럴 만도 하지. 욕먹어 싸지. 그치만 이 사람아, 아무 일도 없었다네. 혼인도 안 했거니와 이 남자의 여자가 된 것도 아니라네. 그러니 벌써부터 그러진 마시게. 나도 난감하다오.'

재준이 그녀의 손목을 잡았다. 깜짝 놀라 올려다보니 그는 굳은 표정으로 형님이 들어간 방문을 바라보고 있었다. 아래에서 올려다보는 목선이 어둠 속에 유려한 그림자를 만들어냈다.

"따라 들어오너라."

그의 목소리는 잠겨 있었다.

재준은 인희를 붙잡은 채 자기 방문을 열었다. 방 안은 캄캄했고 그는 불을 켜지 않았다.

'드디어 올 것이 왔구나.'

그녀의 심장이 고장난 펌프처럼 굉음을 내며 뛰기 시작했다.

창호지를 어렵게 지난 바깥의 달빛이 배어들어 올 뿐, 방 안은 어두웠다.

인희를 마주 보고 선 재준의 얼굴에 달그림자가 드리워 있었다. 날카로운 콧날의 선이 빛과 어둠을 가르고 그녀의 설렘과 두려움도 마음속에서 서로를 노려보았다.

"와, 도련님 이렇게까지 키가 큰 사람이었나요. 천장에 닿겠네. 우린 옛날 사람들은 다 작은 줄 알았어요. 하긴 공자도 키가 2미터나 됐다고 듣긴 했죠."

긴장을 늦이느라 되는대로 아무 말이나 지껄이고 있었지만 공기 속의 팽팽한 기운은 누그러들지 않았다.

인희는 자꾸만 침이 말라 입술을 축이며 시선을 돌렸다.

그동안 주는 미끼 다 받아먹으며 이런 날이 올 거란 걸 몰랐다고는 차마 주장할 수 없었다.

어쩌면, 기다리고 있었는지도 모른다. 매혹적인 이 남자가 절제의 끈을 놓고 그녀에게 손 내밀기를.

곤란하다고 생각했지만, 뻔뻔하고 부도덕하다고 인정할 수밖에 없지만, 그래서는 안 된다는 걸 알고 있지만, 그녀 속의 여자가 김재준이라는 이 남자를 만져 보고 싶어했기에.

손목을 잡고 있던 재준의 손이 그녀의 손으로 내려갔다. 거친 일을 하지 않아 미끈한 그의 손가락이 인희의 손가락에 얽혀들었다. 사이사이 연한 살이 맞닿는 느낌이 지독하게 야했다. 그녀의 손바닥을, 손등을, 그리고 다시 손목을 더듬는 재준의 작은 움직임에 인희는 벌써 정신을 잃을 것 같았다.

휙.

여자를 잡아당겼다. 감긴 손가락을 자기 입술로 끌어올리며 재준은 다른 팔로 인희의 등을 감싸 안았다. 빛깔 고운 깨끼옷이 나부꼈고 그녀는 남자의 품에 갇혔다.

육감적이라 늘 생각했던 입술이 손가락 끝에 닿아오자 가슴이 터질 듯이 뛴다. 손가락이란 게 이렇게 민감한 곳이었던가. 조금씩 젖어드는 손톱은 그대로 녹아 없어지는 것 같고 살짝 건드리는 혀끝에 손목이 저절로 꺾인다.

'정말 여자 경험이 없단 말이야? 이 테크닉은 대체 뭔데? 어흑.'

덥다. 온몸에서 열이 난다. 재준의 얼굴이 그녀의 목덜미 보드라운 곳에 파고들어 더 참을 수 없이 덥다. 들뜬 호흡과 뜨거운 입술이 인희의 목을 간질였다. 난 널 원해. 그의 움직임 하나하나가 속삭이고 있었다. 난 너를 원해. 그는 숨기려고 하지 않았다.

"아……."

자꾸만 흐려지는 눈을 억지로 치뜨며 인희는 거절의 말을 하려고 했다. 연습한 대로 '전 싫은데요'라고 밀어내려 했다. 만져 보는 것은 여기까지. 더 가면 돌이킬 수 없을 것이다. 그런데 이놈의 남자가 도무지 틈을 주질 않는다. 아예 말이란 걸 하지 못하도록 이젠 입을 막아버렸다.

'방금 밥 먹지 않았나, 우리. 이 안 닦았는데. 근데 왜 마늘냄새 같은 것도 안 나지? 왜 이렇게 달고 시원하지? 아, 미치겠다. 입술이 너무 촉촉해. 축축한 게 아니라 매끈하니 그저 촉촉해. 부드럽고 예의 바른 키스야. 이제 막 사귀기 시작한 사람들이 나누기 적절한 상냥한 키스야. 우리 이제 사귀기 시작하는 건가, 근데? 오늘 밤 만리장성을 쌓는 게 아니고?'

자기도 모르게 그의 옷자락을 잡고 매달려 있다는 걸 깨달은 인희는 손을 놓고 몸을 한 뼘 정도 뒤로 당겼다. 그의 입술은 떨어지지 않았다. 혀가 움직이는 부드러운 놀림에 힘이 다 빠진 그녀는 무릎을 스르르 꺾었고 방바닥에 너르게 펼쳐진 치맛자락 위로 남녀가 주저앉았다. 등에서 뒷목으로 손을 옮긴 재준이 조심스럽게 인희를 눕혔다. 여전히 입술이 포개져 있어 그녀는 그러지 말라 말할 수 없었고 손으로 그를 밀어낼 만한 힘도 남아 있지 않았다. 이러면 안 되는데 생각했지만 그게 정말로 진심인지 확신할 수는 없었다.

"너를 괴는 내 마음을 모른다고는 하지 마라."

겨우 입술을 뗀 그가 그녀의 귓가에 대고 속삭였다. 숨에서조차 난향이 났다. 평소보다 열 배는 강한 향기가 온 방 안을 가득 채우고 있었다. 아, 이건 이 남자의 페로몬인 거구나, 인희는 비로소 깨닫는다. 인간은 이성의 페로몬을 후각으로 느낄 수 없다고 하지만, 내가 느낀다는데 뭐 어쩔 거야. 그럼 다른 사람들한텐 이 냄새가 안 날 수도 있는 걸까? 아, 뭔가 생각하면서 정신을 차리고 싶은데, 자꾸만 정신이 나간다…….

그의 손이 조심스럽게 인희의 옷고름을 당겼다. 사각. 비단고름이 풀어지고 벌어진 저고리 틈으로 선명하게 파인 쇄골 선이 드러났다. 치맛말기에 꽁꽁 싸인 가슴 사이 깊은 골이 쇄골까지 십자로 이어져 있었다.

입술이 그 한가운데에 닿았다.

손이 둥그런 가슴을 감싸 쥐었다.

뜨거워. 인희는 아무 생각도 할 수가 없었다.

'뜨거워, 너무.'

정신을 차리기에 그만 늦어버렸나 보다. 재민이, 민일 생각해야 하는데. 난 첩이 되는 건 싫은데. 아무리 이성을 되찾으려 해도 이 번엔 잘되지 않았다.

머리와 몸이 따로 움직였다. 인희의 팔은 재준의 목을 얼싸안았다. 아, 내가 배란긴가. 왜 이렇게 밝히지. 너무 오래 정숙하게만 지냈나. 내가 이런 생각하는 거 알면 이 남자는 만정이 떨어질 거야. 흑, 미안해. 그래도 언년이는 순결해.

"널 갖고 싶다."

재준이 힘겹게 내뱉으며 인희의 눈을 들여다보았다. 그 눈에서 흘러넘치는 사랑에 그녀는 숨을 멈추었다. 그런데 거기엔 고통의 빛도 선연히 보였다.

"내가 지금 널 품어도 너를 가질 수는 없다는 걸 안다. 네 마음은 다른 사내한테 가 있다는 걸 알아. 어느 날 훌쩍 본래의 세상으로 가버리면 넌 그 사내에게 안기겠지. 오늘 밤 네가 내 품 안에서 교성을 내지른다 해도 다 부질없는 일이겠지. 너를 또 잃을까 나는 무섭다. 다시 네가 그리로 돌아가 버리면 어떻게 하나 잠이 오질 않아. 그러니까."

갈망과 소유욕, 아니, 독점욕으로 온몸을 떨며 그가 진심을 토해냈다.

"내 자식을 낳아라."

인희는 그의 입에서 나온 말이 믿어지지 않아 망연히 재준을 보았다. 배다른 자식들을 낳지 않겠노라고, 그래서 기생도 건드리지 않는다고, 바로 조금 전에 말하지 않았던가. 그런데 나한테 자식을 낳아달라니.

"너뿐이다, 내 아이의 어머니가 되어줄 여자는. 평생 다른 여인을 맞지 않을 것이다. 나는 장자가 아니니 꼭 혼인을 하지 않아도 될 것이야. 너만 곁에 둘 것이다. 네가 낳은 자식만 키울 것이다. 비록 그 아이는 서자의 신분을 벗지 못하겠지만, 결코 불행해지지 않게 깊은 사랑을 줄 거다. 그러니."

그의 얼굴이 다가와 그녀의 입술 바로 앞에서 멈추었다.

"자식을 낳고 이곳에 묶여다오. 절대 다른 곳으로 가지 말고 여기 뿌리를 내려다오. 여기에 너의 피붙이가 생기면 아마도 네 영혼은 부유하지 않을 테지."

나직히 속삭인 그의 입술이 인희를 깨물었다.

길동이를 낳으라고.

그것만은 하지 않겠다고 굳게 결심했던 일인데, 너도 포기할 테니 나더러도 포기하라고.

니 아이 낳아서 여기 맘 붙이고 살으라고.

그 정도로 날 원한다고.

인희는 그를 밀어낼 수가 없었다. 이 집안의 길동이를 배신해선 안 된다는 걸 알지만, 또 다른 길동이를 낳아선 안 된다는 것도 알지만, 지금 자신에게 온 영혼을 다해 부딪쳐 오는 남자의 진정이 너무 간절해 거절할 수가 없었다.

"몹쓸 짓이라는 거 안다. 동생의 여자를 뺏어서는 안 된다는 거 안다. 하지만 어쩔 수가 없구나. 나는 형님께도, 어쩌면 형님도, 그렇지만……."

재준의 목소리가 잦아들었다.

그래, 이건 몹쓸 짓이지. 당신이 민이한테 이러면 안 돼. 우리가 민이한테 이러면 안 돼. 근데 형님은 뭐. 형님이야 왜.

'재연 도련님.'

인희는 눈을 크게 떴다.

허공을 응시하는 그녀의 눈에 재연의 모습이 떠올랐다.

차갑고 냉랭하게 인희를 쳐다보지도 않고 지나치던 옆모습. 감정을 다 걷어낸 조각 같은 흰 얼굴. 그리고, 어깨 너머로 그녀를 돌아보며 지어주던 부드러운 미소. 공포마저 잊게 했던, 눈부시게 아름다웠던 그 미소.

미소.

가슴을 주먹으로 맞은 듯 세찬 충격이 왔다.

찬물을 뒤집어쓴 양 정신이 번쩍 들었다.

그녀는 재준의 어깨를 잡고 함께 몸을 일으켰다. 그가 놀라서 인희를 바라본다. 인희도 놀란 눈을 하고 있었다.

'이건 뭐지.'

심장이 욱신거리며 조금 전까지와는 다른 형태로 두근댄다. 뭔가 안타깝고 불안한 감정이 그녀를 휩쓸어 인희는 눈물이 날 것만 같았다.

무언가 그녀가 모르는 것이 있는 것만 같다. 꼭 알아야 하는 걸 깨닫지 못한 채 살고 있는 것 같다. 돌이킬 수 없는 일을 저지르기 전에 그걸 반드시 알아내야만 할 것 같은데, 그런데, 어떻게 하면 알 수 있는 걸까?

잠깐 멍하니 재준을 마주 보던 인희가 주저하며 소곤거렸다.

"조금, 시간을 주세요. 혼란하거든요. 정말 제가 원하는 게 뭔지 생각하게 해주세요."

미안. 지금 그만하자 하는 건 당신한테 너무 잔인한 일이겠지. 하지만 멈춰야만 하겠어.

내가 왜 지금 이런 불안정한 감정에 휘말리는 건지 확인이 필요해.

아무리 그 남자를 생각하면 마음속이 서늘해진다고 해도 이런 상황에서까지 식어버리는 건 좀 이상해. 민이를 떠올려도 첩은 되지 않겠노라 되뇌어도 당신 자식을 낳으란 말을 들었어도 사그라지지 않던 욕망이 어떻게 이리 쉽게 꺼져 버린 건지 알아야겠어.

어째서 한 번 떠오른 얼굴이 사라져 주지 않는 건지도. 그리고, 이 통증의 정체도.

재준은 그녀를 놓아주지 않았다. 손목을 그러쥐고 품에 껴안으며 치마끈을 잡아당겼다. 숨소리는 거칠고 가슴팍에 정염이 가득했다.

그러나 인희는 다시 뜨거워지지 않았다.

"부탁이에요. 강제로, 강제로 안으실 건 아니잖아요. 제가 마음을 정하고 도련님을 받아들일 때까지 기다려 주세요."

그녀는 다시 소곤거렸다. 재준은 그녀의 믿음을 배반할 수 없었고 인희는 그걸 잘 알고 있었다.

아쉬움과 허탈함과 서운함이 가득 묻어나는 얼굴을 하고 그가 물러앉았다. 그녀의 두 손을 잡아 손바닥에 입술을 갖다 대며 재준이 가시지 않은 열기를 마저 흘려냈다.

"너무 오래 기다리게 하지 마라. 사랑한다."

젖은 목소리.

인희의 마음이 아렸다. 민이한테 미안했던 것처럼 이 남자에게도 미안하다.

하지만 지금 어물쩍 휩쓸려가서는 안 된다고 무언가가 그녀에게 단호한 목소리로 말하고 있었다. 누굴 사랑하는지, 누굴 원하는지, 혹은 사랑의 감정과 무관하게 누구와 어떤 인생을 살고 싶은지, 최소한 너 자신은 알고 가야 하는 거라고.

이제 너의 소중한 인생이니 네가 판단하고 결정해야 한다고 말하고 있는 건, 아마 서인희란 여자의 자아일 것이다.

인희는 그의 손을 살짝 놓고 자리에서 일어섰다.

흐트러진 옷매무새를 가다듬으며 방문을 나섰다.

창백한 달이 무표정하게 그녀를 내려다보고 있는 것을, 인희는 흘긋 보았다. 다시 가슴이 욱신거린다.

바로 옆방인데도 몇 발자국 걸어가는 길이 멀고도 힘겨워 그녀는 다리가 후들거렸다. 이마에 머리칼이 땀에 흠뻑 젖어 들러붙어 있었다.

여긴 더 이상 놀이공원이 아니야.

너무, 힘들어.

인희는 자기 방에 들어서며 풀썩 쓰러졌다.

제11장

　재연은 보료에 정좌하여 칼을 닦고 있었다.

　칼날은 머리카락이라도 단숨에 벨 듯 예리했고 날을 바라보는
그의 눈도 불로 벼려낸 듯 날카로웠다.

　손을 베었다.

　핏방울이 선홍색으로 길게 배어 나온다. 흔치 않은 일이다.

　그는 다른 사람의 것과 똑같이 붉고 뜨끈한 피를 움직임없이 내
려다보았다.

　방금 재민이가 다녀간 참이다. 불안해서 잠을 이룰 수가 없다며
언년이와 혼인을 서두를 수 있도록 허락해 달라 청했다. 천것끼리
의 혼인에 무슨 격식이 필요하겠냐고, 그저 냉수 한 사발 떠놓고
부부의 연을 맺을 수 있게 해달라고 하였다.

"무엇이 그리 불안하다는 것이냐."

모른 척 차가운 그의 말에 막내는 좌절했다. 형님마저 절 외면하시면 저는 누구를 붙잡는단 말입니까. 이대로 정혼녀를 작은형님께 속수무책으로 빼앗겨야 하는 것입니까.

"너와 정혼했을 때는 그 아이가 자신의 정체를 숨기고 있을 때였다. 어쩔 수 없이 그러겠노라 했던 것이지 썩 흔쾌히 답하진 않았다는 것을 너도 기억하고 있지 않느냐. 아버님께 이미 기별을 보냈다. 아버님의 의중도 그 아이의 생각도 다시 한 번 들어야 할 것이야."

민이의 얼굴이 배신감과 절망으로 하얗게 바랬다. 재연은 막내가 안됐다고 생각했지만 혼인을 허락할 수는 없었다.

"억지로 밀어붙인다고 능사는 아니다. 걱정할 시간이 있다면 그 아이의 마음을 사도록 노력해 보는 것이 어떠냐. 여인이 꼭 금은보화에만 마음을 여는 것은 아닐 거라고 나는 믿는다만."

형님이 조언을 하는 것인지 혹은 헛된 기대를 버리라 하는 것인지 알 수가 없어 재민은 어두운 얼굴로 방을 나갔다. 그리고 재연은 칼을 꺼내 손질하기 시작한 것이었다. 마음이 어지러웠고, 칼날이 손을 다쳤다.

"이런 건가."

그는 칼을 무릎에 올려놓고 이를 지르물었다.

어젯밤, 재연은 옷매무새를 흐트러뜨린 채 아우의 방에서 나오는 인희를 보았다.

그것만이 아니었다. 그녀는 땀으로 흠뻑 젖어 있었고 제대로 걷기도 어려운 듯 다리를 후들거리다가 제 방에 푹 쓰러져 들어갔다.

그 모습을 보며 재연은 심장이 얼어붙어 수천 개의 파편으로 부서져 내리는 듯한 충격을 받았다. 자신에게 그런 심장이 존재했다는 것에 대한 놀라움이 뒤를 이었다. 생전 처음 가져보는 감정은 그의 혼을 찢어발겼고, 그는 밤새 단 한숨도 자지 못했다.

칼에서 위잉 비명 소리가 났다.

눈을 감았다. 감은 눈 안으로 인희가, 언년이가 자신을 안아주던 새벽녘의 정경이 떠오른다. 처음으로 알게 된 사람의 따스함. 두려움없이 부딪쳐 오던 체온. 차가운 눈물마저 흘릴 수 없는 그를 대신해 흘려주던 더운 눈물.

모두가 그를 경원하기만 하는데, 그 자그마한 여자만이 알아주었다. 그가 춥다는 것을.

"그저 그것뿐이라고 믿었는데."

사람으로부터 전해져 오는 온기가 고마워서 그 사람을 위해 목숨을 걸 수 있는 거라 생각했다. 죽어버리는 것 아닐까 그 따뜻한 사람이 식어버리는 건 아닐까 두려워할 때도, 원하는 건 그녀가 살아서 돌아오는 것뿐이라고 믿었다. 믿고 싶었다.

그런데.

재준의 여자가 되었는가 생각한 순간, 미칠 것 같았다. 이런 감정이 질투라는 거구나 자각과 동시에 이성은 다 허물어지고 전혀 모르는 사내 하나가 가슴을 쥐어뜯으며 울부짖고 있었다. 빼앗기고 싶지 않아. 내가 갖고 싶어. 나만 봐줘. 나한테만 웃어줘.

자기 여자가 아니란 걸 절절히 알면서도 감히 품게 되는 욕심이 버거워 그는 숨이 차다.

동생의 정혼녀가 아닌가. 혹은 동생의 애첩이 아닌가.

상상해 본 일도 없는 격정에 허덕이는 자신의 모습이 낯설고 힘겹고 혐오스러워 그는 칼을 부웅 허공중에 휘둘렀다. 하지만 칼이 잘라낸 것은 아무것도 없었다.

"형님, 부르셨습니까."

재준이 들어섰다. 변함없이 화려한 옷차림을 하고 홍옥 귀고리를 걸고, 어떤 여자라도 한 번은 돌아볼 만한 미남자인 그의 아우가 조심스럽게 재연의 앞에 앉았다.

재준은 말없이 칼을 보고 있는 형님이 입을 열기를 기다렸다.

언제나 형님이 벅찼다. 어려서는 비교되는 것이 힘들었고 그가 엇나가기 시작하면서는 형님 뵐 면목이 없어 피하기만 했다. 형님이 그를 아끼고 잘못될까 염려하고 있는 것을 잘 알기에 더욱 부담스럽고 어려웠다. 게다가 한 점 얼룩도 없이 깨끗하고 정아精雅한 형님은 외모로도 성품으로도 상대의 기를 제압하는 분이시다. 대체 저분에게도 여느 인간들과 같은 오욕칠정이 있는지, 가끔 재준은 궁금했다.

'그나마 인희와 함께 계실 때는 조금 풀어지시는 것 같았지.'

필요 이상으로 쌀쌀하게 대하다가 또 어느 순간 누그러진 모습을 보이기도 하고, 감정의 기복이란 걸 보이시는 형님이 신선하고 불안했다. 그런 감정이 자신이 아끼는 여자와 연관되어 나타나는 것은 무척 좋지 않은 일이었다. 그는 신경을 곤두세울 수밖에 없었다.

"그 아이를."

칼에서 눈을 떼지 않은 채 재연은 입을 열었다.

"취하였더냐."

머리끝이 쭈뼛했다.

민이가 부르러 오더니만 뭐라 한 것인가. 아니, 그동안 인희를 데리고 다니는 모습이 마음에 들지 않으셨던 거겠지. 그래서 어젯밤도 그리 냉기를 뿜으신 것 아니었던가.

왜 형님은 그 아이에게 신경 쓰시는 겁니까, 재준은 그가 오히려 되묻고 싶었다.

"취하였다 하면, 베시렵니까."

형님에게 이런 식으로 말한 일은 한 번도 없었다. 자신의 말이 도전으로 들릴 수도 있을 만큼 건방지다는 것을 알면서도 진심을 알기 위해 그는 도발하였다.

재연은 살짝 미간을 좁히며 아우에게 눈길을 돌렸다. 무슨 그런 말을 하느냐.

하지만 형님의 눈 밑 짙은 그늘을 보며 재준은 그의 불길한 예감이 맞은 것을 알았다.

무릎 위에 놓인 주먹에 힘이 들어간다. 왜 하필이면. 내가 신념과 인생관을 다 뒤집어도 좋을 만큼 사랑하게 된 여자를. 왜. 형님이.

"취하였다고 하면, 포기하시렵니까."

아우의 되바라진 질문에 형의 그늘이 더 진해졌다.

그는 대답하지 않았다. '무슨 말을 하는지 모르겠구나'라고도 '민이의 정혼녀를 건드려선 안 된다'라고도 '아버님의 뜻을 거스르며 함부로 처신하지 마라'고도 하지 않았다. 포기하겠다고는, 더더욱 말하지 않았다.

재준은 이 상황을 믿을 수가 없었다. 형님의 침묵이 주는 무게를 대체 어떻게 감당해야 할 것인가, 막막하여 그는 형의 얼굴만을 우두커니 쳐다보며 앉아 있었다.

"전하께서 인희를 보겠다 하신다."

재연은 화제를 바꾸었다. 놀란 재준의 얼굴빛이 달라졌다.

"하멜을 불러서 가끔 양인들의 생활에 대해 묻곤 하신다, 전하께서. 그런데 박연의 통역이 영 시원찮아 언짢은 기색을 보이셨던 모양이야. 그 바람에 박연이 인희에 대해 말씀 올렸다고 하는구나. 조선 사람인데 하멜과 대화가 되는 자가 있다고. 전하께서 근일 중에 하멜과 인희를 함께 보겠다 하셨다."

자칫 일이 커질까 걱정이다. 재준이 그의 마음을 읽고 물었다.

"말씀 아뢸 것입니까, 그 아이가 어디서 온 사람인지."

"아버님의 의견을 따를 생각이다만, 위험할까 싶어 저어되는구나. 네 생각도 그러하지 않느냐."

위험해. 위험하다. 미래에서 온 계집애라는 말에 임금이 어떤 반응을 보일지는 아무도 알 수 없는 일이다. 우리 세 형제의 마음을 다 움켜쥔 저 여자는 임금에게 위협이 될 수도 매혹이 될 수도 있는 일이다. 존재감이 너무 크다. 감춰야 하는데 감춰지지도 않고 본인에게는 자각도 없다.

＊

　전하를 알현하는 날은 왔다.

　예상했던 대로 여자는 마음이 붕 떠 철딱서니없이 해해거리고
있었다. 그거 아세요? 조선 역사를 통틀어 금상께서 제일 잘생긴
임금이시라고 사서에도 실렸다는 거? 청나라에서 귀국하실 때 백
성들이 보고 깜짝 놀랐다면서요? 와, 하멜을 만난 것도 진짜 신기
했는데 임금님을 만나는 건 몇 배는 더 멋진 일이에요. 이럴 땐 과
거로 온 게 정말 신나. 거기다 미남이셔. 우아.

　재연은 속으로 혀를 차며 인희를 보고 있었다. 커다란 갓을 쓰
고 하얀 두루마기를 입었지만 가냘픈 어깨하며 기름한 목덜미하
며 도저히 남자로는 보이지 않는 저 여자가 오늘은 또 어디서 화
약을 터뜨릴까 그는 불안하기 그지없었다. 불과 얼마 전까지만 해
도 그녀의 총기와 돌발행동이 신기하기만 했는데 이제는 방 안에
가둬두고 싶은 심정이니, 이런 마음의 변화를 무어라 설명해야 할
지 알 수가 없다.

　궁에서 하멜을 만나 무척이나 반가워하는 그녀의 모습을 보며
그는 더 좌불안석이었다. 코가 커다란 서양인과 거의 껴안다시피
하며 인사를 나누는 인희는 정녕 미래에서 온 낯선 여자였다. 남
들 눈에는, 얼마나 더더욱 이상하게 보일까.

　임금을 뵈었다. 사배四拜하고 엎드려 있으니 고개를 들라는 어

명이 있으셨다. 인희는 두근거리는 가슴을 진정하며 눈을 슬쩍 들어 왕을 보았다.

'오, 진짜 잘생기셨다.'

김 대감 댁 아들들처럼 '아름답다'는 느낌은 아니고, 정말 단정하게 잘생겼다는 느낌이었다. 남자답고 선이 분명한 게 아주 호남형의 얼굴과 풍모였다. 짧은 일별로 상대의 외모를 팍 파악한 인희는 다시 얼굴을 숙이고 히죽 웃었다. 난 정말 운도 좋아.

임금은 찬찬히 인희의 얼굴을 보았으나 별말 하지 않았다. 어떻게 서양 말을 아는지도 묻지 않았다.

그는 하멜에게 네덜란드의 무역에 대해 질문했고 인희는 두 사람의 대화를 통역했다. 임금이 이해하기 어려운 부분은 자신의 지식을 이용해 보완해 가며 부연했다. 청나라에서 서남쪽으로 더 내려가면 인도라는 나라가 있는데 그 근처에 이자의 나라에서 만든 동인도회사라는 것이 있다…… 그곳 사람들은 이자와 비슷하게 눈과 코가 크지만 얼굴은 가무잡잡하다…… 이자의 나라는 해상무역을 주로 하고 있는데 경쟁국이 몇 나라 있다…….

왕은 재미있게 들으며 질문도 간간이 했다. 하멜은 자기 이야기가 훨씬 매끄럽게 전달되는 것에 다행스러워하고 있었다. 분위기가 좋아 정말 다행이라고 재연은 생각했다.

충분하게 이야기를 나누고 나자 임금은 하멜더러 다음에 다시 오라 이만 물러가라 하였다. 하멜이 절하고 일어서자 재연과 인희도 후유 하며 인사를 드리려고 했다. 그런데 임금이 잡았다.

"그대들은 잠시 남아 있으라."

같이 돌아가지 못해 아쉬워하는 하멜을 먼저 보내고 그들은 왕의 말씀을 기다렸다.

임금은, 표정을 바꾸었다. 그의 목소리가 삼엄해졌다.

"먼 서양에서 온 자도 신기하지만, 더 먼 미래에서 왔다 하는 자는 더욱 신기하지 아니한가."

허걱. 인희는 머리를 꽝 얻어맞은 것 같아 얼결에 고개를 들고 임금을 정면으로 쳐다보았다. 그는 심각한 듯 비웃는 듯 노여운 듯 복잡한 표정을 하고 있었다. 곁에 엎드린 재연의 어깨가 긴장으로 뻣뻣해지는 게 그녀에게도 느껴졌다. 이게 대체 어찌 된 일이람.

"김정국 대감이 내게 서찰을 보내었다. 그 집에 미래에서 왔다 주장하는 자가 있다고. 혼만 와서 본래 있던 다른 육신에 깃든 것이라고. 그게 말이 되느냐."

결국 아버님은 전하께 사실대로 아뢰기로 하셨구나. 이 아이의 목숨보다 전하께 진실을 고하는 게 더 중요한 일이겠지. 아무렴, 그렇지.

그럴 줄 알고 있었음에도 재연은 서운한 마음이 들었다. 어이없게도.

'그래서 안 믿는단 얘긴가? 증명하란 건가? 외국어 하는 거 말고 또 뭘 보여줘야 하지?'

세 남자 앞에서 털어놓던 때와는 사뭇 다른 상황이라 인희도 긴장했다. 자칫하면 여기서 이번 생 접는 거구나, 그녀는 쫄았다. 근데 자기만 죽는 게 아니라 자길 여기 데려온 이 남자도 죽게 생겼으니 큰일이다.

임금은 얼굴을 약간 폈다.

"두려워 말라. 나는 김 대감의 말을 의심하지는 않는다. 삿된 것에 현혹되기는 원치 않으나 세상에는 가끔 인간이 이해할 수 없는 일도 있느니. 내가 너를 보고자 한 것은 너에게서 미래에 대한 이야기를 듣고자 함이 본래 까닭이니라."

정말로 완전히 믿는 건 아닐 것이다. 김 대감 댁 삼 형제나 형남처럼 변신 전후를 눈으로 확인한 것도 아닌데 그런 말이 믿어질 리 없을 거였다.

그러나 임금은 일단 열린 태도로 그녀에게 이런저런 것들을 질문했다. 인희가 살던 시대 이 나라의 위상에 대해, 당시 외국과의 관계에 대해, 백성들의 생활과 교육, 문화에 대해.

전혀 다른 사고의 틀을 갖고 있는 사람에게 현대문명을 이해시키는 것은 어려웠지만 인희는 최선을 다해 설명했다. 대부분 재연이 한 번 질문했던 것들이라 상당히 준비가 되어 있기도 했다. 재연은 혹시라도 그녀가 말실수를 하지 않나 굳은 표정으로 곁을 지키고 있었다.

임금은 호기심이 왕성한 사람이었고 두뇌가 명석한 것이 분명했다. 그리고 생각보다 훨씬 친절했다.

인희는 점점 그에게 마음이 끌리기 시작했다.

개혁군주, 깨인 임금. 군비를 확장하고 무인들을 중용하여 무기력한 성리학만 추종하는 나태한 나라에 무풍을 진작시키려 노력했던 왕. 백성의 고통을 헤아려 토산품 진상을 금지하고 대동법을 시행한 어진 왕. 한 번 믿은 신하를 끝까지 믿고 간언을 들은 현군.

그게 인희가 현대로 돌아갔을 때 찾아본 사료 속 효종의 모습이었고, 실제로 만난 임금은 정말 그런 사람인 것 같았다.

그래서 인희는, 또한 차츰 마음이 아파지기 시작했다.

풍악과 여색을 멀리하고 오로지 백성만을 위해 헌신했던, 화폐를 도입하고 왕권을 강화한 현실적인 군주. 그는.

한참 이야기를 듣던 그는 마침내 그녀가 가장 두려워하던 질문을 하고 말았다.

"짐은 북벌에 성공하는가. 과인의 생전에 청을 물리치는 과업을 달성할 수 있는가."

그녀는 말을 멈추고 왕의 용안을 우러러보았다.

앞으로 5년밖에 더 살지 못하는 서른여섯 살의 젊은 왕.

독살당했다는 의문을 후세에 남긴 채 요절하는 임금.

내가 어떻게 당신은 곧 죽고 신하들은 당신의 정통성을 거론하여 상복을 1년 입어야 하는가 3년 입어야 하는가 파당을 지었다 말할 수 있겠어.

어떻게 당신 아들도 별 업적 없이 죽어버리고 그다음부터는 피비린내 나는 당파싸움이 계속된다고 얘기하겠어.

조선이 끝내 청의 손아귀에서 벗어나지 못하다가 결국 쇠망의 길을 걷는다고는 차마 말할 수가 없잖아.

"저는, 제가 살던 시대밖에 잘 모릅니다. 역사공부를 그다지 열심히 하지는 않아서…… 죄송합니다."

인희는 가슴이 시큰했고 어물거리는 그녀의 눈에 눈물이 맺혔다. 울면 절대 안 된다고 생각했지만, 재빨리 고개를 숙였는데도 임금은 눈물이 떨어지는 것을 보고 말았다.

"어찌 눈물을 보이는가. 솔직하게 말하라."

엄중한 문책에 재연이 바짝 긴장했다. 임금 앞에서 울다니, 무엄하고 불길하기 짝이 없는 행동이 아닌가.

인희는 당황했지만 더 이상 감추려 하지 않고 오히려 고개를 들었다.

"전하를 뵌 것이 영광이라 그렇습니다. 저는 역사를 잘 모릅니다만, 성군이시라 들으며 자랐습니다. 백성을 아끼신 어진 군주시고 조선의 번영에 반석이 되신 명군이라 배웠습니다. 그런 전하를 직접 뵙다니 믿어지지 않아 그만 감정이 북받쳐 그랬사오니 부디 용서해 주십시오."

진지하고도 정열적인 인희의 말에 임금이 누그러졌다. 후세에 좋은 임금으로 남았다 하니 기쁜 기색이 역력했다. 아니면 사실은 그녀가 솔직하게 말하기를 원치 않았던 것일지도 모른다. 어쨌든 임금은 더 이상 추궁하지 않았다.

그녀는 눈물이 더 치솟아오르는 것을 억지로 삼키며 미소를 지었다. 짓고 보니, 임금을 알현하며 마주 미소 짓는 건 예의가 아닌 듯도 했다. 임금도 재연도 거북한 표정인 게 잘못한 거 같긴 하다. 어색해서 인희는 또 웃고 말았다.

왕은 오랫동안 인희를 놓아주지 않았다. 그들이 궁을 벗어날 때는 제법 그림자가 길어진 시간이었다. 여름 공기가 훅하니 가슴을 메워왔다. 답답하고 울적한 저녁이었다.

말에 오르려 하다 말고 인희는 다시 눈물을 흘리기 시작했다.

손으로 입을 가리고 흐느끼는 그녀에게 재연이 가라앉은 목소리로 물었다.

"우리는, 실패하는 건가."

인희가 그를 바라보았지만 재연은 덤덤한 표정이었다.

그녀의 눈초리가 길게 처졌다. 눈물이 방울방울 흘러내렸다.

"너무 무기력해요. 난 왜 과거로 왔을까. 다른 시대로 왔으면 뭔가 활약을 해야 하지 않나요? 임금을 도와 위기를 극복하거나 역사를 바꾸거나 그래야 의미가 있는 거 아니었을까요? 순정만화에선 다 그렇던데? 아무것도 하지 못하면서 결말만 알고 있는 게 참을 수 없이 괴로워요."

재연의 눈이 그윽하게 잠겼다. 그는 단호하고도 부드러운 목소리로 그녀를 달래듯 속삭였다.

"그런 것은 아니지. 인간이란 어차피 무력한 존재야. 그저 주어진 자리에서 최선을 다하면 그것으로 족한 거다. 네가 너의 시대에서 세상을 바꿀 수 없었던 것처럼 이 시대에도 평범한 사람인 건 당연한 것이고."

인희는 그의 단려端麗한 모습을 쳐다보며 저무는 햇빛 속에 멍하니 서 있었다. 감정이 더 북받쳤다. 지금 당신이 날 달랠 때가 아니잖어? 당신네는 아무것도 이뤄내지 못한다고 내가 말하는 거잖아.

"우리가 이루지 못한다고 의미없는 일은 아니고 역사에 남지 못한다고 패배한 것도 아니다. 전하와 나는 국가를 위해 인생을 바칠 터이고 설령 실패할 것을 안다 해도 멈출 수는 없는 일이야. 그러니 슬퍼할 것도 원망할 것도 없는 거지. 신념이란, 그런 것이다."

아름다운 얼굴에 굳건한 의지를 담은 채 그가 인희를 내려다보며 말했다.

당신은 어떻게 그렇게 초연할 수가 있지? 그릇의 크기가 다른 건가?

왜 나는 이렇게 걷잡을 수 없이 눈물이 나지?

그녀의 커다란 눈에서는 맑고 따뜻한 눈물이 계속 솟아났다. 마치 샘물처럼, 스쳐 지나가는 평범한 인생들을 안타까워하는 상냥한 눈물이 퐁퐁 솟았다. 아니, 그건 맺지 못할 신념을 위해 인생을 던지는 눈앞의 남자 단 하나를 향한 연민이었다.

재연의 가슴속에 그 샘물이 흘러들어 와 그의 심장이 젖어들며 노긋하게 풀어지기 시작했다.

또 이런 느낌이구나.

따뜻한 기운. 햇볕이 어깨를 간질거리는 기분.

재연은 길고 가느다란 손가락을 천천히 들어 올려 인희의 뺨에 대었다.

여자는 고개를 돌리거나 거절하지 않았다. 내가 사랑하는 남자의 형님, 이러지 마세요. 그녀는 그렇게 말하지 않았다.

손가락을 문질러 눈물을 닦자 그녀가 눈을 감는다. 속눈썹이 바르르 떨며 그의 손마디에 닿아왔다.

젖은 얼굴로 눈을 감은 모습이 너무나 여자다워 재연은 차오르는 마음을 주체할 수 없었다.

사랑스럽다, 라는 이 처음 가져보는 감정을 감당할 수가 없다.

'난, 널 단념할 수가 없구나.'

그의 심장이 모든 것을 배반하며 그를 지배하기 시작했다.

어쩌면 좋단 말인가.

제12장

'어째서 그런 걸까. 사람 헷갈리게시리.'

재연의 방을 향하는 인희의 발길이 무거웠다.

'쌀쌀맞기 짝이 없던 남자가 그 표정은 다 뭐고, 눈물을 닦아주다니 대체 무슨 변덕이냐고.'

하지만 아무리 책임을 전가하려고 해도, 자기 행동에 비할 바가 아니었다. 인희는 발걸음보다 더 무거운 가슴을 주먹으로 치며 고개를 흔들어댔다.

'미쳤지, 미쳤어. 거기서 맛이 가서 눈을 감아버리다니, 내가 제정신이야?'

어색하게 집에 와 겨우 잊어버리려 하고 있는데 건너오라는 전갈이 왔다.

무슨 중대한 얘기를 꼭 오늘 밤 해야 하는지 모르겠지만 서로 편안하게 얼굴을 보려면 그래도 내일은 돼야 하는 거 아닐까?

아님 저 사람은 아무렇지도 않은데 나만 이렇게 신경 쓰고 있는 건가, 자존심 상하게?

"도련님, 부르셨나요."

그녀는 기척을 낸 후 미닫이문을 조심스럽게 열고 들어갔다.

방 안은 초가 네 개나 켜져 있어 환했고 그녀가 앉을 자리에는 미리 푸른 방석이 놓여 있었다. 두 사람의 자리 사이 작은 소반에 술이 준비되어 있었다. 둥그런 호리병 하나와 잔이 두 개. 안주는 없었다.

인희에게 앉으라는 손짓을 하고 재연은 말없이 술을 따랐다.

이게 뭔가? 대작하자고?

평소처럼 그가 보료에 앉지 않고 방석으로 내려앉아, 두 사람의 거리는 가까웠다. 분위기가 아주 이상했다.

보통 계집종을 불러놓고 안주도 없이 술을 마시는 경우는 없지 않나? 그것도 술을 자기가 따르면서?

자신을 쳐다보지도 않고 말없이 앉아만 있는 재연의 모습에 인희는 숨이 답답했다.

고문인가, 이건?

"서인희."

넵. 인희는 속으로 대답하며 그의 얼굴을 보았다. 눈이 마주치지 않으니 얼굴을 감상하기는 좋구나 하면서. 촛불에 음영을 드리운 미남자의 자태는 예술이구나 생각하며. 하지만 아무리 딴생각을 하며 정신을 흐트러뜨리려고 해도 자꾸만 긴장되는 건 어쩔 수가 없었다.

재연의 눈이 천천히 인희를 향했다.

그리고 그의 목소리가 방 안 공기를 부드럽게 흔들었다.

"내 여자가 돼라."

숨이 멎었다.

눈을 화등잔처럼 뜨고 숨을 딱 멈춘 채 인희는 그를 보았다. 자기가 들은 말이 맞는 건지 믿을 수가 없었다. 그녀가 믿기 어려울 만한 말이란 걸 알고 있었던지, 그는 되풀이했다.

"내 여자가 되라고 했다."

공기의 흐름이 멈추었다. 촛불도 흔들리지 않았다. 재연도 인희도 눈도 깜빡이지 않은 채 상대를 응시하고 있었다. 심장만 미친 듯이 뛰었다.

미소도 간구도 머금지 않은 저 입술에서 방금 나온 말은 내가 생각하는 그런 뜻이 맞는 걸까?

긴 속눈썹 아래 숨은 눈을 좀 더 가까이서 보면 저 사람의 진심이 보일까?

대리석 조각같이 새하얗기만 한 저 남자의 마음은 무슨 색을 띠고 있을까?

인희는 어지러웠다. 생각지도 않았던 고백은, 이걸 고백이라 불러도 되는 거라면, 그녀의 머릿속 산소를 다 뽑아가 버렸나 보다.

나는 지금 어떤 표정을 해야 하는 걸까.

"나는, 동반자가 필요하다."

그의 시선은 다시 그녀를 떠나 허공을 향했다.

"전하를 도와 나라를 부강하게 하는 데 전력을 기울이겠노라 오래전부터 생각해 왔다. 북벌의 결과가 어찌 되든 백성을 위해 위정자가 할 일은 해야 하는 것. 내가 그 일을 하는 데에 너는 더없이 훌륭한 동반자가 될 거라 생각되는구나. 나를 도와다오. 내가 전하를 보필하는 데 조언자가 되어다오."

인희가 숨을 쉬었다. 숨소리는 비틀려 나왔다. 어떻게 내 여자가 되라는 말이 그런 뜻일 수가 있지?

"나는, 너를 정실로 맞을 수는 없다. 이 집안의 맏아들인 나는 이미 정혼녀가 있어. 허나 네가 측실이라 하여 서운하지 않도록 노력하마. 여인의 의견이라 허투루 여기는 일 없이 너의 조언을 받아들일 것이며 언제나 너를 존중할 것이다. 규중 여인으로 집안에만 가둬두지 않고 네가 견문을 넓힐 수 있게 배려할 거다. 내가 가는 곳이면 어디든 너를 데려갈 것이다. 그러니."

치맛자락을 움켜쥐고 입술을 깨물고 있는 그녀에게 재연의 눈길이 돌아왔다.

"내 곁에 있어다오."

눈을 감았다. 인희는 그의 굳은 얼굴을 볼 수가 없어 눈을 감았다. 아까 그렇게도 격렬하게 뛰던 심장은 멈춰 버렸다. 그러니 이렇게 손이 차갑게 식는 걸 거다. 피가 돌지 않아서.

내 곁에 있어달란 말은, 그런 얼굴로 그런 의미로 해선 안 되는 말이야. 아무리 당신이라도. 아무리, 나라밖에 아무 생각이 없는 김재연이라 해도.

"도련님께서는, 불필요한 말씀을 하셨네요."

잠시 마음을 정리한 그녀는 눈을 뜨고 단정한 말투로 그의 명령, 혹은 부탁에 대답했다.

"저는 이 집안에 속한 사람이고 도련님께서 하라 하시면 언제든 무슨 일이든 도울 겁니다. 누구와 혼인을 하든 하지 않든, 저는 항상 도련님의 사람이에요. 굳이 첩으로 삼으셔야만 곁에 있는 것은 아닙니다. 저를 여자로 원하시는 것이 아니니 그러실 필요 없습니다."

명료한 그녀의 답에 재연은 말문이 막힌 듯했다.

인희는 눈앞의 술잔을 노려보았다.

'저게 합환주였던 거로군. 그래도 식은 치러준다고 술상을 봐 놓고 나를 부른 거였군.'

뱃속 깊은 곳에서 부글부글 무언가가 마구 끓어올랐다. 내가 왜 여기 앉아 저런 말에 대꾸를 하고 있어야 하는 거지? 아니, 그럼 무슨 말을 듣고 무슨 말을 하고 싶었는데? 대체 뭘 기대한 거였지, 난? 내 심장은 어쩌자고 그렇게 뛰어댄 거지? 이 냉공자冷公子한테 무얼 바라고? 아니, 처음부터 뭘 바랐다는 거 자체가 말도 안 되는 거 아냐?

아무거나 닥치는 대로 집어 던지고 싶을 만큼 화가 났다. 화가 난다는 사실에 더욱 분통이 터졌다. 눈앞의 남자가 밉고 그를 미워하는 자신은 너무 한심해 참을 수 없이 싫다.

그러나 세련된 도시 여자 서인희는 아무것도 드러내지 않는 데 성공했다. 우아하게 자리에서 일어나 인사를 하고 방을 나왔다.

거절의 뜻은 분명하게 전해졌을 것이다. 거절이라 해도 그가 원하는 일은 해준다는데 불만은 없을 것이다.

어떻게 방에 돌아왔는지 모르겠다. 휘적휘적 방에 들어온 인희는 이불에 엎드려 울었다.

왜 이렇게 서러운지 이해가 되지 않았지만 그냥 억울하고 분했다.

"나쁜 시키, 냉혈한, 계산적인 넘, 내가 너 따위한테, 내가 너 같은 놈 땜에……."

그녀는 그다음은 차마 입 밖으로 내지 못했다.

눈물이 이불을 적시고 마음은 눈물 먹은 솜처럼 끝없이 가라앉기만 했다.

그녀가 나가 버린 후, 재연은 망연히 자리에 앉아 인희가 앉아 있던 빈자리만 쳐다보고 있었다.

여인을 위한 푸른 방석이 식어가고 있었다.

가슴을 다 채웠던 사람이 떨치고 나간 자리는 점점 커지며 그를 짓누르고 있었다.

'이러려고 했던 게 아닌데.'

따뜻한 여자가 뱉은 차가운 거절의 말은 가슴을 베고 피를 뿌렸다.

손을 들어 눈을 덮는다. 눈꺼풀이 가늘게 흔들렸다.

이런 게 아니었다. 하지만 너무 오랫동안 누군가에게 마음을 표현해 본 일이 없었던 재연은 그렇게밖에 할 수 없었다. 내가 너를 필요로 하니 옆에 있어달라고. 그럼 나는 너한테 이만큼을 주겠다고.

달리 무어라 할 수 있었단 말인가? 뭐라 말했다면 그녀가 그의 곁에 있어준다 했을까? 뭐라고 말했어도 아무 소용 없는 거였을까?

눈앞의 술잔에 술이 그득하다.

그러나 그녀는 받아주지 않았다.

그것이 무언지도 모른 채 뒤돌아 가버렸다. 거기 흘러넘치도록 가득 채워진 게 그의 마음이란 걸 몰랐다.

사랑스러운 그 여자는, 그에게도 마음이란 게 있다는 걸 알기나 할까.

그는 술잔을 들어 혼자 들이켰다. 미지근한 술이 목을 타고 넘어가며 차가워졌다.

차가운 술이 순식간에 온몸을 적시며 퍼져 간다.

춥다.

추워서, 견딜 수가 없다.

민이가 인희를 찾아온 것은 다음날이었다. 뱃놀이 가자는 재준의 제안을 사양하고 방에 처박혀 있던 참이었다.

오랜만에 가까이서 마주 대하는 그의 얼굴은 그새 부쩍 성숙해 있었다. 하루가 다른 나이구나, 그녀는 소년티가 가셔가는 재민의 얼굴을 뿌듯하게 또 조금은 아쉬운 마음으로 찬찬히 보았다.

그는 진지하고도 결연한 표정으로 말문을 열었다.

"대감마님으로부터 서찰이 왔어. 큰도련님께."

큰도련님 소리에 공연히 가슴이 철렁했지만 그녀는 내색하지 않고 재민의 이야기를 기다렸다.

"너와 나의 혼약은 일단 무효로 한다 하셨어. 너는 대감마님이 거둬 키우신 그 언년이가 아니니까 너에게 당신 뜻을 강제로 관철하는 건 옳지 않다고, 시간을 갖고 천천히 생각하라고 하셨어. 대감마님은 누구에게나 공정하신 분이니까."

인희는 탄복했다. 진정 공정한 사람이다. 자기 맘대로 할 수 있는 사람에게 자유와 선택의 권리를 주는 건 그녀가 온 서울에서도 쉽지 않은 일이었다. 이 집 아들들이 하나같이 속이 깊고 여문 건 아버지를 닮아서인 모양이다. 당장 지금 이 젊은이만 해도, 굳이 인희에게 와서 저런 이야기를 하지 않아도 되는 것 아닌가.

"그동안 많은 생각을 했어."

그사이에 형들을 닮아 깊어진 재민의 눈동자는 흔들림없이 인희를 직시하고 있었다. 번민과 갈등을 겪어낸 젊은 영혼은 단지 시간으로 인해 성숙한 눈빛을 갖게 된 것은 아니었다.

"니가 예쁘고 신기해서, 널 갖겠다는 단순한 생각밖에 하지 않았어, 난. 내 인생에 니가 함께 하면 얼마나 좋을까 그런 꿈을 꾸었지. 하지만 난 어렸던 거야. 나보다 여섯 살이나 많은 네겐, 난 정말 어린애였겠지. 내가 니 나이 따라잡으려면 난 어서 어른이 되어야 해. 좀 더 나은 사람이 되어야만 하겠어."

그녀 역시 진지한 얼굴로 재민의 말에 귀를 기울였다.

"대감마님께 말씀드릴 거야. 나에게도 신분을 달라고. 큰도련님이, 형님이 말씀해 주셨거든. 조정에서 종부법을 주장하는 대신들이 있다고. 서얼들이 지금은 다 어머니의 신분을 따르기 때문에 천민이 되지만, 아들에 한해 아버지의 신분을 잇게 하는 종부법은 나 같은 사람을 양반으로 만들어주는 거랬어."

인희는 눈을 동그랗게 뜨고 민이를 보았다.

'아, 그런 얘기가 있었어? 하긴 조선시대에 서얼 출신인데도 학문을 인정받은 사람들이 좀 있긴 했어. 그럼 그 사람들은 양반 행세를 했던 거구나.'

서얼이란 서자庶子와 얼자孽子를 함께 이르는 말로, 서는 양인良人 첩의 자손, 얼은 천인賤人 첩의 자손을 말한다. 재민은, 그나마도 더 비천한 얼자에 속한 사람이었다.

'쳇. 생각해 보니 열받네. 얘한테야 잘된 일이지만 그럼 딸은 노비로 일 시켜먹고 아들만 양반 자식으로 키우라는 뜻이야?'

그녀는 잠깐 속으로 구시렁거렸지만 지금 얘기의 주안점은 물론 그게 아니었다.

"장사를 할 거라고 하지 않았어요?"

인희의 말에 그가 고개를 끄덕였다.

"응, 그 생각엔 변함이 없어. 본래의 꿈이 바뀐 건 아냐. 지금 와서 내가 양반 신분을 얻었다고 과거를 보고 콧대 높은 사람들 사이에 끼어들겠다는 건 어리석은 생각이겠지. 하지만 내가 신분을 얻으면, 너도 제대로 된 대접을 받게 해줄 수 있을 거야. 면천된 노비가 아니라 안방마님 소릴 듣게 해줄 수 있을 거야. 어차피 절반의 양반, 널 아내로 맞는대도 흠될 것 없고, 하지만 속으로 무슨 생각을 하든 겉으로나마 아무도 우릴 무시할 순 없을 테지."

재민은 더없이 열정적인 눈으로 그녀를 들여다보며 마음을 전했다.

"난 너한테 더 많은 거, 더 좋은 걸 주고 싶어. 그러니까 기다려 주겠니. 내가 너한테 뭔가를 줄 수 있는 날까지. 출발이 늦은 내가 같은 선에 도착할 때까지. 혼약은 무효가 됐지만, 지금 바로 다른 사람을 선택하진 말아줘. 나한테도 기회를 줘. 다시."

가슴을 찌르르하게 울려오는 고백이다. 인희는 그가 대견해서 눈물이 날 것 같았다. 어쩜 저렇게 바르고 곧은 성품을 지녔을까. 자기 걸 가로채려 하는 형을 원망하고 처지를 비관할 만도 하건만, 그런 마음마저도 성장의 자양분으로 바꿔 버리는 놀라운 사람이 아닌가.

그녀는 웃으며 그의 손을 잡았다.

"그래요. 시간을 주신 건 제가 감사해야 할 일이네요. 전 아직도 여기 적응하려면 한참 더 걸릴 거거든요. 그사이에 멋진 남성으로 성장해 주세요."

민이는 조금 겸연쩍게 웃고 인희와 맞잡은 손에 힘을 한 번 준 후 돌아서 갔다. 아름답고 건강한 뒷모습이었다. 분명히 최고의 남자로 자랄 것이다. 그녀는 믿어 의심치 않았다.

'이틀 사이에 두 번이나 고백을 듣고, 나도 참.'

웃음이 났다. 입맛이 쓴 것은 또 하나의 남자가 한 것을 고백이라 쳐야 할지 매우 의심스럽기 때문일 것이다. 재민은 큰형님도 인희에게 일종의 청혼 같은 걸 했다는 건 전혀 모르고 있는 것 같앴다. 그만큼 그 사람의 동기가 사심없는, 오로지 업무상의 파트너를 구하는 마음이란 뜻이겠지, 그녀는 다시 한 번 실감했다.

'그러고 보니 난 정말 나쁜 여자네. 이 집안 세 아들을 다 엮었어.'

어떤 형태로든 세 남자를 다 걸고 있는 꼴이 된 그녀는 비난받아 마땅한 상황이지 싶었다. 시간을 달라고 한 재민은 그렇다 치더라도 너무 오래 기다리게 하지 말라 한 재준에게는 뭔가 답을 해줘야 할 것이다. 큰도령한테는 어제의 대답으로 충분할 테지만.

그녀의 솔직한 심정이야 재준과 즐겁게 놀며 재연 나랏일 하는 거 지켜보며 재민이 성장하길 기다리며 이렇게 솔로로 오래오래 지내고 싶은 거였지만, 그럴 수 없다는 건 알고 있었다.

"아, 본의 아니게 어장관리 하는 꼴이 됐어."

그녀는 어깨를 으쓱했다. 인기가 넘쳐도 탈이라니까. 이 세상 저 세상 가리지 않는 이놈의 인기.

그런데 속이 시리다. 어제부터 계속 이렇다.

'위산과단가 봐.'

인희는 손으로 가슴과 배 사이를 한 번 문지르며 자리를 떠났다.

시린 곳은 배가 아니라 가슴이었지만, 그녀는 그렇게 생각하진 않았다.

*

하멜이 찾아왔다. 혼자서 터덜터덜, 이국땅에서 단 하나 그의 마음을 헤아려 주는 여자같이 생긴 벗을 찾아 대감 댁엘 겁없이 수소문해 왔다.

재연과 재준은 마루에 서서 큰놈이가 빗자루로 그를 두들겨 패는 모양을 멀찌감치 보고 있었다. 재연은 그를 두둔해 줄 수도 있었지만 얼굴을 부채로 가리고 그저 모르는 체했고, 영문도 모른 채 치도곤을 당한 하멜은 도대체 이놈의 나라는 친구 얼굴 보러도 못 오는 덴가 원망하며 쫓겨갔다.

큰놈이는, 그동안 이 댁 아드님들이라 참아야만 했던 언년이를 뺏긴 설움을 죄 하멜한테 쏟아붓고 기분이 한결 풀린 모양이었다. 억금이가 혀를 쯧쯧 차며 하멜이 아닌 큰놈이를 동정하고 있었다.

"부럽구나. 양반의 허울을 쓰지 않은 저들이."

부채 뒤 재연의 목소리가 한여름 더위 속에 서늘했다. 재준은 그를 보지 않는 형님을 쳐다보았다.

"우리 형제들도 저렇게 멱살잡이라도 하고 나면 오히려 개운할 수도 있으련만."

인희를 만난 후 자신도 어지간히 달라졌지만 형님의 변모에는 비할 수가 없다고 재준은 생각한다. 아마도 그런 변화를 눈치챈 것은 자기 하나뿐인 것 같지만.

절로 깊은 한숨이 나왔다. 이건 정말 쉽지 않은 일이다.

"그 여자는 거침없는 영혼을 가졌습니다."

마음먹고 그는 이야기를 꺼냈다.

"그래서 다른 사람의 닫힌 마음을 벌컥 열어버리곤 그 마음을 자유롭게 해주지요. 질망에서, 인습에서, 나태함에서, 자학에서. 처음엔 당황스럽고 불편하지만 결국은 평안함을 얻게 됩니다. 형님은 그러하지 않으시던가요."

재연은 여전히 부채로 얼굴을 가린 채였고 말없이 듣기만 했다.

"그 여자가 온 세상은 여기와는 많이 다른 모양입니다. 하지만 꼭 그것만이 그 여자를 특별하게 만드는 건 아닌 듯합니다. 아마 거기서도 남들과는 다른 사람이었을 거라고 저는 생각합니다."

달라. 다르기 때문에 아름답다. 벅차다. 감당하기 힘들다. 그렇지만 가지고 싶다.

"도무지 학문에는 뜻이 없고 빛깔 고운 것만 쫓아다니는 한량인 제게 그 여자는 말해주었습니다. 먼 미래에는 단지 아름다움만을 추구하는 사람들도 인정받게 된다고. 옷을 짓고 그림을 그리고 음악을 만드는 사람들이 학문하는 사람 못지않게 추앙받는 날이 온다고. 성리학이 세상의 전부는 아니며 다양한 사람들이 자기 색깔을 드러내며 살고 있다고. 제가 살아 있는 동안 그런 날은 오지 않겠지만 그래도 전 제가 틀린 것은 아니라는 말을 들어 정말 위안이 되고 기뻤습니다."

형님은 알지 못할 것이다. 그것이 얼마나 큰 의미였는지. 항상 비주류라 자처하며 겉돌기만 하던 자신에게.

"그런 세상에서 온 사람이, 저에게 그런 말을 해주는 사람이, 갇혀 있는 걸 보길 원치 않습니다. 그 사람이 절 숨 쉴 수 있게 해주었듯이 저도 그 사람을 너른 곳에 풀어주고 싶습니다. 전 그 여자를 데리고 청나라에 갈 겁니다. 당장 청나라만 가도 서학이란 게 들어와 있고 새로운 예술이 싹트고 조선처럼 획일적이진 않다고 합니다. 소현세자께서 보고 오신 것을 저도 볼 겁니다. 거기서 저다운 인생을 찾을 것이고 그 사람도 관습에 매이지 않은 삶을 살 겁니다."

재준은 목소리를 가다듬고 선언하듯이 말을 맺었다.

"형님께서는 주실 수 없는 것들입니다. 그 사람에게."

재연이 부채를 걷었다.

아우를 바라보는 그의 눈엔 애정과 번뇌와 아픔이 가득했다. 가린 것 없이 드러난 형의 감정이 너무 핏빛이라 동생은 그에게 상처를 주고 만 자신의 행동을 후회했다.

그러나 형의 말도 그를 다치기에 충분한 것이었다.

"경계하는 것을 보니 아직 그 아이를 온전히 갖지는 못한 것이구나."

재연은 떠올랐던 감정의 편린을 수습해 감추고 소리없이 자리를 떠났다.

하나도 그른 말이 없었다. 상처를 입은 바람에 동생을 찔러 버린 건 비겁했다.

군신의 예에 묶인 그는 그저 전하의 사람이다. 재준처럼 소현세자 저하를 앙모할 수는 없었다. 타국으로 가버릴 수도, 자유스러운 인생을 살 수도 없다.

가문의 의무에 매인 재연은 사랑하는 여자에게 떳떳한 자리를 약속할 수도 없고, 평생 감정을 죽이고만 산 그는 그녀에게 사랑한다 고백도 할 줄 몰랐다.

그 여자는 그의 마음속 깊은 곳에 숨어 있던 생소한 감정을 끄집어냈지만, 재연은 여전히 자유로워지지 못했다. 그러니 그녀를 자유롭게 해줄 방도도 알 수가 없었다.

재준은 그런 형의 뒷모습을 가슴을 에며 바라보았다. 반드시 누군가는 상처를 입어야만 하는 것이 남녀 간의 애정사인지라, 미안하다고 너무하다고 용서를 주고받을 수도 없는 일이었다.

형제가 진심을 드러내며 발톱을 세운 동안, 하멜이 허탕치고 내몰리는 동안, 인희는 생각지도 않게 재준의 어머니 안방마님에게 불려가 차를 대접받았다.

"건강은 이제 괜찮으냐."

목소리가 은근하고 자애로웠다. 이전처럼 자길 미워하지 않으신다는 건 느끼고 있었지만 이렇게까지 태도를 바꾸실 줄은 몰랐다.

"염려해 주신 덕분에 건강합니다. 감사합니다, 마님."

예의 바르게 대답하는 인희를 바라보는 마님의 눈길은 따스하기 이를 데 없었다.

"내 아들이, 잘해주더냐."

아, 며느리를 챙기는 시어머니의 모습이구나, 이건. 우리 합방한 건 아닌데…….

꼬이기만 하는 상황이 답답해도 어쩔 수가 없다. 인희는 그렇다며 곱게 웃었다.

다과를 함께 하며 이것저것 묻더니 비단 주머니 하나를 꺼내주신다. 당신이 시집오기 전부터 지니고 있던 물건이라며 마노로 만든 노리개라 하셨다. 인희는 부담스러워 미칠 것 같았다. 그렇다고 여기서 '아니, 제가 좀 생각해 본다고 해서 저희 지금 소강상태거든요' 할 수는 없는 일이고.

"아들이 너를 깊이 아끼더구나. 나로서는 기방으로만 떠돌던 그 아이가 마음잡고 정착하는 것을 보니 더없이 흡족하다. 모쪼록 네가 잘 품안아 내 아들이 가문과 나라에 큰일을 하는 사람이 되도록 받쳐 주어라."

이 어머니도 아드님이 그저 난봉꾼인 줄로만 알고 있었던 모양이다. 그래도 사랑하는 것이 어머니의 마음인지라, 아들의 마음을 붙들어준 그녀가 고맙고 좋아 보이는 것이리라.

인희는 같은 여자로 마님의 인생이 안쓰럽고 자식 하나에 다 바친 어머니의 염원이 마음 애틋했다. 아름답기 그지없고 현대였다면 여배우를 했어도 날렸을 고혹적인 부인. 그러나 남편에게 사랑받지 못해 어둡고 뒤틀린 여인. 그녀에게 의미있는 것은 세상에 단 하나, 아들 재준인 것이었다.

노리개를 손에 쥐고 돌아오는 발길은 천근같이 무거웠다.

'원래 이렇게까지 형편없는 여잔 아닌데.'

민이의 어머니는 그녀가 자기 며느리라 믿고 있었다. 재준의 어머니는 지금 예물까지 물려준 셈이다. 아무에게도 아닌데요, 라고 말하지 못한 그녀는 정말 왕재수다. 하지만 도저히 어쩔 수가 없었다. 자기 입으로 먼저 무언가를 말해 남자를 여자한테 차이기나 하는 등신으로 만들 수는 없었다.

'그분은 날 이렇게 생각하셨을까.'

문득, 새벽에 아들의 손을 잡고 있던 여인의 잔영이 떠올라 인희는 화들짝 놀랐다. 지금 이 순간에 그 장면이 생각날 일이 아니지 않은가. 그분이 나를 생각하긴 뭘 생각해. 아니, 생각해서 뭐에 쓰게.

속이 쓰리다. 답답한 것이 체한 것 같다. 벌써 며칠째지.

눈을 감으면 촛불 속 창백한 얼굴이 떠올라 잠을 잘 수가 없다.

"아냐, 절대 아니야. 그럴 리가 없어."

머리를 흔들며 인희는 발걸음을 빨리 했다.

자기 마음을 명확히 알아야 하겠다며 재준을 밀어냈건만, 그녀는 그럴 만한 용기를 지니고 있지 않았다.

또다시 전혀 의외의 손님이 인희를 찾았다. 하멜과 마찬가지로 그녀를 남자라 알고 있는 사람이었다.

그 사람은 빗자루로 두들겨 팰 수 없는 사람이었다.

그는, 왕이었다.

임금은 몹시 우울했다. 지옥에서 돌아온 것처럼 어두컴컴한 얼굴로, 그는 자기를 위해 울어주었던 그 가냘픈 자를 다시 보고 싶어 왔노라 하였다. 벌써 전작이 있으셨던 건지 불콰하게 물들어 계셨다. 임금이 미행微行 납신 일도 처음이거니와, 가까이서 모시는 재연이었지만 이렇게 상심한 모습을 본 것은 드물어 그는 내심 당황했다.

여인의 차림을 한 인희가 부름을 받아 들어왔다. 입궐했을 때야

편의를 위해 남장을 했다 하겠지만 지존을 거듭 속일 수는 없는 일이었다. 노비의 때깔을 완전히 벗은 그녀는 지나치게 곱고 예뻐서 재연은 가슴이 덜컥 내려앉았다.

임금은 놀라고 재미있어했다.

"미래에서 왔던 그자는 여인이었어? 하하…… 어쩐지 마음이 끌리더라니. 선이 너무 곱다 생각했노라. 사내가 눈물도 많다 흉보았지. 그래, 여인이라 하니 더 반갑구나."

하지만 웃음소리로도 그의 상한 마음을 다 감출 순 없었다. 재연이 조심스럽게 여쭈었다.

"전하, 흉한 일이라도 있으셨습니까. 존안이 상하셨습니다."

왕은 술을 들이켰다. 자작하며 거푸 석 잔의 맑은 술을 마셨다. 눈이 흐려지고 준미俊美한 얼굴에 상탄傷歎의 빛이 끼었다. 그는 재연을 바라보며 탄식하듯 중얼거렸다.

"황해 감사 김홍욱이 오늘 죽었다."

재연은 놀랐고 인희는 놀라지 않았다.

김홍욱이란 평양 가는 길에 재연이 언급한 사람이다. 소현세자 비인 강빈에게 씌워진 역모의 누명을 벗겨주자 상소했던 사람. 인희는 현대로 돌아갔을 때 그에 대한 자료를 찾아보았었다. 효종의 모진 국문 끝에 장사杖死하였다고 기록에 나와 있었다. 즉, 매 맞아 죽었다는 뜻이다.

그게 오늘이었던 것이다.

"짐은 그를 죽이고 싶었던 게 아니다."

재연은 침통하여 고개를 조아렸다.

전하의 심정을 그 누가 헤아리랴. 형수님께 죄가 없다는 건 누구보다도 전하께서 잘 알고 계신다. 그러니 하나 남은 조카를 거두려 하시는 것이다. 허나 형수님의 누명을 벗긴다 나서면, 돌아가신 선대왕의 실수였다고 결론나면, 결국 화살은 당신께 돌아올 수밖에 없으니 어쩔 것인가. 심지어 전하께서 왕위를 노려 소현세자 저하를 독살하였다는 망극한 말도 나올 수 있는 형편인 것이다.

인희는 임금이 가여워 콧날이 따끔거렸다. 죽인 것은 실수였을 것이다. 하지만 잡아 가두고 문초한 것은 어쩔 수 없이 그가 맡아야 했던 악역이었을 것이다. 임금의 자리와 맞바꿔 그가 져야 했던 마음의 짐은 너무 무거웠다.

"너는 또 과인을 위해 울어줄 터이냐."

임금의 붉은 눈이 그녀를 향했다. 이미 알고 있었던 일이라 눈물이 나지는 않았지만 자기가 울어주길 바라는 그의 기대에 부응하고 싶어 인희는 살짝 노력했다. 곧 눈물을 흘릴 듯 젖은 그녀의 눈망울에 임금이 나지막이 한숨 소리를 내었고 재연의 심장은 두려움으로 죄어들었다.

'저 겁도 없는 여자가 이게 무슨 상황인지도 모르고.'

주상께서는 여색을 가까이하지 않으시지만 한없이 약해지신 지금은 여인에게 위로받고자 하실 수도 있었다. 하물며 인희를 보러 오셨다 하지 않았나.

임금이 원앙금침 깔라 하면, 도리가 없는 것이다. 왕에겐, 그게 유부녀가 아닌 이상은, 모든 여자에 대해 우선권이 있었다.

"술을 한 잔 따라주려무나."

그의 마음이 풀어져 가는 것이 보였다. 인희는 최대한 조신하게 술을 따랐다. 그녀는 왕을 다독여 주고 싶었고 그런 그녀의 진심은 아마 전달되고 있는 것 같았다. 물론 인희는 그를 유혹하겠다는 생각 같은 건 전혀 가지고 있지 않았지만, 곁에서 보고 있는 그녀를 사랑하는 남자는 초조하기 짝이 없었다.

"재미있는 이야기를 해주련."

재미있는…… 글쎄, 무슨 얘기가 좋을까. 인희는 머리를 굴려보았다.

'아무래도 현대의 이야기가 흥미로우시겠지?'

그녀는 자동차와 비행기에 대해 설명했다. 저절로 달리는 가마와 하늘을 나는 탈것이란 남자라면 누구나 관심을 가질 만한 주제였으니까.

'또 남자들이 좋아할 만한 얘기는…… 여자겠지?'

현대 여성들은 팔다리를 다 노출한 옷을 입고 다닌다고 하자 왕은 인상을 찌푸렸다.

하지만 그보다 더 얼굴을 일그러뜨린 건 평소에 표정이라곤 없던 재연이었다.

인희가 그런 옷을 입고 자신은 한 번도 본 일 없는 가녀린 몸을 남자들 눈앞에 드러내며 함께 서당도 다니고 가마도 탔다 하니 피가 거꾸로 흐르는 것 같았다. 이전 생의 다른 육체에까지 질투를 하는 것이 비이성적이란 걸 스스로도 알고 있었지만 어쩔 수가 없었다. 그녀에 관한 한 이미 평소의 자신과는 전혀 다른 사람이라고 보아도 좋았다.

'나는 이리도 졸렬하고 편협한 사내였던가. 알지도 못하는 수 많은 남자들을 투기하고 모시는 주군을 상대로 제 여자도 아닌 여자를 뺏길까 전전긍긍하는 이 사내는 대체 누구란 말인가.'

속이 타서 갈증이 난다. 임금은 그에게 술을 권하지 않고 여자는 임금 앞에서 방싯방싯 웃고 있었다.

시간은 왜 이리 더딘지, 전하께서는 이만 돌아가지 않으시려는지 따라온 내관은 어찌하여 전하더러 환궁하자 하지 않는 건지, 손바닥에 땀이 나고 입술이 말랐다.

문도 익히고 무도 닦았다. 과거도 보지 않고 백면서생으로 오로지 아버님을 도와 전하의 그림자 노릇을 하며, 이런저런 일 많이도 겪었다. 목숨이 위태로운 일도 있었고 중대한 결정의 순간 바늘 끝 같은 긴장감도 경험했다.

그러나 한 번도 이렇게까지 피가 마르도록 불안하진 않았다.

인생의 의미란 국가와 전하뿐이었다. 사랑받지 못한 영혼은 신뢰 하나만 바라보며 살아왔다. 그런데.

부럽다. 저분이 미울 만큼 부러워. 나에게 차가운 말을 던지고 돌아선 저 여자의 위로를 받고 있는 주군이, 지금이라도 한마디 분부만 내리면 저 여자를 가질 수 있는 전하가, 부러워 미칠 것 같다. 내가 사랑하는 여자니 손대지 마시라고, 그냥 두고 이대로 돌아가 달라고 소리 지르고 싶다.

아마 난 이미 미쳐 버린 모양이지.

재연은 지옥을 헤매었고 임금은 달고 온 지옥을 그에게 넘긴 채

웃는 얼굴로 일어섰다.

"오늘 정말 즐거웠노라. 짐이 마음이 울적하면 다시 너를 보러 오마. 또 신기하고 유쾌한 이야기로 짐의 마음을 달래다오."

드디어 끝났구나.

인희도 속으로 안도의 숨을 내쉬었다. 그녀는 재연이 하는 걱정 같은 건 하지 않았지만 임금과 마주 앉아 끊임없이 그를 즐겁게 해주어야 하는 건 부담스러운 일이었다.

캄캄한 어둠 속으로 등불과 함께 임금의 말이 멀어져 가고, 왕의 미행을 알지 못하는 다른 식구들이 이미 오래전에 잠자리에 든 집 안은 고요했다. 억금이 하나만 술상을 치워 안채 쪽으로 사라졌다.

인희는 피곤한 이마에 손을 얹으며 임금의 뒷모습을 바라보던 몸을 돌렸다.

바로 눈앞에 재연의 가슴이 가로막고 있어 그녀는 아 하며 몸을 틀었다. 재연은, 비켜주지 않았다.

"……?"

물음을 담아 그를 올려다보았다. 내려다보는 재연의 눈빛이 그녀를 집어삼킬 것 같아 인희는 흠칫 몸을 떨었다. 한여름 밤은 더웠지만 그의 눈에서 내리꽂히는 냉기는 주변 공기를 다 얼리고도 남았다.

내가, 또 뭘 잘못했어?

"넌, 아무리 아무것도 모른다지만, 그렇게 무방비하게."

차갑기 그지없는 눈에서 파랗게 불꽃이 튀어나오고 목소리는 분노를 이기지 못해 떨리고 있었다.

인희는 어떻게 해야 할지 몰라 울상을 지으며 그를 쳐다보았다.

"제가 뭐 잘못한 게 있으면 말씀을 해주세요……. 화내시면 무서워……."

겁먹은 눈으로 자신을 보는 자그마한 여자의 목소리에 그는 더 화가 났다. 나는 무서워? 나한텐 웃어줄 수 없어?

걷잡을 수 없는 마음에 행동은 거칠어졌다. 그는 인희의 두 어깨를 꽉 움켜쥐고 흔들어댔다.

"전하 앞에서 꼬리를 치면 어쩌겠다는 거냐! 전하가 널 안겠다고 하셨으면 어쩔 뻔했냐고! 궁에 들어가서 평생 햇빛 한 번 못 보고 살고 싶어?"

생각지도 못한 비난에 귀를 의심했다. 뭐라고?

그의 손에서 앞뒤로 마구 흔들리며 인희의 가슴이 찢어져 흩날렸다.

그녀는 힘껏 재연의 손을 뿌리쳤다.

"꼬리를 쳤다구요? 어떻게 그런 말을!"

이를 악물었다. 머리 꼭대기까지 화가 치밀어 올랐다. 자길 돕느라 최선을 다했더니, 지가 모시는 임금이라 정성껏 위로했더니. 뭐? 꼬리를 쳐?

"꼬리를 치든 말든 도련님이 알 바 아니잖아요! 그래요, 저 궁에 들어가서 팔자 고쳤으면 좋겠네요! 어차피 종년, 남아 있는 인생은 결국 누군가의 첩 아닌가요? 이왕이면 임금님 첩이 나은 거 아니에요? 도련님도 저보고 첩 하라고 했잖아요!"

더 이상은 우아할 수가 없었다. 꼭꼭 묻어두었던 서러움이 치받아 올라와 시뻘겋게 눈물로 넘쳐 났다. 임금이 날 안겠다고 했다면 최소한 그 순간은 나를 여자로 봐서였겠지. 당신처럼 나라를 위해 조언자가 돼달라는 소리 따윈 안 했겠지!

내쳐진 손을 허공에 든 채 눈을 부릅뜨고 있는 재연을 뒤에 두고, 그녀는 몸을 돌려 뛰기 시작했다. 치맛자락을 두 손으로 걷어쥐고 새카만 밤 속을 뛰었다.

'결국 이거였어, 서인희? 결국은 자기 손으로 눈을 찌르고 마는 거야?'

자각은 참을 수 없이 아픈 것이었다. 최악의 사랑, 이보다 더 나쁠 순 없다, 뭐라 이름 붙여도 모자란 잘못된 결말이다. 하필이면 저런 냉혈한을. 어쩌자고 절대 해선 안 되는 짓을.

눈물이 주체할 수 없이 흘러내린다.

그녀는 뜰 한구석에 쭈그리고 앉아 눈물을 훔쳤다.

위산과다가, 아니었던 거야.

제길.

제13장

짝사랑 같은 건 해본 일이 없었다.

타고난 미모와 재기로 어려서부터 인기가 많았고 주변엔 사람이 넘쳐 났다. 수많은 추종자들 중 가장 멋지고 잘나가는 형남을 선택해 사귀었고, 그로부터 버림받기 전까진 사랑의 아픔 같은 걸 경험해 본 일 없었다. 그만큼 상처가 심해 충동적인 짓을 저지르긴 했지만 그건 짝사랑과는 다른 것이었다.

'여기서도 그렇잖아. 꽃미남과 섹시남 사이에서 배부른 고민만 했잖아. 근데 이게 뭐야.'

인희는 머리를 쥐어뜯었다. 꽃미남과 섹시남, 어느 쪽을 선택한대도 언년이로선 더 이상 바랄 것 없는 훌륭한 인생을 살 수 있을 거였다. 사랑받으며, 떳떳하게, 자유롭게. 그런데 하필이면.

'사람의 마음은 변해. 괜찮아.'

그녀는 하루에도 열두 번씩 다짐했다. 워낙 저 좋다는 남자들 사이에서만 살아서 잠깐 나쁜 남자한테 끌린 거라고. 어차피 거절 했고 저 남잔 곧 결혼할 거니 됐다고. 언젠가 '어후, 내가 그때 왜 그랬대? 큰일 날 뻔했었네' 가슴을 쓸어내리며 오늘을 기억하는 날이 올 거라고.

'너무 잘생겨서 그런 거야. 내가 얼굴은 좀 밝히잖아.'

그래. 저렇게 백옥 같은 피부 흔치 않아. 아, 물론 재민이도 그런 피부를 가지긴 했지만, 걘 아직 애니까. 그리고 날카로운 눈빛이 또 여자들을 가슴 졸이게 하는 거거든. 음, 콧대도 딱 알맞은 높이에 딱 좋은 모양이고…… 섹시하게 남자다운 얼굴선도 멋지고…… 저렇게 차가운 얼굴에 분홍 꽃잎 같은 입술은 어울리지 않아 더 매력적인 거지…….

넋을 잃고 있던 인희는 후다닥 정신을 차렸다. 이게 뭐하는 짓이람.

그러나 또 생각은 그녀의 의지와 관계없이 그에게로 향했다.

못된 남자가 잘해주면 여자들이 원래 넘어가는 거야. 딱 한 번 웃어줬지, 아마? 쳇, 그게 필살기였던 거지. 그런 식으로 여기저기 여자들 홀리고 다니는 거 아냐?

그리구 목숨을 걸어줬다고 감동했지만, 생각해 보면 걔네들은 다 오합지졸이었어. 별거 아니야. 나 혼자 감격하고 난리쳤던 거지.

어떤 남자도 재연보다는 그녀에게 잘해주었다. 도무지 마음이 홀딱 넘어갈 일들이 아니었다. 눈물을 닦아줬던 손자락도, 궁에 끌려가면 어쩌려고 그러냐 흔들어대던 손길도, 큰 의미를 둘 일은 아니지 않은가.

생모와의 만남을 목격하고 마음 아팠다지만 재준도 재민도 다 아픔을 담고 사는 사람들이다. 현대인이라고 슬픔이 없는 것도 아니다. 동정과 사랑이 같은 것도 아니다.

아무리 아무리 머리를 빠개며 생각해도 그녀에겐 김재연이란 남자를 좋아할 이유가 많이 부족했다. 더구나 그는 그녀를 사랑해주지 않는다. 짝사랑은 취미 없다. 그건 정말 서인희의 분야가 아니다.

인희는 다짐하고 또 다짐했다. 이건 절대 사랑이 아니라고.

그러나 몸은 정직했다.

"햇볕이 뜨거운데 일산日傘 아래로 당겨 앉아라. 얼굴 타겠다."

부드럽게 재준이 그녀를 끌었다.

두 사람은 한강에서 뱃놀이 중이었다. 강바람이 상쾌했고 물살이 살랑살랑 뱃전을 건드리는 움직임이 마음을 가라앉혀 주었다.

민이와 약속했다며 그가 성장해 다시 부딪쳐 올 때까지 누구와도 혼인치 않는다 했어도, 재준은 그녀를 원망하거나 다그치지 않았다. 많이 실망한 얼굴을 했고 꽤 상처받은 표정이었지만 그렇다면 자기도 기다리겠노라 하였다. 도련님을 사랑하는 건 아니에요, 심지어 인희가 덧붙였음에도 그는 그저 괜찮다 웃었을 뿐이었다.

재준은 변함없이 다정하고 한결같이 상냥했다. 마치 아무 일도 없었던 듯.

언제까지나 무위도식할 수는 없어 억금을 도와 집안일을 시작했다. 그러나 도련님의 총애를 받는 그녀에게 궂은일은 돌아오지 않았고, 작은도련님을 수발하는 것 이외에 딱히 할 일이 없는 재준의 몸종 인희는 여전히 많은 시간을 그와 함께 보내고 있었다.

그런데, 전과 느낌이 달랐다.

재준은 조금도 변하지 않았다. 아름답고 달콤하고 매력적인 남자였다.

그런데, 이젠 만지고 싶은 마음이 들지 않는다. 그의 향기에 숨이 막히지 않는다.

머릿속을 가슴속을 가득 채운 다른 이의 모습이 겹쳐져 보고 싶은 것은 그 사람뿐이었다.

'주인이 따로 있다 이거지……'

찰랑거리는 물결을 내려다보며 인희는 깊은 한숨을 내쉬었다.

몸은 거짓말을 하지 않았다.

아무리 부정하려 해도 소용이 없는 거였다. 마음이 묶이니 몸은 마음을 따라가는 것이었다.

저 찬기 풀풀 흘리는 변덕스런 남자가 아니면 안 된다고 하는 거다. 암담하게도.

흔들리는 인희를 바라보며 재준은 입술을 지그시 깨물었다.

'인내심을 가지고 기다려, 김재준.'

오랜 방황 끝에 겨우 만난 특별한 여자가 아닌가. 얼마든지 참고 기다릴 수 있다. 기다리면 반드시 자신의 손에 들어오리라 그는 믿었다. 재민이가 있다지만 역시 자신이 그녀에게 줄 수 있는 게 더 많았다.

언제나 인희를 따라가는 그의 눈이 놓칠 수는 없었다. 그녀의 시선이 재연의 뒷모습을 쫓는 걸 당연히 발견했고 그 충격은 결코 작지 않았다.

그러나 두 사람은 안 된다. 그건 형님도 알고 인희도 알 것이다. 형님은 그녀에게 아무것도 줄 수 없고 인희는 남의 첩이 될 여자가 아니니까. 그 두 사람은, 안 된다.

'청나라로 가버리면 돼.'

끝까지 모른 척할 것이다. 붙들고 조선을 떠나 다시는 돌아오지 않을 것이다. 그의 아이를 낳고 그와 살다 보면 여자는 잊을 거다. 저 먼 미래에 남겨두고 온 그녀의 정인을 잊었듯, 그렇게.

문제는 사실 그게 아니었다. 복병은 왕이었다.

"전하는 계속 오시려나."

지나는 말처럼 던졌지만 그 속의 불편함은 명백했다. 왕은 일주일 간격, 열흘 간격으로 김정국 대감 집을 찾았다. 언제나 늦은 밤이었고 항상 인희를 보고 싶어했다. 여간 곤란한 일이 아니다.

"그러게요…… 계속 오시네. 인제 해드릴 수 있는 얘기도 거의 떨어져 가는데."

재연의 경고를 들은 후론 임금을 대하는 것이 영 부담스러웠다. 일부러 웃기는 얘기만 골라 하면서 분위기를 개그로 몰아가려 하는데 거기에도 한계가 있었다. 그녀가 막히면 재연이 무거운 주제를 꺼내 임금을 심각하게 만들곤 했다. 나름 노력하는 거란 걸 알 수 있었다. 임금이 다른 맘 먹지 못하게 하려는.

방 안에는 깔깔거리는 소리와 허허 웃음소리가 가득하고 바깥 뜰에서는 경직된 남자들이 초를 재며 기다리는 긴장된 날들이 이어졌다. 재준도 재민도 방 안으로 쳐들어가고 싶은 심정이었지만 초대된 것은 인희와 큰형님뿐이어서 그나마 큰형님이라도 끝까지 앉아계시길 간절히 바라며 마당을 우왕좌왕할 뿐이었다.

"전하, 혹시 곰을 뒤주에 넣는 3단계 방법을 아시어요?"

장난기 가득한 얼굴로 인희가 묻자 임금은 글쎄, 곰을 어떻게 뒤주에 넣어 곰곰 생각했다. 음…… 일단 곰을 때려죽인 후에…… 뒤주를 크게 늘리고…….

"아닙니다. '일, 뒤주 뚜껑을 연다. 이, 곰을 넣는다. 삼, 뚜껑을 닫는다' 랍니다."

재밌는 얘기랍시고 했지만 왕도 재연도 멀뚱멀뚱 그녀를 쳐다볼 뿐이었다. 물론 그럴 거라고 생각했다.

"음, 그럼 사슴을 뒤주에 넣는 방법은요? 이건 4단계입니다."

비슷한 유형의 문제인가 임금은 이리저리 궁리해 보았지만 왜 사슴을 넣는 데 곰보다 더 많은 단계가 필요한 건지는 알 수가 없었다.

"호호…… '일, 뒤주를 연다. 이, 곰을 꺼낸다. 삼, 사슴을 넣는다. 사, 뒤주를 닫는다' 지요……."

이제야 임금도 재연도 이 우스갯소리의 핵심을 잡아내고 웃었다. 정말 바보 같은 이야기구나.

"하나만 더요. 호랑이가 전국의 모든 짐승을 다 모아서 회의를 소집했답니다. 그런데 단 하나의 짐승만 오지 않았다네요. 그건 뭐였을까요?"

호랑이가 부르는데 오지 않는 간 큰 짐승이 뭘까? 재연도 열심히 생각해 보았지만 답을 알 리 만무했다.

"그건 바로 사슴이었지요. 뒤주에 갇혀 있어서 올 수가 없었거든요."

말을 마친 인희는 자기가 즐거운 듯 맑은 웃음소리를 냈다. 임금은 허를 찌르는 이야기가 정말로 재미있는지 용안 가득 환한 웃음을 띠었고 재연은 자신을 웃게 하는 그녀가 너무나도 사랑스러워 도리어 웃지 못했다.

이렇게 아무짝에도 쓸모없는 우스갯소리로도 그의 마음에 환하게 불을 켤 수 있는 이 여자를, 그는 언제나 화나게 할 뿐이었다. 뭔가 할수록 사이가 나빠질 뿐이었다.

부드러운 표정을 지어야지 하다가도 그녀가 아우와 거니는 모습을 보면 양미간에 절로 주름이 잡혔고, 다정하게 말을 건네야지 했지만 민이와 머리 맞대고 집안일하는 그녀를 보면 굳은 얼굴로 지나치고 말았다.

찬바람 일으키는 재연에게 인희는 웃어주지 않았다. 임금에게 하는 것처럼 눈을 반짝이며 그에게 말을 걸어주지 않았다.

날은 선선해지고 두 사람 사이엔 훨씬 이른 겨울이 오고 있었다.

"하멜 무리가 문제를 일으켰다. 너는 말려들지 않게 할 생각이지만 혹시 모르니 남복을 준비해 놓도록 해라."

말을 타고 급히 집을 나서며 재연이 인희에게 당부했다. 그녀는 놀라 머리를 들었지만 말은 이미 시야를 벗어난 후였다. 무슨 일일까. 곰곰 기억을 더듬어본다. 서울에서 찾아 읽었던 하멜 일행의 흔적을.

그들은 비교적 좋은 대접을 받으며 지내고 있었다. 그런데 그만 무리 중 두 사람이 청나라 사신의 귀국길에 나타나 자신들을 데려가 달라 부탁하는 일이 일어났다. 두 사람은 체포되고 청국 사신은 조선의 두둑한 뇌물에 사건을 눈감아주었지만 이것은 조선 정부로서는 묵과할 수 없는 큰 사건이었다.

청나라의 눈을 피해 북벌을 준비하고 있는 조선에서는, 이국인들을 데리고 있다는 사실을 청에 숨기고 있었다. 공연히 그들을 등에 업으려 한다는 오해를 받는 것은 곤란했기 때문이다. 그런데 그들이 스스로 모습을 드러내서야 되겠는가. 이 사건을 계기로 네덜란드인들을 처형해 후환을 없애야 한다는 의견이 조정에 우세하게 된다.

'한동안 집에 못 들어오시겠네. 조정이 들끓을 텐데.'

인희는 아쉬움인지 안도인지 분명하지 않은 한숨을 쉬었다.

얼굴을 보면 서로 불편할 뿐이지만 그래도 못 보면 보고 싶으니 진퇴양난이란 이럴 때 쓰는 말인가 싶었다.

형남과 사귈 때 이런 마음이 들었던가, 생각해 보면 그렇진 않았다. 그녀가 보고 싶어하기 전에 언제나 그가 먼저 나타나 줬으니까. 손을 뻗으면 늘 잡아주었고 기대고 싶으면 그의 어깨가 거기 있었다.

'잡히지 않는 남자라 끌리는 거야. 알고 보니 내가 마조였어. 어흑.'

절망적으로 고개를 저으며 그녀는 탄식했다.

재연은 새벽녘에 잠깐 들러 옷을 갈아입고 나갔을 뿐, 이틀이나 집에 들어오지 않았다.

억금 곁에서 나물을 다듬으며 저녁시간을 보냈다. 시간은 더디 가고 억금의 수다는 귓전에서만 맴돌고 있었다. 피곤하진 않을지 마음 상하는 일은 없는지, 마누라도 아니면서 인희는 집을 비운 남자의 생각만 했다.

"언년아, 이리 좀 나와봐."

찬간 입구에 나타난 민이가 눈에 근심의 빛을 띠고 그녀를 불러냈다. 도련님께 무슨 일이라도? 인희는 가슴이 내려앉았지만 그건 그녀가 생각한 것과는 다른 사건이었다. 재민이 목소리를 낮추었다.

"전하가 오셨어. 큰도련님 안 계신 거 알고 오셨다고, 괜찮으니 너만 보신다는데."

인희와 재민의 눈이 같은 생각을 담고 불안하게 마주쳤다.

아, 이건…… 안 되는데……?

전하를 방으로 모시고 술상을 준비하는 일은 재준이 하고 있었다. 그는 어떻게든 없는 형님 대신 방 안에 머물려고 미적거리며 임금 곁을 맴돌았으나, 임금은 단박에 그를 물렸다.

"괜찮다. 과인에게 신경 쓰지 말라. 짐은 그저 술 한잔 마시며 이 아이에게 재미있는 이야기만 듣고 갈 것이다."

거절할 수는 없었다.

재연 없이 임금을 마주한다 생각하니 인희는 발이 저릴 만큼 긴장되었다.

그가 없는 것을 알면서도 찾아온 데는 혹 다른 뜻이 있는 것일까. 그저 별생각 없이 하신 행동일까. 이러다 무기력하게 잡혀 먹히는 건 아닐까. 임금이 이리 가까이 오너라 하면 싫다 해선 절대 안 되는 걸까.

그러나 그녀는 아무렇지도 않은 듯 웃으며 조크를 짜내 왕에게 들려주었다.

"나무에 빨간 참새 한 마리와 파란 참새 한 마리가 앉아 있었는데요, 파란 새는 조총을 한 발만 맞아도 죽고……."

무슨 이야기를 하고 있는지도 모르겠다, 어서 재연 도련님이 돌아와 주었으면 좋겠다, 전하는 술을 너무 많이 드시지 말았으면 좋겠다, 인희의 머릿속이 빙글빙글 돌았다.

한동안 그녀의 우스갯소리를 듣기만 하던 왕은 술이 거나하게 오르자 속마음을 털어놓았다.

"그 하멜이란 자의 일행 말이다. 그들 중에 일부가 도망을 치려 했지 뭐냐."

아, 전하의 심기를 불편하게 한 건 그 일이었구나.

꼭 인희를 목적으로 온 것은 아니란 걸 알고 나니 마음이 놓였다. 정말로 농담 따월 듣고 기분 풀고 가시려는 모양이다 싶었다.

"도망치려던 자들은 처형을 당했다. 그런데 신료들이 나머지 일행도 다 죽이자 하는구나. 공연히 껴안고 있으면 우환만 된다고. 넌 어찌 생각하느냐."

그녀는 가만히 앉아 있었다. 어찌 생각하긴. 당신이 걔들 살려주잖아.

"짐이, 그들을 살려주느냐?"

헉. 독심술을 하시네. 인희는 흠칫 놀랐지만 내색하지 않고 미소를 띤 채 방바닥을 보았다.

"미래는 결정돼 있는 것이냐? 바꿀 수 없는가? 네가 보고 온 역사서에 짐이 그들을 용서한다 되어 있으면, 지금 그러고 싶지 않아도 꼭 그렇게 해야 되는 것인가?"

임금의 질문은 너무 깊었다. 그녀야말로 묻고 싶은 것이었다. 자신은 왜 과거로 왔는가 하고. 아무것도 바꿀 수 없다면 무슨 의미가 있는 것이냐고.

꼴랑 영어 몇 마디 한다고 군비부족과 신료들의 반대로 시작도 못해보는 북벌을 성공시키는 건 가능하지 않다. 미래를 안다 한들 임금의 급사急死를 막아줄 재주는 없었다.

그렇다면 작은 일은? 역사책에 나오지 않는, 혹은 큰돈이나 많은 인력이 필요하지 않은 소소한 일들은, 인희에 의해 달라질 수 있는 것일까? 그녀가 간섭한다면 단 한 사람의 삶이라도 역사로부터 건져 낼 수 있는 걸까? 아니면 가까이에 있는 사람들의 인생에도 아무 영향을 미치지 못한 채 그녀는 병풍 속의 그림처럼 살다 가야 하는 것일까?

임금은 이후 한 번도 묻지 않았다. 북벌에 대해, 자신의 인생에 대해.

정말로 인희가 역사를 모른다 생각해서 안 묻는 것일 리 없었다. 그는 현명한 사람이었던 것이다. 재연과 마찬가지로. 바꿀 수도 없는 역사를 미리 알고 지레 멈춰 서지 않으려는 거다.

그러나, 그렇게 심지가 굳은 왕일지라도 인간이기에 어쩔 수 없이 지금처럼 흔들릴 때가 있었다.

"그들이 아우인 인평에게도 간청했다고 하는구나. 인평은 그들을 동정한다. 짐도 그렇다. 원해서 조선 땅에 흘러들어 온 것도 아니지 않는가. 무슨 해를 끼치려는 생각도 없지 않은가. 어찌하여 신료들은 그들의 목숨을 거두자고 모진 주청을 올리는 것인가 말이다."

임금은 넋두리를 하고 있었다. 재연이 없어 마음이 더 풀어진 것 같았다. 남의 위에 선 남자는 다른 남자들 앞에서 언제나 강한 모습만 보여야 하는 법. 그러니 여자와 단둘이 있는 것이 훨씬 편안할 수 있었다. 금슬 좋은 중전도 계시고 청나라까지 남복을 하고 따라갔다는 열녀 후궁도 두셨건만, 이렇게 신분 낮은 여인에게, 아니, 이세계異世界에서 온 여자에게 오히려 마음이 열릴 수도 있을 것이다. 인희는 이해할 수 있었다.

"너는 참으로 특이한 여인이야."

왕은 남자답게 잘생긴 얼굴에 웃음을 머금으며 그녀를 보았다.

"예법도 모르고 당돌하건만, 짐이 그런 여인들을 정말로 거슬려 하건만, 너만은 그리하여도 예뻐 보이니 신기한 일이거든."

칭찬을 받았음에도 마음 불편한 것은 흔치 않은 일이다. 그녀는 벼랑 끝에 선 것같이 조마조마했다. 바깥에서 몰래 귀를 기울이고 있던 재준과 재민 형제도 얼굴이 하얘지고 말았다. 혹시? 결국?

그러나 임금은 자고 가진 않았다. 목소리를 낮춰 인희에게만 들리게 뭐라 말을 건넨 그는 허허 웃으며 일어서 나왔다. 재준 형제는 급히 물러나 멀찌감치 서 있다가 왕을 배웅했고, 왕은 인희 쪽을 돌아다보며 잘 생각해 보거라 은근하게 다짐하더니 내관과 함께 밤길로 사라졌다.

"뭐라, 뭐라 말씀하신 거야? 뭘 생각해 보라는 거야?"

다급한 민이의 질문에 인희는 넋이 나간 듯 고개를 돌렸다. 눈이 마주쳤지만 그녀의 눈은 재민을 보고 있지 않았다.

"뭐라고 하신 거냐."

재준도 조급하게 재촉했다. 제정신이 아닌 듯한 인희를 보자 그의 마음이 타들어갔다.

"전하께서."

그녀의 목소리는 울음을 터뜨리기 일보 직전이었다.

"궁으로 들어오라시는데?"

남자들이 숨을 훅 들이켰다.

인희는 얼굴을 일그러뜨리며 손을 바들바들 떨었다.

"기록에 말이죠, 금상께는 신분이 불분명한 후궁이 있어요. 그게, 그게 설마 난가?"

재준이 긴 다리를 휘청이며 기둥을 붙잡았다. 재민은 털썩 무릎을 꿇고 엎드렸다.

인희는 그들을 쳐다보며 스르륵 땅에 주저앉았다.

"나는, 난 궁에 들어가면 죽어."

일은, 이렇게 꼬이는 것인가?

✻

"어떻게 좀 해보십시오, 형님!"

언제나 눈웃음을 담던 아름다운 눈에 지절至切한 소원을 채우고 재준은 형에게 간청했다. 이제껏 아우가 이렇게도 절실한 모습을 보인 일이 있었나 싶다. 곁에는 재민이가 사색이 된 채 주먹을 움켜쥐고 형님의 대답을 기다리고 있었다.

"전하께서, 그 애를 궁으로 들이라 하셨다고."

입술에서 나오는 자신의 말이 남의 목소리 같아 재연은 더 이상 말을 잇지 못했다.

집을 비운 짧은 며칠 동안, 그런 일이 일어났다는 말인가.

주인도 없는 집에 오셔서 계집종을 데려가겠노라 선언하셨다는 건가.

재연의 입술은 색을 잃고 얼굴엔 흰빛 대신 푸른빛이 돌았다.

신분이 불분명한 후궁이 있었다고? 그게 인희인 모양이라고?

"어명은 거역할 수가 없어……."

습관처럼 입에서 복종의 말이 나온다. 아우들이 경악하며 그를 붙잡고 매달렸다.

"형님, 그게 무슨 말씀이세요. 인희는 궁에 들어가면 죽습니다.

다른 여인들도 궁에서 살아남기 어려운데, 저렇게 자유로운 여자가 숨 막히는 궐 안에서 어찌 산단 말씀입니까. 전하의 총애를 받든 못 받든, 저 사람은 죽을 겁니다. 잘 아시잖습니까."

죽어.

그래, 저 여잔 궁에서 못 살아. 원자를 낳고 임금의 어머니가 된다 해도 절대 못 살아.

그는 손을 들어 눈을 덮었다. 인희가 화려한 당의차림으로 어린 아이의 손을 잡고 궐 안 뜰을 거니는 모습이 보였다. 그녀는 웃고 있었다. 곁에는 흐뭇한 얼굴로 그들을 보며 전하가 서 계신다.

"안 돼."

재연은 손을 내렸다. 온몸의 피가 역류하고 있었다.

그 여자를 데려가신다고. 궁으로. 영원히. 다신 나를 보고 웃어주지 못하게. 울어주지도 못하게. 아니, 아예 보지도 못하게.

그건 안 되는 일이다. 살든 죽든 인희는 궁에 속한 여자가 아니다. 전하의 여자가 될 수 없다. 그건, 어떻게든 막아야만 하는 일이다.

"전하를 뵙고 오마."

창백한 얼굴로 아우들에게 일별을 던지고 그가 일어섰다. 어명을 거역하여 목숨을 내놓는다 해도 인희를 궁으로 보낼 수는 없다고, 그는 이를 옥물며 다짐했다.

형에게 모든 짐을 떠넘길 수밖에 없는 무력한 동생들은 초조한 심정으로 그가 다녀오기를 기다렸다.

갑작스런 입궐에 임금은 짬을 내주지 못했다. 그는 길게 기다려야만 하였다.

벼슬 없이 임금을 독대할 수 있는 특별한 지위를 가진 사람이었지만, 이런 개인적인 일로 왕을 뵙는 것은 역시 무례하고 법도에 어긋나는 일일 것이다. 그래도 재연은 해야만 했다.

무슨 일인가 궁금해하는 임금 앞에 부복하였다.

간절하고도 열렬하게, 그는 왕께 탄원했다.

"전하, 천한 아랫것을 좋이 보아주시어 그저 감읍할 따름이오나, 송구하옵게도 전하께서 궁으로 들이라 명하신 여인은 제 아우의 정혼녀이옵니다. 입궁하여 전하를 뫼시게 되면 저의 아우가 심히 낙망할 것이오니, 부디 불쌍히 여기시고 명을 거두어주소서."

그의 목소리는 짓이겨 나오고 엎드린 손가락은 희미하게 흔들리고 있었다.

그 여자를 못 보게 되면 나는 살아갈 수 없을 것이다. 숨어 있던 마음이라는 게 다 바깥으로 흘러나온 이젠, 도로 그걸 거둬 담고 이전처럼 살 수는 없을 거다. 안 돼. 그렇게는 할 수 없어.

"아, 그런 것이냐?"

뜻밖의 말에 임금은 놀란 듯했다. 엎드려 고개도 들지 못한 채 선처를 바라고 있는 신하를 물끄러미 바라보던 그는, 잠시 턱을 괴고 비스듬히 기대어 생각에 잠겼다.

손가락으로 톡톡 무릎을 치고 있는 왕의 얼굴에 재연의 걱정과는 달리 차차 즐거운 빛이 어렸다.

"김 공은."

임금의 목소리는 뭔가 비밀을 캐묻는 듯 은근하고 삽삽하였다.

"아우의 정혼녀가 그리도 걱정되는가? 손을 부들부들 떨 정도로?"

재연이 고개를 번쩍 들었고 두 사람의 눈이 마주쳤다. 임금의 눈은 쥐를 곯려주는 고양이의 그것처럼 빛나고 있었다. 재연은 아찔한 느낌에 눈을 감았다가 떴다.

무슨 말을 듣고 싶으신 거지.

왕은 몸을 세워 약간 앞으로 숙였다. 자세에서 집요함이 확연히 드러났다. 그냥 어물쩍 넘어갈 생각은 하지 말라고 그는 재연에게 으르고 있었다.

"공과 더불어 많은 일을 겪었지. 참으로 정갈하고 흐트러짐이라곤 없는 사람이 아닌가 말이야. 과인은 공이 감정이 있기는 한 사람인가 의문을 품은 일도 있었어. 그런데 아우를 아무리 아낀다 한들 그게 공 같은 사람이 손을 떨 만한 일이던가. 아우의 정혼녀를 지켜주려는 마음은 가상하지만 그래도 좀 과하지 않은가 싶은데."

그의 눈은 말하고 있다. 다 알아버렸네. 이실직고하시지?

재연은 숨을 헉 들이마셨다. 이젠 남들 앞에서 감정을 숨기지도 못하게 돼버렸구나. 잠깐 한 조각의 마음을 드러냈을 뿐인데 다 들켰단 말인가. 어디까지 망가지면 이 나답지 않은 일이 끝나는 걸까. 언젠가 끝은 나는 걸까.

임금이 다시 묻는다.

"어찌하여 아우의 정혼녀가 되어버렸나. 그대의 여인이 아니고."

재연은 대답할 수 없었다. 본래 동생의 정혼녀였건만 자신이 정신을 잃을 만큼 탐내고 있다고 주상께 고할 수는 없는 일이었다. 주상이 아니라 그 누구에게도 그런 말을 할 수는 없었다. 혼잣말로도 할 수 없을 것이다. 입에서 나오는 순간 칼이 되어 그의 심장을 찌를 테니.

"쯧쯧…… 어차피 미래에서 온 여인, 가문끼리 정혼한 것은 아닐 테고. 공같이 영준英俊한 장부를 두고 아우에게 마음이 기운 겐가?"

안됐다는 듯 고개를 가로젓던 임금은 재연의 정백淨白한 얼굴에 그나마 남아 있던 혈색마저 꺼져 가는 것을 눈치채고는 말을 멈췄다.

"고백도 안 해본 건가."

남자 대 남자로 눈을 마주치며 임금이 진지하게 물어온다.

재연은 여전히 대답하지 못했다. 고백은 했으나 고백이라 여겨지지도 않았다고, 그렇게 말하지 못하였다.

"너무 메마른 인생을 살아온 게지, 그대가."

임금의 목소리에서는 자책의 기운마저 느껴졌다.

"과인을 보필하느라 다른 것에 어두웠던 것이지. 여인의 마음 같은 건 모른 게야."

여인의 마음, 모르겠습니다.

어떻게 하면 그걸 얻을 수가 있습니까. 전하께서 아시면 좀 알려주소서.

강제로 취할 수는 있겠으나 그러면 마음은 영원히 제게 주지 않을 것입니다. 어디로 튈지 모르는 그 여자를 제 가슴속에 가둬놓으려면 어찌해야 하는지 가르쳐 주소서.

더 이상 연적이 아닌 임금에게 그는 묻고 싶었다. 전하께서도 이런 마음을 품으신 일이 있느냐고. 이제껏 알아왔던 자신의 모습이 아닌 생경한 자아가 불쑥불쑥 튀어나오는 걸, 어찌 감당하면 되냐고.

냉정함의 가면이 사라지고 그의 얼굴에는 온갖 빛깔이 떠올랐다. 임금은 그런 신하가 신기하기도 하고 재미있기도 하고 한편 딱하기도 해 그를 한참 쳐다보았다.

"첫정이로고."

어깨를 두들겨 주고 싶은 심정으로 임금이 중얼거렸다.

"첫정은 힘든 것이야. 감당하기도 힘들고 이루기도 힘들지. 너무 상처받지 않았으면 좋으련만."

왕은 알고 있었다. 신하가 상처받으리라는 것을. 남들보다 몇 배나 감정을 죽이며 살아온 김재연은 터져 나온 그 감정을 정리해 내기도 여러 갑절 더 어려울 것이다.

"염려치 말고 돌아가라. 과인이 아무리 혼군昏君이라 하여도 신하의 정인을 빼앗을 만큼 몰염치하지는 않도다. 짐은 그저 짐을 웃게 해주는 것이 좋았을 뿐, 딱히 그를 여인으로 생각하는 것도 아니니라. 앞으로는 공이 동반하여 궁으로 들라. 내 비빈들과 함께 즐겁게 이야기를 들으리라."

재연은 감복하여 머리를 조아렸다.

이분을 위해 나는 인생을 바치리라, 그는 입술을 짓물며 다시 한 번 맹세하였다. 잠시나마 왕을 상대로 질투의 검은 마음을 품었던 자신이 부끄러워 고개를 들 수가 없다.

왕은 은밀하게 덧붙였다.

"입궐할 때는 반드시 두 사람이 함께 오도록 하라. 오는 길에 어찌 좀 해보고. 시간이 정을 만들기도 하는 것이니."

얼굴이 붉어져, 재연은 고개를 들지 못했다.

시간이 정을 만든다.

그런 거구나.

하멜 일행은 전라도로 유배 길을 떠나게 되었다. 아무래도 그들을 도성에 두는 것은 위험하다는 조정의 판단에 따른 것이었다. 그들로서는 전하의 관용으로 목숨을 건진 것만도 다행이라 생각해야 하는 상황이었다.

임금께서는 살짝 사감私感을 담아 일을 처리하셨다.

잘생기고 능력있지만 여자에는 숙맥인, 당신의 총애하는 신하를 나서서 돕기로 결심하셨다.

그리고 그 신하의 경쟁자가 되는 또 한 사람은 그로 인해 심기가 아주 불편하였다.

"지난번에 그런 일을 당하고도 또 길을 떠나야 하다니, 나로서는 적이 걱정스럽구나."

기껏 비단옷 입혀 가꾸어놓았더니 다시 남장시켜 데려가신다는 형님이 재준은 불만이었다. 형님이 그러자 하신 것은 아니고 전하께서 명하신 일이라니 대놓고 불평할 수도 없어 더 마음이 좋지 않았다.

"뭘 굳이 네가 필요하다 하시는 건지 모르겠다."

한양의 군사들이 하멜 일행을 호송하여 공주까지 내려가기로 했다. 전라병영에서 올라오는 병사들과 그곳에서 합류해 일행을 넘기게 되어 있었다. 임금께서는 재연더러 군사를 인솔하라 하셨고, 양인들과의 원활한 의사소통을 위해 꼭 인희를 데려가라 하셨다.

공주까지는 삼 일 거리였다.

'별일 없겠지…….'

인희의 안전도 안전이지만 두 사람이 꼬박 엿새를 함께 지내게 된다는 것이 재준은 몹시 마음에 걸렸다.

물론 형님이 딱히 무슨 일을 하실 거라고는 생각지 않았다. 아마 인희도 그럴 것이다.

하지만 남녀 사이가 아닌가.

아무도 모르는 일이다.

생각 같아선 따라가고 싶지만 공무를 수행하는 사람들에게 빌붙을 구실은 없었다.

재준은 임금이 형을 위해 배려했다는 것은 알지 못했다. 궁궐 깊은 곳에서 전하께서 회심의 미소를 짓고 있다는 건 알 길이 없었다.

'김재연 공의 아우여, 미안하다. 그러나 내게는 누군지도 모르는 그대보다 나를 위해 목숨을 바치는 신하가 더 소중하나니.'

임금은 인희에게는 미안하다고 생각하지 않았다.

'미래에서 온 여인아. 지금은 네가 다른 사내에게 마음을 주었을지 모르나 언젠가는 내게 고맙다 할 날이 있으리로다. 조선 천지를 통틀어 저만한 남자는 없을 것이야.'

그러나 왕은 기회를 준 것일 뿐, 그 기회를 살려내는 건 전적으로 김재연의 몫이 될 것이다.

임금은 고개를 절레절레 흔들었다. 저 반듯하기만 한 남자는 차려놓은 밥상마저 마다할지도 모른다. 아니, 그게 밥상이라는 것을 아예 눈치채지 못할지도 모를 일이다. 다른 일에는 지략이 번뜩이는 사내이건만, 애정 문제에 있어서는 도통 밝질 못하니 안타까운 일이다.

하지만 그래서 더 마음이 가는 신하이기도 했다.

꼭 사랑하는 여인을 가슴에 품고 돌아오기를, 임금은 바랐다.

겨우 정 붙이고 살던 한양을 떠나 시골로 내려가야 하는 하멜 일행은 초췌하고 불행했다. 한양에서는 어영군에 소속되어 임금의 행차에 꽃 구실도 톡톡히 했건만, 오지로 쫓겨가서는 먹고살 일도 막막한 형편이었다. 인희는 그들을 조금이나마 위로하려 그들의 달구지 가까이 말을 몰며 이런저런 이야기를 나누었다.

조금 떨어진 곳에서는 재연이 등을 꼿꼿이 세운 채 정면만을 응시하며, 그들에겐 아무 관심도 없는 듯 단정하게 말을 몰고 있었다.

'입궁하는 걸 막아줘 고맙다고 인사해야 하는데.'

인희는 잘 알고 있었다. 임금의 말이라면 죽여주십시오 따르던 재연이 정면으로 싫다 하며 나서주지 않았더라면, 자신은 인생을 망치고 말았을 거란 사실을. 고맙다고 하고 싶었다. 어려운 일 하시게 해서 미안하다 말하고 싶었다.

그러나 입이 떨어지지 않았다. 허튼 기대가 생겨난 게 창피해 얼굴을 볼 수가 없었다. 허튼 기대. 왜 어명을 거스르면서까지 나를 붙잡아주었을까 하는 헛된 망상. 가슴이 뛴다.

"힘들면 쉬었다 가겠느냐."

무심한 듯 건넨 말에 인희가 그를 쳐다보았다.

괜찮다고, 힘들지 않다고 답하자 묵묵히 가던 길 갈 뿐이었다.

조금도 남자로 보이지 않는 인희를 저 양인들은 정말 남자라 믿는 것인지, 재연은 의심스럽기 짝이 없다. 불쌍한 척 친한 척하다가 해코지라도 하는 건 아닌가 신경이 곤두섰다.

그는 그녀를 험한 길에 데려오고 싶지 않았다. 주상께서는 왜 가냘픈 여자를 굳이 데려가라 하신 것인지 알 수 없었다. 박연을 보내셔도 되고, 사실 이제 양인들도 어느 정도는 조선말을 하기 때문에 꼭 통역이 필요한 것도 아니었다.

시간이 정을 만든다.

그건 인간관계에 능숙한 사람에게 해당되는 말일 것이다.

시간은 관계를 더 망가뜨릴지도 모르는 일이다.

재연은 인희 쪽을 바라보기도 힘겨웠다.

그렇게 행군은 계속되고 첫날 묵을 관아에 도착하였다.

그곳에서는 잔치가 기다리고 있었다.

고을의 관기들이 총동원된, 지역 유지가 준비한 환영행사가 그들을 맞이했다. 봉명사신奉命使臣을 수청 들고자 어여쁜 기생들이 저마다 아름답게 차려입고 유혹의 미소를 보내고 있었다.

곱게도 분단장한 여자들을 보며, 인희는 가슴이 쿵 떨어지는 것 같았다.

"대체 이게 무슨 짓이오."

기대를 깨는 서릿발 같은 음성에 풍악을 준비하던 악공들도 웃음을 흘리던 기녀들도 죄 얼어붙었다. 상다리 부러지게 진수성찬 준비해 놓고 김정국 대감 댁 맏아들을 기다리던 고을 수령과 지방 토호라는 자는, 오금이 저린지 재연의 차디찬 얼굴을 곁눈으로 보며 슬그머니 눈치를 살폈다.

"좋은 일로 지나는 것도 아니고 죄인을 호송하는 길이건만, 임금의 녹을 먹는 자가 백성의 고혈로 기름진 것을 차려놓고 잔치를 벌인단 말이오?"

그의 눈이 워낙 매서워 감히 말을 붙이기 어려웠지만, 그래도 억울한지 수령이 기어들어 가는 목소리로 대답을 했다.

"세금으로 차린 상은 아니옵고, 여기 이 지역 유지 되는 분이 환영의 의미로……."

그러나 그의 말은 재연의 시선 한 번에 잘렸다.

"환영은 무슨 환영이란 말이오. 죄인을 호송한다 하지 않았소. 기쁜 일과 삼가야 할 일도 구분 못한다면 그를 어찌 나라의 종복이라 하리."

깨갱. 수령은 더 이상 아무 말도 못하고 뒷걸음질쳤다.

인희는 어쩐지 산적을 만났던 그 숲 속이 생각나 가슴이 두근거리기 시작했다. 도둑이든 탐관오리든 재연 도련님 앞에선 꼼짝도 못하는구나. 너무 근사하지 않은가, 내가 좋아하는 저 남자가. 좋아하고 싶었던 건 아니지만.

잔치는 엎어졌다. 상이 치워지고 기생들은 보기 드문 미남자를 모시지 못하게 된 것에 못내 아쉬워하며 물러났다. 토호와 그 아들도 얼굴에 불만이 가득했지만 어쩔 수 없는 일이기에 자리를 떴다. 특히 아들이라는 젊은이는 질펀한 욕심을 채우지 못해 무척이나 섭섭한 듯 충혈된 눈을 이리저리 돌리며 꾸물거렸다. 뱀 같은 그와 눈이 마주치자 인희는 소름이 돋았다.

"이 사람에게는 방을 하나 따로 주오."

일행에게 방을 배정하는 수령을 향해 재연이 당부했다. 이 사람이란 물론 인희였다.

"그리고 큰 통에 더운 물을 받아 이 사람 방에 넣어주셨으면 고맙겠소. 용도에 대해서는 물으실 것 없소."

부탁도 어찌 저리 당당한가, 인희는 지도자의 모습이 몸에 밴 재연을 경외심을 품어 물끄러미 보았다.

남의 위에 서는 것이 당연한 남자. 단 한 사람 왕을 제외한다면 언제 어디서나 누구에게나 한 치도 물러섬이 없는 당당한 남자. 눈빛 매섭고 목소리 위압적인, 차갑고 두려우며 그래서 사람을 사로잡는 호백皓白한 남자.

'아, 정말 멋지긴 하다. 못돼 처먹었어도 아찔하게 멋있긴 해.'

인정하지 않을 수 없어 그녀는 두 뺨을 손바닥으로 감싸며 고개를 흔들었다.

'멋있으니 끌린 거지. 꼭 내가 변태라서 그런 거기야 하겠어.'

그저 바라보기만 한다면.

맑은 재민을 보듯, 섹시한 재준을 보듯, 카리스마 넘치는 저 남자도 보는 것만으로 만족할 수 있다면, 아무 문제도 없을 것이다.

하지만 아까 기생들이 그를 맞으러 나온 모습에 숨이 멎었던 건, 그녀가 재연을 단지 바라보기만 할 수 없기 때문 아닌가.

'어차피 내 남자도 아닌데 방탕하든 기생첩을 끼고 놀든 무슨 상관이냐고.'

그렇게 생각하려 노력했음에도 꽃 같은 기생들을 물리친 그 단호한 모습에 안심이 되고 말았던 건, 인희의 마음이 전혀 다른 말을 하고 있다는 뜻이리라.

냉랭한 무표정 뒤, 실은 그녀를 위해 독방에다 목욕물까지 배려할 만큼 자상한 남자였다.

거기엔 인희가 기억하는 화사한 미소와 따뜻한 손길이 숨어 있었다.

그렇게 가끔 닿아오는 마음에,

여자의 가슴이 뻐근하지 않을 수가 없는 거였다.

그래서 문제인 것이다. 그저 보기만 하고 만족할 수가 없으니.

죄인이라 하지만 도망갈 가능성이 없어 운신이 자유로운 하멜네는 인희와 밤늦게까지 수다를 떨었다. 이젠 거의 조선말로 대화가 가능한 그들은, 여자같이 예쁜데다 서양에 대해 해박한 지식을 지닌 인희가 신기한지 놓아주지 않았다. 그녀도 오랜만에 법도 운운하지 않는 서양 사람들과 보내는 시간이 즐거웠다.

한밤중이 되었고 이젠 들어가 목욕하고 자야겠다 생각한 인희는 일행에게 밤 인사를 하고 그들의 방을 나섰다. 초가을 바람은 제법 선선했다. 하늘이 맑고 별이 와르르 쏟아지는 예쁜 밤이었다. 향기로운 밤공기를 깊이 들이마시며 그녀는 천천히 여유롭게 걸었다.

재연은 저녁상을 물린 후 책을 읽으며 시간을 보내고 있었다. 남자들 방에 가 늦게까지 놀고 있는 여자가 신경 쓰였지만 과잉보호에도 한계가 있는지라 애써 생각지 않으려 했다.

'이제쯤은 제 방으로 돌아가지 않았을까……'

천천히 일어서 밖으로 나간 그는 아닌 듯 둘러보며 뜰을 거닐었다.

그녀에게 배정된 방에는 아직 사람 기척이 없었고 하멜 일행이 있는 방은 불이 꺼진 것이 잘 준비가 끝난 듯했다.

'어딜 간 걸까.'

그는 미간을 좁히면서 걸음의 속도를 약간 높였다.

주변은 캄캄하기만 했다. 관아에 사람이 잘 만한 곳에는 모두 인기척이 저물었고 어디에도 인희의 흔적은 없었다. 우물 근처에도 뒷간 쪽에도 부엌 언저리에도 그녀는 보이지 않았다.

기분이 좋지 않았다. 칼을 들고 나오길 잘했다 생각하며 재연은 이리저리 어둑한 곳을 골라 뒤지기 시작했다. 시골의 밤은 아무리 많은 별이 빛난다 한들 새카맣게 어두운데 이 여자는 아직 혼자서 돌아다닌다는 걸까. 점점 마음이 조급해지고 불안감이 엄습해 와 그는 초조하게 헤매 다녔다. 아까 음탕한 눈을 희번덕거리던 토호의 아들이란 자가 떠올라 그의 가슴이 좁아들었다.

'난 왜 방심하고 있었던 건가. 그 여자가 남자로 안 보이는 건 나한테만이 아닐 텐데.'

행랑채 바깥 뒤쪽으로, 후미진 그늘에 헛간 하나가 눈에 띄었다.

순간 저기다 싶은 동물적인 확신에, 재연은 바람처럼 내달렸다. 발은 땅을 스치듯 날고 그의 움직임에 수풀이 쏴아 소리를 냈다.

헛간 안으로부터 희미하게 비명 소리와 몸싸움하는 둔탁한 마찰음이 들려왔다. 그 소리에 재연의 피가 온통 거꾸로 치달았다. 너무 늦은 건 아닌가.

콰당.

문이 젖혀지고 그의 눈앞에 나타난 광경은, 의심했던 대로 토호의 망나니 아들이 인희를 덮치고 있는 장면이었다. 그녀의 두 팔은 그자의 손에 붙잡힌 채 머리 위로 끌어 올려져 있고 저고리가 다 풀어헤쳐져 가슴을 동여맨 하얀 띠가 드러나 있었다.

흐트러진 그녀의 커다란 눈이 재연의 눈과 마주쳤다. 그는 심장이 멎는 것 같아 헉 외마디소리를 냈다.

색한이 서슬에 놀라 뒤를 돌아보았다. 추접스런 얼굴을 마주한 순간 재연의 분노는 극한에 치달았다. 머리끝까지 피가 솟아올라 터져 나오는 것 같았다. 네가 감히, 저 여자를, 너 따위 더러운 자가!

그저 칼을 뽑는 것만으로도 걸음아 날 살려라 도망칠 위인이었다.

칼날을 목에 대고 한 번 노려봤다면 피똥을 싸며 살려주십시오 애걸할 종자였다.

그러나 재연은 그렇게 하지 않았다.

휘익.

칼날이 공기를 갈랐고 치한의 등에 길게 칼자국이 새겨졌다. 피가 유리파편처럼 튀었고 남자는 비명도 지르지 못했다.

"죽이지는 않을 테니 가라."

지옥에서 온 사자처럼 무시무시한 그의 일갈에 남자는 피를 뚝뚝 흘리면서 죽을상을 하고 기어나갔다. 재연 옆을 제대로 지나지도 못해 비실비실 멀리 돌아 추한 꼴을 하며 사라져 갔다.

인희는 몸을 일으켜 헛간 벽에 기댄 채로 눈을 커다랗게 뜨고 재연을 쳐다보았다.

바들바들 떨리는 것이 이제야 제대로 무서운 생각이 들기 시작했지만, 눈앞에 서 있는 악마처럼 아름다운 남자의 매혹은 공포를 압도하고도 남았다.

'아름답다. 아름다워. 저 사람이 너무 아름다워.'

바라보는 것만으로도 숨을 쉴 수 없을 정도로 고혹적인 남자가, 두루마기에 새빨간 피를 점점이 뿌린 채 백지장 같은 얼굴로 그녀를 내려다보고 있다.

인희는 간절히 소원했다.

'웃어줘.'

그녀를 위험에서 구해준 재연이 다시 한 번 웃어주기를 갈망했다. 그 숲에서처럼, 괜찮다고, 걱정하지 말라고, 입술을 부드럽게 말아 올리며 그녀를 향해 미소 지어주기를 갈구했다. 그 미소가 자신의 상상인 건 아니었다고 확인시켜 주길 바랐다.

그러나 재연은 웃을 수 없었다.

여자는 옷이 찢겨 어깨를 다 드러낸 채 늘어져 있었다. 투명한 눈을 치뜨고, 붉은 입술을 꽃처럼 벌리고, 가련하도록 연약한 모습으로 자신을 올려다보고 있었다.

저 백설 같은 어깨가 그 더러운 놈의 손을 탔다 생각하니, 그자의 손모가지를 잘라내지 않은 것이 후회되어 미칠 지경이었다. 조금만 늦었어도 처참하게 욕을 당했으리라 생각하자 태만하게 방심했던 스스로를 용서할 수가 없었다.

입술을 깨물었다. 피가 스며 나온다. 여자를 범하려 했던 흉악한 사내의 것과 똑같이, 더운 피였다.

'화났어.'

인희는 고개를 떨어뜨렸다.

'화난 거야. 내가 또 무방비하게 잘못 처신했다고 화 많이 났어.'

풀이 푹 죽었다. 저 사람과의 사이는 좁혀질 수가 없는 걸까, 그녀는 속상해 울고 싶은 심정이었다.

사랑해 주지 않아도, 그저 바라보고만 있더라도, 괜찮아.

하지만 미움받는 건 슬퍼.

그녀는 힘없이 일어섰다.

어깨를 축 늘어뜨린 채 옷깃을 부여잡고 재연을 스쳐 지나는 인희의 몸이 가늘게 떨렸다.

열린 헛간 문으로는 차가운 바람이 들어왔고 그녀가 떠나 버린 공간은 휑뎅그렁할 뿐이었다.

"무섭게 했구나."

재연은 허탈하게 중얼거렸다.

변명의 여지가 없다. 온통 피가 흩어진 바닥. 손에서 아직도 부르르 떨고 있는 그의 칼. 손목이 아니라 그자의 남근을 끊어내 버리고 싶었던 잔혹한 충동. 그 모두가 그녀를 두렵게 했을 것이다. 어쩌면 그 사내보다 자신이 더 두려운 존재였을지도 모른다.

"난 또 저 여자를 무섭게 했어."

그녀가 본 자신의 눈이 새빨간 색이었을까 싶어 그는 눈을 감았다. 이미, 너무 늦었겠지만.

어쩔 줄 몰라 하는 수령에게 향후 그 파렴치한 자가 어떤 벌을 받았는지 반드시 확인하러 오겠노라 엄포를 단단히 놓고, 재연 일행은 다시 길을 떠났다.

인희는 하멜들과도 많은 말을 하지 않았다. 눈에 띄지 않게 거슬리지 않게 그저 조용히 그녀는 재연의 뒤를 따랐다. 평양으로 가던 꽃길과 달리 스산하게 가을을 맞이하는 유배 길은 서글펐다.

'고미남 운운하던 때가 엊그제 같건만.'

실소가 피식 삐져나온다. 그때 뭐라고 했더라, 우린 아무 감정

없는 산뜻한 사이라고 했었지, 아마?

'산뜻하긴. 젠장.'

결국 그녀는 까칠하기 짝이 없는 황태경을 좋아하게 되었고, 다정한 강신우와 사랑스러운 제르미는 모두 고미남을 좋아하고 있다. 무슨 각본 따라 전개된 양 그들의 마음이 움직였다. 남녀가 모여 있으면 결국 이런 형태로 일이 펼쳐지고 마는 걸까. 하지만 여기선 황태경은 고미남을 사랑하지 않는 거로 끝나는 건가. 인희는 쓴물이 올라오는 기분을 삼키며 생각했다.

본래의 목적에 충실한 여행길은 이틀 후 공주에서 끝났다.

전라병사 유정익에게 하멜 일행을 인계하고, 그들은 발길을 돌렸다. 지금부터는 고된 삶이 하멜들을 기다리고 있을 것이다. 윗사람이 누구인가에 따라 천국과 지옥을 오가는 불안정한 나날을 버텨나가게 된다. 오죽하면 13년이나 정붙이고 살던 조선을 목숨 걸고 탈출하게 될까.

하멜과는 이것이 끝인 인연이라, 인희는 조금 슬펐다. 그 역시 친구라 부를 수 있는 유일한 조선인인 인희와의 작별을 아쉬워하며 울었다.

재연을 따라온 군사들은 하멜과 함께 전라병영으로 이속되었다. 많지 않은 숫자였다. 굳이 이속시킬 이유가 없지 않나 재연은 생각했지만 어명이라 그리 따를 뿐이었다.

돌아오는 길에 떨거지들을 떼어주겠다는 임금의 깊은 속내가 숨어 있는 것은, 그로서는 전혀 알 길이 없었다.

'둘이만 돌아와라, 삼 일 내내 둘이만 꼭 붙어 있어라.'

멀리 한양에서, 임금은 정사를 보는 중간중간 씨익 웃으며 신하의 성공을 기원했다. 이미 비빈妃嬪 다 있으시고 더 이상 연애할 일 없는 왕은 재연의 사랑 이야기가 사뭇 흥미진진하고 즐겁기만 했던 것이다.

둘이서만 걷는 귀경길은 어색하고 불편하며 가슴 설레었다. 이제 색깔을 띠기 시작한 나뭇잎들을 보면서 인희는 공연히 경치 이야기를 꺼내보기도 하고 계절 얘기를 해보기도 했다.

"네가 살던 곳은 건물이 많다면서 그러면 단풍 구경하기는 괜찮으냐."

재연도 그녀가 무안하지 않게 대꾸를 해주었다.

한 마디 두 마디 이야기가 오가며 두 사람은 조금씩 긴장을 풀었다. 마치 그동안 별일 없었던 것처럼, 평양 오가던 길처럼, 시답잖은 대화를 나누며 그들은 천천히 한양을 향했다.

돌아가는 길은, 3일이었다.

제14장

　돌아가는 길, 첫 밤.

　그들이 묵게 된 곳은 작은 관아였다. 내려갈 때와 다른 길을 선택한 것은 인원이 줄어 굳이 번잡한 길을 타지 않아도 되기 때문이었다. 그런데 이 고을 관아는 좀 너무 협소했다.

　"죄송합니다, 나으리. 방이 모자라서 동행한 청년은 저희 관아의 일꾼들과 한방을 써야 하겠습니다요."

　재연은 눈을 가늘게 뜨고 이방이라 하는 자를 노려보았다. 아직도 저 여자가 사내로 보인단 말인가, 사람들 눈에?

　그러나 부러 여자라 일러주고 싶지는 않아, 그는 다른 말 없이 안 된다고만 했다.

　"나와 같은 방을 쓰면 되네. 오랜 시간 함께 동행한 사람이야.

신분이 다르다고 불편할 것은 없으니 신경 쓰지 마시게."

옆에서 눈을 동그랗게 뜨고 뭐라구요 하는 표정을 짓고 있었다, 여자는.

재연은 이방이 물러가기를 기다렸다가 그녀를 돌아보았다.

"염려할 것 없다. 네가 불편하지 않도록 내 알아서 할 것이니."

초저녁에 도착해서 시간이 넉넉했다. 더운물을 얻어 몸을 씻고 소박하나마 정갈한 식사를 하고, 그들은 관원들과 일꾼들이 다 퇴청하도록 책을 읽으며 한가한 저녁시간을 보냈다. 한문에 어두운 인희는 책을 펼쳐만 놓은 채 재연이 글 읽는 모습을 물끄러미 바라보며 앉아 있었다.

현대와 달리 조선에선 밤이 되면 모든 것이 잠들었다. 풀벌레 소리가 들려오는 계절이라 적막하지는 않았지만, 도시의 소음이 없는 밤은 사람의 가슴을 묘하게 흔들어놓는 마력을 가지고 있었다. 인공의 불빛도 여기는 존재하지 않는다. 어스름한 저녁 빛마저 사라지고 호롱불을 켜자, 방 안의 모든 사물이 생명을 얻어 각기 움직이기 시작했다.

인희는 몽롱한 불빛 속에 표정을 감춘 채 재연을 보고 또 보았다. 이렇게 마음껏 볼 수 있는 일은 흔치 않아, 그녀는 눈을 떼지 않고 그의 얼굴만 하염없이 바라보고 있었다. 언제 보아도, 어떤 자세로 보아도, 아름답기 그지없는 사람이다.

"이제 늦었으니 잘 준비를 해라."

그가 책을 덮으며 인희를 쳐다보았다. 넋 놓고 보고 있던 걸 들킬세라 그녀는 고개를 돌리며 네 했지만 뭘 어떻게 준비하라는 건진 알 수 없었다.

"방 안에서 자도록 하여라. 나는 마루에 나가 잘 터이니."

그럴 생각인가 보다 짐작하긴 했지만, 그래도 차마 도련님을 나가 자라 할 수는 없어 인희는 머뭇거렸다.

"어떻게 도련님이…… 제가 마루에서 자는 게 나을 거 같은데요."

재연이 미간을 찌푸렸다. 아무려면 내가 널.

갓을 벗어 벽에 걸고 방문을 나서는 그를, 그녀가 잡았다.

"아니, 그래도, 저기 그냥 여기서 같이 주무시면 어때요?"

말을 해놓고는 아차 싶다. 넷이서 한방을 쓰긴 했지만 둘은 전혀 다른 이야기.

설마하면서도 인희의 얼굴을 한 번 내려다본 재연은 그녀가 유혹하는 것이 절대 아님을 확인하고 말없이 바깥으로 나갔다. 그녀는 더 붙잡을 순 없었다.

'그래. 그건 내가 안 되는 일이야. 아마 내가 밤새 한숨도 못 잘 거야.'

스스로를 이미 마조히스트로 규정지은 인희는 그렇게라도 곁에 있고 싶다는 생각을 잠깐 했지만, 이내 지워 버리고 이부자리를 폈다. 이왕 변태면 사디스트가 나았을걸, 어쩌다 사서 고생일까, 서울에 있는 사람들은 이렇게 초라한 내 꼴 아무도 믿어주지 않겠지. 투덜투덜.

그런데 방문이 열리더니 다시 재연이 들어왔다. 네? 표정으로 묻는 그녀에게 그가 불쑥 손을 내밀었다.

"나와 함께 달구경을 하지 않으련."

언제나 근사한 중저음의 목소리가 그녀를 청해왔다.

눈빛이 온유했다. 머뭇거리며 잡은 손은 따뜻했다. 차가움을 걷어낸 재연이 낯설어 인희의 가슴이 쿵쿵거렸다.

그는 팔을 당겨 인희를 잡아 일으켰다. 일으킨 후에도, 방문을 열고 나가면서도, 재연은 그녀의 손을 놓지 않았다. 가슴이 더 심하게 쿵쿵거린다.

방 바깥엔 은빛 달세계가 펼쳐져 있었다. 보얀 달빛이 관아의 뜰과 나무와 대문까지 온화하게 물들이며 세상의 날을 한 꺼풀 무디게 해놓고 있었다. 달빛은 차가운 색이라고 생각했는데 이렇게 안개처럼 포근하고 유할 수도 있는 거였구나. 신비로운 경관에 인희가 감탄의 깊은 숨을 내쉬었다.

이런 달밤엔 이 사람도 부드러워질 수밖에 없나 보다, 그녀는 곁에 선 남자의 옆얼굴을 살짝 보며 생각했다. 흰 얼굴이 유난히 돋보인다. 한 번도 본 일 없는 달맞이꽃이 이런 느낌일까. 남자를 꽃에 비유하는 건 실례인 걸까.

"이리 앉자."

재연은 한쪽 무릎을 세우고, 인희는 다리를 모으고, 두 사람이 벽에 기대앉았다.

그는 여전히 인희의 손을 놓아주지 않았다. 그렇다고 손가락을 얽어 깍지를 끼지도 않았다. 마치 악수하는 사람들처럼 담백하게 그녀의 손을 쥔 채 앉아 있을 뿐이었다. 손을 움직이지도, 재준처럼 손가락을 만지지도 않았다.

그런데 인희의 가슴이 정신없이 뛰었다. 이러다가 심장이 터지는 게 아닐까 싶을 만큼, 그렇게 뛰고 있었다. 고요한 밤공기를 타고 심장 뛰는 소리가 전해질까 두려울 정도로, 아프도록.

"기대도…… 되나요."

어디서 그런 용기가 났을까. 그녀는 조그맣게 속삭이고는 답을 기다리지 않고 그의 어깨에 머리를 대었다. 단단하고 각진 어깨가 조금 올라와 그녀를 받쳐 주었다.

손을 잡고 어깨에 기대 있으니 마치 연인 같아, 인희는 설레고도 슬펐다.

'사랑받고 싶다.'

가슴 깊은 곳에서 뜨거운 마음이 몽글몽글 솟아올랐다.

'이 사람한테, 사랑받고 싶어.'

눈물이 날 것만 같다. 이 차가운 척 속정 깊은 남자한테 사랑받고 싶어 심장이 죄어온다.

나를 예뻐해 주었으면. 소중하게 생각해 주었으면. 날, 여자로 보아주었으면.

인희는 얼굴을 아주 조금 움직여 재연의 어깨에 뺨을 문질렀다.

그에게서는 묵향과 칼의 날내가 섞인 어두운 냄새가 났다. 안쓰러운 향이었다. 보듬어 안아주고 싶은 향기였다.

이대로 품을 파고들고 싶다고, 그의 목에 매달려 사랑을 조르고 싶다고, 나를 안아달라 하고 싶다고, 그녀는 너무나도 간절하게 원했지만,

움직이지는 않았다. 움직일 수는 없었다.

두 사람은 말없이 달만 올려다보며 그렇게 앉아 있었다. 입을 열면 마법이 깨질 것 같아, 숨죽이며 조심스럽게 그들만의 시간을 누렸다.

달빛은 꼼짝도 하지 않고 앉아 있는 두 사람을 상냥하게 어루만져 주었다.

어쩌면 모든 건 달님이 보여준 꿈일지도 모를 일이다.

이 밤은 영원히 잊지 못할 거라고, 인희는 생각했다.

새벽녘, 새소리가 시끄러워 잠에서 깨어났다. 눈꺼풀을 통해 비쳐 오는 햇빛이 이제 아침이라고 말하고 있었다.

아, 졸려, 일어나기 싫어…… 인희는 더 자고 싶었지만 하는 수 없이 한쪽 눈만 슬쩍 떴고, 그 눈에 저고리 고름이 보였다. 남자의 흰 저고리였다.

그녀는 그 저고리의 주인에게 폭 안겨 있는 모양새였다. 그의 팔이 어깨를 감싸 안았고 인희의 머리는 평평한 가슴에 편안하게 얹힌 채였다. 재연은, 벽에 비스듬히 기대앉아 있었다.

깜짝 놀라 몸을 일으켰다. 이럴 수가. 침이라도 흘리고 잔 건 아닌가 얼굴을 문지르며 겸연쩍게 고개를 돌리니, 그의 얼굴이 코앞에 있었다. 잠기운이 조금도 없는 마른 얼굴이었다.

"아, 죄송해요. 잠들어서……."

창피해 홍조를 띤 그녀에게 재연은 물었다.

"뭐가 죄송하다는 말이냐."

뭐가 죄송한가. 할 말이 없네. 혼자만 잠들어서? 기대 자는 바람에 불편하게 해드려서?

아침 공기가 써늘하게 옷 속을 파고들어 왔다. 자면서 조금도 춥지 않았던 건 저 남자가 안아줘서였나 보다. 아무리 여행길이라 피곤했다지만 깊고 곤하게 잔 건 저 사람이 미동도 하지 않고 버텨줘서였나 보다. 창피함과는 다른 이유로 얼굴이 화끈거리며 발갛게 물들었다.

"저기…… 음, 아, 세숫물. 물 떠다 드릴게요."

도망치듯 자리를 떠났다. 우물에서 차가운 물을 떠와 수건과 함께 대령하자 재연은 얼굴을 씻었다.

물방울 떨어지는 그의 목덜미가 눈에 들어온다. 그녀의 머리를 받쳐 주던 너른 가슴이 그 아래 있었다. 기다란 손가락이 물을 닦아낸다. 그녀의 손을 꼭 잡아주던 크고 따스한 손이었다.

달리 아무 일 없었는데도, 마치 첫날밤을 지낸 새색시가 수줍게 신랑을 훔쳐보듯 인희는 잘나디잘난 그녀의 남자를 바라보았다. 그녀의 남자. 누가 뭐라고 해도. 남자가 동의하지 않겠지만, 그래도. 가슴이 다시 불규칙하게 뛴다.

인희에게 대야를 넘기고 재연은 방으로 들어갔다.

전혀 자지 못했음에도 신경이 예민하게 살아 움직였다.

'이다지도 충만한 느낌인 것인가.'

그는 심호흡을 하며 여자의 감촉을 기억해 내었다.

품 안의 여자는 따뜻하고 폭신했다. 그리고 그를 무서워하지 않

있다. 온전히, 무방비하게, 모든 것을 내맡긴 채 자신을 믿고 매달려 있었다. 어린아이처럼 색색 숨소리를 내며 그녀는 재연의 가슴 속에서 달게 잤다.

'나를, 싫어하는 건 아니었어.'

눈을 지그시 감았다. 저절로 입술 끝이 올라간다.

달빛의 힘을 빌려 어렵사리 내민 손을, 여자는 뿌리치지 않았다. 스스로 어깨에 기대어왔다. 심지어 고양이처럼 뺨을 문지르며 달라붙지 않았던가.

'어쩌면 내게도 아직 희망이 있는 건가.'

가슴팍이 간질거린다. 밤새 움직이지 못해 팔이 저리고 허리가 뻣뻣했지만 여자를 지키며 지새운 밤은 짧기만 했다. 내가 안고 있는 동안은 세상 누구도 이 여자를 건드릴 수 없다고, 그는 잠든 인희의 머리카락을 쓰다듬으며 못내 뿌듯했다. 조그마한 얼굴도 가녀린 어깨도 작은 손도 그 순간만은 재연의 것이었다. 아무도 훔쳐 갈 수 없었고 그 누구도 넘볼 수 없었다. 감히 해칠 수는 더더욱 없었다.

놓아줄 수 없다. 말간 얼굴에 결연한 표정을 담으며 그는 생각했다. 제대로 마음 한번 전하지 못한 채 단념하고 만다면 어찌 사내라 하겠는가. 아니, 설령 싫다는 대답을 듣는다 해도 그는 포기하지 않을 것이다. 못할 것이다. 스물여섯 해 만에 처음으로, 유일하게, 그의 마음을 가져간 사람이다. 마음을 뺏긴 채 살 수는 없는 법. 그 마음을 돌려받기 위해서는 저 여자를 가질 수밖에 없는 것 아닌가.

일반적으로 생각하는 의미와는 달랐지만 어찌 됐든 '밤을 함께 보낸' 두 사람은 다시 여행길에 올랐다.

"피곤하지 않으냐."

지나는 말처럼 재연이 물어왔다. 인희는 몹시 피곤했지만 아니라 하며 미소를 지어 보였다. 그녀의 미소에 잠깐, 그의 눈길이 머물렀다. 간밤의 일로 두 사람 사이의 기류는 또 다른 흐름을 타고 있었다.

햇빛이 하얀 도포 위에 부서졌고 두 사람은 조용히 말과 함께 흔들렸다. 길은 자꾸만 짧아지고 남은 시간은 부족했다. 벌써 여행의 절반이 지나 버렸다. 둘만의 삼 일에서 하루 반이 꺾였다.

주막에서 점심을 들었다. 독상을 받던 재연이 그를 마다하고 겸상을 차려달라 했다. 양반이 중인과 겸상하는 법은 없는지라 주인이 망설였으나 결국 원하는 대로 해주었다.

"너는 먹는 게 부실하더구나. 그러니 그리 마른 게지."

국밥의 고기를 덜어내 인희의 그릇에 넣어주며 재연이 타박을 놓았다.

'마르다뇨. 요새 살쪄 걱정인데요. 한복이 긴장감을 잃게 하거든요.'

속으로 웅얼거렸지만 그의 관심이 기뻐서 그녀는 삐죽삐죽 웃었다.

이 남자가 혹시 날 좋아하는 걸까. 그냥 동반자를 원했던 것만은 아니었던 걸까. 인희의 머릿속이 데굴데굴 굴렀다. 하지만 그랬다면 어젯밤에 좀 더 적극적으로 다가오지 않았을까. 그저 손만 잡고 잔 건 아무래도 쫌 그렇지 않나.

자신을 바라보는 얼굴에서 찬기는 확실히 사라졌다고 인희는 생각했다. 언제나 못마땅한 듯 불안해 못 견디겠다는 듯 그렇게 쳐다보던 시선 대신, 너그럽게 그녀를 받아들여 주는 눈빛이었다. 가슴속에 자꾸만 기대를 불러일으키는 그런 표정이었다.

'뭘 어쩌겠다고 헛된 바램을 품는 거니.'

밥숟가락을 든 채 인희는 속으로 쓰게 웃었다.

'사랑받아서 어쩌려구. 저 남자가 너 좋아해 그러면 얼씨구나 첩질하려구? 설마 정실 자릴 넘보는 건 아니지, 서인희?'

현실은 꿈을 냉혹하게 짓밟으며 굳건하게 제자리를 지키고 있었다. 마음 따위 무슨 소용이랴.

하지만 마음은 제멋대로 넘쳐 났다.

나중에 어떻게 되든 지금 사랑받았으면 좋겠다고 그녀는 간절히 바라고 있었다. 눈앞 그림 같은 남자의 마음을 잡고 싶다고, 인희의 영혼이 심장을 쥐어짜고 있었다.

재연은 그녀의 표정이 다양하게 변화하는 것을 물끄러미 보고 있었다.

그의 상념은 머릿속에서 엉켜 제 흐름을 잡지 못하고 빙빙 돌았다. 뭐라고 말하면 되는 걸까, 진심이란 대체 어떻게 전할 수 있는 걸까, 재연은 생각하고 또 생각했다. 정적을 쳐내는 것보다 사람을 베는 것보다 십만 군사를 길러내는 것보다 훨씬 더 어려운 여자의 마음을 얻는 일을, 다른 남자들은 도대체 무슨 수로 하는 걸까.

식사를 마친 그들은 다시 말 머리를 도성으로 향했다. 서로를 향한 정념을 가득 품은 채 아무렇지도 않은 얼굴을 쓰고, 남녀가 동행 길을 계속했다.

이틀째 밤이 찾아왔다.

✳

재준은 뜰에 홀로 서서 젖빛의 보름달을 올려다보고 있었다.

인희를 처음 본 그 밤과 똑같이 몽환적인 둥근달이 그의 마음을 달뜨게 한다.

형님과 함께 어디선가 이 달을 보고 있을 그녀를 생각하며 그는 고개를 숙였다. 마음이 편찮아 도통 잠을 이루지 못하고 지낸 밤이 벌써 여러 날이다.

"형님, 또 나오셨습니까."

아버님의 분부로 호형呼兄하기 시작한 재민이 재준의 모습을 발견하고 다가왔다.

재민을 아들로 인정하겠노라는 김정국 대감의 결정에 그의 부인은 얼굴빛을 붉혔으나, 조정의 실세인 우암尤庵 송시열宋時烈 대감이 종부법從父法을 주청하였고 꽤 많은 가문에서 이를 따르고 있다는 말로 대감은 반박의 여지를 잘라냈다.

민이는, 재민은, 드디어 큰 갓을 쓰게 되었다. 어엿한 선비의 복색을 갖춘 동생은 미목眉目이 청수淸秀한 미남자라 재준은 그를 볼 때마다 마음이 흐뭇하였다.

"그러게. 잠이 오질 않는구나."

아우에게 말할 수는 없는 일이었다. 그는 형님에 대해 아무것도 모르고 있었다. 자신만을 연적으로 알고 있는 동생에게 굳이 큰형님도 경계해라 불필요한 근심을 주고 싶지 않았다.

"인희는, 무사히 잘 있겠지요."

아끼는 여자의 안위를 걱정하는 아우의 모습은 남자답고 어른스러웠다. 천것이라 마음껏 사랑해 주지도 못한 고운 동생이 대견해 재준은 그의 어깨를 툭툭 쳤다.

"그럼. 어떤 여자냐, 그 사람이. 게다가 형님이 함께 계시지 아니하냐."

그의 주된 근심은 형님이 함께 계시다는 것이었지만.

인희가 없는 동안 혼자 돌아다니며 그는 이런저런 소문을 들었다. 그중에 상당히 충격적인 풍문이 있었다. 재연의 정혼자인 박 대감 댁 규수가 바람이 났다는 소문이었다.

'형님이 너무 오래 방치하긴 했지⋯⋯.'

박 규수가 형님네 앞에서 장옷을 떨어뜨리고 부러 얼굴을 보였다는 말은 그도 전해 들은 바 있었다. 그 정도로 적극적인 여자가 나이 차도록 돌아봐 주지 않는 정혼자 대신 다른 사내에게 마음을 뺏겼다면 이해할 법도 하였다.

일반적인 경우라면 그런 풍문이 돈다는 사실 하나만으로도 파혼의 사유가 되었다. 진실 여부가 꼭 중요한 것은 아니었다. 게다가 소문의 상대는 상민常民이라 했다. 신분의 질서마저 어지럽힌 여인은 용납받을 수 없는 것이었다.

'파혼을 하면.'

재준은 머리를 가로저었다.

설령 파혼한다고 해도 달라지는 것은 없다. 두 가문 사이에 불쾌한 앙금만 남을 뿐, 형님이 양갓집 규수를 배필로 맞이하여 가문을 이어야 한다는 절대명제에는 변함이 있을 수 없었다.

아버님이 아무리 인희를 총애하시고 그녀가 미래에서 온 전혀 다른 존재이며 노비가 아니라는 사실을 인정하신다 해도, 그녀를 맏아들의 짝으로 삼아주실 수는 없는 일이었다. 상감마마께서 그녀를 궁녀로 삼으시는 대신 김재연에게 주기로 결정하셨다 하여도, 정실로 삼게 해줄 방도는 마련하실 길 없었다.

그러니 아무것도 문제되지 않을 것이다. 두 사람은 절대 맺어질 수 없고 결국 인희를 손에 넣는 것은 김재준 자신이 되고야 말 것이다.

그럼에도 불안하였다.

인희가 형님의 첩 자리를 감수할 여자가 아니란 걸 누구보다 잘 알고 있음에도, 사람의 마음이 때로는 이성을 배반한다는 사실을 이미 아는 재준은 잠을 청할 수가 없었다.

"흉한 소문을 들었습니다만……."

조심스러운 아우의 목소리였다. 그도 저잣거리에서 풍문을 들은 모양이다. 어르신들이나 귀를 막고 있지 알 만한 사람은 다 아는 소문이 되었으니 난감한 일이다.

하지만 파혼까지 가는 일은 아마 없을 거라고 두 사람은 생각했다. 두 어르신의 친분은 일반적인 정치적 동지 수준이 아니었고 재연과 규수의 오라버니도 혈맹이라 할 정도의 관계였다. 그러니 풍문은 풍문일 뿐이요 덮고 넘어갈 것이 자명했다. 아무리 그래도 귀한 댁 규수가 몸을 더럽힐 정도로 함부로 행동하지는 않았을 것이다.

"그러게. 형님이 마음 상하실 일은 아니어야 할 텐데."

형님은 차라리 잘되었다 하실지도. 신의를 저버린 아내에게 정을 주지 않는다 한들 아무도 비난하지 못할 것이다. 형님은 이름뿐인 정실부인을 안방에 앉혀둔 채 인희를 마음껏 사랑할 수 있을지도 모른다.

그런 상황에서라면, 만에 하나일망정, 인희가 형님을 받아들일 가능성도 전혀 없다고는 할 수 없었다.

재준의 시름은 깊었다.

둘째 날 밤, 재연과 인희가 머문 곳은 무척이나 경관이 수려한 소읍이었다. 조선 땅에 이리도 아름다운 곳이 있었구나 재연이 감탄했고 롯데월드보다 퀘벡보다 예쁘다고 인희는 생각했다. 나지막한 지붕, 자갈로 가를 두른 오솔길, 모자라지도 넘치지도 않는 나무와 수풀. 마치 인공적으로 꾸며놓은 동화 속의 마을인 듯 아담하고 정감 가는 고장이었다.

초저녁의 시골에선 장작 태우는 냄새와 밥 짓는 향기가 떠돌고 있었다. 관아에 여장을 풀고 식사를 마친 두 사람은 그저 방 안에만 머물 수가 없어 산책을 나섰다. 어딜 가든 감탄이 저절로 나오는 고운 경치였다. 그러나 재연의 눈에는 풍경보다 더 아름다운 여자가 가득 담겨 있었다.

"남복보다 훨씬 잘 어울리는구나."

뭐하러 잘 때까지 내가 남장을 하나 갑자기 심통이 난 인희가 치마저고리를 꺼내 입었더랬다. 재연은 그런 그녀가 어여뻐 마음속의 소리를 절로 바깥으로 내고 말았다. 칭찬에 인색한 남자의 감탄은 여자의 마음을 뒤흔들었고, 인희는 부끄러워 그를 똑바로 쳐다볼 수가 없었다. 그녀답지 않게.

두 뺨을 발그레 물들이며 속눈썹을 내리까는 인희의 모습에 재연의 심장이 방망이질 쳤다. 용기를 내어…… 다시 한 번 손을 잡았다. 그녀는 놀란 듯 뻣뻣해졌지만 뿌리치지 않았고 그는 인희 쪽을 돌아보지 않은 채 그녀의 팔을 팔꿈치 아래 끼고 걸었다. 이미 마을의 정경 같은 것은 눈에 들어오지도 않았다. 온정신은 잡고 있는 손에만 집중돼 버렸다. 부드럽고 가녀린 손, 그를 받아주는 손. 이대로 이 손을 붙잡은 채 영원을 함께 할 수 있다면.

마을 어귀에 호수라 불러도 될 만한 큰 못이 있었다. 그리고 그 곁에 누각이 하나 있어 못을 내려다보며 쉴 수 있게 되어 있었다. 가히 절경이라 할 만한 곳이어서 손을 꼭 잡은 두 사람은 한참 동안 저녁 바람 속의 호수를 보며 서 있었다.

재연은, 고백을 준비한 남자는, 목에 뭐가 걸린 듯 자꾸 이물감이 느껴졌다.

여자를 잡은 자기 손에 땀이 나는 것이 신경 쓰였다. 그렇다고 손을 놔줄 생각은 없었다. 생각 같아선 이대로 끌어당겨 품에 안고 싶었지만 그럴 만한 용기는 가지고 있지 못했다.

전하, 제게 용기를 주소서, 그는 한양 땅에서 궁금해 턱을 긁고 있는 임금에게 마음의 호소를 보냈다. 임금이 도와줄 일은 아니었지만.

"내가."

눈을 멀리 둔 채 어렵게 입을 뗀 재연은, 손안의 인희를 꼭 쥐었다.

"너를 어떤 마음으로 생각하고 있는지 너는 모르겠지."

……모르겠지.

"아우의 정혼녀라 하는 너를, 또 다른 아우가 자기 여자라 주장하는 너를."

그는 고개를 돌려 인희의 눈을 보았다. 커다랗게 치켜뜬 그녀의 눈은 그의 다음 말을 기다리고 있었다.

재연은 자기도 모르게 침을 한 번 삼켰다. 목소리가 짓눌려 제대로 나와주지 않았다.

"너를 내 여자로 만들고 싶어 제정신이 아니라는 걸 넌 알지 못할 테지."

인희가 붙잡히지 않은 손을 들어 입술에 댔다. 손끝이 파르르 떨렸다. 냉정하고 침착하기만 한 남자의 입에서 나온 거친 고백의 말은, 믿기엔 너무 과한 것이었다.

"나답지 않은 일이란 걸 잘 안다. 나 자신도 이런 내가 믿어지지 않아. 이렇게 한 여자를 원할 거라고는 생각해 본 일 없었다. 선비의 체통도 형으로서의 채신도 아무것도 생각나지 않는구나. 그저 너만 보이고, 네 생각밖에 없다."

그는 솔직하기로 했다. 그럴듯한 말로 자존심을 세워 진심을 가리는 것은 그만하기로 했다. 날것 그대로의 뜨거운 열정을 쏟아내고 부서지기로 했다. 단 한 번도, 부서져 본 일은 없었다. 김재연이란 사람은.

"널 사랑한다."

입 밖으로 나온 사랑의 말은 인희의 가슴뿐 아니라 재연의 가슴도 두근거리게 하며 주변의 공기를 따끈하게 데웠다.

두 사람은 마치 말하는 법을 잊은 듯 서로의 눈을 바라보며 침묵했다. 저녁 제비가 날고 호수는 붉은빛을 띤 채 물결 하나 없이 잔잔했다. 모든 것이 고요하였다.

인희의 눈에 눈물이 고였다.

재연은 당황해 눈썹을 올렸다.

"왜, 왜 우는 것이냐."

그녀의 큰 눈망울을 가득 채웠던 눈물이 뺨을 타고 흘러내렸다. 그 눈물의 의미를 어찌 해석해야 할지 몰라 남자는 혼란했다. 너무 놀란 것인가. 혹 너무 기쁜 것인가. 아니면 너무 싫은 것일까.

조심스럽게 손을 들어 뺨에 가져다 대어보았다. 손바닥이 젖어오는 느낌에 심장이 펑, 소리를 내며 튀어 올랐다.

그녀는 이번에도 피하지 않았고 이번엔 눈을 감지도 않았다. 여전히 눈물 한가득인 아름다운 눈을 그에게로 향한 채, 인희가 작게 숨을 들이마셨다.

너무 예뻐.

아뜩하게 정신이 나가는 것 같았다. 얼굴이 예쁘다는 게 아니다. 여자가 하는 모든 행동이 사랑스러워 눈을 뗄 수가 없었다. 그의 손길에 반응하는 섬세한 몸짓도, 눈을 반짝이는 당돌한 모양도, 겁없이 사고나 치는 맹랑함도, 벽을 다 허물어 버리는 따스한 눈물도, 그동안 지나며 겪었던 그녀의 모든 것이 재연의 가슴속에 깊이 새겨져 예쁘다는 건 이런 거라고 결정짓고 말았다.

그가 머뭇머뭇 고개를 숙였다.

한 손을 뺨에 얹은 채 다른 뺨에 입술을 갖다 대었다.

살아 있는 사람의 체온이 눈물을 통해 그의 입안으로 흘러들어 왔다. 짭조름하고 맑고 순결한 눈물이, 그의 입술을 적시며 그의 몸을 채웠다.

그러나 여자의 입에서 나온 말은 거절이었다.

"안 돼요, 도련님."

하도 작은 속삭임이라 들렸을까 싶었지만, 재연은 들었다. 그가 굳었다. 천천히 입술을 뗀 그의 얼굴엔 의문과 당혹감이 가득했다. 분명히 그녀의 몸은 거절이라 말하지 않는데, 왜 입술에서는 그를 거부하는 대답이 나오는가.

"정혼녀가 있으시잖아요. 귀한 댁 따님하고 혼인하실 거잖아요. 그러니 저를 사랑하시면 안 돼요."

들릴락 말락 한숨처럼 말하며 인희는 고통스러웠다. 사랑받고 싶다고 욕심냈었다. 고백을 듣는 그 순간은 녹아내릴 듯 황홀했다. 하지만 결국 공은 그녀에게 넘어온 것이고 사랑하는 남자를 쳐내야 하는 게 자신의 운명인 것이다. 결단도 시행도 다 그녀가 해야만 하는 것이다. 차라리 사랑받지 못했더라면 체념이 쉬웠을 것을.

"절대로 서운하게 하지 않으마. 너만 사랑하고 부족함없이 아껴주마. 너에게 정처의 자리를 주지 못해 정말로 미안하다만, 그만큼 내 마음으로 다 채워주마. 그러니 나를 뿌리치지 말아다오."

인희의 양어깨를 꼭 쥔 재연의 표정은 그녀가 한 번도 보지 못한 것이었다. 깊은 눈에 진정이, 하얀 얼굴에는 안타까움이, 그리고 꽃잎 같은 입술에 갈망이 떠올랐다. 그에게서 들을 것이라고 생각해 본 일도 없던 간청의 말과 함께, 재연은 그렇게 마음을 다 보였다. 버거워서 인희는 숨을 쉬기 어려울 정도였다.

"그럼, 그분은요."

내 입을 찢어버리고 싶다고 그녀는 생각했다. 그러나 말은 계속 쏟아져 나왔다.

"도련님의 정처가 되신 그분은요. 도련님이 저만 사랑하시면 그분은 어떻게 되나요. 허울뿐인 본처 자리 꿰차고 내당만 지키시나요. 안방마님처럼 어둡게 뒤틀려 죽어가야 하나요."

난 뭐가 이렇게 잘났다는 걸까. 지금 남 걱정해 주게 생겼단 말인가. 21세기가 아니라 조선인데, 혼자 현대여성처럼 굴어 뭘 어쩌겠다는 걸까.

충격을 받은 것이 분명했다. 재연은 움직임없이 그녀의 얼굴만 들여다보고 있었다.

"그런…… 그런 생각까지 하였던 것이냐."

여자의 적은 여자. 인희가 제일 싫어하는 말이다. 내가 살기 위해 다른 여자를 짓밟고 남자의 애정을 훔치고 싶지 않았다. 사랑이라는 이름으로 모든 것이 용서된다고 생각하지 않았다.

꼭 모질게 남의 것을 빼앗아야 한다면 진검승부를 통해 한 사람이 승리하는 것이 옳았다. The winner takes it all. 아바 노래에도 있지 않은가. 갖느냐 갖지 못하느냐일 뿐, 나눠 갖고 누가 조금 더 갖고, 이런 짓은 해서는 안 되는 것이다. 그건 두 사람 모두를 비참하게 만들고 결국은 그녀들이 사랑하는 남자를 지치게 할 것이기에.

마음이 조금씩 진정되기 시작해 침착하게 말하는 것이 가능해졌다. 인희는 눈물을 거두고 재연의 얼굴을 올려다보았다.

"저를 사랑해 주셔서 고맙습니다. 하지만 저는 누군가의 첩이 되고 싶지는 않아요. 죄를 짓는 기분으로 평생 살 수는 없습니다. 여기서는 죄가 아닌지 모르겠지만, 제가 살던 곳에서는 수치스러운 일이에요. 전, 그렇게 교육받고 자라서, 다른 선택은 가능하지 않습니다."

보이지 않게 주먹 쥔 손바닥에 손톱이 박혀 피가 났다. 억지로 웃음을 띠려 노력하자 입가가 바르르 떨렸다.

재연은 망연자실하여 그녀 앞에 서 있을 뿐이었다.

무슨 대답을 해줄 수 있겠는가. 그가 보여줄 수 있는 것은 다 보였다.

"너와 함께 야반도주라도 하지 않는 한, 내게는 어쩔 도리가 없어."

혼잣말처럼 그는 중얼거렸다.

"그러시면 안 되잖아요."

그녀가 미소를 짓는 데 겨우 성공했다.

"나는 너를, 억지로 가질 수도 있다."

인희의 가슴이 미어졌다. 그 말을 하는 재연이 너무 아파 보여, 그녀는 다시 눈물이 차오르는 것을 참느라 이를 깨물어야 했다.

"그러시지 않을 거잖아요."

목소리가 떨려 나왔다. 빨개진 눈을 감추려 그녀는 고개를 숙였다.

재연은 손가락으로 그녀의 턱을 받쳐 올렸다. 눈동자 속에 담긴 진심을 찾으려고 그가 필사적으로 인희와 눈을 마주쳤다. 그녀는 시선을 돌리지 못했다.

"나를, 내가, 네 마음속에 내가 있기는 한 것이냐."

이제는 거짓말을 해야 하는 시간이 되었다. 오늘의 클라이맥스는 여기가 될 것이다. 인희는 그의 눈을 바라보며 주어진 역할을 치열하게 감당해 냈다.

"저는 도련님을 정말 존경하고 좋아합니다만, 남자로서 보고 있는 것은 아닙니다."

생각보다 잘했구나, 그녀는 서글프게 안도했다. 목소리도 안정감 있었고 눈길도 흔들리지 않았다. 재연의 얼굴에 떠오른 짙은 절망이 그녀의 생각이 맞았음을 증명해 주었다.

"그저, 그저 웃전이라 거부하지 못했던 것이란 말이냐. 그래서 손도 뿌리치지 못하고 참았던 거란 말이냐."

낮은 목소리가 고통으로 갈라져 있었다. 마음을 다 줘버린 여자의 니 마음 따윈 필요없어, 라는 대답에 그는 찢어지고 있었다. 인희의 가슴도 똑같이 찢겨 나갔다. 사랑한다는 고백마저 할 수 없는 그녀는 더 슬프고 더 아팠다.

"그런 것은 아니에요. 제가 있던 곳에서는 그 정도의 가벼운 스킨십, 아니, 신체적인 접촉은 꼭 좋아하는 사이가 아니라도 흔히 할 수 있어 그렇습니다. 큰 의미가, 없는 거였어요."

그렇지 않아. 서울에서도 좋아하지 않으면서 손을 잡고 다니지는 않아. 뺨에 입술을 대고 눈물을 핥게 내버려 두진 않아.

미안해, 재연 도련님. 속여서 미안해. 상처 줘서 미안해. 하지만 당신이 내 마음을 알아버리면 내가 당신 곁에 있을 수가 없어. 그럼 첩이 된 거와 다를 바가 없어. 당신 부인으로부터 질시의 눈초리를 받아내며 옆에 머물 순 없으니까, 그러니까 난 당신에게 솔직할 수 없어.

재연은 인희를 바라보며 우두커니 서 있었다.

사랑하지 않아. 날.

"재준이냐."

불쑥 튀어나왔다, 동생의 이름이. 사람의 마음을 끄는 아름다운 아우. 눈웃음과 상냥한 태도로 누구에게나 사랑받는, 아주 처음부터 인희와 마주 보며 웃던 아우. 자신이 뻣뻣한 태도로 무섭게 굴때 고운 옷 입히고 맛난 것 먹이며 그녀를 즐겁게 해주던 붙임성 있는 재준이.

인희는 눈을 질끈 감고 고개를 강하게 저었다. 여기서 일을 더 꼬이게 하면 안 된다.

"아뇨, 재준 도련님 아니에요. 그분도 좋으신 분이지만 제가 좋아하는 사람은 따로 있습니다. 그건, 그건…… 미래에 두고 온 제 정인이에요."

재연은 고개를 약간 삐뚜름하게 하고 의혹의 눈길로 그녀를 보았다.

"다시는 만나지 못할 다른 세계 사람 때문에 그럼 평생 혼인도 하지 않겠다는 뜻이냐?"

"그런 뜻이 아닙니다. 저 혼인할 거예요. 하지만 그 상대가 도련님은 아니라는 거죠."

인희는 턱을 쳐들었다. 이야기가 다시 원점으로 돌아가는가. 논지는 내가 당신 첩은 안 된다는 거잖아.

하지만 그녀의 단호한 의지는 푹 수그러들고 말았다. 재연은 너무나 고통스러운 얼굴을 하고 있었다.

'그러지 마요. 당신은 차가운 사람이잖아. 나 같은 거 때문에 그렇게 무너지지 말아요. 제발.'

두 사람의 눈이 서로에게 얽혀 떼어지지 못했다. 다 열어버린 남자와 결사적으로 닫아거는 여자가 피투성이가 된 채 서로를 바라보며 서 있었다.

그는 어떻게 할 수가 없었다. 무슨 말을 해야 할지, 어찌 행동해야 할지 알 수 없었다. 그래도 난 너를 사랑할 거라고 말할 수도, 이젠 마음을 접겠다 할 수도, 그럼 좋은 사람 만나 행복하라 할 수도, 널 강제로 취할 거라 할 수도, 없었다.

재연의 손이 그녀의 등 뒤로 돌아갔다. 시선을 멀리 둔 채 그가 가만가만 인희를 당겨 가슴에 안았다. 마치 부서지기 쉬운 물건을 조심스럽게 비단에 싸듯, 그렇게 그가 그녀를 감쌌다.

"잠시만, 이렇게 있어다오."

목소리가 쉬어 있었다. 손가락이 가늘게 흔들렸다. 생전 처음 품은 더운 마음은 갈 곳을 몰라 떠돌았고 그의 손은 사랑하는 여자에게 제대로 닿지도 못했다.

인희는 눈물을 삼켰다. 여기서 울면 다 허사라고, 그녀는 꾹꾹 참으며 입술을 깨물었다. 사랑하는 사람의 가슴에서는 여전히 어두운 향기가 났지만 그녀에게는 그를 보듬어줄 자격이 없었다.

꿈결같이 아름다운 작은 마을에서 두 사람이 그렇게 사랑을 놓았다.

시작해 보지도 못한 서러운 사랑이었다.

이틀째 밤은, 불면의 밤이 되었다.

제15장

'두꺼비 눈 같구나. 이런 눈을 하고 아무렇지도 않은 척할 수 있을까.'

얼마나 울었던지 쌍꺼풀이 없어지고 눈이 툭 튀어나왔다. 우물에 비친 얼굴은 흉하기 짝이 없었다. 차가운 물로 두들겨도 부기가 가라앉지 않자 인희는 재연을 어떻게 보나 걱정이 됐다.

'잘했어. 잘한 거야. 절대 후회하면 안 돼.'

밤새 다짐하고 스스로를 세뇌했던 말을 또다시 되풀이한다.

이제 오늘 하루만 더 버티면 저녁나절엔 집에 도착할 것이다. 그 후엔 다른 사람들 틈에 섞여 그럭저럭 지낼 수 있을 것이다. 실연의 아픔이란 시간이 지나면 무뎌지는 법. 손목을 그을 만큼 심했던 상처도 돌아보니 별것 아니지 않은가.

'아냐. 형남 씨를 생각했던 마음이랑은 많이 달라.'

다르긴 뭘 달라, 멋진 남자한테 혹했다가 어찌어찌 끝난 거 똑같지 뭐. 다시 금방 다른 사람을 좋아할 수 있을 거야. 열심히 되뇌어본다.

여장을 꾸린 그녀는 남복을 입고 방문을 나섰다. 재연은 이미 나와 있었다. 그의 얼굴은 평소의 단정한 빛깔로 돌아가 있었지만 인희를 쳐다보지는 않았다. 재연이 보여주는 어색하고 불편한 모습은 이게 그의 첫사랑이었음을 여실히 드러내 주었다. 스물여섯에 품은 첫사랑이 얼마나 힘겨운 감정일지, 나름 여러 사람 연애 상담도 해주곤 했던 인희는 충분히 상상할 수 있었다. 그리고 첫사랑이 아님에도 그녀 역시 넘치도록 힘든 건 마찬가지였다.

해가 따가운 날이었다. 눈을 가늘게 찡그리고 하루 종일 터덜터덜 말을 몰았다. 바람이 불어 땀은 나지 않았지만 먼지가 날리고 입이 텁텁했다.

조용히 점심을 먹고 다시 말없이 귀경길에 올랐다. 재연은 몇 번이나 무슨 말인가 하려 하다가 그냥 멈추곤 했다.

이제껏 왔던 길과 똑같이 아름다운 가을 길이었지만 두 사람 눈엔 아무것도 들어오지 않았고, 빨리 집에 갔으면 하는 생각과 영원히 끝나지 않았으면 하는 모순적인 바람이 교차될 뿐이었다.

주상전하께서 주신 삼 일은 그렇게 저물어가고 있었다.

"서인희."

거의 집에 도착할 무렵이었다. 재연은 고개를 돌리지 않고 말을 꺼냈다.

"너는, 네가 원하는 인생을 살도록 해라."

그녀는 가만히 그의 옆모습을 보며 나란히 말을 몰았다. 단념의 선언에 가슴이 무지근하게 아파왔다.

"좋아하는 사람을 만나 혼인하고 다복하게 그리 살아라. 그러면서 일전에 약속했던 것처럼 나를 도와다오. 내가 전하를 보필하는 일에 너의 지혜를 빌려다오. 나와 함께 전하의 즐거움이 되어다오. 나는 그 이상은 더 바라지 않을 것이다."

정답이다.

"허나 나의 마음은 그냥 내버려 둬주겠느냐. 나로서는 수월치 않은 일이라 아마도 정리에는 오랜 시간이 걸릴 듯싶다. 내 감정으로 하여 너를 곤혹스럽게 하는 일은 없도록 할 터이니, 혹시 가끔 거슬리더라도 모르는 척 넘어가 주었으면 싶구나."

눈물이 핑 돌아 인희는 시선을 돌렸다.

'사랑한다고 말해주면 기뻐하겠지. 저렇게 잘난 남자가 내 거짓말에 조각나는 건 부당한 일인데. 하지만 사실대로 말하면 날 놔주진 않을 거야.'

재연은 더 이상 말하지 않았다. 그의 흰 콧날을 타고 햇빛이 소리없이 흩어졌다. 인희의 눈물도 함께 부스러져 흩날렸다.

그들은 묵묵히 집에 도착해 환영해 주는 사람들과 인사를 나누고 각기 방으로 들어갔다. 몸과 마음이 지쳐 저녁도 거르고, 무사히 돌아왔구나 기뻐하는 억금에게 겨우 웃음만 한 번 지어준 후 인희는 바로 잠자리에 들었다.

잠이 쏟아졌다. 삼 일 만에 겨우 제대로 드는 잠이었다.

꿈속에서 그녀는 서울에 돌아갔다.

엄마가 보고 싶었다.

＊

"와아. 그사이에 선비가 되셨네."

인희의 감탄에 재민이 겸연쩍어 뒷머리를 긁적였다.

큰 갓에 흰 두루마기가 그의 늘씬한 키를 돋보이게 했다. 역시 중인의 작은 갓이나 초립보다는 양태가 넓은 흑립이 남자를 섹시하게 완성하는 것이었다.

"그럼 이제 아버님, 형님, 그렇게 부르는 거예요?"

그렇다고 그는 고개를 끄덕였다. 아무리 아버님의 사랑을 듬뿍 받고 바랄 것 없이 지낸다 했어도, 역시 입 밖으로 아버님이라 부를 수 있는 처지가 된 것은 무척 기쁜 일이었다. 형님들 앞에서 꿇어 엎드려 상전 뫼시듯 도련님이라 해야 하던 것도 다 옛일이 되었다.

"하는 일은 같지 뭐. 청나라 사람들 상대하고 장사 관련해서 여기저기 드나들고. 이제 어지간히 익숙해져서, 아버님께서 조만간 자리 알아봐 주시면 청국으로도 출입하게 될 거 같아. 거기서 자리 잡고 조선하고 청 사이에 거간을 하려구."

한 발 한 발 착실히 미래를 채워가고 있는 재민은 불과 며칠 사이에 풍모가 달라졌을 뿐 아니라 얼굴에서 앳된 느낌도 가신 듯했다. 곧 스물. 이제 막 피어나는 젊음이 눈부셨다.

"재민이야말로 실속있지. 전하의 그림자 노릇 하는 형님보다 아직도 뜬구름 잡고 있는 나보다 훨씬 제대로 된 인생을 살고 있지."

웃음을 한가득 머금은 채 재준이 끼어들었다. 어젯밤 제대로 이야기도 나누지 못해 얼마나 아쉬웠는지 모른다며 그가 과장되게 서운한 얼굴을 했다. 여름 지나며 그을린 얼굴에 자수정 귀고리가 잘 어울렸다. 언제나 세련되고 우아한 남자.

"그래, 별일은 없었고?"

별일…… 많았지.

"네. 뭐, 짧은 길이었으니까요. 하멜하고 이제 영원히 안녕이라 그게 슬펐지만요."

인희의 대답에 재준이 물었다.

"그런데 너는 하멜에 대해서 어찌 그리 잘 아는 것이냐? 역사서에 자세히 언급될 정도로 중요한 인물은 아니지 않느냐?"

그녀는 웃었다. 이 도련님은 정말 센스가 있어. 아마 이 집에서 제일 경계해야 할 건 이 사람일 거야.

"맞아요. 하멜이 유명해진 건 그 사람이 본국으로 도망친 후에 하멜표류기라는 책을 써서 조선을 서양에 알렸기 때문이에요. 저희 자랄 때 그 책 다 배웠거든요."

와…… 결국 도망치는구나. 재민이 눈을 둥그렇게 떴다. 인희는 고개를 끄덕였고 재준은 턱을 손으로 받쳤다.

"흠, 그렇구나. 그럼…… 하나만 더 물어보자. 일전에 전하가 오셔서 김홍욱이라는 사람 이야기를 하셨지 않니. 형님도 평양길에 언급하신 바 있었고. 혹 그자의 가족이 연루된 흉사가 있었더냐?"

무슨 말인지 알아듣지 못해 인희가 머리를 갸웃하자 재준이 덧붙였다.

"어젯밤 늦게 형님께 보고 올리러 온 간자間者가 하나 있었다. 도성에서 이런저런 소문을 듣고 다니다가 아뢰는 자인데, 그자의 말에 따르면 김홍욱의 남은 식솔들이 전하를 원망하며 민심을 어지럽히고 있다 하는구나. 형님이 혹여 전하께 누가 될까 근심하는 모습을 보이셨다. 정말로 무슨 일을 저지르는 것은 아니겠지?"

"글쎄요. 특별히 큰일이 일어나진 않았던 거 같은데요. 제가 모르는 것뿐일 수도 있지만. 큰도련님께 그렇게 말씀드려 주세요."

"그러냐. 다행이구나. 그런데 네가 형님께 직접 말씀드리지 않고."

재준은 다시 웃음 지었지만 인희는 웃지 못했다. 시침 뚝 떼고 얼굴을 마주하기엔 아직 상처가 너무 생생하다. 재연뿐 아니라 그녀 자신에게도 시간은 필요했다.

'뭔가 분명히 있었다' 고 재준은 확신했다.

원래 사이좋다 말할 수는 없는 두 사람이었지만, 어제 들어올 때의 껄끄럽기 짝이 없는 모양은 아무래도 정상이 아니었다.

'형님이 고백이라도 했다가 거절당한 건가.'

저 단엄端嚴한 형님이 사랑을 고백하는 장면 같은 건 아무리 노력해도 머릿속에 그려낼 수 없었지만 인희와 관련되어서는 아마 어떤 일도 가능할 것이다. 그리고 확언컨대 그녀는 받아들이지 않앉을 것이다. 아직까지는.

'너무 오래 끌지 말아야겠어.'

재민이와 공정한 경쟁을 위해 기다려 준다고 대답은 했지만, 시간이 지날수록 불리한 일임이 자명하다. 민이가 문제가 아니다. 어영부영 끌다 보면 자칫 일을 그르칠 수도 있었다.

그의 아름답고 부드러운 얼굴에 수심이 가득 깃들었다.

임금으로부터 저 바보 등신 하는 눈길을 받으며 퇴궐하는 마음은 답답하였다.

전하께서 하도 꼬치꼬치 캐물으셔서 '고백했으나 첩은 싫다 하더이다' 대답했더니 주상의 용안에는 기가 막힌다는 표정이 여과 없이 그대로 떠올랐다.

"첩은 싫다라. 그래서 알았노라 하고 돌아섰단 말인가?"

서른여섯. 부모의 마음과 남자의 마음을 동시에 지니고 있는 나이인지라, 임금은 아끼는 신하가 이중으로 안타까워 죽을 지경이었다.

재연은 말없이 고개만 조아렸다. 임금이 굳이 인희와 동행시킨 까닭을 이제야 알게 된 그는 면목이 없었다.

"어허…… 여인이란 일단 품으면 그것으로 끝인 것을. 사내 중의 사내인 김 공이 어찌 그리 무르게 행동했단 말인고."

임금의 목소리는 실망으로 가득했다. 첩이면 어떤가, 이 남자의 여인이 되면 그로 충분한 것이지. 참으로 암팡스러운 계집이 아닌가, 첩은 싫다니.

"여느 여인들과는 다른 사람인지라…… 그 사람이 살던 곳에서는 남의 첩이 되는 것은 죄악이라 할 정도로 수치스러운 일이라 하였습니다. 소신에게 신념이 있듯이 여인에게도 신념이 있는 것이라 생각되어, 차마 강제로 꺾을 수가 없었사옵니다."

에잉, 쯧쯧.

못마땅하여 왕은 물러가라 하였다.

갑갑하기 짝이 없다. 그렇다고 정실로 삼게 도와줄 수도 없는 일. 여자를 면천시켜 준다 해도 양인良人에 불과한데다가 김재연에게는 정혼한 규수도 있었다. 억지로 파혼시킨다면 규수는 목을 매거나 평생 수절해야만 하는 상황이다. 아무리 임금이라도 그렇게는 할 수 없었다.

바보, 등신.

재연 자신이 생각해도 그랬다. 이 사회에서 여자가 선택할 길은 그다지 많지 않은데, 노비에 불과한 신분인데, 억지로 취해도 거역할 수 없는 형편인데, 그러지를 못했다.

'그저 용모가 고와 욕심낸 것이 아니라서.'

갖고 싶은 것은 마음이었다. 사랑이었다. 속으로 원망하고 미워하며 겉으로만 순종하는 껍데기를 원하는 것이 아니었다. 그 여자가 행복하길 바라고 웃는 모습을 보고 싶었다. 진심이 담긴 눈동자로 자신을 보아주길 원했다.

사랑은, 그런 것이었다. 무섭게도.

임금은 이레에 한 번씩 여자를 동반하여 궁에 들라 하였다. 비빈들과 함께 그 여자의 우스갯소리를 들으실 거라 했다. 세 번에 한 번 꼴로는 비빈들을 물리시고 미래에 대한 말씀을 듣고자 하셨다.

마지막 기회라 생각하라. 주상은 엄포를 놓았다.

"이제 궁에 드나들어요?"

인희가 눈을 동그랗게 떴다. 이 사람이랑 같이 일주일에 한 번씩 궁엘 가?

궁까지는 말을 타고 한 시간은 가야 했다. 왕복 두 시간. 그렇게 긴 시간을 재연과 둘이만 보내야 한다니, 불편해서 도대체 어떡한단 말일까. 그래도 가슴이 두근거리는 건 또 무슨 조화인가.

"너무 걱정하지 마라. 조금씩 나아지지 않겠니."

그녀의 마음을 읽은, 그러나 사실은 반만 읽은 재연이 나지막하게 중얼거리고 자리를 떠났다.

인희는 그 커다랗고 공허한 뒷모습을 물끄러미 바라보며 가슴에 손을 얹었다. 가슴이 자근자근 짓밟히듯 묵직했다.

"뭐가 나아진단 말이냐."

엄마야. 화들짝 놀라 돌아보니 바로 곁에 재준이 서 있었다. 그의 검은 눈에도 부드러운 입술에도 웃음은 걸려 있지 않았다.

인희는 뭐라 대답해야 할지 몰라 망설였으나 그가 정말로 대답을 기다리는 것은 아니었다.

그 대신 그는 자신의 이야기를 꺼냈다.

"인희야."

그녀를 내려다보며 이름을 부르는 재준의 목소리는 짙고도 그

억했다. 평소답지 않게 심각한 모습에 그녀는 이 사람이 무슨 말을 하려는 걸까 긴장되기 시작했다.

"나와 함께 가자, 청국으로."

청국으로?

눈을 말갛게 뜬 그녀를 바라보며 재준은 평상시의 눈웃음 대신 진지하고 깊은 미소를 입가에 걸었다.

"청국에 가서 자유롭게 살자. 넌 서양에서 온 사람들을 만나고 네가 할 수 있는 일을 찾고, 나는 견문을 넓히면서 조선과 청 사이에서 가교 노릇을 하고. 아버님과 형님이 여기서 든든히 받쳐 주니 내가 청나라에서 이룰 일이 있을 것이다. 내가 두 분을 도울 수 있을지도 모르고. 너야 신분과 제도에서 자유로운 이국 생활이 더 좋지 않겠니."

아…… 주저하는 그녀의 표정에, 그가 앞서 대답했다.

"재민이에게 기다린다 약조한 것을 알고 있다만, 솔직하게 말해보아라. 재민이와 혼인할 생각이 있는 건 아니지 않니. 그 앤 너한테 너무 어려. 그 애에 대한 감정은 동생을 대하는 것과 같지 않느냐."

할 말이 없었다.

구구절절이 옳은 말. 그녀가 선택할 수밖에 없는 최상의 조건.

김재준이라는 사람에게서 나오는 건 언제나 그런 것이다. 배려가 느껴지는 따뜻한 손길이었다.

그녀는 생각해 보겠다고 대답했다. 그의 제안을 거절하는 건 아마도 무척 어리석은 짓일 거다. 그럼에도 선뜻 그럴게요, 라는 답이 나오지 않는 건 왜일까.

아니, 아니다. 그건 단지 너무 갑작스럽기 때문일 것이다. 조금만, 시간을 갖고 생각한다면, 모범답안을 선택할 수 있을 것이다.

재연의 아우를 택하는 건 그에게 너무 잔인한 일이겠지만 큰놈이와 혼인이라도 하지 않는 이상은 재준 아니면 재민일 수밖에 없는 것 아닐까. 청국으로 갈 수만 있다면, 그래서 평생 재연을 안 보고 살 수 있다면, 그것으로 만사 오케이 아닐까.

계산적이고 이기적이다. 하지만 이것 외에 달리 선택할 수 있는 길이 있단 말인가?

재준의 손이 인희의 이마에 흘러내린 머리카락을 걷어 올렸다. 손가락이 뜨거웠다. 그녀를 똑바로 쳐다보지 못하는 남자의 눈과 마찬가지로 그의 눈에도 진정이 있었다.

조금 일찍 이 사람의 손을 잡아버렸더라면 좋았을걸, 인희는 진심으로 후회했다. 그날 밤 그냥 이 가슴에 안겨 버릴걸. 그럼 지금은 모든 게 결정돼 있을 텐데. 돌이킬 수 없는 일이라 단념하며, 아니, 자신의 감정을 아예 자각하지 못한 채 이 남자를 따라갈 수 있었을 텐데. 공연히 잘난 척하며 자아 운운하다가 다 망쳐 버렸다.

그러나 인희는 재준의 제안을 생각해 볼 시간을 갖지 못했다. 재연을 따라 궁을 출입하지도 못했다.

며칠 뒤, 마마님이 오셨다.

'호환 마마보다 더 무서운 음란 비디오' 할 때의 바로 그 마마님이셨다.

20세기에 지구상에서 사라진, 현대인들은 천연두라고 부르는 죽음의 질병이, 김정국 대감 댁을 소리없이 찾았다.

"이 댁에서 제일 건강하신 분 아닌가……? 어떻게 그런 일이……."

믿을 수가 없어서 인희는 두 손을 맞잡은 채 숨만 헐떡였다.

마마라니, 천연두라니, 생각해 본 일도 없었다. 이미 전 세계에서 사라진 바이러스라고 더 이상 우두접종도 안 하지 않는가. 아니, 그건 물론 인희가 살던 서울 얘기다. 지금은 그보다 사백 년 전이다. 당연히 천연두가 있을 게 맞았다.

하지만, 왜 하필이면.

왜.

"전에 이 집에 마마님 오셨을 때, 돌아가신 대감마님이 큰도련님만 비접 보내셨지 뭐꼬. 집안을 이을 맏손잔데 행여 무슨 일 생길까 싶어 멀리 숨겨놓으셨던 기라. 그 바람에 다른 사람들은 다 앓고 배송해 드린 마마님이 큰도련님한텐 못 오셨던 거제."

마마를 앓지 않고 지나갈 방법은 없다고 했다. 마마신을 배송해야만 비로소 어른 취급을 받는 것이라 하였다.

배송拜送. 마마신은 학질처럼 '떼는' 것도 아니고 홍역처럼 '치르는' 것도 아니며 여느 잡신과 격이 다른 귀하신 신神인만큼 '절하며 보내 드려야' 한다는 것이다. 그만큼 무서운 질병이란 뜻이다. 전체 인구의 사분의 일이 이 병으로 목숨을 잃는다 할 정도로.

"아마 얼마 전에 먼 길 댕겨오시면서 마마신하고 같이 오신 모양이다. 큰일이제."

억금이가 마마 떡을 빚으며 덤덤하게 말했다. 인희는 손이 떨려 떡을 쥘 수가 없었다.

그녀는 물론 천연두 환자를 본 일이 없었다. 인희가 기억하는 거라곤 어렸을 적 본 만화에 나온 루이 15세가 천연두에 걸려 죽는 장면뿐이었다. 그때 왕의 정부인 드 바리 부인이 울부짖으며 곁을 지키던 모습, 그리고 거의 얼굴이 썩어 문드러지면서 운명하던 왕의 모습이 너무 강하게 뇌리에 박혀, 정말 두려운 병이구나 머릿속에 남아 있었다.

재연 도련님이, 그 새하얗고 아름다운 사람이, 그런 꼴을 겪어야 한다는 것일까?

살아…… 살아는 줄까?

"자, 이제 이거 쪄갖고 내가자. 사흘에 한 번 꼴로 마마 떡 바치면서 지성으로 빌어야 하는 기라. 아무도 괴기반찬이나 비린 걸 먹으모 안 되고, 큰 소리로 말하거나 웃으모 그거도 큰일 나는 기다."

'웃다니, 그게 무슨 소리야. 그런 건 조심할 필요도 없어.'

인희는 입술을 잘근 깨물며 시루를 안쳤다. 떡 따위를 신에게 바친다고 재연이 나을 리가 없다.

억금을 부엌에 남겨놓고 그녀는 뜰로 나왔다. 재연의 방 쪽은 조용하기만 했다. 재준이 어두운 얼굴로 서 있다가 그녀를 보고 고개를 끄덕이며 아는 체를 하였다.

"의원은, 오셨나요."

그녀가 목소리를 낮춰 묻자 재준은 머리를 저었다.

"두창痘瘡에는 약이 없다. 그리고 약을 써서 치료하는 것은 불경한 짓이라고 다들 생각하고 있단다. 나나 형님은 그런 것을 믿지 않는다만, 어찌 됐든 그저 금기를 지키며 근신하는 것 외에는 할 수 있는 일이 없구나."

그의 눈은 깊다랗게 가라앉아 있었다. 죽음을 코앞에 둔 형님에게 아무도 아무것도 해줄 수 없었다. 자신과 재민은 어렸을 적에 넘긴 고비였지만, 그들이 무사했다고 형님도 무사할 거란 보장은 없는 일이다.

"많이, 진행됐나요. 많이 편찮으신가요."

목소리가 떨리는 것을 애써 다잡으며 인희가 물었다.

"아직은 의식이 있으셔서 나가라 하시는구나. 열이 점점 치솟고 발진도 올라오기 시작했다. 아마 구토도 나실 게고 경련도 일어날 텐데, 누가 옆에 있는 걸 마다하시니 어찌해야 할지 모르겠다."

까탈스런 남자. 이런 상황에까지 깔끔 떨고 있는 거야?

인희는 입술을 더 세게 깨물었다. 들어가서 물수건이라도 갈아주고 싶은데 그냥 이렇게 바깥에 맥 놓고 서 있어야 한다는 거다. 무력감에 치가 떨렸다.

"재민이가 아버님께 소식 전하러 갔다. 어머님은 무당을 부르러 사람을 보내셨고."

마님은 큰도련님을 보러 오지 않았다. 마님이라고 그의 죽음을 원할 리는 없을 것이다. 더 옛날이었다면 당신 아들 기 못 펴게 하는 전실前室 자식이 미웠을 수도 있겠지만 지금은 그 미운 아들이 당신 아드님의 바람막이가 돼준다는 걸 알고 있었다. 다만, 흉한 몰골을 하고 있을 재연을 보러 올 정도로 사랑하고 있지 않을 뿐이다.

"형님은 외로운 분이야."

인희에게 하는 말이 아니었다. 재준은 주먹을 쥐고 땅을 바라보며 잇속으로 말을 삼켰다.

아버님은 한 번도 형님에게 살가운 애정을 표현하신 일이 없었다. 어머님은 남이나 마찬가지셨다. 비복들은 모두 형님을 존경했지만 그보다는 두려운 마음이 더 커서 가까이 접근할 엄두도 내지 못했다. 그저 재민이 정도, 근처에서 형님을 뫼시며 벗이 되어드렸다 할 수 있을 것이다. 사실 재준 자신도 형님과 마음의 벽을 허문 것은 극히 최근이 아닌가.

"네가."

눈을 들어 인희를 쳐다본 재준은 다음 말을 잇지 못했다. 커다란 눈망울은 형님의 방문에 못 박혀 있었고 턱이 바르르 떨리는 게 애써 울음을 참는 모양이었다. 가느다란 목에 파랗게 서 있는 핏줄이 안쓰러워 보일 정도로 그녀는 온몸에 힘을 꽉 주고 있었다.

"괜찮아. 괜찮으실 거다. 형님은 강한 분이야."

그는 팔을 뻗어 그녀를 당겨 안았다. 토닥토닥. 등을 두드리며 재준은, 이 여자를 울리지 않기 위해서라도 형님은 꼭 나으셔야 한다고 간절한 마음을 형을 향해 보냈다.

그리고 그녀에게 하려고 했던 말을 그냥 속으로 넘겼다. 네가 형님 곁을 지켜다오. 그런 말은 굳이 할 필요도 없을 것이기에.

마당에 앉아 잠깐 졸던 인희는 갑자기 주변이 휘휘한 것 같은 느낌에 소스라쳐 놀라 깼다.

마님이 하도 뭐라 하셔서 작은도련님은 눈을 붙인다고 방으로 들어간 뒤였다. 큰도련님의 방에서 움직이는 소리도 신음 소리도 아무것도 들리지 않아 그녀는 겁이 덜컥 났다.

스르륵.

문을 살며시 열고 들어가니 불빛 하나 없는 방에 재연이 고독하게 누워 병마와 싸우고 있었다. 붉게 발진과 열꽃이 피어 더 이상 하얗지 않은 그는 완전히 의식을 잃은 것 같았다. 숨소리가 약하게 들릴 뿐 기력은 전혀 없어 보였다.

"도련님."

옆에 무릎을 꿇고 앉아 이마에 손을 대어보았다. 깜짝 놀랄 만큼 머리가 뜨거웠다. 천연두에 대해서는 아무것도 모르지만 열을 내리기 위해선 몸을 차게 해야 한다는 지식 정도는 가지고 있다. 그녀는 얼른 바깥으로 나가 찬물과 수건을 가지고 되돌아왔다. 몇 번이나 물을 쏟을 뻔했지만 겨우 정신을 차리고 그의 곁에 다시 앉을 수 있었다.

"이렇게 뒤집어씌워 놨으니 열이 내릴 리가 있어?"

화가 난다. 그래서 눈물도 나기 시작했다. 고열 환자한테 두꺼운 옷을 입혀 비단 이불 덮어놨으니 열이 내릴 턱이 없다. 한의학에서는 열이 나면 몸이 허해 그런 거라고 따뜻하게 입혀라 한다지만, 그건 어느 정도일 때의 얘기고, 이렇게 사경을 헤맬 때는 일단 열을 내리는 게 급선무가 아닌가.

이불을 젖히고 저고리를 풀어 가슴을 헤쳤다. 가슴팍까지 어깨까지 시뻘겋게 발진이 앉아 있었다. 마치 여름 햇볕에 오후 내내 달궈진 돌처럼 그의 가슴이 뜨겁고 건조했다. 온몸에 물기라곤 한 방울도 없었다.

"순정만화에 보면, 로맨스 소설에 봐도, 열이 나면 땀을 흘리는 거처럼 나오는데 그건 진짜 다 무식의 소치야."

긴장과 불안을 떨치느라 공연히 트집을 잡아본다.

"땀 흘려 축축해진 옷을 갈아입히느라 남자 옷을 벗긴다, 뭐 이러잖아? 그건 말도 안 돼. 원래 열이 나면 땀을 못 흘리는 거지. 지금처럼. 땀이 난다는 건 오히려 좋은 징조야."

그에게서 흐를 땀이 전부 인희의 눈으로 온 모양이었다. 눈물이 자꾸만 흘러내린다. 그녀는 손등으로 눈물을 훔치며 수건에 물을 적셔 그의 몸을 닦았다. 찬기가 닿자 그가 움찔거렸다. 열이 나서 추울 테니 당연히 선뜻한 느낌이 싫을 것이다.

"참아요, 참아. 그래도 이렇게 해야 열이 내리잖아."

아픈 핑계로 구박이나 해보자. 인희는 마음에도 없는 소리를 중얼거리며 계속해서 그의 몸에 차가운 물수건을 갈아 얹었다.

냉랭하게 쳐다보지도 않고 간절하게 바라보지도 않고 재연은 그저 누워만 있을 뿐이었다. 펄펄 끓는 몸이 살아 있다는 유일한 증거라는 듯, 그는 숨소리마저 내지 않고 가라앉아 있었다.

"당신이 이런 사람이 아니잖아. 성질이라도 좀 부리든가 아니면 필요없다고 내치기라도 해봐요. 이게 뭐야, 어울리지 않게 순한 양처럼. 이러다 정말 잘못되기라도 해봐, 내가 아주 절단 낼 거야."

무서워서 말을 멈출 수가 없었다. 눈물을 뚜둑뚜둑 떨어뜨리며 인희는 그의 익어버린 살갗에 찬 수건을 대고 부채질을 해댔다. 불친절한 말과는 달리 손길은 조심스럽기만 했다.

그녀의 마음도 재연의 가슴팍처럼 바삭거리며 타들어갔다.

간호는 몇 날 며칠을 계속되었다. 일단 방에 들어간 인희는 필요한 물건을 가지러 나올 때가 아니면 그의 방에서 두문불출했다. 재준이 들어와 몇 시간씩 같이 있다가 나가곤 했지만 마님은 그런 걸 좋아하시지 않았다. 그래도 인희더러 하지 마라 하시지는 않았다. 어차피 모두 마마를 앓았던 사람들이라 몸 사릴 것도 없었고, 서인희는 처음으로 자기 몸이 언년이의 것임에 감사했다.

고열이 조금 덜해지는가 싶으면서 발진이 제대로 화농하기 시작했다. 마마의 발진을 진주두珍珠豆라 부른다더니 정말로 구슬처럼 탱탱하게 물집이 맺혔다. 한두 개가 아니고 수십 개도 아니고, 콩알만 한 돌기가 머리부터 발끝까지 온몸을 새하얗게 덮었다.

재연은 몸을 뒤척이며 괴로워했다. 쑤시고 따갑고 가려울 거라고 재준이 안타깝게 말했다. 환자가 무의식중에 긁지 못하게 두 사람이 손을 꼭 잡고 곁을 지켰다. 차가운 물수건이 닿았을 때만 조금 통증이 덜할 뿐, 그는 전신을 뒤덮는 불쾌한 고통에 연일 신음하고 있었다.

"정말, 이렇게도 흉해지실 수가 있었네요."

인희는 세상에 다시없이 예쁜 것을 어루만지듯이 재연의 손등을 쓰다듬고 있었다. 마치 포장 완충재처럼 올록볼록 수포가 튀어나온 그의 손은 두껍고 투박한 게 정말로 흉했다.

그녀는 물끄러미 그의 얼굴을, 누군지 알아보기도 힘들 정도로 부어오른 재연의 얼굴을 보다가 천천히 그 가슴에 엎드렸다. 저고리가 벗겨진 맨 가슴에도 종기가 꽉 들어차 조금의 빈 공간도 없었다. 이제 곧 터질 모양인지 빵빵하게 부풀어 있었다. 하지만 인희는 더럽다고 생각하지 않았다.

"살아만 주세요. 부탁이야."

혼자만 있으면 눈물이 난다. 그래서 그녀는 재준이 함께 있어주는 게 좋았다. 홀로 재연을 내려다보는 시간은 정말 견디기 어려웠다.

"곰보가 돼도 괜찮으니까 꼭 살아줘. 곰보가 되는 건 아깝긴 하지만, 그러기엔 너무 미남이지만, 그래도 좋으니까 살아만 줘요. 네?"

그의 심장이 아직은 뛰고 있다는 걸 그녀의 귀가 확인해 주었다. 열은 아주 약간 떨어졌을 뿐 아직도 무척 높았다. 아무것도 먹질 못하고 며칠이나 지났으니 체력은 바닥일 것이다. 어서 의식을 찾아서 식사를 조금이라도 해야 병을 이길 텐데, 의식은 돌아올 생각을 하지 않는다. 언젠가는 돌아오는 걸까?

"사랑해요."

차마 한 번도 입에 담지 못했던 마음속 고백을 토해내며 인희는 울음을 터뜨렸다.

"사랑해요. 제발 죽지 마. 당신이 죽으면 내가 살 수 없을 거야. 그러니까 죽으면 안 돼."

'내가 대신 아팠으면' 이란 표현은 과장이라고 믿었었다. 아무리 그래도 내가 아픈 게 더 힘들 거라고 생각했다. 하지만 그 말은 틀린 말이 아니었다. 이렇게 마음이 아픈 것보다는 몸이 아픈 편이 나을 게 확실했다. 가슴이 잘게 찢어져 나가는 것 같은 고통을 견디기가 너무 어려웠다. 너무 무섭고, 죽도록 외롭고, 참을 수 없이 슬펐다.

인희는 한참을 그의 가슴 위에서 울었다. 눈물은 재연의 신열을 식히며 바싹 타고 있는 그의 몸을 적셨다. 갈라진 논에 빗방울처럼 그녀의 맑은 눈물이 사랑하는 남자에게 스며들었다. 그러나 그는 깨어나 그녀의 머리를 쓰다듬어 주지는 않았다.

그가 의식을 찾은 것은 그로부터 이틀이 더 지난 후였다.

물집이 가라앉으며 온몸에 검은 딱지가 앉기 시작했다. 드디어 열이 내리고 재연은 정신을 차렸다.

"형님, 제가 누군지 알아보시겠습니까."

시커먼 딱쟁이로 온몸을 휘감은 재연의 눈이 그를 내려다보는 눈부시게 아름다운 아우에게 향했다.

"재준아."

기운이라곤 하나도 없는 목소리였지만 음색은 맑았다. 재준은 비로소 안도의 한숨을 쉬었다.

"다행입니다. 살아나셨군요. 얼마나 걱정했는지 아십니까."

얼굴에 웃음을 함빡 담으며 기뻐하는 아우의 모습을 쳐다보던 재연이 손을 들어 재준의 무릎을 툭툭 쳤다. 걱정해 줘 고맙다. 그의 마음이 전해져 동생은 울고 싶었다.

"꼴이 말이 아니구나."

자기 손등을 보니 이건 사람의 형상이 아닌 듯해 재연은 입가를 찡그렸다. 아마 얼굴을 본다면 수라修羅가 울고 가겠다 싶었다.

"며칠 지나면 다 떨어질 것입니다. 그사이에 못 참고 긁으시면 큰일 나니 조심하십시오."

이 딱지를 긁어서 억지로 떼면 얼굴이 얽는 것이니 절대 손을 대시면 안 된다고 재준은 몇 번이나 당부했다. 형님의 백옥 같은 소안素顔에 자국이 남는다면 씻을 수 없는 불효요 불충이라고 그는 말도 안 되는 공갈을 늘어놓았다.

"혹여……."

아우의 말을 웃으면서 흘려듣던 재연이 천장으로 시선을 돌리며 어렵사리 말을 꺼냈다.

"누군가가 이 방에 있었더냐. 그랬던 거 같구나."

재준은 입을 다물었다.

"누가 손을 잡고 있었던 거 같아서. 그게, 혹시……."

재연의 말은 끝을 맺지 못했고 딱지로 뒤덮여 표정을 알 수 없는 얼굴에 눈만이 그의 동요하는 마음을 드러냈다.

"내 흉한 모습을 본 건, 아니겠지, 재준아?"

아우는 힘주어 고개를 끄덕였다.

"곁에 있었던 건 접니다, 형님. 손도 제가 잡았구요. 다른 사람들의 출입은 일절 금했으니 염려하지 마십시오."

안도의 빛이 재연의 눈에 담겼다.

"그래. 다 나을 때까지는 절대 못 들어오게 해다오. 고맙다, 재준아."

재연은 편안한 표정으로 잠에 빠졌다. 동생은 형님이 안쓰럽고 그런 형님이 사랑하는 여자를 빼앗으려는 자신이 혐오스러워 가슴속이 부글거렸다. 여자가 형님을 얼마나 사랑하는지도 알아버려서 갑절로 고통스러웠다.

바깥에서는 여자가 울며 서 있었다.

남자가 죽지 않고 살아줘서 고마워 눈물이 났다. 그 와중에 그녀를 기억해 줘서, 그녀 앞에 멋진 남자로 보이려 허세를 부려줘서, 눈물이 펑펑 났다.

그를 너무 사랑해 죽을 거 같아서, 여자는 울음을 그칠 수가 없었다.

회복은 더뎠다. 딱지가 떨어지는데 며칠이 걸렸고 구토 없이 식사하기까지도 다시 여러 날이 필요했다. 서울이었다면 링거라도 꽂고 있었겠지만 아무것도 없는 어두운 방에서 재연은 몸이 많이 축났다.

겨우 방에 들어와도 된다는 허락을 받은 인희는 죽 그릇을 들고 수시로 들락거렸다. 억금이 끓여준 흰죽은 영양가가 없어 보여 억지를 써 고기죽을 끓였다. 마마신이 노하신다며 그녜가 주저했지만 고단백 식사는 꼭 필요했고 다행히 재준이 편을 들어주었다. 버섯죽과 닭죽도 뒤를 이었다.

"자, 아 해보세요."

바짝 붙어 앉아 숟가락을 들이미는 인희가 모르는 여자 같아 재연은 내 손으로 먹겠다 밀어냈다. 그녀는 들은 척도 하지 않았다.

"이럴 때가 아니면 게으름도 못 피워보는 거예요."

게으름이 아니라 어리광이라고 말하고 싶었지만 차마 그 말은 입에서 나와주지 않았다.

한 번도 누군가의 곰살궂은 보살핌을 받아보지 못한 그는 인희의 지극정성이 고맙기도 하고 불편하기도 하고 그랬다. 하지만 그녀가 옆에 있어주는 것은 좋았다. 조금도 서먹하지 않은 얼굴로 그에게 다정하게 대해줘서 좋았다.

"너야말로 식사는 제때 하는 거냐. 얼굴이 까칠하다."

재연을 돌보는 동안 인희라고 밥을 제대로 넘겼을 리 없었다. 잠도 자는 둥 마는 둥 했으니 그녀의 얼굴도 꽤나 퀭했다. 그녀는 웃으며 손으로 뺨을 쓸었다.

"그러게요. 제가 살이 찐 거 같아서 식사조절을 좀 했더니 피부가 안 좋네요."

그는 콧잔등에 주름을 잡았지만 더 이상 채근하지 않았다. 그가 해야 할 일은 어서 몸을 가축하여 자리를 털고 일어나는 것이다. 그러면 여자도 마음을 놓고 자기 몸을 돌볼 것이다.

"자, 빨리 다 드셔야 좀 씻죠."

억지로 그의 입에 몇 번 더 숟가락을 밀어 넣고, 그녀는 사내종을 불러 물수건으로 환자의 몸을 닦고 옷을 갈아입히게 했다. 그리곤 통풍을 위해 창문을 열고 추울까 덧옷을 하나 더 꺼내 재연의 어깨에 덮었다. 살뜰하기 그지없는 손길이었다.

그리고도 그녀는 나가지 않고 곁에 앉아 종알종알 수다를 떨었다. 오늘 다른 사람들은 비빔밥을 먹었다느니, 전하께서 보약을 내리셨다느니, 재민이가 아버님을 도로 평양까지 모셔다 드리고 왔다느니.

"피곤하시면 누우세요."

하지만 분명히 피로해 보이는데도 재연은 눕지 않았다. 결국은 인희가 나갈 수밖에 없었다. 이 자존심 하늘 찌르는 남자는 그녀가 있는 이상 절대 흐트러진 모습을 보이지 않을 거란 사실을 알고 말았다.

"좀 주무시는 건 어때요? 이따 다시 올게요."

그녀는 보조개를 지으면서 볼을 동그랗게 밀어 올리며 웃었다. 서먹하지 않은 정도가 아니라 애교가 철철 넘치는 모습에, 재연의 눈이 흔들렸다.

아직도 살갗이 불긋불긋한 것이 이전의 비단 같은 피부를 되찾으려면 꽤 기다려야 할 듯싶었다. 앓느라 얼굴선은 더 날카로워지고 한때 통통 불었던 손가락은 마른 가지처럼 가늘어졌다. 그러나 그의 눈은 여전히 깊고도 아름다웠다. 그 눈에 나타난 동요의 빛이 인희의 마음을 역으로 뒤흔들었다. 사랑한다고 말하고 싶어 그녀의 입술이 달싹였다.

"필요하면 부르세요……."

인희는 서둘러 방을 나왔다.

환자의 방과는 달리 바깥은 청명한 가을이었다.

벌써 여기 온 지 반년도 더 지났구나 생각하다가 아직 반년밖에 안 됐나 어이가 없기도 했다. 아직도 조선이란 사회는 모르는 것 투성이고 이해할 수도 용납할 수도 없는 일이 잔뜩이었지만, 그사이 인연을 맺고 사랑을 받고 그리고 사랑하게 됐으니 사람의 인생에서 절대적인 시간이 꼭 중요한 건 아닌 건가 싶었다.

인희는 며칠 전 김정국 대감과 나누었던 대화를 떠올렸다.

아픈 아들을 보러 평양에서 달려왔던 아버지는, 그가 안정기로 접어들자 그녀를 불러 말씀을 나누자 하였다.

"재준이가, 청을 넣더구나."

여전히 카리스마 짱이시고 무서울 만큼 멋진 삼 형제의 아버지는 이전처럼 막내며느리 대하듯이 그녀를 보아주지는 않았다.

"너를 데리고 청국으로 가겠다며 허락해 달라 하였다."

인희는 할 말이 없어 고개만 숙이고 있었다. 결국 재준이 먼저 움직인 것이다.

"너는 언년이가 아니니 나는 너의 선택을 존중해 주려 한다. 재준이와 함께 가려느냐."

그녀는 머리를 들어 김정국 대감과 눈을 맞췄다. 한숨이 나오려는 것을 안으로 밀어 넣으며 인희는 그에게 대답했다.

"아닙니다. 저는 그냥 여기 있고 싶습니다."

아들 둘이 모두 거절당한 것을 확인한 아버지의 표정은 그다지 좋지 않았다.

"그렇다면…… 재연이란 말이냐. 내가 여기 와서 너를 보니 재연이에게 들이는 정성이 이만저만이 아니던데, 혹 그런 것이냐."

그녀는 대답하지 않고 고개를 다시 숙였다. 뭐라 하겠는가.

아버지는 잠시 그녀를 바라보며 생각에 잠겼다. 갈등의 빛이 얼굴에 떠올랐다가 사라지고, 마침내 말을 꺼낸 그의 목소리는 탁하고 무거웠다.

"재연이는 곧 혼인을 하게 될 것이다. 그동안 미뤄왔지만 규수 댁에서 더 이상은 기다릴 수 없다 해서, 그 아이가 자리에서 일어나는 대로 혼례를 치르자 하였다. 아마 너도 알고 있을 거라 생각한다만."

인희는 방바닥만 보며 잠자코 앉아 있었다. 네, 알아요. 그래서 괴로운 거죠. 그럼에도 불구하고 그 사람을 사랑하게 돼서 이 고생을 하는 거죠.

김 대감은 혼잣말처럼 한숨처럼 낮은 목소리를 던졌다.

"너는 여기 여인들처럼 사는 길을 택하진 않을 테지."

그녀는 대꾸하지 않았다. 유혹은 매일 그녀를 흔들어대고, 넘어지지 않는 건 힘든 일이었다.

"네 육신의 주인인 언년이가 실은 그 댁 소생이다."

전혀 새로운 말씀에 인희가 고개를 번쩍 들었다. 김 대감은 착잡한 시선으로 그녀를 보고 있었다.

"다 우리들의 죄다. 이 시대의 사내들이 죄가 많아 그런 게야. 언년이는 박 규수의 배다른 동생이 된다. 어미는 기생이었지."

대감의 말씀에 따르면 재연의 장인이 될 박 대감에게는 총애하는 기생이 있었는데 그녀가 낳은 서녀가 언년이라는 것이다. 그런데 그 기생은 산후에 죽어버렸고, 차마 딸을 기생으로 키울 수 없었던 박 대감이 언년이를 빼돌려 이 댁에 맡겼다는 거다. 그의 부인인 박 규수의 모친은 워낙 투기가 심하고 성정이 강한 여인이라, 아예 언년이의 존재 자체도 비밀에 부쳐졌다고 했다.

"나는 너와 처지가 같은 재민이를 짝지어주고 싶었다. 그러면 그 댁과 우리 집은 겹사돈을 맺는 셈이 되고. 그런데 일이 참으로 공칙하게 되었구나. 인력으로 되지 않는 것이 사람 마음인가 보다."

그의 말마따나 죄 많은 사내들 중의 하나인 김 대감은 평소의 강렬한 눈빛 대신 미안함과 연민이 담긴 축축한 시선으로 그녀 쪽을 보고 있었다.

어차피 진짜 자신도 아니고, 언년이의 출생의 비밀 따위가 새삼스럽게 존재의 근원을 뒤흔들 만큼 충격적인 것은 아니었다.

하지만 이야기를 듣고 나자 인희는 마음이 싸한 것이 서글프고 서러웠다.

'한 끗 차이였구나.'

같은 댁 핏줄인데, 한 여자는 양갓집 규수로 당당하게 재연의 처가 될 신분이고, 그녀 자신은 사랑한다 말 한마디 하지 못하고 혼자 숨어 울어야 하는 처지인 것이다.

인희는 고개를 흔들었다. 다 끝난 일이다. 이왕 이렇게 된 거 대감의 힘을 빌려 일을 매듭짓자, 그녀는 생각했다.

"대감마님께서 저를 가엾게 생각하신다면, 도련님이 혼례 치를 때쯤 절 평양으로 불러주시지 않겠습니까. 거기도 손이 하나 더 있으면 도움이 되겠지요. 부탁드릴게요."

재준과 함께 청국을 갈 수는 없게 되었다. 그동안도 눈치 빠른 그가 알고 있는 것 아닐까 생각했었지만 이번에 재연이 아픈 동안은 도저히 모를 수 없게 행동해 버렸다. 아무리 인희가 이기적이고 계산적인 21세기 여자라 해도 이 이상은 뻔뻔하게 굴 수 없다.

그리고 그녀 자신, 지금 이렇게까지 감정이 흘러넘치는 상태에서 다른 남자의 손을 잡을 용기는 나지 않았다. 마음을 속이는 데도 한계가 있는 것이다.

김 대감은 알았다고 했다.

인희는 그가 아들들을 죄 휘저어놓은 자신을 비난하지 않는 것이 약간 놀라웠다. 하지만 돌이켜 생각해 보면, 김정국 대감이야말로 남녀 간의 문제는 이성으로 해결되지 않는다는 걸 경험으로 터득한 사람일 거였다.

호색한이라 그를 욕했던 자신은 철이 없었던 것이다. 사람 마음이란 게 흐느적거리며 이성을 배신한다는 사실을 알지 못했던 것이다.

그 대화가 있은 지 며칠 후, 삼 형제의 아버지는 평양으로 돌아갔다.

생각에 잠겨 있는 그녀에게 멀리 재준의 모습이 보였다.

인희를 발견한 그의 표정이 조금 경직되는 게 느껴졌다. 이제는
더 이상 미룰 수 없고, 두 사람은 대화가 필요하다.

"형님은 주무시냐."

그녀에게 다가오며 재준이 물었다. 네. 하지만 그건 이야기를
꺼내기 위한 의례적인 질문에 불과했다.

"죄송해요."

밑도 끝도 없는 말이었지만 두 사람 다 무슨 뜻인지 알았다. 그
는 속으로 묻는다. 뭐가 죄송한 거니. 날 사랑하지 못해서? 형님을
사랑하는 걸 들켜 버려서? 결국 내 손을 거절해야만 해서?

인희가 눈을 들어 그를 보더니 덧붙였다.

"전부 다요."

재준은 숨을 깊이 들이켰다.

이 여자를 놔주고 싶지 않다.

평생 가야 이런 여자는 다시 만나지 못할 것이다. 그런데 어째
서 이 여자가 사랑하는 남자는 내가 되지 못한단 말인가.

아니, 사랑하지 않아도 좋으니 붙잡을 수만 있다면. 언젠가 나
를 사랑해 줄 거라는 희망 하나만으로 평생 기다릴 수도 있으련
만. 기어코 나를 뿌리치고야 말 것인가, 이 아름다운 여자는.

"가자, 청국에."

그의 목소리에 담긴 진실한 울림에 인희는 다시 감동했지만 그

녀의 마음은 이미 결정되어 있었다.

"그런 짓을 할 수는 없어요. 도련님을 이 이상 기만할 수는 없어
요. 지금은 다 괜찮다고 하시겠지만 결국은 후회하게 되실 거예
요."

아니라고 자신있게 대답할 수 없었다. 재준은 부정할 수 없었
다.

그녀의 말이 맞을지도 모른다.

끝까지 모르는 체할 수 있었더라면 좋았을 것을. 그녀가 얼마만
큼의 마음으로 형님을 사랑하는지 눈으로 보지 않았더라면 좋았
을 것을. 그만 모든 것이 백일하에 드러나 버렸다.

뻔히 알면서 아닌 척 시치미 떼는 것은 길게 가지 못할지도 모
른다. 웃음으로 질투와 의심과 번민을 다 덮을 수 없을지도 모른
다. 결국은 서로를 할퀼지도 모른다.

재준 자신, 인희를 너무 많이 사랑하기 때문에, 그녀를 견뎌낼
수 있다고 차마 호언할 수 없었다.

"어떻게 할 생각인 거냐."

인희는 시선을 다시 돌렸다.

"큰도련님 다 나으시면…… 평양에 가서 지내려구요. 그 이후
의 일은 저도 모르겠어요."

미리 생각한다고 그대로 되는 것도 아닌데 공연히 골머리를 썩
여 무엇하겠나. 인희는 '아닌 것'만 확실히 정하고 가기로 했다.

아닌 것.

첩이 되는 것. 재준의 손을 덥석 잡아버리는 것. 결혼한 재연의

곁에 어정거리는 것.

재준은 아무 말도 하지 못했다. 눈앞의 여자가 여전히 너무도 욕심나지만 어찌할 도리가 없다.

그러나 그는 단념한다거나 포기하겠다고 말하지는 않기로 했다. 인희처럼, 이후의 일은 그 자신도 알 수 없는 일이다.

다만 그는 아직 아무것도 모르는 재민이가 부러웠다. 어쩌면 결국 뜻을 이루는 것은 아우가 될지도 모를 일이다.

인희가 재연을 돌볼 수 있는 시간은 물리적으로 꽤 길었다. 천연두 자체는 다 나았지만 쇠약해진 체력을 보충하는 것은 금방 되는 일이 아니었다.

아침이면 세숫물을 떠다 씻기고 된죽을 끓여 먹이고 보약을 바치고 바깥소식을 전했다. 고단해 보이면 바로 자리를 비켜 자부심 드높은 선비요 무인인 재연이 혼자 쉴 수 있게 배려했다.

해가 좋은 날엔 뒤란을 함께 산책하며 오후 시간을 보냈고 가을비 내리는 날이면 들창을 열어놓은 채 가슴을 두들기는 빗소리를 같이 들었다.

언제나 웃었고 항상 다정하게 대했다.

그가 어떻게 받아들이든 개의치 않기로 했다. 후회없이 사랑하고 떠나기로 했다. 시한은 혼인 전까지.

재연은 손이 닿을 거리에서 입속의 혀같이 구는 인희 때문에 다 나았던 병이 도질 지경이었다.

자꾸만 몸이 뜨거워지고 맥박이 불규칙해지는 게 분명히 증상이 나빠지는 거다. 잠도 잘 오지 않았다. 거의 흰빛을 되찾았던 얼굴색이 붉게 변하곤 하는 것도 정상이 아니다.

　저 여자가 무슨 억하심정을 품지 않은 이상 저럴 수가 없다. 상냥하게 웃는 얼굴을 하고 사람을 피 말려 죽이려는 속셈인 것이다. 어린아이 눈앞에 단 엿을 들이밀며 맛있겠지, 넌 못 먹어 하는 것과 무엇이 다른가.

　만지고 싶어 안고 싶어 미칠 것 같은데 손끝 하나 댈 수가 없다. 차라리 앓고 있을 때가 덜 힘들었다.

　'자고 있는 얼굴도 편안해 보이지 않는구나.'

　별도 없이 캄캄한 밤이었다. 인희는 잠든 재연의 얼굴을 내려다보며 그림처럼 조용히 앉아 있었다.

　절대 그녀 앞에서 눕지 않는 재연의 자는 모습이 보고 싶어 한밤중에 몰래 들어와 보았다.

　이전 같으면 벼락같이 일어나 칼을 목에 들이밀며 누구냐 외쳤을 그이지만, 병마와 싸운 뒤끝이라 역시 감각이 무뎌진 모양이다. 그는 곤한 잠을 자고 있었다. 그러나 잠든 표정에 안식은 없어 보였다.

　언제나 곤두서 있는 영혼. 안타까운 나의 사랑. 당신의 아내가 당신을 따뜻하게 해줄 수 있는 사람이면 좋겠어, 생각한다.

　무릎을 세워 팔로 감싸 안고 턱을 얹었다. 어두운데도 재연의 하얀 얼굴은 달처럼 눈에 들어왔다.

자는 모습이 너무나 아름답다. 화를 낼 때도 노려볼 때도 심지어 사람을 벨 때도 아름다웠던 사람이다. 그래서 좋아하게 된 거라고 믿었다. 아름다워서. 하지만 진심으로, 얼굴이 다 얽어 백범 김구 선생같이 수더분한 모습이 돼도 상관없다고 생각했다. 살아만 준다면 평생 자리보전을 해도 곁을 지킬 거라 생각했다.

그런 거였다. 그렇게 무서운 거였다. 사랑이란 건.

'어쩌다 저 사람을 사랑하게 되었을까. 어쩌다 이렇게까지 사랑하게 된 걸까.'

기가 막히다. 서울에서 살던 일이 아득하게만 느껴지고 언제 형남을 좋아했던가 기억도 가물가물하다.

누가 지금 돌아갈래 물으면 나는 뭐라 하려나. 냉큼 돌아가야 맞겠지. 이 억울한 사랑을 털고 당당하게 서인희로 살아가야 마땅하겠지. 그런데 자신이 없어. 이런 꼴로라도 이 사람을 보면서 가까이 있고 싶을지도 몰라. 도대체 자긍심은, 자아란 건 다 어디로 가버린 걸까. 인생의 의미 같은 건 어디 던져 버린 걸까. 그토록 비웃던 사랑밖에 난 몰라 하는 여자들과 똑같은 꼬라지가 돼버린 거네.

'사랑한다고 말이라도 한마디 할 수 있다면.'

부질없는 마음이 서럽다. 그러나 그래선 안 된다. 사랑한다고 고백하면 혹시 그가 다 버리고 함께 떠나자고 말해줄지도 모르니까. 그러면 너무 기쁠지도 모르니까. 미친 척하고 그 손을 잡아버릴까 봐, 그렇게 사랑하는 남자의 신념을 짓밟고 그의 인생을 망칠까 봐, 무서워서 그녀는 사랑한다고 말할 수 없었다.

인희는 소리없이 몸을 일으켰다. 잠든 재연의 얼굴을 위에서 내려다보다가 아주 살짝 조심스럽게 손가락을 대어본다. 그는 약간 뺨을 실룩였지만 깨지 않았다.

그래서 그녀는 용기를 얻었다. 처음이자 마지막으로, 그래도 한 번만, 추억으로 갖고 가게 꼭 한 번만, 인희는 생각하며 천천히 상반신을 굽혔다.

쪽, 소리는 나지 않았다.

반듯한 재연의 미간에 인희의 입술이 가만히 닿았다. 차마 꽃잎 같은 입술을 욕심내지 못한 자신이 바보 같지만 혹시 그가 깰까 아무래도 두려웠다. 그리고 입술이면 어떻고 이마면 어떤가. 그저 저 사람한테 한번 닿아보고 싶었던 것일 뿐.

그녀는 일어서서도 잠시 더 그를 쳐다보다가 천천히 나갔다. 치마가 사락거리는 소리가 문턱을 지나 댓돌 아래로 뜰로 사라져 갔다.

재연은 눈을 떴다.

그녀의 입술이 닿았던 곳에 새로 심장이 생긴 것 같다. 두 개의 심장이 한꺼번에 뛰는지 방 안에 자신의 고동 소리가 천둥처럼 울려대고 있었다. 심장이 두 개라 체온도 배로 높아진 모양이다. 정신을 차릴 수가 없다.

처음부터 깨어 있었다. 그게 인희라는 걸 알고선 왜 들어왔냐 물어볼 자신이 없어 자는 척했을 뿐이다. 그녀가 곁에 앉아 있는 동안 여자의 마음이 궁금해 죽을 지경이었지만 꾹 참았다.

그런데 여자는 무얼 한 건가. 낮에 괴롭히는 것으로 부족하단 말인가.

　저런 부드러운 입술도 그녀가 속했던 곳에서는 아무 의미 없는 것이란 말인가. 정녕, 그렇다고 말하는 건가.

　그는 두 손을 들어 얼굴을 파묻었다.

　도무지 마음을 다스릴 수가 없다.

제16장

혼인 준비가 본격적으로 시작되었다.

청혼서와 허혼서가 오가는 의혼議婚 단계는 이미 오래전에 지났다고 했다. 납채納采의 예가 시작되었다. 재연의 사주를 적은 사주단자가 보내졌고, 신부 집으로부터 그 답으로 택일한 날짜와 함받는 날이 적힌 연길涓吉이 도착했다. 혼례는 음력 11월로 결정되었다.

한겨울에 혼인을 하는 경우는 드물었다. 재연도 아직 몸이 완전하지 않았다. 그러나 신부 집에서는 어지간히 마음이 급한 모양으로, 딸이 또 무슨 사달을 내려나 불안해하는 것이 분명했다. 이미 소문을 들은 바 있는 김정국 대감 댁 삼 형제는 모두 같은 생각을 했다.

'차라리 다행인지도 모르지.'

재연은 생각한다.

마음이 다른 여인에게 가 있는 그를 지아비라고 순정 바쳐 사모한다면 미안한 일 아닌가. 정인을 따로 둔 채 어쩔 수 없이 집안이 정한 혼인을 해야 하는 그 규수도 재연 자신만큼 딱한 사람이다.

아우가 어느 날 물었다. 어째서 지금까지 혼인을 미루신 거였냐고. 인희가 오길 기다리느라 그러신 건 아니지 않냐고.

그는 입술 끝을 조금 들어 올렸을 뿐 대답은 하지 않았다.

가문을 위해 모든 것을 바치고 유교 이념에 절대 충성하는 듯 보였지만, 기실 김재연의 마음 한구석에는 누구도 모를 반항심이 숨어 있었다.

가문을 잇는다는 그럴듯한 허울을 썼을 뿐 실은 종마와 무엇이 다른가. 누구인지도 모르는 여인과 혼인하여 자식을 낳고, 그 여인이 아들을 낳지 못하면 또 다른 여인을 맞아 교접해야 하고.

인간에게 자신을 존중할 권리 같은 건 없단 말인가. 아버님이 겪었을 자기모멸감은 얼마나 끔찍했을까. 무지한 어린 여자를 데려다 하룻밤 품고 핏덩이만 뺏은 후 버렸어야 했던 아버님은 당신 스스로를 용서하실 수 있었을까.

아마도 아버님이 자신을 다그치지 않고 혼인을 미루도록 내버려 두셨던 건, 이 세상 단 한 사람 아버님만이 자신의 마음을 이해하셨기 때문일 것이라고 그는 믿었다.

'하지만 영원히 피할 수는 없는 일.'

결국은 감당할 수밖에 없는 운명이었다.

그 사이에 혼을 다 바쳐 사랑하는 여자가 생겼건만, 그 여자를 포기한 채 다른 여인을 안고 그 여인에게서 자식을 보며 살아야만 하는 것이다.

인희가 다른 남자와 행복한 것을 그녀의 주인인 재연은 보아야만 하는 것이다. 그저 보고만 있을 수밖에 없는 딴 여인의 사내가 되는 것이다.

단 한 번, 인희의 팔을 잡고 돌려세운 일이 있었다.

묻고 싶었다. 마지막으로 확인하고 싶었다. 안 되는 거냐고, 신분을 떠나, 미래를 떠나, 사내로서의 나는 정말로 네 마음에 들어갈 수 없는 거냐고.

말하고 싶었다. 네가 나를 받아만 준다면, 네가 나를 원하기만 한다면, 나는…….

그러나 재연은 묻지 못했다. 그녀는 재연의 손을 잡더니 '어머, 왜 이렇게 손이 차가워요? 바깥에 너무 오래 계셨나 보다. 어서 들어가셔야겠어요' 아무렇지도 않게 그를 방으로 이끌어 들여보냈다.

그것이 그녀의 답이었으리라.

그래서 그는 생각할 기회도 갖지 못하였다. 만약 인희가 그를 사랑해 준다면 자신이 어떻게 했을지. 무엇까지 버릴 수 있었을지. 어떤 희생까지, 아니, 배신까지 감내했을지.

혼례 날짜가 가까워 올수록 재연의 표정은 어두워졌고 인희가 다정할수록 그는 더 괴로웠다. 여자는 무슨 생각을 하는 건지, 고문의 강도는 날이 갈수록 심해졌다.

'참수형 당할 죄인에게 마지막으로 고깃국을 먹이는 너그러움인가. 혼인을 치르기만 하면 바로 낯빛을 바꾸고 다른 남자에게 갈 생각인가.'

그러나 그의 눈에 그녀 자신이야말로 어딘지 위태로워 보였다. 마치 죽을 날 받아놓은 사람이 신나게 먹고 마시는 것 같은 극단적인 명랑함이 있었다. 재연은 불안했다.

불안함은 인희로만 인한 것은 아니었다.

강빈의 신원을 주청하다 장살杖殺당한 김홍욱이 남긴 여파는, 우려했던 것보다 훨씬 컸다.

임금에게 간언할 언로를 봉쇄당했다며 사대부들이 크게 반발했고 그의 유가족을 중심으로 백성들 사이에도 주상에 대한 반발의 물결이 거셌다. 임금이 되어서는 안 될 자가 자리를 찬탈한 것이 아닌가, 차마 입에 담기도 참람한 이야기가 저잣거리를 휩쓸었다.

재연은 도처에서 의혹을 동반한 살기를 느꼈다. 궁 안에서나 밖에서나 도성의 하늘 아래는 어디도 안전하지 않았다. 전란 뒤 사는 것이 고단한 백성들은 한풀이할 대상을 찾는 중이었고, 그 상대가 임금인 것은 피아彼我를 막론하고 아주 좋지 않은 상황이었다.

물론 인희는 그런 것은 알 수 없었다.

초례청이 차려지는 것은 어차피 신부의 집이다. 납폐納幣를 위해 혼서와 청홍 채단을 넣은 함을 준비해야 하지만 그런 건 아랫것들이 장만할 일이 아니라, 막상 인희는 그의 결혼이 그다지 실감나지 않았다.

"17세기면 아직 신랑이 신부네 집에서 살던 땐가."

그녀가 혼잣말처럼 중얼거리자 옆에서 다른 일을 하던 재민이 고개를 들고 대답해 주었다.

"대부분은 그래. 원래 그게 풍속이지. 그런데 요샌 혼례만 신부 댁에서 치르고 바로 신랑 댁에서 신접살림을 차리는 경우도 종종 있더라구. 우리 집도 아마 그럴걸. 형님이 워낙 하시는 일이 많아서 여기 계셔야 할 테니까."

안채에 새색시의 방을 만드느라 공사가 진행 중이었고 거기 필요한 물품을 구입하는 일을 재민이 맡아 하고 있었다. 혼례만 치르고 나면 그는 청나라로 떠나기로 했다. 이제껏 가족처럼 지내던 노비들에게서 갑자기 윗전으로 대우받는 건 서로 불편하고 아무래도 미안한 일이어서, 그는 빨리 집을 벗어나려 하고 있었다.

아마 재준도 함께 갈 것 같았다. 그는 일단 한번 경험 삼아 다녀온다고 했다.

"다 안녕이구나."

재민이 듣지 못하게 그녀가 속으로 웅얼거렸다. 마음이 허전한 게 스윽 찬바람이 불었다. 이 사람들이 없었더라면 조선이란 나라에 마음 한 자락 붙일 수 있었을까 싶지만 결국 모두 안녕이다. 이게 전부 내가 너무 인기있는 바람에 그렇지, 또 새로운 인연을 만나면 되지, 아, 나는 쏘쿨이야, 인희는 쓸쓸하게 웃었다.

쿨하지 않은 사람은 왕이었다. 재연이 완전히 회복되기도 전에 임금은 두 사람더러 궁에 출입하라 분부하였다. 물론 마마신은 배송이 끝난 후였으니까 그들이 드나든다고 궁 안에 균을 옮기지야 않겠지만, 왕복 2시간이나 하는 길을 아픈 사람더러 말 타고 오가란 말인가 인희는 분개했다.

재연은 임금의 속마음을 알기에 불평하지는 않았다. 그리고 왕께는 위안이 절실히 필요하기도 했다.

낙엽이 꽃처럼 흩날리는 가회방 길을 지나 창덕궁을 향하는 걸음은 그래도 설레었다.

인희는 임금에게 해줄 재미난 이야기를 가는 길에 재연에게 미리 들려주었다. 이제 밑천이 거의 바닥나 밤마다 우스갯소리를 창작해 내야 했지만, 그걸 듣고 흐리게나마 미소 짓는 재연의 얼굴이 좋아 밤새 머리를 쥐어짜며 궁리하곤 했다.

'이렇게 궁을 오갈 날도 많이 남지 않았구나.'

인희는 한순간도 헛되이 보내고 싶지 않았다. 그의 얼굴을 바라보고 그에게 즐거운 이야기를 해주고 그가 웃는 모습을 가슴에 간직하고, 그렇게 시간을 지내고 싶었다.

봄에 만나 겨울에 헤어지나. 뭔가 너무 정석대로라 별론걸. 그녀는 생각했지만 어차피 눈물 쏟으며 이별할 것도 없이 그저 각자의 길을 갈 뿐이다. 아무리 죽을 것같이 아파도 마음이 아파 죽은 사람은 없고, 창민의 노래처럼 밥 잘 먹으며 김광진의 노래처럼 억지 인연 접으면 그걸로 끝이다.

아름다운 사람 만나 생각지 못한 깊은 사랑 해보았으니, 그것으로 충분하다. 심지어 사랑도 받았다. 맺지 못했다고 절망하기에는 누린 게 좀 많지 않은가.

"그래도 아파."

밤이면 우스갯소리를 지어내다 말고 가슴을 부여안고 울었다. 서로 사랑하면서 이렇게 딴 길로 가야 하는 건 너무 억울하다.

그녀는 어서 혼례일이 오길 바랐다. 자신이 못 견디고 다 망쳐 버리기 전에.

날이 제법 추웠다. 한겨울이 되면 어차피 궁에 오가기는 어려우리라, 말을 타고 가며 인희는 생각했다. 그러니 혼인과 함께 평양으로 숨어버려도 임금이 문제 삼지는 않을 것이다. 평양은, 훨씬 더 춥고 을씨년스럽겠지만.

재연은 오늘따라 유난히 신경이 곤두서 있었다. 어쩐지 다른 날보다 훨씬 불안하고 꺼림칙한 기분이었다. 오래 무예를 닦아 그런지 아니면 타고난 동물적 감각인지 그의 예감은 대체로 틀리지 않는 편이었다. 날씨가 화창하고 여자가 평소보다 더 예쁜데도 그의 긴장은 누그러들지 않았다. 스치는 사람들의 동향을 주시하며 혹시라도 불온한 조짐은 없는지 불경한 말을 내뱉는 자는 없는지 살피느라 가끔은 인희의 농담을 놓칠 때까지 있을 정도였다.

아니나 다를까, 가겟집들 사이 저만치에 일단의 수상쩍은 무리가 눈에 띄었다. 재연이 눈길을 주자 그들이 흠칫 놀라며 슬금슬금 자리를 피했고 심증이 굳어진 그는 말머리를 돌렸다.

"꼼짝 말고 여기서 기다려라. 곧 돌아오마."

급히 달아나는 패거리를 쫓아 재연이 말을 달렸고 인희는 그의 뒷모습을 넋 놓고 보다가 겨우 정신을 차리고는 말에서 내렸다. 그들이 무슨 꿍꿍이인지 어떤 죄를 지은 건지 알 수 없었지만 돌아오려면 한참 걸릴 듯했다.

길에 깔린 단풍잎이 고왔다. 무지갯빛을 한 번 걸러낸 듯 알록달록하면서도 애잔한 색깔이 예뻤다. 그녀는 다른 생각 하지 않으려 그저 나뭇잎만 쳐다보며 시간을 보내고 있었다.

고개를 들고 있었더라면, 피할 수 있었을까?

"저기."

누군가 앞에 와 말을 걸어 인희는 머리를 들었다. 그 순간이었다.

푹.

찰나 엄청난 통증이 느껴졌고 이어 숨이 콱 막혔다.

이게 뭐지.

눈앞에 낯선 여자 하나가 부들부들 떨며 서 있었다. 그 여자가 인희에게서 심장을 끄집어낸 것인지, 앞으로 뻗은 여자의 두 손과 인희의 가슴은 온통 시뻘건 색깔이었다. 통증도 거기서 시작된 것이었다.

여자가 손을 뗐다. 떨리는 두 손을 주체하지 못해 어깨 쪽으로 끌어당기며 여자는 인희의 피를 바닥에 뚝뚝 흘렸다.

가슴에는 심장 대신 칼이 꽂혀 있었다. 칼날은 다 파묻히고 손잡이는 본래의 색을 알 수 없을 만큼 붉었다.

"네가, 상감이 총애하여 불러들이는 계집이라지. 네가, 네가 죽으면 상감이 슬퍼하겠지."

여자의 입술에서 광기와 독과 악으로 짓이겨진 목소리가 나왔다. 인희는 무슨 소린지 몰라 멍하니 여자를 바라보고 있었다. 그 얼굴에 증오와 희열이 가득했다.

"내가 사모하는 분을, 상감이 죽였어. 상감도, 그자도, 똑같은 슬픔을 맛보게 해줄 거야. 억울하게 죽은 우리 낭군의 혼백을, 내가 위로할 거야."

이를 갈 듯 여자가 말한다. 인희는 정신이 희미해지는 중에도 그게 무슨 뜻인지 알아들었다.

'아…… 얼마 전 죽은 김홍욱의 부인인 거구나. 복수를 하는 거로구나……. 하지만, 하지만 오핸데. 나는 임금님의 여자가 아닌데. 나야말로 이건 억울하잖아…….'

다리가 푹 꺾였다. 어지럽고 토할 것 같았다. 입에서도 피가 나오기 시작했다.

'이건 좀…… 많이 안 좋은데? 죽는 건가, 난? 드디어?'

"인희야!"

재연의 목소리가 동굴 속을 울리듯 아득하게 들렸다.

인희가 완전히 땅바닥에 고꾸라지기 직전, 재연은 그녀를 잡았다. 그러나 너무 놀라 자칫 인희를 놓칠 뻔했다. 멀리서 두 사람을 보고 달려올 때는 설마했었다. 그저 칼에 조금 찢긴 정도일 거라고 생각했지만 그럼에도 숨이 멎을 만큼 놀라 달려왔다. 그런데 인희의 상처는 그런 것이 아니었다. 제대로, 심장에, 칼이 박혀 있었다. 깊숙이.

"인희야, 이게 대체, 이걸 어떻게……."

이미 핏기가 반절은 가신 여자가 그의 품 안에서 가쁜 숨을 내쉬었다. 재연은 그 자신의 몸에서 피라는 피는 한 방울도 남김없이 빠져나가는 것 같았다. 닥친 일을 도저히 믿을 수 없어 그는 그저 눈을 부릅뜬 채 인희를 내려다보았다. 이걸 어떻게 하지. 지금 나는 무얼 하면 되는 거지. 아무것도 생각나지 않고 여자를 안고 있는 팔이 사시나무 떨 듯 떨렸다.

옆에는 산송장 같은 여인 하나가 우두커니 서서 그녀가 기대했던 것이 아닌 장면을 내려다보고 있었다. 얼굴에 가득했던 광기가 스르르 빠져나가고 있었다.

"대체, 무슨 짓을."

재연은 여인을 쳐다보다가 다시 인희에게로 눈길을 돌렸다. 칼을 뽑을까. 아니야, 칼을 뽑는 순간 피분수를 뿜을 거야. 그러면 훨씬 더 나빠. 아니, 지금 벌써 너무 나빠. 손쓸 수 없을 정도로 심해. 어떻게 하면 되는 거지? 어떻게 해? 누가 좀 가르쳐 다오. 어떻게 해?

"의원, 의원한테 가자."

다급하게 뇌까리며 인희를 안아 올렸지만 움직임이 주는 극심한 고통에 그녀가 얼굴을 찡그리자 더 이상 꼼짝할 수가 없었다.

"의원을 만나려면 어디로 가야 하지?"

그녀를 안아 든 채 재연은 고개를 돌려 사방을 둘러보았다. 의원이란 대체 어디 사는 것인지, 여기는 어디인지, 아무것도 생각나지 않았다. 눈앞의 풍경 모두가 소용돌이처럼 덩어리지며 하나로 뿌옇게 뭉쳐졌다. 머리가 빙빙 돌고 정신이 하나도 없었다.

다시 인희를 내려다보았다. 그녀의 얼굴은 선명하게, 지나치게 선명하게 보인다. 감은 눈 아래 미세한 경련도, 송골송골 솟아오르는 식은땀도, 색깔을 잃어가는 입술도, 그 입술 사이로 진하게 흘러내리는 검붉은 핏줄기도, 젖혀진 목을 따라 울컥거리는 밭은 숨의 연약함도, 하나도 빠짐없이 다 보였다.

여자는 죽어가고 있었다.

죽은 사람도 죽어가는 사람도 여럿 보았다. 죽인 일도 있었다. 목숨이 경각에 달린 사람을 적절하게 처치해 살려낸 일도 있었다. 한 번도 이성을 잃은 일이 없었고 언제나 냉정하게 최선의 방도를 취했다.

하지만 천 명의 목숨과도 다른 것이었다, 이건.

손이 부들부들 떨리고 입술이 바짝 마른다. 눈알이 빠져나올 것 같다.

이미 늦었다고, 이 여자는 곧 죽을 거라고 머리에서 알고 있는데 그게 가슴까지 전달돼 오지 않았다.

이거였나, 그 불안의 정체는. 전하의 안위가 아니었던 건가.

난 어쩌자고 그런 피라미들을 쫓아가느라 이 여자를 내팽개쳐 두었던 걸까. 그런 놈들이 뭐 중요하다고, 이 소중한 사람을 혼자 내버려 두고 자리를 비웠단 말인가.

왜. 이 여자가 국가와 무슨 상관이 있다고. 다 나 때문인가. 내가 전하와 엮였기 때문인가. 내가 위험한 길엘 데리고 다녔기 때문인가. 내가 욕심냈기 때문인가.

"인희야! 인희야!"

울부짖듯 절박한 그의 목소리에 인희가 힘겹게 눈을 떴다.

'아, 저 사람이 저런 얼굴을…….'

절망과 공포로 일그러진 재연의 얼굴이 낯설었다.

'저 사람도 저런 얼굴을 할 수 있는 거였구나……. 보고 싶지 않았는데, 저렇게 불행한 얼굴. 그런 표정을 하는 건…… 내가 죽을 거란 뜻이겠지?'

인희는 찔린 상처와 무관하게 가슴이 아렸다.

'몇 번째 죽는 거야…… 죽을 때마다 너무 힘든데…… 이번엔 진짜 끝인가…….'

재준과 나눴던 대화가 생각났다. 김홍욱의 가족이 무슨 문제를 일으키는가 그가 물었다.

'그렇지. 언년이가 죽임을 당했다는 것 따윈 역사책에 나올 수가 없으니까. 하, 치사한걸.'

쿨하게 실소하고 싶었지만 웃음은 나와주지 않았다.

지독하게 아팠다. 구토가 나는데 토할 기운은 없었다. 너무 오래 끌지 않았으면 좋겠다는 생각이 들기 시작했다.

정신이 오락가락하는 중에도 사람들의 얼굴이 떠올랐다.

'재준 도련님, 미안. 꼭 좋은 여자 만나요. 당신이 없었으면 살아남지 못했을 거야. 고마워.'

부르르, 심하게 경련이 오더니 피를 뭉치로 왈칵 토했다. 기도가 막혀 꺽꺽거리자 재연이 급하게 그녀의 몸을 돌려 안았다. 가슴에 한 번 더 불에 덴 듯 통증이 찾아왔다.

'재민이는 잘살 거야. 난 걱정하지 않아. 멋진 청년.'

그녀는 두려워 재연을 바라보고 싶지 않았다. 그의 아픈 얼굴을 쳐다볼 용기가 나지 않았다. 하지만 마지막엔 그의 얼굴을 보며 가고 싶다. 어차피 곧 아무것도 안 보일 테지만.

"정신 차려, 부탁이다, 제발."

그가 안타깝게 그녀를 부르고 있다. 피에 흠뻑 젖은 그녀의 손을 자기 얼굴에 갖다 대며, 재연이 간절하게 있는 힘껏 인희를 붙잡고 있었다.

'얼굴이 더러워지잖아…… 당신 하얗고 아름다운 얼굴이 피로 더러워져…….'

눈물이 난다. 남자는 처절하게 애원하고 있었다. 죽지 말라고, 가지 말라고. 그런데 그녀에겐 선택의 여지가 없었다. 가야만 했다. 온 것이 자신의 선택이 아니었던 것처럼.

여자의 눈에서 눈물이 흐르자 재연은 더 제정신이 아니었다. 이렇게 보낼 수는 없다고, 네가 죽으면 나는 어떻게 하란 말이냐고, 평생 다신 못 봐도 좋으니 살아만 달라고, 그는 절규했다.

"인희야, 사랑한다. 사랑한다. 제발 가지 마라. 제발 내 곁에 있어다오."

칼로 찢어진 가슴이 사랑으로 다시 찢어진다.

'입맞춤 한 번 못해준 가여운 내 사랑.'

인희는 후회했다.

'이렇게 헤어질 줄 알았으면 좋아한다고 말해줄걸. 사랑한다고 할걸.'

지금이라도 말해주고 싶었지만 죽은 입술은 움직여 주지 않았다.

'가엾은 사람. 안타까운 사람. 나마저 떠나고 나면, 이 엄숙하

기만 한 세상에서 당신은 웃을 일이나 있을까.'

두 사람의 젖은 눈이 뜨겁게 마주쳤다.

인희는 이제 마지막이라는 걸 알았다.

'이왕이면 당신에게 어울리는 여자로 태어났으면 좋았을걸.'

숨이 점점 느려진다.

'좋은 가문의 딸로 환생했으면 좋았을걸.'

더 이상 재연의 얼굴이 보이지 않는다.

'어쩌다가.'

미안…….

'언년이로.'

사랑해…….

.

.

.

.

.

'환생해서.'

제17장

"인희는…… 잘 있겠죠?"

재준과 재민은 청나라 심양의 객줏집에 앉아 오가는 상인들을 쳐다보고 있었다. 제법 훈훈한 오후였다. 여기보다 남쪽인 한양은 좀 더 따뜻할 것이다.

시간이 무심히도 흘러 다시 돌아온 봄이었다.

"그렇겠지. 어딘가에서 잘살 테지. 멋진 여자니까."

둘은 말없이 술잔을 기울이며 생각에 잠겼다.

그 여자는 어디인가에 반드시 다시 태어났을 것이다. 거기가 조선이든 청이든 더 과거든 혹 본래대로의 미래세상이든. 그냥 죽어버리기엔 너무 아까운 여자니까.

"저는, 몰랐습니다. 큰형님이……."

재민이 입술을 감쳐 물었다. 그는 정말로 몰랐다. 큰형님마저 인희를 사랑하고 있었다는 사실을. 형님이 피 칠갑을 한 채 숨이 끊어진 인희를 품에 안고 실성한 사람처럼 대문을 들어서기 전까지는.

재준은 묵묵히 술을 들이켰다.

돌이켜 생각하기에도 너무 아픈 날이었다.

어이없는 인희의 죽음은 많은 사람에게 큰 상처를 남겼다.

사랑하는 여자를 잃은 재준과 재민은 넋을 잃었고 젖어미 억금이를 비롯한 노비들이 대성통곡하며 차갑게 식은 그녀의 시신을 부둥켜안았다.

겨우 마음 잡아가던 아들의 방황을 지켜보느라 안방마님이 속을 끓였고 평양에서도 아들이 불쌍해 어머니가 울었다.

임금은 격분했지만 김홍욱의 소실小室을 중벌에 처하지는 않았고, 그 덕에 임금과 신료들 사이의 팽팽했던 대립관계는 그럭저럭 누그러졌다.

김정국 대감 외에 아무도 몰랐으나, 재연과 정혼한 박 규수 댁에서는 언년이의 아버지인 박 대감이 혼자 술을 마시며 버려야만 했던 딸의 억울한 죽음을 슬퍼했다.

그러나 아무도 재연이 그토록 괴로워할 줄은 몰랐다.

그는 자책하고 분노하며 절망했다. 이성도 자제력도 다 내버리고 김재연은 완전히 망가졌다. 이십여 년 드러내지 못했던 모든 감정이 일시에 쏟아져 나온 듯 그는 처절하게 부서지며 바닥까지

바닥까지 곤두박질쳤다. 이제껏 누구도 보지 못한 모습이었고 누구도 위로할 수 없었다.

그의 소식을 전해 들은 김정국 대감은, 지은 죄를 생각나게 해 차마 사랑해 주지 못했던 맏아들이 안타까워 탄식했다. 그 아이도 사람이었던 것을, 정이 그리운 연약한 인간인 것을, 아무도 알아주지 않았던 거구나. 단 하나 마음 준 여자를 잃고 그 단정한 아이가 저리 몸부림치는 거로구나. 미안하다, 내 아들아. 미안하다…….

다시 세상의 문을 열고 나온 재연은 새하얀 얼굴이었음에도 불구하고 칠흑같이 어두운 사람이었다. 그는 사람이 지닐 수 있는 모든 표정을, 감정이란 것 자체를 모조리 거둬냈다.

"전 잘, 모르겠습니다. 형님께 인희는 어떤 의미였을까요."

재준이 아우의 말뜻을 묻느라 그를 쳐다보았다.

"비록 그렇게 가버렸지만, 저에겐 그 사람과의 기억은 결코 어두운 것이 아닙니다. 그 사람을 사랑하려고 더 나은 남자가 되고 싶었죠. 덕분에 용기를 냈고 호부호형할 기회도 얻었습니다. 인희를 만나서, 전 좋았습니다."

고개를 끄덕이며 재준이 수긍했다.

"무슨 뜻인지 안다. 그래, 나에게도 그 여자는 그런 사람이지. 나 자신을 돌아보게 만들어준, 그래서 원하는 것을 찾아 떠날 용기를 갖게 해준 그런 사람이야. 나도 그 여자를 만난 것에 감사한다."

두 사람의 눈이 마주치며 봄꿈처럼 덧없는 그리움을 공유했다. 그건 숨 막히도록 달콤한 고통이었다.

그런데.

형님껜 대체 무슨 의미였을까.

그 여자를 겪으며 숨겨져 있던 더운 마음을 찾아낸 형님. 그러나 그 정은 보답받지도 못했고 아픈 사랑을 통해 성숙하지도 못했다. 형님의 마음은 다 조각나 부스러져 이제 그는 감정을 숨기는 사람이 아니라 감정이 없는 사람이 되어버렸다.

"그러지 않으시곤 살아낼 수 없으셨겠지."

착잡하게 재준이 말했다.

재연은 그들처럼 운이 좋질 않았다. 자유를 찾아 떠나지도 못했고 이국땅을 떠돌며 그리움을 삭일 기회도 없었다. 그는 여전히 여자의 죽음에 원인이 된 임금을 섬겨야 했고 여자의 향기가 고스란히 남아 있는 집에 살아야 했다. 사랑한 여자를 추억할 겨를도 없이, 그는 곧 혼례를 치러 다른 여인을 아내로 맞아야만 한다.

혼례가 몇 달이나마 미루어진 건 노비 언년이의 죽음을 애도하기 위해서는 아니었고 때마침 정혼녀인 박 규수가 마마에 걸렸기 때문이었다. 그녀는 죽지 않았고, 얼굴이 얽었다는 소문이 떠돌기는 했으나 재연은 신경 쓰지 않았다. 그는 이제 무엇에도 신경 쓰지 않았다.

얼음선비.

재연에게 붙여진 이름이었다. 서늘한 눈동자와 차디차게 다물어진 입술. 설백색雪白色 얼굴. 완벽한 무표정. 냉정하기 그지없는 일 처리.

"형수님이 형님을 품어주실 수 있는 분이면 좋겠는데⋯⋯."

재준은 중얼거렸다. 소문으로 들어온 박 규수는 그다지 인희의 빈자리를 메울 수 있는 사람처럼 생각되지 않아 그들은 심란했다. 하긴 어떤 여자가 들어온다 할지라도 인희의 자리는 결코 채워지지 않을 테지만.

"왜 형님께 말씀드리지 않으셨습니까. 그 사람이 사모한 분은 사실 형님이었다고."

재민이 물었다. 그 사실만이라도 아시면 조금이나마 위로가 되지 않을까, 그는 생각했다.

그러나 재준은 그렇게 생각하지 않았다.

"더 괴롭게 해드릴 뿐이다. 이미 머리카락 한 올 남아 있지 않은 여자의 마음을 이제 와 알아 무엇하겠니. 회한만 더하실 따름이지."

회한은 그들의 가슴속에도 깊었다. 지워지지 않는 여자. 가질 수 없었던 사랑. 죽어버린 꿈.

하지만 그녀는 어딘가에서 즐겁게 살고 있을 거라고 그들은 믿었다. 새로운 사랑을 하며, 자유롭게, 멋지게.

그러니 그들도 그렇게 살아야만 하는 것이다.

마침내 혼례일이 되었다. 김정국 대감이 상감의 윤허를 받아 집으로 돌아왔고 집 안은 새색시를 맞이할 준비로 분주했다. 아침 일찍 아버지와 함께 사당을 찾아 조상들께 고한 재연이 말을 타고 일행을 이끌고 신부 집으로 향했다.

혼례는 낮과 밤이 엇갈리는 시각, 양과 음이 교차하는 때에 거행된다. 석양의 진홍빛이 길게 그림자를 끌며 초례청을 물들였다.

나무로 깎은 기러기를 들고 신부 댁 마당에 들어서는 신랑의 모습은 은으로 빚은 듯 기품있고 아름다웠다. 그러나 사람들의 눈에 그는 살아 있는 사람처럼 보이지 않았다.

"신랑이 얼음선비라더니 사실인가 보구먼."

"그러게. 사람이 어찌 저리 표정이 없담. 기가 막힌 미남자긴 한데 정은 도통 안 가겠네그려."

"우리 아가씨 불쌍해서 어떡해. 저런 신랑하고 어찌 한 이불 덮고 살아. 그렇잖아도 맘 딴 데 두신 분이."

"쉿. 그런 소리 함부로 하면 안 여. 그 소문 땜시 저리 냉랭하신 건지도 모르잖여."

"그런데 정말 옥골선풍일세. 저런 신랑이면 난 얼굴만 보고 있어도 좋겠네 뭐."

신부의 부모야말로 그의 냉담한 얼굴빛에 좌절했다. 장인 될 박대감은 이미 여러 차례 그를 대하였건만, 오라비는 재연의 가까운 벗이건만, 그들조차도 새신랑의 숙살肅殺한 태도에 할 말을 잃었다. 성미 급한 장모는 벌써 가슴을 치며 내 딸은 독수공방 신세로구나 한탄하고 있었다.

그들로서는 저자에 떠도는 소문이 신랑의 비위를 거슬렀다고 생각할 수밖에 없었다. 소문은 상당 부분 사실이어서 딸은 다른 남자에게 시집가느니 죽어버리겠다고 드러눕기까지 했었다. 강제로 떼어놓고 사내를 멀리 쫓아 보내고 혼례를 서두르던 차에 갑자기 마마님이 오셔서 미뤄진 것이었다.

앓고 일어난 딸은 사경을 헤매며 심경에 변화를 일으켰는지 수긋하게 현실을 받아들였다. 다행스러운 일이었다. 그런데 신랑이 저리 뒤틀려졌으니 어쩔 것인가. 다 딸이 자초한 일이니 원망할 수도 없지 않은가. 어리석은 딸년이 옥 같은 신랑의 꿈을 걷어찼으니 그저 통탄할 일이다.

신랑이 신부 아버지께 기러기를 드리는 전안례가 끝나고 신랑 신부가 맞절하는 교배례가 시작되었다. 신랑이 한 번, 신부가 두 번, 다시 신랑이 한 번, 또 신부가 두 번.

신부의 얼굴은 보이지 않았다. 신랑의 눈도 신부를 향하고 있지 않았다.

하늘을 우러러 서약하는 서천지례, 두 사람이 서로에게 맹세하는 서배우례, 마지막으로 표주박에 합환주를 나눠 마시는 근배례가 이어졌다. 표주박이 나뉘어 두 개의 바가지가 되지만 합하면 다시 하나가 된다는 상징적 의미를 담은 것이 근배례이며 혼인의 정점이 된다.

수많은 맹세가 의식을 채웠고 격식은 엄숙했다. 혼례식에, 다행히도 마음 같은 것은 필요하지 않았다.

예식이 끝나고 신랑은 사랑방으로 안내되었다.

신부의 아버지와 송충이 같은 눈썹을 한 오라비가 재연과 다과상을 마주하고 앉았다. 김정국 대감이 말을 옮기지 않아, 박 대감은 재연과 언년이의 일은 전혀 알지 못하고 있었다. 죽은 딸 때문에 살아 있는 딸이 소박맞으리란 걸 아버지가 굳이 알 필요는 없는 일이었다.

"잘 부탁하네."

말없이 앉아 있기만 하는 사위가 어려워 장인은 그저 부탁의 말 한마디 건넬 뿐이었다.

"딸년이 부족해 미안하네. 자네가 너그럽게 품어주게. 면목이 없네."

저자세의 장인을 보며 재연은 감정 없이 대답했다.

"저야말로 허물이 많은 사람입니다. 부인을 안주인으로 존중할 것이니 염려치 마십시오."

빈말로라도 따님을 사랑하도록 노력하겠다는 말은 나와주지 않았다.

재연도 알고 있었다. 그가 어떻게 하느냐에 따라 한 여자의 인생이 달라지리라는 것을. 이제 그의 처가 된 박 규수가 복된 삶을 살아갈 것인가 종이꽃처럼 향기 없이 늙어갈 것인가는 오로지 그에게 달렸다는 것을.

그러나 도리가 없는 일이었다. 나눠줄 마음이, 남아 있지 않은 것을 어찌할 것인가.

피 묻은 단도가 흰 비단에 싸여 그의 가슴팍에 숨겨져 있었다. 여자가 남긴 단 하나의 흔적.

그 칼로 자신의 목을 찌르고 싶었지만 차마 그렇게 하지 못한 재연은, 거기에 마음을 다 묻었다. 꼭 살아야만 한다면 마음은 없애야 했다.

신방을 향했다.

조용히 방문을 열었다. 방을 갈라 병풍이 쳐 있고 신부가 있는 쪽은 문에서 보이지 않았다.

재연은 자기에게 주어진 공간으로 들어가 사모관대를 벗고 준비되어 있는 평복으로 갈아입었다. 저쪽에는 이미 족두리를 벗고 옷을 갈아입은 신부가 술상 앞에서 그를 기다리고 있을 것이다.

그리고 거기에는 원앙금침이 깔려 있을 것이다.

그는 천천히 숨을 들이마셨다가 내쉬었다. 어떤 얼굴로 신부를 대해야 하는가, 그는 자문했다. 억지웃음은 비웃음처럼 보일 테고 무표정은 저승사자 같을 것이다. 조금이라도 따뜻한 기운을 얼굴에 담을 수는 없을까, 생각했지만 잘될 것 같지 않았다.

안을 수는 있을 것이다. 다정하게 안지는 못하겠지만 모욕감을 느끼지 않을 만큼 정중하게는 대할 수 있을 것이다. 그 여자를 생각해 내지만 않는다면, 무사히 초야를 치를 수 있을 것이다.

재연은 손을 들어 병풍을 접었다.

병풍 뒤에 다소곳이 앉아 있던 신부가 고개를 들어 그를 올려다보았다. 그는 눈을 의심했다.

'이럴 수가. 닮았어.'

순간 정신이 아찔해 재연은 병풍을 잡은 손에 힘을 주었다.

이전에 한 번 본 일이 있었지만 먼빛인데다가 오래전이었다. 언년이와 이복자매이니 닮은 것이 당연하겠지만 그로서는 알지 못하는 일이었다.

애써 파묻은 여자의 기억이 마구 흘러나와 그는 숨을 헐떡이며 신부를 노려보고 있었다.

신부는 당황하지 않았다.

자리에서 일어선 그녀는 재연 쪽으로 한 발짝 다가왔다.

커다랗고 아름다운 눈이 온갖 빛깔의 표정을 담으며 젖어들기 시작했다.

"도련님."

재연은 숨을 멈췄다.

"저예요, 재연 도련님."

입술을 바르르 떨며 건네온 말에 그는 기절할 것 같았다.

"인희예요."

여자는, 눈물을 떨어뜨리며 미소 지었다.

✳

인희는 죽었다.

이미 환생을 경험해 영혼이 있다는 건 알고 있었다. 이번엔 이 영혼이 어디로 가려나, 그녀는 이별을 서러워하며 생각했지만 영혼은 아무 데도 불려가지 않았다.

그래서 그녀는 고스란히 다 보았다. 그녀를 잃고 슬퍼하는 사람들의 모습을. 영혼은 눈물을 흘릴 수 없었기에 망정이지, 아니면 눈이 다 짓무를 뻔했다.

"서울로 가지 않고 그냥 있는 걸 보니 내 마음이 여기 묶인 게 맞구나."

숨을 쉬지 않아 한숨을 내쉴 순 없었지만 그런 심정으로 그녀는 사랑하는 사람들 곁을 맴돌았다.

재연을 지켜보는 것은 정말 괴로운 일이었다. 자기 때문에 여자가 죽었다고 자책하는 모습은 차마 눈뜨고 볼 수 없었다. 언년이의 피가 말라붙은 칼을 품고 오열하며 만신창이가 되어가는 그가 너무 마음 아파, 그녀는 자신을 환생하게 만들었던 그 누구인가를 원망했다.

"이렇게 금방 다시 죽을 거, 과거로 와서 무슨 활약을 할 것도 아니었는데, 왜 쓸데없이 환생 같은 걸 시켜 사람들 가슴이나 찢어놓는 건가요?"

아무리 내가 곁에 있다고 속삭여도 그는 듣지 못했다. 행복해 달라고 말해도 재연은 알 수 없었다. 사랑한다고, 사랑한다고, 사랑한다고, 백 번이 넘게 외쳐도 그는 인희가 자신을 사랑했다는 걸 몰랐다.

그러던 중에 박 규수가 마마에 걸렸다는 말을 주워들었다.

"안 돼. 재연 도련님을 따뜻하게 해줘야 하는 사람인데, 그 여자마저 죽으면 안 돼."

그녀는 놀라 박 대감 댁으로 가보았다. 펄펄 앓던 재연과 똑같은 꼴을 하고, 아가씨가 죽어가고 있었다. 아니, 죽어버렸다.

"죽었어……?"

재연의 또 하나의 인연이 끊어진 게 안타까워 인희는 식어가는 박 규수의 시신을 내려다보며 서 있었다.

그때였다.

"별로 살 의지도 없었어."

허걱.

곁에서 시체를 내려다보고 있는 건 박 규수의 혼백이었다. 미련도 아쉬움도 없는 덤덤한 표정으로, 죽어버린 여자의 영혼이 인희에게 말을 건네온 것이었다.

"나는 그다지 강한 영이 아니야. 병마와 싸워 이길 만큼 정신력을 갖고 있지 않았어. 게다가 좋아하는 남자랑 강제로 찢어졌으니 이 세상에 소망도 없고."

그러고 보니 나와 닮은 얼굴이다, 생각하며 인희는 조심스럽게 물어보았다.

"좋아하는 남자가 따로 있었어요? 김정국 대감 댁 도령이 아니고?"

아가씨의 혼은 얼굴을 찡그렸다.

"정혼녀를 몇 년이나 기다리게 한 무책임한 남자? 그 사람한테 환상을 품는 건 오래전에 관뒀어. 내가 좋아한 사람은 사내답고 다감한 남자였는데 결국 우리는 신분의 벽을 넘지 못했지. 혹시 다음 세상엔 인연이 되려나, 난 그렇게 생각하고 먼저 가서 기다리려는 거야."

인희를 쳐다보며 아가씨가 말을 이었다.

"저승으로 못 가고 떠돌고 있는 걸 보면 이 세상에 미련이 많은 모양이네. 그럼 내 육신을 줄 테니 한번 살려내 보든가. 의지가 강한 영이면 두창도 이겨낼 수 있을지 모르지. 양반 아가씨로 사는 건 별로 재미없는 일이지만."

뜻밖의 제안에 눈을 휘둥그렇게 뜬 인희를 뒤로한 채 박 규수의 영은 총총히 떠나갔다. 신랑 될 남자가 너무 차가워, 그건 알고 결정해, 하며.

영혼에는 심장이 없음에도 그녀는 가슴이 두근거리는 것 같아 손을 명치께 대어보았다. 저 몸을 가진다고? 살아만 나면 재연 도련님의 신부가 되는 거고? 믿을 수 없었지만 원 주인이 넘기고 떠난 것은 그녀가 세상에서 가장 부러워한 육체였다. 강제로 뺏는 것도 아니고 생각지도 않게 거저 얻는 것이다. 그렇다면 받아도 되는 거 아닐까?

아직 시신은 따뜻했다. 숨이 멈춘 지 채 1분도 되지 않았으니 지금이라도 들어가면 별 무리 없이 생명을 되돌릴 수 있을 것이다. 인희는 가만히 다가가 그 몸에 손을 대어보았다.

쑤욱.

몸속으로 빨려 들어갔다. 갑자기 숨이 턱턱 막히며 전신에 통증이 느껴졌다. 춥고 온몸이 따가웠다.

'살아 있네.'

살아난 것은 아직 아니다. 이 천연두를 이겨내야 그에게 가는 것이다.

인희는 그야말로 죽을힘을 다해 노력했다.

이미 세 번이나 죽을 고비를 겪었던 자신이 아닌가. 마마쯤 견딜 수 있다, 도련님도 앓았던 마마, 문제없다. 그녀는 의식이 왔다 갔다 하는 중에도 재연을 생각하며 버텼다.

그렇게 살아난 것이었다.

먹자마자 토해내면서도 억지로 죽을 우겨 넣고, 손을 묶어달라 하며 가려움증을 참고, 다시 살아 예쁜 모습으로 재연에게 가고 싶다는 열망으로 인희는 병마와 싸웠다. 떳떳하게 그의 여자가 될 수 있다는 희망 하나로 병을 이겨냈다.

마침내 자리에서 일어나 처음 거울을 보았을 때, 그녀는 감격을 이기지 못해 울었다. 식구들은 그녀가 곰보가 되지 않아 기뻐 그러는 줄 알았으나, 인희는 자기가 김재연의 정혼녀 박 규수가 된 것이 믿어지지 않아 운 것이었다.

"도련님께 소식을 전하고 싶었지만 방법이 없었어요."

한마디도 하지 않고 이야기를 듣고 있는 재연에게, 인희가 미안한 표정으로 조심스럽게 말했다.

"믿어주세요. 억지로 뺏은 건 절대 아니에요. 그럴 생각이었다면 처음부터 도련님 첩 자릴 받아들이고 그분을 밀어냈겠지요. 저, 다른 사람을 죽이거나 저주할 만큼 모진 사람은 아니잖아요."

그의 침묵이 불안해진 그녀는 입술을 축이며 재연의 눈치를 살폈다. 그의 입은 여전히 굳게 다물어진 채였고 불규칙한 숨소리만이 그 머릿속이 복잡하다는 걸 보여주었다.

"저기, 전, 도련님이 사랑해 준 언년이는 아니지만. 얼굴도 똑같진 않고."

가슴도 훨씬 작고.

"그래도 제가 사라지지 않고 살아 돌아오면 조금은 기뻐해 주시지 않을까 하고……."

그는 대답이 없었다.

인희는 완전히 기가 죽었다.

그래, 내가 너무 나이브했어. 이게 그렇게 단순한 문제가 아니야. 몸과 영혼이 합쳐져야 한 인격인 거지, 어떻게 영혼만 내밀면서 돌아왔다고 주장할 수 있겠어.

게다가 환생이라고 하기도 그런 게, 몇 달이나 구천을 떠돌다가 남의 몸에 씐 거 아냐. 이거야말로 귀신이 빙의한 꼴이지 뭐야. 소름 끼친다고 저리 가라 해도 할 말이 없는 거지.

그리워서 보고 싶어서 갖은 고생 끝에 돌아왔더니 결국은 악귀 취급당하는 걸까, 그녀는 속상해 고개를 돌렸다. 참으려고 했지만 눈물이 났다. 그에게 눈물을 보이고 싶지 않아 인희는 입술을 꼭 물고 어깨를 가늘게 들썩이며 흐느꼈다.

그런 그녀의 뺨에 커다란 손이 닿았다.

인희는 젖은 눈을 그에게로 돌렸다.

재연이 여자의 눈동자를 들여다본다. 크고 맑은 눈이었다. 마음을 다 보여주는 솔직한 눈이었다.

뺨에 댄 손가락을 천천히 움직여 눈물을 문질렀다. 여자는 눈을 감으며 조그맣게 숨을 들이켰다. 수줍고 예쁜 움직임이 깊숙이 숨겨둔 기억을 끄집어낸다. 이런 몸짓을 알고 있다.

가슴이 뛰기 시작했다. 없어졌다고 생각한 재연의 심장이 다시 뛰고 있었다.

그는 무슨 말을 해야 할지 몰라 그녀의 얼굴을 조심스럽게 쓰다듬어 보았다. 손끝이 이마에서 눈을 지나 콧날을 스치고 입술에 닿았다. 눈물로 촉촉한 여자의 볼이 발그스름하게 물들었다.

재연의 심장이 정신없이 쿵쿵거렸다. 익숙한 느낌이, 그 여자라고 말하고 있었다. 한 번 환생했던 여자, 중간에 자기 세계에 갔다가 돌아온 여자, 두 번 환생하지 말란 법 없지 않을까. 말도 안 되지만, 지금 만지고 있는 눈앞의 여자는 내가 사랑했던 서인희가 맞는 것 같다고 그는 생각하기 시작했다.

"정말…… 너냐?"

그의 아름다운 눈이 빛을 담기 시작한 것을 보며 인희가 힘껏 고개를 끄덕였다.

"저예요. 제가 돌아왔어요. 믿어주세요."

재연은 두 손으로 그녀의 얼굴을 감싸고 뚫어지도록 들여다보았다.

"돌아왔다고? 내게? 나한테?"

그의 입가가 떨렸다.

정말 너인가.

진정 내 눈앞에 있는 건 너란 말인가.

여자의 얼굴은 달랐지만 그 눈동자 속 반짝임은 그가 사랑한 여자가 맞다고 소곤거리고 있었다.

살아 있었어? 나 때문에 죽은 게 아니었어?

살아왔어. 나한테. 내 아내가 되어서.

그의 목소리도 떨렸다.

"이렇게 돌아오면 내 여자가 되는 거란 사실은 아느냐? 너와 나오늘 혼례를 치렀고 지금이 초야라는 것도 아는 게야? 네가 아무리 두고 온 정인을 사모해도 이젠 절대 나한테서 벗어날 수 없다는 걸, 내가 결코 놔주지 않으리란 걸, 알고 있는 것이냐?"

얼굴을 감싸 쥔 손이 뜨거웠다.

'아, 이 사람은 아직도 내가 자길 사랑하는 걸 모르는구나.'

가슴이 먹먹해진 인희는 기대와 초조감이 뒤섞인 그의 얼굴을 올려다보며 속삭였다.

"도련님을 사랑해요."

재연의 눈이 순식간에 커졌다.

"처음부터 도련님만 사랑했어요. 미래에 두고 온 정인 같은 건 없었어요. 속이고 싶지 않았지만, 도련님 곁에 있기 위해서는 거짓말을 해야만 했어요. 제가 사랑하는 건 도련님뿐이에요. 아프게 해서 정말 미안해요."

그녀의 간절한 고백을 들은 그는 인희의 얼굴에서 손을 떼었다.

재연에게 떠오른 표정은 기쁨이나 감격이 아니었다. 그것은 지독한 고통이었다.

"꿈이로구나, 이건."

숨이 제대로 쉬어지지 않는 듯 허덕이며 그는 가슴을 부여잡았다.

"대체 몇 번이나 더 이런 꿈을 꾸어야 하는 것인가. 네가 살아 있는 꿈. 네가 내게 사랑한다고 말하는 꿈."

잠시 들떴던 만큼 더 괴로운지, 그는 이를 사리물며 신음 소리를 냈다. 인희는 눈물을 주르르 흘리며 그의 품을 파고들었다.

"꿈, 아니에요. 진짜예요. 제가 느껴지지 않으세요?"

여자가 따뜻했다. 체온이 전해져 왔다. 재연은 턱 밑까지 다가온 인희의 얼굴을 내려다보며 마디숨을 쉬었다.

"하룻밤 환영幻影인가. 이 밤 널 안고 나면 아침엔 사라질 건가. 아니면 내가 널 밤새 품고 놓아주지 않으면 도망가지 못하는 건가."

인희가 손을 들어 그의 얼굴에 가져다 댔다. 그가 흠칫 몸을 떨었다.

그녀는 재연의 뺨에 손바닥을 얹은 채 얼굴을 서서히 당겼다. 그의 꽃잎 같은 입술에 인희의 입술이 닿았다.

여자의 입술을 통해 온기가 흘러들어 왔다. 그건 결코 꿈일 수 없는 살아 있는 사람의 체온이었다. 그리고 그건 그토록도 그리웠던 느낌, 햇살이 온몸에 번져 가는 듯 간질거리는 따뜻함이었다.

마침내 그는 믿었다.

모르는 사이에 터져 나온 눈물이 턱을 타고 흘러내려 가슴을 적셨다. 부서진 얼음파편 같던 심장이 자신의 더운 눈물에 녹으며 제자리를 찾아들기 시작했다. 팔딱팔딱. 분홍빛 심장이 살아 있다 외치면서 뜨거운 피를 내뿜었다.

인희의 입술이 그의 눈물을 따라 턱으로 다시 목덜미로 내려왔다. 여자의 얼굴은 남자의 목선에 겹쳐지게 지어진 것인지 두 사람의 실루엣이 완벽하게 포개졌다. 재연은 그녀의 어깨를 어루만졌고, 등을 쓸었고, 머리를 쓰다듬었고, 결국 미친 듯이 여자를 끌어안았다.

"너였어. 돌아왔어. 내가, 넌, 너는 내 여자가 돼주는 거구나. 떠나지 않고 내 곁에 있어주는 거구나. 네가 나를 사랑하는구나."

정신없이 그녀를 붙안는 사랑하는 남자에게서는 여전히 어두운 먹의 향기가 났다. 인희는 그 향을 가득 들이마셨다. 살아서 이 남자를 안아줄 수 있어, 너무나 좋았다.

"내가, 다른 여자여도 괜찮은 거예요? 사랑한 건 죽은 언년이가 아니었던 거예요?"

마지막 확인의 속삭임에 재연이 그녀의 어깨를 붙들고 눈을 맞췄다. 한참 그렇게 눈동자를, 눈동자 속의 영혼을 들여다보더니 묻는다.

"이걸…… 느끼는 건 누구냐?"

손가락으로 사르르, 그는 인희의 입술을 쓸었다. 녹아버릴 듯 진한 느낌에 눈을 반쯤 감으며 그녀가 대답했다.

"저예요……."

"그럼, 나를 사랑한다고 말한 사람은 누구인 거지?"

재연의 목소리는 잠겨들고 어깨에 남아 있는 손에 힘이 들어갔다.

"저요…… 인희."

그의 얼굴이 다가왔다. 그녀와 숨을 섞으며, 남자는 입술 속으로 속삭임을 흘려 넣었다.

"내가 사랑한 것도 서인희. 언년이가 아니다. 다른 세계에서 온 여자, 세 번째 육신을 갈아입은 여자, 하지만 조금도 변하지 않은 맑은 영혼, 그게 내 일생을 건 사랑이다. 그게, 너다. 그렇지?"

그의 말에 가슴이 터져 나갈 것 같아 인희는 눈을 감았다. 사랑 받는구나. 사랑하는구나. 이 사람과 드디어 손을 잡는 거로구나.

두 사람의 콧날이 깊게 겹쳐지고 따뜻한 혀가 엉겼다. 심장이 뜨거운 피를 뿜어내는 속도는 점점 빨라졌고 숨결도 점차 격해졌다. 재연의 팔이 그녀를 거세게 안았다. 이 가슴속에 영원히 널 가둬두리라, 다신 아무 데도 가지 못하게 하리라, 그는 온몸으로 여자를 품었다.

그의 손이 인희의 가느다란 목을 스쳤다. 흰 손가락이 저고리 안으로 스며들어 뽀얀 어깨에 닿았다. 깃이 젖혀지고 그 자리에 남자의 입술이 옮겨갔다. 인희는 고개를 숙이며 그의 머리를 껴안았다.

재연이 몸을 일으켜 초를 껐다.

갑작스레 찾아온 어둠에 가슴이 더 두근거렸다.

두 사람은 온화하게 그들을 둘러싼 어둠 속에서 빛나는 서로의 눈동자를 쳐다보았다.

아름답고, 살아 있고, 사랑하고 있다.

소중한 사람. 나만의 사람. 죽음도 갈라놓을 수 없었던 나의 사랑.

남자가 여자를 부드럽게 안았다. 여자의 마음을 알지 못했던 김재연은 여자의 몸에도 서툴렀기에, 그는 그저 진정 하나만 담아 조심스럽게 그녀를 만졌다. 기교를 모르는 그의 손길은 정직했고,

몸짓은 담백하나 뜨거웠다.

그것으로 충분했다. 그 손길이 닿는 곳마다 토독토독 작은 불꽃이 터졌고 설원을 적시는 봄비마냥 그녀는 재연의 하얀 가슴속에 온전히 녹아들었다.

더운 호흡이 아지랑이처럼 방을 가득 채웠다.

방 안의 따끈한 열기는 바깥까지 흘러나갔고,

새색시의 집안 비복들은 손부채로 달아오른 얼굴을 식히며 신랑이 얼음선비라는 말은 죄 쉰 소리였구나 생각했다.

제18장

"아, 이 얼굴로 어떻게 어른들을 뵙는담."

경대를 들여다보며 인희는 한숨을 내쉬었다. 턱까지 내려온 다크서클이 민망하기 그지없다.

"예쁘기만 한데 뭘 그러냐."

뒤에서 끌어안으며 재연이 그녀의 목에 얼굴을 묻었다. 거울 속 나란한 두 사람의 얼굴에 간밤의 여운이 진하게 남아 흘렀다.

재연은 밤새 인희를 놓아주지 않았다. 설핏 잠들었다가도 소스라쳐 깨어나 팔 안의 그녀를 확인했고, 낯선 이목구비에 잠시 굳어졌다가, 졸린 눈 속 사랑하는 여자를 들여다본 후에야 안도의 한숨을 내쉬며 그녀를 당겨 안았다. 맨 가슴을 통해 들려오는 불규칙한 심장 소리가 그의 불안과 환희를 동시에 전하며 그녀를 떨리게 했다.

그러고 나면 감미롭고도 격정적인 사랑이 되풀이되었다. 마치 이것이 마지막인 것처럼, 또는 이어질 영원의 시작인 것처럼.

"잠을 못 잔 건 똑같은데, 어째서 저만 이 꼴이죠? 도련님은 어쩜 이렇게 피부 빛이 맑고 투명할 수 있는 거죠?"

윤기나는 그의 얼굴에 손가락을 대며 그녀는 부러 뾰로통한 소리를 냈다. 그러나 대답하는 재연의 목소리엔 웃음기가 없었다.

"나는, 잠이란 걸 제대로 잔 게 어제가 처음이었으니까. 너 떠난 후로."

아.

가슴이 먹먹해 그녀는 아무 말도 하지 못했다. 받아온 사랑의 지순함이 새삼스레 눈물겨워 콧날이 시었다.

그가 인희를 돌려 앉혔다. 눈을 떼지 못하고 재연은 그녀를 한참이나 쳐다보았다. 왜 그렇게 보고 계세요, 부끄러워진 그녀가 묻자 그가 대답한다. 이제 그 얼굴에 익숙해져야 하니까.

인희야.

인희야.

이름을 부르며 그는 그녀의 얼굴을 손등으로 부드럽게 스쳤다. 아직도 믿어지지 않는지 그녀를 빨아들일 듯 바라보는 재연의 눈은 깊고도 정다웠다. 어제 밤새도록 그의 품에 안겨 남녀가 나눌 수 있는 모든 것을 나누었건만, 재연의 손끝을 느끼자 마치 남자의 손이 처음 닿은 시골 처녀처럼 인희의 볼이 붉어졌다.

그녀도 천천히 손을 들어 그의 팔을 만작였다. 비단 같은 얼굴과는 달리 그의 몸에는 상처가 많았고 그중에는 산적들과 싸울 때 생긴 왼팔의 칼자국도 있었다. 두 사람만의 사랑의 흔적인 양 팔을 어루만지던 인희는 고개를 숙여 옷 위로 그 상처에 입을 맞추었다. 재연의 얼굴에 화륵 불길이 번졌다.

알고 보니 표정이 많은 사람이었네.

귀여워.

인희는 그가 사랑스러워 웃었다.

그녀의 웃음을 따라 재연의 눈이 휘어지고 단화端華한 입술선이 무너지기 시작했다. 입꼬리가 양쪽으로 당겨 올라가며 살갗보다 더 하얀 이가 드러나고 날카로운 뺨의 라인이 부드럽게 퍼지더니, 드디어 그의 아름다운 얼굴이 세상에 다시없이 아름다운 웃음을 담았다. 산속에서 그녀가 보았던 그 웃음보다 열 배는 더 화사하고 티 한 점 얼룩 한 점 없는 온전한 미소였다.

그렇게도 보고 싶어했던 청명한 미소에 인희의 가슴이 뿌듯하게 죄어왔다. 어젯밤 초례청에서 보았던 그의 밀랍인형 같던 얼굴이 생각나 새삼 목이 메기도 했다.

그리고 이어지는 재연의 말에, 인희는 그만 눈물을 머금고 말았다.

"행복이란 이런 거였구나."

이 세상 단 하나, 이 여자만이 줄 수 있는 느낌. 햇발이 몸과 마음에 골고루 스며드는 것 같은 따스함. 인희로 인해 알게 된 수많은 감정들 중에서 가장 완벽하고 제일 특별한 감정, 행복.

감당하기도 버거울 만큼 충일한 느낌에 그의 목소리가 잠겨 나왔다.

재연의 품을 파고들며 여자는, 사랑하는 남자를 행복하게 해줄 수 있어 너무나 기쁘다고 종달새 같은 목소리로 소곤댔다. 그리고 목을 길게 늘여 그의 턱 아래에 입을 맞췄다. 남자의 울대뼈가 아래위로 거칠게 움직였고 그가 힘겹게 몸을 떼어냈다.

재연의 다정한 음성이 그녀를 달래는 듯 스스로를 다독인다.

"우리, 어른들께 문안 여쭈러 가야 한다. 지금은…… 응?"

죽어버린 사람의 몸을 차지하고 그 부모를 대하는 심정은 언제나 깔깔했다. 하지만 딸이 죽었다고 알고 사시는 것보다 낫지 않을까, 그만큼 내가 잘하면 되지 않을까, 인희는 매일 생각하곤 했다.

재연도 같은 생각을 하는 모양이었다.

"그분들께는 정말 죄송한 일이다. 그 따님을 기꺼운 마음으로 맞아들일 수 없었던 내가 너와 함께 희희낙락 나타나는 건 참으로 뻔뻔한 일이겠지. 그러나 어쩌겠니. 이왕 이리된 거 철저하게 딸과 사위 노릇을 하는 수밖에."

초야를 보낸 딸과 사위의 인사를 받으며 박 대감과 그 부인은 놀라워하고 기뻐했다.

무덤덤하게 행동하려고 무척 노력했음에도 재연이 인희를 쳐다보는 눈길에서는 숨길 수 없는 사랑이 흘렀고, 신혼인 두 사람의 얼굴에선 다크서클을 다 덮고도 남을 만큼의 광채가 났다. 딸은 행복해 보였고 사위는 딸을 몹시 예뻐하는 것 같았다.

'우리 딸한테 사내를 녹이는 재주가 있었던 거네.'

어젯저녁 말 한마디 붙이기 어려울 정도로 냉랭하기만 했던 사위가 살갑게도 안부를 물어오자 부모는 감격해 몸 둘 바를 몰랐다. 모를 것이 이불 속 사정이라더니 하룻밤 사이 저리도 사람이 달라질 수 있는 거구나, 그들은 새삼 딸이 기특하고 사위가 고마웠다. 이제 과거가 있는 딸 억지로 떠넘긴 죄책감 떨치고 김 대감을 대할 수 있을 것 같아 앞으로는 발 뻗고 자겠다 싶었다.

"저, 양반 댁 예절도 열심히 익혔어요."

문안을 여쭙고 나오며 인희가 남들 듣지 못하게 소곤댔다. 표정에 자랑스러운 빛이 가득했다.

"또 기억을 잃은 꼴이 돼서 힘들긴 했어요. 하지만 이 기회에 사대부 댁 아가씨가 알아야 할 규범 같은 거 다 배웠으니까 도련님 아내로 부끄럽지 않게 살아갈 수 있을 거예요. 이번엔 튀지 않으려고 얼마나 노력했다구요."

그녀가 사랑스러워 견딜 수 없다는 듯 재연이 다시 화사한 웃음을 띠었다.

응, 이제 매일 볼 수 있는 거구나, 저 웃음을. 이젠 비싼 웃음이 아니구나.

저 사람이 행복하니까 앞으론 항상 저렇게 웃어주겠구나.

마음이 따끈해진 그녀는 살짝 그의 손을 잡았다. 서울처럼 사람들 앞에서 애정표현을 할 수 없는 이 사회지만, 그래도 신혼인데 이 정도는 남들도 눈감아주지 않을까, 인희는 편한 대로 생각하기로 했다.

슬쩍 올려다본 재연은 다른 곳을 쳐다보고 있었지만 목덜미가 붉어진 것 같았다. 새신랑은 정말 순진한 사람이었다. 귀엽게도.

신랑은 말을 타고 새색시는 가마를 타고, 신행길에 올랐다. 혼례에 따라왔던 재연 쪽 식솔들은 올 때와 너무도 다른 큰도련님의 모습에 어안이 벙벙했다. 워낙 함부로 대하기 어려운 분이라 드러내 놓고 궁금한 티를 내지 못했을 뿐, 저들끼리는 이게 어찌 된 영문인가 의견이 분분하였다.

집에 도착해 가마에서 내리는 그녀의 손을 잡아주며 재연은 벅찬 가슴을 다스리기 어려웠다.

아무 꿈도 소망도 없이 떠났던 혼례길이었다. 그저 집안을 위해 여인을 들이고 아들을 낳으면 그뿐인데 한편으로는 그 여인의 인생을 책임져야 하는 무거운 길이었다. 부인을 끝내 사랑하지 못해 불행하게 만들고 말았던 아버님의 여정을 따라가는 길이었다.

그런데 이렇게 화락한 가정을 이루고 돌아왔다. 사랑하는 여자의 손을 잡고, 그 여자와 미래를 함께 하기 위해 돌아왔다. 영원히 웃지 못할 거라 믿었건만 절로 떠오르는 함박웃음을 거둘 수가 없다. 살면서 한 번도 경험하지 못했던 하늘로 둥실둥실 떠다니는 것 같은 이 기분을, 남들이 행복이라 부르던 이 더넘찬 감정을, 끝내 모른 채 살았다면 인생이란 무슨 의미가 있는 거였을까.

눈앞의 여자가 사랑스러워 가슴이 터질 것 같은데, 그 여자는 이제 그의 것이다. 몸도, 마음도, 영혼마저도.

그의 얼굴을 빛내는 행복은 누구의 눈에도 명백했다.

신혼부부의 절을 받으며 김정국 대감은 언년이의 이복언니다

보니 얼굴이 닮았구나, 그래서 재연이의 마음이 끌리는가 보다, 천만다행이다 생각하였다.

안방마님은, 죽으러 가는 사람처럼 파리한 얼굴로 끌려가더니만 생기 가득해 돌아왔으니 어쩐 일인가 의아해했다. 그녀는 먼 타국에서 죽은 여자를 그리워하고 있을 아들이 생각나 몰래 눈물을 닦았고, 시집온 의붓며느리가 자기 같은 인생을 살지는 않기를 바랐다.

두 사람은 재준과 재민 형제를 제외한 누구에게도 박 규수가 인희이며 언년이임을 얘기하지 않기로 했다.

"아무한테도 말 안 할 거다. 전하께도 아버님께도 네가 미래에서 온 그 인희라는 건 말씀드리지 않을 것이야."

재연의 의지는 확고했다. 위험한 일에 절대 그녀를 내돌리지 않을 것이다. 죽음보다 더한 고통은 이제 사절이다.

"그러면 저한테 '내 여자가 되어다오' 하고 청혼하시던 때 약속했던 건 다 무효인가요? 어디든 데리고 다니시겠다는 말은 없었던 거가 되는 건가요?"

코 아래 얼굴을 들이밀며 눈썹을 파닥이는 그녀를 보며 재연은 숨을 헉 삼켰다.

"그건…… 무효는 물론 아니야. 다만 내 아내로 안전하게 보호해서 데리고 다니겠다는 거지."

대답에 만족한 그녀가 방긋 웃음을 띠며 입술을 뾰족 내밀었다. 무슨 뜻인지 몰라 그가 멀뚱거리고 있자 답답한 여자가 얼굴을 밀어 입술을 그의 입에 쪽 소리 나게 대었다.

"고마워요, 도련님."

흰 얼굴이라 그런지 쉽게 붉어지고 많이 빨개졌다. 재연은 아내 앞에서 체통이 망가지는 것 같아 얼굴을 돌리며 감추려고 애썼지만, 그를 놀려먹는 데 재미 붙인 새색시는 무릎에 올라앉아 목을 감싸 안고 아예 본격적으로 애정공세에 나섰다.

"아니네요. 도련님이 아니죠, 인제. 서방님이라고 불러야 하네."

귓가에 속삭이는 달콤한 목소리에 재연은 정신을 차릴 수가 없었다.

"서방님."

그는 여자의 허리를 휘어 감았다.

"서방님, 세상에서 제일 사모하는 우리 서방님."

작정하고 나선 인희의 애교에 그녀의 서방은 당해낼 재간이 없었다. 인희는 이제 보조개를 짓진 못했지만 여전히 동그랗게 뺨을 밀어 올리며 웃었고, 그 웃음에 녹아든 남자는 불같은 입맞춤으로 자기가 세상에서 제일 사랑하는 사람이 누구인지 증명했다.

'언년이일 때 도련님이랑 스킨십 안 하길 잘했어. 자기 옛날 육체를 질투할 뻔했지 뭐야.'

그녀는 속으로 혼자 웃었고,

아직 대낮이었지만, 김정국 대감 댁 식솔들은 귀를 막으며 멀리 다른 일을 찾아 자리를 비켜야만 했다.

인희는 해야 할 일이 많았다.

이제 노비도 아니거니와 이곳을 놀이공원이라 생각지도 않는 그녀는 안주인으로 책임감을 가지고 가정경영에 임했다. 새로 시집온 새색시가 마치 오래 살던 사람처럼 집안 사정을 좍 꿰고 있어 안방마님과 비복들은 놀라움을 금하지 못했다.

남편은 집에 돌아오면 그날 있었던 일을 이야기해 주었다. 전하의 심기가 어떠했는지, 청나라와의 문제는 어땠는지, 북벌과 관련해 조정신료들이 어떤 태도를 보였는지. 그녀가 익히 알고 있듯이 일은 잘 풀려주지 않았고, 인희는 술을 치며 재연의 말상대가 되어주는 것으로 저녁시간을 보냈다.

재연은 지혜로운 아내의 따뜻한 위로로 하루의 근심을 접었고 사랑스러운 여자의 부드러운 미소에 굳어진 마음을 풀었다. 어쩌다가 이렇게 보석 같은 여자를 얻었을까, 그는 매일 생각했고 매 순간 감사하였다. 그리고 약속한 대로, 결코 그녀의 의견이나 조언을 허투루 넘기지 않고 항상 존중했다.

그녀는 인간관계의 관리에도 최선을 다했다. 김재연이라는 완벽한 남자에게 하나 허점이 있다면 그건 대인관계인데, 그거야말로 인희의 전문 분야라 할 수 있었다.

평양으로 가시는 시아버지를 멀리까지 배웅한 그녀는 돌아오자마자 시어머니를 모시고 꽃구경을 다녀왔다. 아들이 떠나 허하기 이를 데 없던 시어머니는, 별로 사이좋지도 않은 의붓아들의 처가 살랑살랑 웃으며 어머님 어머님 하자 이상하기도 했지만 한편 기분이 좋았다.

인희는 진심으로 안방마님께 잘하고 싶었다. 외로우신 분, 가여우신 분. 며느리인 자신만이라도 그분의 편이 돼드리고 싶다고 그녀는 생각했다.

　노비들과의 묵은 정도, 그녀는 소중하게 지키고 싶었다.

　"나를 딸같이 생각해 주기 바라네."

　새아씨의 생각지도 않은 말에 억금은 어찌할 바를 몰랐다.

　"딸처럼 키운 아이를 잃었다고 들었어. 내 비록 신분의 차이가 있어 자네에게 딸 노릇을 해줄 수는 없으나, 마음만은 유모라 생각할 것이니 죽은 딸이 살아 돌아왔다 생각하고 그리 대해주게."

　그녀의 눈빛은 따사로웠고 목소리에서는 진정이 느껴졌다. 억울하게 보낸 언년이를 누구보다 그리워하는 어미건만 도련님들의 서슬에 눌려 대놓고 보고 싶다 말도 못하지 않았던가. 언년이의 젖어미 억금은 자상한 새아씨의 말에 목 놓아 울었다. 어딘지 언년이를 닮은 아씨는 그런 억금의 손을 꼭 붙잡고 함께 눈물을 흘려주었다. 마음속 깊은 한을 눈물로 덜어낸 억금은, 남은 인생 새아씨를 위해 살겠노라 굳게 결심했다.

　김정국 대감 댁 맏며느리는 안팎으로 집안을 잘 단속하며 훌륭하게 가문을 이끌었다.

　몇 년 후 주상께서 승하하시고 아드님이 보위를 이으신 후, 승하하신 효종임금께서는 왕으로 정통성이 있는 분이었던가, 대비께서는 상복을 3년 입는 것이 합당한가 혹 1년만 입어야 하는가, 신하들이 소모적이기 짝이 없는 예송논쟁禮訟論爭으로 당파를 지으며 몇 년이나 허송세월하는 동안, 국익과는 전혀 무관한 그 당쟁에 남편이 간여하지 않도록 막은 것은 그녀의 힘이었다.

또다시 이십여 년이 흐른 후, 숙종임금이 인현왕후와 장희빈을 양손에 쥐시고 신하들을 들었다 놓았다 하며 피바람의 환국정치換局政治로 조정을 뒤흔드실 때, 그 목숨을 건 당쟁에 남편이 휘말려 들어가지 않도록 미리 경계하고 지켜낸 것도 김재연의 처 인희의 공이었다.

비록 역사를 바꾸지도 못했고 운명의 여인으로 구국의 전사가 되지도 않았으며 임금을 도와 화려한 활약상을 보이지도 않았지만, 그렇게 서인희는 한 남자의 인생에 눈부신 빛을 뿌렸고 그를 세상의 격랑에서 지켜냈으며 그와 더불어 아름다운 가정을 꾸리고 살았다.

아나운서가 되고자 하는 꿈은 끝내 이루지 못했으나, 낭랑하고 힘찬 목소리로 아들 넷과 비복 칠십여 명을 포함한 가솔들을 다스리며 중소기업 규모에 맞먹는 대가족을 이끌었다.

반상班常의 차별 없이 여인들을 불러 모아 한글과 역사와 생활 상식을 가르쳤고, 지역사회에서 고묵은 미신과 무지의 굴레를 차근차근 떨쳐 냈다.

하지만 그건 아직 한참 후의 일.

몇십 년에 걸쳐 천천히 벌어지는 일.

새로 시집온 김재연의 신부 인희는, 청나라에 있는 재준과 재민 형제에게 편지를 썼다.

맺는 글

형수님께 삼가 올립니다.

혼례에 참석하지도 못한 미거未擧한 시동생들을 기억하여 멀리
까지 소식 전해주시니 참으로 황감惶感합니다.

저와 아우는 당분간 심양에 더 머물러야 할 듯하나, 마음만은 늘
현숙하신 형수님을 뵐 날을 학수고대하고 있습니다.

준민俊敏하기로 천하에 으뜸인 형님께서 이제 형수님을 배필로
맞으셨으니 참으로 범이 날개를 달았다 하겠습니다. 위로는 전하
를 보필하고 안으로는 가권家眷을 거느리며 아래로는 백성들을 공
변되이 다스리실 분이 형님이시니, 형수님의 역할이 얼마나 크고
중요하실는지요.

고독하신 저희 어머님의 말벗이 되어드린다 하셨습니까. 감사한 마음 말로 표현하기 어렵습니다. 본시 여린 분이나 세월에 마음을 다치시어 그만 굽고 황폐해지고 말았습니다. 어머님이 때로 강퍅하게 대하신다 하여도, 부디 노여워 마시고 덕을 쌓는다 생각하여 주시기를 간곡히 부탁드립니다.

형수님.

저는 고운 것, 보드라운 것, 감각적인 것, 그런 것들을 추구하며 살아가는 사내입니다.

그러한 자신을 스스로 인정하지 못해 괴로웠던 나날도 있었으나, 속 깊었던 어느 벗의 도움으로 이제 드넓은 세상에서 다른 인생을 살아가려 애쓰는 중이지요.

저와 같은 사내, 눈에 보이고 손에 잡히는 것을 중시하는 저는, 영혼만을 두고 나의 사랑하는 여인이노라 생각하는 것은 불가능할 듯합니다. 육신과 영이 합쳐져야 여인이고 그리되어야 사모하는 마음도 정염情炎도 그리움의 정도 품을 수 있는 것이겠지요. 저는, 형님과는 다른 것입니다.

그러니 형수님은 제가 은애하였던 그 여인은 아니십니다.

저에 대해 조금도 괘념하실 것 없습니다.

두 분의 복된 모습을 보는 것은 저희 형제의 더없는 즐거움이니, 부디 지복至福을 누리시고 만수무강하소서.

그러나, 참으로 기뻤습니다.

제가 사랑하였던 여인이 행복하다 말씀해 주시어 더없이 기뻤습니다.

생사를 뛰어넘고 운명을 극복하여 끝내 사모하던 사람을 붙잡았다 하시니 정말로 마음이 놓였습니다.

고맙습니다…….

저도 행복합니다…….

그 여인이, 제가 얼마나 그녀를 사랑하였는지는 알아주었으면 하는, 헛된 욕심이 조금은 듭니다.

그러나 그로 인해 마음 아파하지는 말았으면 좋겠습니다.

그녀가 살아 있고 안복安福하여 저는 더없이 감희感喜합니다.

그렇게…… 전하여 주시겠습니까?

형수님?

인희는 편지를 접어 서랍에 넣었다.

몇 번이나 읽은 편지건만 읽을 때마다 마음을 울리는, 진정과 배려로 가득한 글이었다.

재연은 아우가 인희에게 보낸 편지를 읽고 아무 말도 하지 않았다. 묵묵히 그녀에게 편지를 돌려주고 아내의 어깨를 한 번 껴안고, 그는 그렇게 두 사람에 대한 깊은 애정과 신뢰를 말없이 보여주었다.

산다는 건 동서고금 어디나 다 똑같은 것이라고 그녀는 생각하곤 했다. 과거든 현재든, 혹은 미래든, 서양이나 동양을 막론하고, 사람은 같은 마음을 품고 사랑하며 매일을 살아내는 것이었다.

자기 자신에게 부끄럽지 않게 살아가는 것. 사랑하는 사람의 손을 잡고 사는 것. 그리하여 행복한 것. 인간이 꿈꾸는 것은 언제나 그런 평범한 거라고, 21세기에서 조선으로 건너온 여자 서인희는 잠든 남편의 눈부신 목덜미에 입을 맞추며 생각하곤 하였다.

가끔은 두고 온 부모님 생각에 가슴이 저렸지만,

자신이 박 대감과 그 부인께 또 재준의 어머니께 잘하면, 서울의 엄마 아빠도 언년이와 더불어 즐겁게 지내시리라 그렇게 생각하며 잊었다.

또 가끔은 피자나 맥주도 먹고 싶었지만, 남편의 아름다운 얼굴을 보며 중요하지 않은 것에 대한 미련은 깨끗이 접었다.

"어쩌다가."

재연의 가슴에 기대앉으며 인희가 속살거렸다.

"전 어쩌다가 언년이로 환생한 거였을까요……."

그녀의 정수리에 입술을 살며시 갖다 대며 인희의 사랑하는 남자가 대답했다.

"내가 기다리고 있어서 그랬던 거지."

그랬던 걸까. 누군가가 날 기다리고 있어서, 그게 이 사람이어서 난 불려온 걸까.

언제나 그렇듯, 누구에게나 공평하게, 운명은 아무런 대답도 해주지 않을 것이다. 하지만 그녀는 잔인하게 자신을 희롱한 과묵한 운명에 진심으로 감사했다. 이리로 흘러와 재연을 사랑하게 해준 것을, 이 시절의 험난함에 대해 미리 아는 자신이 아마도 그를 지키며 살 수 있을 것을. 그것만으로도 그녀가 이곳으로 온 의미는 차고도 넘치는 것이 아닐까 하고.

그리고 한편으로는 김재연이라는 한 남자의 미래에 대해 그녀 자신 아무것도 모르는 것에 더 감사하였다. 그러므로 더불어 꿈꾸며 개척하며 살 수 있는 것을 알기에. 불확실하므로 인생이란 더욱 찬란한 것임을 깨달았기에. 어쩌면 운명이란 바꿀 수 있는 것인지도 모른다 믿기에.

"어떻게 생겼었는지 궁금할 때가 있다. 본래의 너는. 언년이와는 닮았었나?"

머리칼을 쓰다듬으며 물어온 재연의 말에 그녀는 고개를 끄덕였다.

"똑같이 생겼었어요. 본래 저랑 언년이랑. 그러니까 지금이랑도 많이 닮은 거죠."

그가 인희를 조금 떼어내고 눈동자를 들여다보았다. 재연은 정말 자주 그녀의 눈 속을 살펴보곤 했다.

"그런 거구나. 신기하다. 나는 네가 어떤 몸을 입고 돌아왔더라도 상관없었지만, 그래도 원래의 네 모습이 남아 있다니까 더 기쁘구나."

인희가 짓궂게 웃었다.

"하지만 못생긴 여자로 살아났으면 실망하시지 않았을까요? 역시 외모는 중요하지 않을까?"

진지하고 고지식한 그녀의 남편은 농담을 맞춰주지 못했다.

"아니. 그러지 않았을 거다. 내가 사랑하는 건 네 몸이 아니라 몸짓이니까. 눈이 아니라 눈빛이니까. 목소리가 아니라 전해오는 마음이니까. 설령 추녀였더라도 너를 알아보고 지금과 똑같이 사랑했을 것이야. 나는 의심하지 않는다."

가슴이 따끈따끈 달아올라 인희는 뺨을 감싸며 미소 지었다. 그녀가 재연을 잘 몰랐다면 선수라고 생각했을 것이다. 진심이란 테크닉을 압도하는 것인 모양이다.

"왜 환생한 건지는 영원히 알 수 없겠지만."

자못 심각하게 재연의 말은 이어졌다.

"언젠가 우리가 죽은 후에, 그때 또 환생해서 다른 남자한테 가는 일은 없었으면 좋겠는데."

인희는 빙그레 웃으며 그를 올려다보았다. 그는 웃고 있지 않았다. 별안간 떠오른 생각에 죽은 후의 남자까지 질투하느라, 재연의 관자놀이에 핏줄이 새파랗게 서 있었다. 그녀는 자기도 모르게 홋 웃음을 터뜨렸다.

"웃지 마십시오, 부인."

재연은 한쪽 눈썹을 올리며 인희를 끌어당겼다.

먼 훗날 언젠가는 이 여자와 헤어진다, 생각만 해도 가슴이 미어졌다. 게다가 이 여자가 다른 시공간에 다시 태어나 딴 사내의 여인이 될지도 모른다 상상하니 화르륵 불길이 치밀어 올랐다.

"그럼 같이 환생하면 되잖아요……."

남편 다루는 법을 이미 터득한 인희가, 그의 가슴팍을 손가락으로 간질이며 한층 달콤하게 소곤거렸다.

"같이 윤회의 고리를 타고 영원히 영원히 함께하면 되잖아요, 네……?"

그녀의 말꼬리는 그의 입술 속으로 삼켜졌다. 인희는 자꾸만 웃음이 나오는 것을 꾹 참으며 그의 따뜻한 혀를 받아들였다.

언제나 그렇듯이 입맞춤은 그저 입맞춤으로 끝나지 못했고, 두 사람은 과거가 미래를 품듯 순간이 영원을 품듯 그렇게 서로를 안고 사랑을 안고 꿈을 녹여 안았다.

모든 것이 잠들어 고요하고 아늑한 조선의 밤.
사랑하는 사람들만 깨어, 살아 있다는 것에 진심으로 감사하고 있는 밤이었다.
356년 전,
서울이었다.

외전. 잊혀진 사람들의 어느 오후

커피를 마시며 창밖을 내다보던 형남의 눈에 그녀가 보이기 시작했다. 긴 머리를 질끈 동여매고 발목까지 오는 롱스커트에 낮은 구두를 신은, 그러나 복장과는 어울리지 않게 이목구비 선명하고 화려하게 생긴 여자, 언년이. 자신을 제외한 모든 사람이 인희라고 부르고 있지만 절대 인희가 아닌 언년이가 그를 만나러 뛰어오고 있었다.

문을 열고 들어와 형남을 발견한 그녀의 얼굴에 조금도 여과되지 않은 반가움과 기쁨이 차올랐다. 신체적 나이는 이십대 후반이지만 그녀의 마음은 여전히 십대에 가까웠고, 아직도 이 시대의 때가 덜 묻어 맑고 순진하기만 한 영혼은 꾸밈이나 겉치레를 알지 못했다. 신선하고, 또 부담스럽다.

"녹차지?"

이제 언년이에게 익숙한 형남은 주저없이 녹차를 주문해서 그녀 앞에 가져다 놓았다. 멋진 남자의 배려에 매번 뺨을 붉히는 여자. 그의 얼굴에 미소가 떠오른다.

"그래, 패션쇼는 좋았어?"

"네. 정말 멋있었어요. 전 한복이 그렇게 여러 가지 느낌을 줄 줄은 상상도 못했거든요. 빛깔도 옷감도 어찌나 화사하던지 감탄이 절로 나오더라구요."

종알종알 한복 패션쇼에 다녀온 소감을 늘어놓는 언년이를 형남은 다정한 표정으로 지켜보았다.

머릿속에는 늘 그렇듯 답을 내지 못하는 여러 가지 생각이 지나가고 있다. 이 어린 여자를 대체 나는 어떻게 해야 하나. 난 이 여자에게 무엇인가. 무엇이 되어주어야 하나. 이런 가디언 노릇을 내가 언제까지 하는 것이 옳은 건가.

언년이가 인희 대신 눌러앉은 지도 꽤 되었다. 잠깐 인희가 다녀가는 바람에 주변 사람들은 몇 갑절 더 혼란해했지만 결국 달라진 그녀를 인정하지 않을 수 없었다.

대뇌에 혈액공급이 일시적으로 부족했던 탓에 전두엽에 부분 이상이 온 것 같다고 의사는 진단을 내렸다. 전문용어로는 전두엽 증후군(frontal lobe Syndrome, 前頭葉症候群)이라 부르며, 흔히 도덕적 불감증과 폭력성을 수반하지만 인희의 경우에는 다행히도 부분 기억상실과 성격 변화를 초래한 정도라는 결론이었다.

모두가 납득했다. 식물인간이 된 자식도 평생 수발하는 게 부모인데 조금 어린애가 되었다 한들 대수냐며 인희의 부모님은 그녀를 수용했다. 그리고 형남이 그녀의 곁을 지켜줄 것에 조금의 의심도 품지 않았다.

형남은, 언년이의 보호자가 될 수밖에 없었다. 당초 모든 문제의 발단이 자신이었거니와 이 여자가 인희가 아니라는 걸 알고 있는 유일한 사람이었기에, 그는 발을 뺄 수가 없었다. 인희가 남긴 말처럼 나와는 관계없는 여자니 모르는 척해도 된다고 생각하기에는 형남은 좀 좋은 사람이었던 것이다.

"다 형남 씨 덕분이에요, 제가 이렇게 자립하게 된 건."

진심을 담아 감사하는 언년이의 표정이 해맑고 솔직하다. 형남은 웃음으로 답을 대신했다.

한글부터 시작해서 현대문명의 이기를 활용하는 법까지, 모든 것을 형남 자신이 가르쳤다. 조선에서는 바느질하는 노비였다는 말에 한복 일 쪽을 권한 것도 그였다. 아직 스스로 디자인할 만큼 경력을 쌓진 못했으나 눈썰미도 있고 손끝이 야물어서 가게에서도 굳이 그녀를 지명해 옷을 맡기는 사람이 생겼을 정도였다.

차근차근 자리 잡아가고 있다, 그녀는. 그러니 아마 조금 있으면 형남이 손을 떼어도 괜찮을 것이다.

"이젠 나 없이도 문제없잖아."

지나가는 말처럼 던진 한마디에 언년이의 표정이 경직되는 것이 보였다. 언제나 그렇다. 주인에게 버림받은 강아지처럼 풀이 푹 죽어 꼬리를 늘어뜨린다. 차마 떠날 수 없게.

"네⋯⋯. 그럼요. 그동안 돌봐주셔서 정말 감사해요. 제가 너무 오래 형남 씨한테 짐이 되고 있지요. 언제든 편하실 때 헤어지는 거로 해요. 부모님껜 제가 잘 말씀드릴 테니까 신경 쓰지 않으셔도 돼요."

절대로 매달리지 않았다. 언감생심 형남을 탐내지 않았다. 눈빛이나 말투, 모든 행동에서 그를 얼마나 의지하고 있는지 반짝반짝 보이면서도 결코 그를 붙잡으려는 노력은 하지 않았다. 지금까지 보여주신 호의만으로도 과분하다고, 형남 씨가 사랑하는 인희 언니 자리를 꿰차 정말 미안하다고, 언년이는 자주 말하곤 했다.

"너한테 어울리는 좋은 남자 만나야지. 내가 옆에 있으면 방해되잖아."

진심인지 아닌지 확실치 않은 말을 또 던졌다. 질 나쁜 김형남. 그런 말에 상처받을 걸 뻔히 알면서 아무것도 모르는 척 무심한 척 건드리는 것이다. 대체 나는 왜 이러는지 모르겠다.

"좋은 남자……."

울 것 같은 얼굴을 하는 여자가 귀여워서 그러는 걸까. 나를 좋아하는 게 맞지 확인하고 싶어 그러는 건가. 그렇다면 나는 그 마음에 부응해 줄 수 있는 것인가.

어려운 질문이었다. 언년이는 분명 착한 여자였고 물론 예뻤고 꽤 사랑스럽고 많이 독특했다. 인희를 깊이 사랑했었지만 언년이는 인희와 다른 그녀 나름의 매력을 가지고 있었다.

거기다 정도 들지 않았나. 어린 왕자가 꽃에게 들인 시간과 정성만큼 장미꽃을 사랑하게 되었듯이, 그도 언년이를 막내 동생처럼 자식처럼 어쩌면 길에서 주워온 다친 강아지처럼 길러냈으니 그사이 쌓인 정이 결코 모자란 것은 아니었다.

　말이 그렇지 이제 와서 인희와 결혼하지 않겠다고 하면 형남은 아마 세상에 다시없이 나쁜 놈으로 낙인찍힐 것이다. 모든 상황은 두 사람이 맺어지는 쪽에 호의적이다. 다만, 확신의 문제일 뿐.

　"넌 나 말고 다른 남자는 만나본 일도 없잖아. 세상은 넓고 남자는 많아. 그중에서 너한테 제일 어울리는 남자를 찾으려면 여러 사람을 사귀어봐야 하는 거지."

　진심인데도 떠보는 말처럼 내 귀에 들리는 건 왜일까. 아니, 진심이 아닌데도 마치 진정처럼 저 여자에게 들리는 이유는 뭘까.

　언년이가 작게 중얼거렸다.

　"그런 건 중요하지 않은데요……. 제가 이렇게 붙어 있으면 형남 씨가 진짜 사랑을 찾을 기회가 없겠지요."

　그에 비해 저 여자의 입에서 나오는 건 모두 진심뿐이다. 나는 언제나 비겁하고, 저 어린 여자는 항상 솔직하다. 젠장.

　"난 잘 모르겠어. 사랑이 뭔지도 모르겠고 누구를 사랑하는 게 옳은 건지도 모르겠거든."

　열여덟 여자를 앞에 두고 스물여덟 남자가 할 말인가 싶지만 이건 그의 가감없는 본심이었다.

　인희를 사랑했다. 그런데 그녀를 찼다. 사랑이란 그다지 강한 것이 아니었나 보다. 아니면 사랑이 아니었던 걸까.

　그녀 대신 온 이 여자를 돌보며, 인희와 사귀었을 때에는 느낄 수 없던 무언가가 가슴을 채우는 걸 알았다. 그건 사랑과 관련있는 감정인 걸까? 동정이나 우월감이나 자기만족은 사랑의 탈을 쓰면 안 되는 거 아닌가? 보호본능은 남자가 품는 사랑의 중요한 속성인가? 그렇다면 나는 롤리타 콤플렉스인 걸까?

잘나가는 남자 김형남은 혼란하였다. 내내 생각했어도 답은 나와주지 않았다.

"저기, 참, 오늘 깜짝 놀란 일이 하나 있었어요."

언년이 쪽에서 화제를 바꾸었다.

"패션쇼, 그거 신진 디자이너들이 모여서 한 거라고 했잖아요. 근데, 마지막에 디자이너들이 쭉 나와서 인사를 하는데요."

그녀의 얼굴에 흥분한 빛이 어렸다.

"그중에 한 명이, 작은도련님이랑 똑같이 생긴 거 있죠."

작은도련님? 조선 사람인 작은도련님?

형남은 의아해서 그녀의 다음 말을 기다렸다.

"이런 말 굉장히 이상한 거 알아요. 그런데 그 사람 키며 생김새며 눈웃음이며, 저 있던 대감님 댁의 바람둥이 작은도련님하고 너무너무 닮은 거예요. 귀고리 한 것도 그렇구. 게다가 인사하다가 저 있는 쪽을 봤는데, 제 착각인진 알 수 없지만 그쪽도 놀라는 거 같더라구요. 혹시 도련님도 이리로 건너온 건 아닐까, 순간 그런 생각이 들었어요. 너무 신기하죠."

한 번도 생각해 보지 못한 일이라 형남은 턱을 쓸었다.

"그럴 수도 있나……. 그저 닮은 사람이었던 거 아닐까?"

언년이가 어깨를 움츠렸다.

"그럴지도 모르죠. 하지만 느낌이 너무 비슷해서. 뭐, 확인할 방법이야 없겠지만요."

"그러게……. 그런 일이 자주 일어나진 않을 거 같은데……. 하긴 꼭 너한테만 있는 일이란 법은 없겠지."

순간 언년이가 어깨를 움찔하는 것이 느껴졌다.

"그렇죠. 꼭 저한테만 일어나는 건, 아, 글쎄요."

형남은 눈을 찡그렸다. 저 반응은 뭐지?

그녀는 시선을 창 바깥쪽으로 돌린 채 상당히 불안정한 표정을 하고 있었다. 어린아이가 무언가 숨기고 있는 얼굴. 그러나 결코 숨겨지지 않는 어수룩함. 형남은 이건 꼭 들어야 하는 일이라는 걸 직감으로 알았다.

"나한테, 뭐 숨기는 거 있어?"

화들짝 놀라서 소스라치는 언년이가 귀여워 웃음이 나온다. 그렇지만 이건 웃고 넘길 일이 아닌 것 같다.

"뭔데? 말을 해줘. 넌 무언갈 알고 있는 거지? 아니면 짚이는 거라도 있는 거지?"

그녀는 형남과 눈을 마주치지 못하고 혀를 내어 입술을 축였다. 그로서는 이유를 짐작조차 할 수 없었다.

환생. 아니, 뒤바뀐 영혼. 그녀에게만. 다른 사람……. 언년이.

"혹시 그 도련님이랑 좋아하는 사이였어? 그래서 그 사람이 너 따라온 거야?"

아무 말이나 해본 건데 입 밖으로 내뱉고 나자 급격히 기분이 나빠져 형남은 인상을 찌푸렸다. 아, 진짜 그런 건가?

'하긴 저렇게 미인인데 조선 놈들이라고 눈이 없는 건 아니겠지. 종이니까 만만도 했을 테고. 뭐야, 그 자식이 건드려서 충격에 몸져눕고 그 바람에 이리로 온 거 아냐, 이거?

입에서 나오지 못한 생각은 꼬리에 꼬리를 물고 지저분한 쪽으로 치달았다. 기분이 순식간에 더러워졌다.

'아냐, 아까 그 자식 얘기할 때 표정이 좋았어. 그럼 혼자 짝사랑이라도 한 걸까? 아니지, 둘이 좋아하다가 신분의 차이로 맺어지지 못해서 그 바람에 죽었다든가?

훨씬 아름다운 시나리오임에도 찜찜함은 덜해지지 않았다. 혹시라도 그 남자가 그 남자라면 이건 단지 기분의 문제가 아니다. 바로 현실적인 문제로 이어지는 거다. 당연히 내 거라고 생각하고 가질까 말까 배부른 고민을 하는 사이 다른 놈이 휙 채갈 수도 있다는 것이다.

"그분이 절 따라왔을 리는 없구요……."

그의 마음속에 회오리쳐 지나간 순간의 번뇌를 알 리 없는 언년이가 천천히 입을 떼었다.

"이 말씀을 드리면 저를 용서해 주시지 않을 거 같은데."

그녀의 목소리가 잦아들며 떨렸다. 형남의 가슴속이 불안감으로 어두워졌다. 무슨 말을 하려는 건데 저렇게 무서워하나.

"죄송해요. 인희 언니가 조선으로 끌려간 건 다 저 때문이에요."

뭐라고?

형남은 입을 벌리고 언년이의 눈물 맺힌 눈을 쳐다보았다. 이런 말이 나올 거라곤 생각해 본 일 없었다.

"제가요, 열병에 걸렸는데요, 그때 죽니 사니 하는 와중에 간절하게 빌었거든요. 다음엔 꼭 나은 세상에 태어나게 해달라구요. 양반도 천것도 없고 여자라고 괄시받지도 않는 그런 세상에 태어나서, 떳떳하게 살고 싶다고, 부모 사랑 받고 좋은 남자랑 맺어지고, 사람 사는 거처럼 살게 해달라고, 명이 끊어지는 순간까지 빌었거든요. 그래서."

마침내 그녀는 울음을 터뜨렸다.

"그래서 인희 언니랑 바뀐 건가 봐요, 제가. 그리구요, 그게 다가 아니에요. 인희 언니가 여기 돌아왔다가 도로 끌려간 거도 저 때문일 거예요. 미안해요."

흑흑거리며 눈물을 닦으며 언년이는 마음속 이야기를 단숨에 쏟아내었다.

"애당초에 제 소원으로 바뀐 거라 그런가, 제가 안 가고 싶다고 했더니 언니가 다시 붙잡혀 가더라구요. 그땐 아무것도 모를 때라 그냥 다행이라고만 생각했는데요, 형남 씨랑 부모님이랑 같이 지내다 보니 이제야 제가 얼마나 엄청난 일을 저지른 건가 싶어요. 정말 미안해요. 부모님한테서 딸을 뺏어서 너무 미안하구, 형남 씨한테서 정인을 뺏은 거도 진짜 미안해요. 요샌 자다가도 벌떡벌떡 일어나거든요. 인희 언니한테는 대체 무슨 짓을 한 거냐구요. 저 죽으면 지옥에 가겠지요? 여러 사람을 불행하게 했어. 그리구 나만 행복해. 절대 용서받을 수 없겠지요?"

아예 손에 얼굴을 파묻은 채 울고 있는 언년이는 절망으로 어깨를 떨고 있었다.

형남은 망연하여 그 모습을 바라보며 앉아 있었다.

저 애가 한 일이라고? 그게 말이 돼? 저 무력한 작은 여자가 무슨 수로?

그는 내버려 두었다. 언년이가 제풀에 지쳐 울음을 그칠 때까지, 형남은 그녀에게 무슨 말을 하는 게 가장 적절할지 단어를 고르며 기다렸다. 마침내, 언년이가 정신을 차리고 코를 풀며 고개를 들었다.

"니 말대로라면 넌 신에게서 엄청나게 사랑받는 사람인 건데."

빨개진 눈으로 저게 무슨 소린가 그녀가 그를 쳐다보았다.

"대단한 파워 아냐. 신을 쥐락펴락. 사람을 오라 가라. 니 생각에 니가 그 정도로 영향력있는 존재인 거 같아?"

언년이가 아, 작은 소리를 내며 손으로 입을 가렸다.

"인희와 니가 뒤바뀐 건, 어디 가서 얘기할 수도 없는 희한한 일이야. 그러니 어쩌면 우리처럼 쉬쉬하며 살고 있는 사람들이 생각보다 많을지도 모르긴 하지. 니 말대로 그 디자이너라는 남자도 혹시 다른 시대에서 온 사람일지 알 수 없는 일이고. 그렇지만."

형남은 확신을 주기 위해 언년이를 똑바로 쳐다보았다.

"신이 존재해서 그런 일을 하든, 혹은 우주의 섭리가 그런 식으로 작용하는 거든, 난 그게 단 하나의 이유만으로 벌어진 일이라곤 믿기 어려워. 니 말대로 니가 빌어서 인희랑 바뀌었다고 치자고. 그게 근데 왜 하필이면 인희지?"

그녀는 대답하지 못했다.

"나라고 이 일에 아무 의문도 품지 않고 지낸 건 아냐. 난 인희 쪽 가계로 족보를 다 뒤졌어. 너하고 인희 사이에 뭔가 관계가 있을 거라는 생각을 했거든. 얼굴이 똑 닮은 것도 그렇고, 혈연관계가 있지 않을까, 난 그게 알고 싶었어."

결과는 물론 참패였다. 인희의 친가와 외가, 다시 양쪽으로 친가와 외가, 이렇게 거슬러 올라가려니 한도 끝도 없었고 자료도 다 남아 있지 않았다. 궁여지책으로 언년이가 왔던 시기를 짐작해 거꾸로 내려오려 해보았지만 거기에도 한계가 있었다. 배운 것 없는 낮은 신분의 언년이는 도통 알고 있는 게 없었기 때문이다. 주인댁 대감의 성명은 어찌 되는지, 벼슬은 뭐였는지, 심지어 자기 부모가 누군지도.

"결국 아무것도 알아내진 못했어. 그리곤 난 관뒀지. 알아낼 수도 없고 알아봤자 아무것도 바꿀 수 없는 일에 바칠 정성을, 지금 내게 주어진 너한테 쏟기로 한 거야."

언년이의 눈에 다시 눈물이 가득 고였다. 형남은 한숨을 내쉬었다.

"니가 마지막 순간에 소원한 게, 어쩌면 인희가 죽어가던 찰나의 소원과 딱 맞물렸는지도 모르지. 나로선 인희가 무슨 생각을 했는지는 알 수 없지만. 이렇게 죽긴 싫다였을 수도 있겠고, 담엔 저 김형남 따위 찌질하고 속 좁은 놈보다 더 나은 남자를 만나게 해달라는 거였는지도, 아니면 이 변덕스런 시대엔 볼 수 없는 영원한 진실을 달라는 거였을 수도, 하여튼 그 무언가가 니가 있던 곳에 딱 맞아떨어진 거 아니었을까?"

그녀는 살짝 입가를 실룩였다. 자신이 떠나온 곳에 그런 대단한 뭔가가 있었던 것 같지는 않지만 그건 알 수 없는 일이다. 인희는 언년이가 아니니까, 인희는 그녀가 말 한마디 나눠본 일 없던 어려운 도련님들과도 잘 지내고 있었으니까, 잠깐 보았을 뿐이지만 인희는 빛나는 사람이었으니까, 어쩌면 언년이로서는 도저히 찾지 못했을 보물을 발견할 수 있는 거였는지도 모른다.

형남은 양손으로 머리칼을 쓸어 올렸다. 갖가지 생각에 마음이 무겁다. 그녀는 여기를 버린 거라고 그는 믿었다. 돌아가기 두렵다고 대답했지만 인희는 분명히 그곳을 그리워하고 있었다. 그래서 자신을 떠난 것이었다. 더 나은 무엇인가를, 또는 누구인가를, 마음에 두고 있었기 때문에 그렇게 훌쩍 가버린 거다.

용기를 내야 하는 타이밍이라고 그는 생각했다. 형남은 불필요한 죄책감에 시달리고 있는 언년이를 물끄러미 보다가 조용히 말을 꺼냈다.

"인희, 내 정인 아니야."

자존심 상하는 고백이지만 그녀에게 들려주어야 하는 이야기가 맞았다.

"돌아왔을 때 나하고 헤어졌어. 그냥 여기 남았더라도 나와는 이제 무관한 사람이었을 거야."

언년이는 믿을 수 없다는 눈으로 그를 쳐다보았다. 당신이 사랑하는 여자를 내가 뺏은 게 아니라고? 당신 마음속을 여전히 그 사람이 가득 채우고 있는 게 아니야? 거기, 비어 있어?

형남은 쓸쓸한 눈으로 언년이의 시선을 받았다. 모든 일의 원인은 자신이었던 것을. 저 어린 여자가 아니고.

언년이가 다시 눈물을 쏟기 시작했다. 아까 자기 탓에 모든 게

망가졌다고 털어놓을 때보다 훨씬 더 서럽게, 그녀가 울기 시작했다.

"미안하다. 나는 인희한테도 성실하지 못했고 너한테도 정직하지 못했어. 난 여전히 우유부단하고 치졸한 놈이야. 그 여자한테 차였다고 너한테 말할 엄두가 나지 않았어. 꼴사나운 남자가 되는 게 싫었고, 너를 보는 내 마음을 들키는 것도 싫었어. 니가 나만 바라보는 걸 뻔히 알면서도 모르는 척 적당히 거리를 두고 재기만 했지."

이렇게 족쇄가 풀어지는 건가. 결국 그걸 풀어준 건 저 깨끗한 영혼인가.

형남은 자리에서 일어나 그녀의 옆에 가 앉았다. 언년이가 눈물을 채 닦지도 못한 채 당황해서 반대쪽으로 비키자 그가 팔을 뻗어 그녀의 손을 끌었다.

"언년아. 그리고 인희야."

인희로 살아야만 하는 언년이가 빨개진 눈으로 그를 쳐다보았다. 그의 남자답게 잘생긴 얼굴이 그녀의 바로 코앞에 있었다. 얼굴도 빨개진다.

"이제, 니 보호자는 그만하려구."

무슨 뜻인지 알 수 없는 말에 그녀의 손바닥이 차갑게 식어갔다. 형남은 손에 힘을 주었다.

"나는 니가 생각하는 것처럼 괜찮은 남자는 아닐지도 몰라. 그렇지만, 그래도 괜찮다면……."

형남은 꼭 잡은 손을 들어 올려 그녀의 손등에 입술을 대었다.

언년이가 뜨거운 것을 만진 듯 화들짝 놀라 손을 거두려고 했지만 그는 놓아주지 않았다.

"너야말로, 내 정인이 되어주었으면 해."

그는 대답을 기다리지 않고 그녀의 어깨를 당겨 안았다. 파들파들, 겁에 질린 강아지가 떨 듯 여자가 떨고 있었다. 하지만 그가 무서워 그러는 건 아닐 거라고, 형남은 믿었다.

"미안하다. 오래 기다리게 해서."

확신의 문제였기에, 그에게는 시간이 필요했다. 그러나 실은 시간이 중요한 게 아니었는지도 모른다. 문 앞에 오래 서서 기다렸을 뿐 문 안의 진실에는 변함이 없었기에. 그에게 부족했던 것은 문을 열 용기였을 뿐이다.

가슴팍에 느껴지는 감촉이 익숙해서 심장이 찌릿하다. 이건 지고 가야 하는 짐이리라, 형남은 눈을 감으며 생각했다. 낯익은 몸에 깃든 새로운 영혼을 사랑하게 된 자신이, 감수해야만 하는 짐. 안을 때마다 날카롭게 찌르는 죄의식이 무뎌지려면 꽤 시간이 지나야 할 것이다.

결국 모든 것의 원인은 김형남이었고, 그러니 감당해야 하는 것도 자신이고, 이 여자를 행복하게 해줘야 하는 것도 그이다. 그러나 아마 형남 본인도 같이 행복해질 수 있을 테니 나쁜 결말은 아닐 거라고 그는 생각했다.

언년이가 눈물을 하염없이 흘리고 있었다. 힘들었을 텐데, 좀 더 일찍 다독여 줬더라면 좋았을 텐데. 그는 그녀의 머리칼을 쓰다듬었다.

"후회할지도 몰라. 지금은 알에서 깨어난 오리새끼처럼 니 눈에 나밖에 안 보이겠지만, 언젠가 날 원망할지도 모른다구. 뭐예요, 저렇게 멋진 남자들이 세상에 널렸는데 당신이 날 낚아챈 바람에 기회도 갖기 못했어, 하고."

웃음기를 띤 그의 말에도 그녀는 웃지 않았다. 세차게 고개만 저으며 그의 셔츠 깃을 붙잡고 매달릴 뿐이었다. 아뇨, 아뇨. 그런 일은 절대 없어요. 전 조선 여자거든요. 형남은 그녀의 속삭임을 들은 것 같았다.

'인희도 잘살고 있겠지?'

형남은 어쩔 수 없이 떠오르는 그녀를 약간의 서글픔과 조금의 그리움으로 기억하며 시려오는 가슴 한편에 언년이의 머리를 묻었다. 달콤하고 따뜻한 향기가 비어 있는 곳을 채운다. 보드랍고 뭉클한 느낌이 상처를 어루만진다.

수줍게 머리를 기대오는 여자를, 사랑하고 있다고 그는 생각했다. 사랑해도 되는 거라고 믿었다. 인희는 분명히 행복할 것이고, 그러니 우리도 행복해도 괜찮을 거다.

조선시대에도 뜨던 똑같은 달이 흐릿하게 도시를 비추기 시작하는 것을 형남은 아련한 마음으로 보았다.

왜 달이 뜨는지 이젠 과학으로 설명할 수 있게 되었지만, 밤마다 떠오르는 달은 여전히 신비하고 아름답다. 그런가 하면 왜인지 끝내 밝혀낼 수 없음에도 아직 세상에는 온갖 기이한 일이 일어나는 모양이다.

그는 알지 못했다.

머나먼 시간을 넘은 곳에서 인희가 자신을 박 규수의 오라버니, 송충이 같은 눈썹을 한 선비의 후손인가 생각해 보았다는 걸. 언년이와 자기가 생일, 생시가 같은 각별한 인연이거나 어쩌면 더 이전 생에서 쌍둥이였는지도 모른다고 상상했다는 사실을.

그런가 하면 그녀의 남편은 자기가 불러서 인희가 왔다고 굳게 믿는다는 것을.

그 누구도 답을 찾아낼 수는 없을 것이다. 영원히.

그리고 그런 건, 몰라도 아무 상관 없는 이야기인 것이다.

이제 밥을 먹으러 가야겠구나, 형남은 생각했다.

메뉴는 선택의 여지없이 한식이지.

그는 품 안의 여자가 울음을 그치도록 내려다보며 다정하게 웃었다.

終

'인생이란 결국 '어쩌다가' 의 연속인 거 아닐까?'

하고 저는 생각하곤 했습니다.

어쩌다가 지금의 부모 밑에 태어나고, 내가 원한 건 아니지만 키가 작고, 다행히도 쌍꺼풀이 있고, 살다 보니 저 사람을 만나게 되고.

어쩌다가 언년이로 환생하게 될지도…… 모르고.

다만 이렇게 우연으로 가득한 삶 속에서

그 우연을 필연으로 만드는 것은, 어떻게 살아나가는가 하는 것은,

바로 나의 책임이며 인간의 몫인 거겠지요.

하고 싶었던 건 연약한 사람들의 이야기였습니다.

조금씩은 이기적이고 또 나약한 사람들이, 본의 아니게 서로를 다치게도 하고 그러나 상대의 상처를 보듬어주기도 하며, 변화하고 성장하는 이야기를 쓰고 싶었습니다.

어떤 이는 떨치고 자유를 찾아 떠나는 방식으로 또 다른 이는 주어진 의무를 감당해 내는 방식으로 운명을 헤쳐 나가는 모습을 그리고 싶었습니다.

　동서고금 어디든 사람이란 크게 다르지 않았을 거라고, 산다는 건 누구에게나 무겁고 무섭지만 그래서 더 아름다운 거라고 말하고 싶었습니다.

　역사를 바꾸지 못해도, 이름을 남기지 않아도, 그렇게 살아낸 사람은 소중한 존재라고 믿고 싶었습니다.

　저의 발상과 문장을 사주신 도서출판 청어람 편집부에 감사드립니다.

　마치 오랜 친구처럼 저를 믿고 격려해 주신 작가님들, 독자님들께 감동 많이 받았다고 고백합니다.

　김지연 씨, 고맙습니다. 당신이 아니면 완결하지 못했을지도 모릅니다.

　제가 가진 모든 건 부모님으로부터 온 것입니다. 감사하고 사랑합니다.

　지금은 텅 비어버린 제가 언젠가 다시 채워져,

　또 글을 쓸 수 있게 되었으면 좋겠습니다.

참고문헌

· 『효종대왕과 친인척』, 지두환 지음, 역사문화

· 『한국사연표』, 다할편집실

· 『일상으로 본 조선시대 이야기 1, 2』, 정연식 지음, 청년사

· 『왕을 참하라! 상, 하』, 백지원 지음, ㈜진명출판사

· 『조선 왕 독살사건』, 이덕일 지음, 다산초당

· 『서민의 의식구조』, 이규태 지음, 신원문화사

· 『선비의 의식구조』, 이규태 지음, 신원문화사

· 『다시 읽는 하멜표류기』, 강준식 지음, 웅진 지식하우스

※ 하멜 일행이 전라도로 유배 간 것은 사실 효종 6년이었습니다. 이 글에서는 극의 전개를 위해 한 해 당겨서 구성했습니다. 고달픈 유배 길을 1년 일찍 떠나게 된 하멜에게 위로 말씀 전합니다…….